서스펙트

SUSPECT

서스펙트
SUSPECT

로버트 크레이스 지음
윤철희 옮김

오픈하우스

차례

일러두기

1. 본문의 괄호는 모두 옮긴이주이다.
2. 외국 인명, 지명은 외래어 표기법을 따르되 일부는 관용적인 표기를 따랐다.
3. 책, 신문, 잡지는 『 』, 영화, TV 프로그램은 「 」로 묶어 표기했다.

친구이자 도그 맨이었고 작가인
그렉 허위츠를 위해.
그리고 그의 아름다운 무리인
딜라이나와 로지, 나탈리, 심바를 위해.

프롤로그

녹색 공

매기는 강렬한 눈빛으로 피트를 응시하면서 잠시도 한눈을 팔지 않았다. 피트의 검게 탄 얼굴은 미소 짓고 있었고, 손은 그가 걸친 진녹색 미국 해병대(USMC) 방탄조끼 안에 감춰져 있었다. 그는 매기가 사랑하는 고음의 끽끽거리는 목소리로 달콤하게 속삭였다.

"우리 착한 아가씨, 매기. 너는 세상에서 으뜸가는 아가씨야. 너도 그거 알지, 베이비 걸(baby girl) 해병?"

매기는 몸무게가 39킬로그램인, 검정 바탕에 군데군데 갈색 털이 난 저먼 셰퍼드였다. 세 살 난 그녀의 공식 이름은 '군 작전견 매기 T415'로, 매기의 왼쪽 귀 안쪽에는 'T415'라는 이름이 문신으로 새겨져 있었다. 피트 깁스 상병은 그녀의 핸들러(훈련 담당 병사)였다. 1년 반 전에 캠프 펜들턴(샌디에이고에 있는 해병대 기지)에서 처음 만난 이후로 피트는 매기의 짝으로, 매기는 피트의 짝으로 지내왔다. 그들이 아프가니스탄이슬람공화국에 순찰 및 폭발물 탐지팀으로 배치된 건 이번이 두 번째로, 이번 파견 임무를 절반쯤 마친 상태였다.

피트가 달콤하게 속삭였다. "우리, 가도 괜찮은 거지, 베이비 걸? 이번에도 아빠를 위해 나쁜 물건들을 찾아줄 거지? 일할 준비 됐지?"

매기가 꼬리로 땅을 쿵쿵 쳤다. 이건 그들이 자주 하는 게임이었다. 그래서 매기는 앞으로 무슨 일이 벌어질지 잘 알고 있었다. 매기는 순전히 이 순간이 안겨주는 기쁨을 위해 살았다.

아프가니스탄 공화국의 알자바르주(州), 0840시(時). 현재 기온은 섭씨 43도로, 시간이 지나면 49도까지 오를 것이다.

사막의 땡볕이 매기의 두툼한 털을 강타하는 동안 험비(고성능 사륜구동 장갑 수송차량) 세 대에서 내린 해병 12명이 매기의 뒤쪽으로 20미터가량 느슨한 대열을 형성했다. 매기는 다른 해병대원들도 잘 알았지만 그들은 그녀에게는 별 의미 없는 존재였다. 피트는 그 해병들과 같이 있을 때 느긋한 모습을 보였다. 매기가 그들의 존재를 참아낸 건 그래서였다. 하지만 순전히 피트가 가까이 있을 때만 그런 거였다. 그들은 친숙한 존재였지만 매기의 무리(pack)는 아니었다. 피트는 매기의 무리였다. 피트는 그녀의 짝이었다. 매기와 피트는 온종일 함께 밥을 먹고, 함께 잠을 자고, 함께 놀았다. 그녀는 피트를 사랑했고 좋아했고 보호했고 방어했다. 그리고 그가 없으면 상실감을 느꼈다. 다른 해병들이 너무 가까이 다가오면, 매기는 낮게 으르렁거려서 그들에게 경고를 보냈다. 매기는 그녀의 것에 해당하는 존재를 지키고 보호하는 일을 하도록 길러졌고, 피트만이 그녀의 짝이었다. 피트와 매기는 무리였다.

지금 이 순간, 매기는 온전히 피트에게만 집중하고 있었다. 그 외에 중요한 것은 없었다. 그 외에 존재하는 것은 하나도 없었다. 세상에는 피트뿐이었다. 매기가 피트와 게임을 한다는 기대감에 들떠 있을 때, 뒤에서 목소리가 들려왔다.

"요(yo), 피트. 우리는 준비 끝났어, 브로(bro). 판 벌이자."

피트는 사람들을 힐끗 보더니 매기를 향해 환한 웃음을 지었다.

"보고 싶니, 아가씨? 내가 뭘 갖고 있는지 보고 싶어?"

피트는 방탄조끼 밑에서 야광물감이 발린 녹색 공을 꺼냈다.

매기의 눈이 그 공에 꽂혔다. 벌떡 몸을 일으킨 매기는 네 발로 서서 피트에게 그걸 던지라고 낑낑거렸다. 매기의 삶의 목적은 녹색 공을 쫓는 거였다. 녹색 공은 그들이 좋아하는 장난감이었고, 그 공을 쫓는 건 그녀가 가장 좋아하는 게임이었다. 피트가 그걸 힘껏 멀리 던지면, 매기는 목적의식과 지대한 행복감을 느끼면서 공을 쫓아 돌진할 터였다. 그러고는 공을 잡아 입에 꽉 물고는 자랑스레 다시 가져올 터였다. 피트가 사랑과 칭찬을 쏟아내려고 항상 그녀를 기다리고 있는 곳으로. 피트는 앞으로 최상의 행복감이 밀려올 거라는 걸 약속하는 의미로서만 그 공을 보여줬다. 매기는 게임이 전개되는 과정을 잘 알고 있었고, 그걸 좋아했다. 피트가 매기에게 찾아내라고 가르쳤던 냄새들을 그녀가 찾아낸다면 보상으로 그 공을 받게 될 것이다. 그게 그들이 하는 게임이었다. 매기는 그 냄새들을 정확히 찾아내야 한다.

피트는 공을 방탄조끼 아래로 밀어 넣었다. 그의 목소리가 끽끽거리는 소리에서 단호한 소리로 바뀌었다. 그는 알파(무리를 지배하고 이끄는 리더)였다. 그리고 지금 그는 알파의 목소리로 명령했다.

"네가 뭘 가졌는지 보여줘, 매기 해병. 못된 물건들을 찾아내. 찾아, 찾아, 찾아."

찾아, 찾아, 찾아.

정찰견 겸 폭발물 탐지견으로 훈련받은 매기는 이중용도로 활용되는 개였다. 매기는 명령을 받으면 도망치는 사람들을 공격하고 추격하고 체포할 뿐만 아니라 군중을 통제하는 일을 뛰어나게 해낼 터였다. 하지만 그녀의 주된 임무는 탄약과 포탄, 급조폭발물이 숨겨진 곳을 냄새로 찾아내는 거였다. 급조폭발물(Improvised Explosive Devices). IED. 아프가니스탄 반군이 선택한 무기.

매기는 IED가 무엇인지 몰랐다. 그걸 알 필요는 없었다. 그녀는 질산암모늄과 염소산칼륨, 나이트로셀룰로스, C-4, RDX를 비롯한 반군이 폭탄을 제조할 때 가장 흔하게 사용하는 열한 가지의 폭발물을 탐지하는 교육을 받았다. 매기는 그 물질들이 자신의 목숨을 앗아갈 수도 있다는 사실을 몰랐지만, 그것 역시 중요하지 않았다. 그녀가 그것들을 찾아내는 건 피트를 위해서였다. 피트를 기쁘게 하는 일은 매기에게는 세상의 모든 걸 의미했다. 피트가 행복하면 매기도 행복했다. 그들은 무리였다. 그리고 피트는 그녀의 알파였다. 그는 녹색 공을 던질 터였다.

피트의 명령을 받은 매기는 목줄이 팽팽해질 때까지 빠르게 걸었다. 목줄은 피트의 멜빵에 있는 금속제 D링에 묶여 있었다. 그녀는 피트가 기대하는 게 무엇인지를 정확히 알고 있었다. 피트가 직접 그녀를 조련했고, 그들은 이와 동일한 임무를 수백 번이나 수행해왔기 때문이다. 그들의 임무는 해병대원들의 전방 20미터 지점에서 도로를 따라 걸으며 IED를 찾아내는 거였다. 피트와 매기는 대열의 앞장을 섰다. 그들의 목숨과 뒤에 있는 해병들의 목숨은 매기의 코에 달려 있었다.

매기는 높이 떠다니는 냄새를 먼저 확인하려고 고개를 이쪽저쪽으로 돌린 다음, 지면 가까이에 있는 냄새를 맛보려고 고개를 떨어뜨렸다. 뒤에 있는 인간들도 집중한다면 대여섯 가지 냄새를 식별해낼 수 있다. 그런데 셰퍼드 특유의 기다란 코는 후각 이미지를 통해 그 어떤 인간도 이해할 수 없는 세상을 그려낼 수 있게 했다. 매기는 발아래에 있는 흙냄새와 몇 시간 전에 이 길을 따라 이동했던 염소 떼 냄새, 그리고 염소지기인 두 젊은 남자의 냄새를 맡았다. 그녀는 염소 떼 중 한 마리가 앓는 전염병의 냄새를 맡았고, 암컷 염소 두 마리가 발정기라는 걸 알았다. 매기는 피트가 갓 흘린 땀과 그의 장비에 스몄다가 말라버린 오래된 땀 냄새를 맡았고, 피트의 숨결과 그가 바지에 넣어둔 향수 뿌린 편지, 방탄조끼 아래에 숨긴 녹색 공의 냄새를 맡았다. 또한 그가 소총을 정비하는 데 쓴 윤활액 냄새와 죽음의 고운 가루처럼 무기에 달라붙은 화약 잔류물 냄새도 맡았다. 그녀는 길에서 그리 멀리 떨어져 있지 않은 소규모 야자수 수풀 냄새를 맡았다. 밤중에 야자수 아래에서 잠을 자고는 그곳을 떠나기 전에 대소변을 본 들개 떼가 남긴 냄새도 맡았다. 매기는 들개들이 싫었다. 그들이 여전히 이 구역에 있는지 알아보려고 공기를 맡는 데 잠깐 시간을 쓴 매기는 들개 떼가 떠났다는 결론을 내리고는 그 냄새를 무시하고 피트가 찾아내기를 원하는 냄새를 찾는 데 집중했다.

빛이 눈을 채우는 것처럼 온갖 냄새가 매기의 코를 가득 채웠다. 모든 냄새가 흐릿하게 뒤섞여 있었다. 인간이 도서관의 책꽂이를 멍하니 바라볼 때면 수백 가지 색깔이 뒤섞여 보이듯이. 하지만 인간이 책 색깔을 일일이 확인하려고 각각의 책에 초점을 맞출 수 있는 것처럼, 매기는 관심 없는 냄새들을 무시하고는 그녀에게 녹색 공을 갖다 줄 냄새를 찾아내는 일에 집중했다.

그날 임무는 반군이 무기를 숨겨놓은 곳이라 의심되는 작은 마을로 이어지는 8킬로미터 거리의 흙길을 확인하는 거였다. 해병 분대가 마을을 확보하고는 수색 작업에 나선 매기와 피트를 보호하면서 발견된 무기나 폭발물을 모두 회수할 터였다.

한없이 뻗은 듯 보이던 길은 느릿느릿하게 줄어들었고, 그들은 매기가 찾는 냄새와 맞닥뜨리는 일 없이 마을로 점점 가까이 다가갔다. 기온은 혹독한 수준으로 치솟았고, 매기의 털은 너무 뜨거워서 손을 댈 수도 없었다. 매기는 혀를 길게 늘어뜨렸다. 매기는 피트가 목줄을 차분하게 잡아당기는 걸 곧바로 감지했다. 피트가 다가왔다.

"덥지, 베이비? 자, 여기……"

그 자리에 앉은 매기는 피트가 플라스틱병에서 따라준 물로 갈증을 씻어냈다. 그녀가 걸음을 멈추자 해병들도 각자의 위치에서 걸음을 멈췄다. 어느 해병이 물었다.

"매기는 괜찮나?"

"지금은 물을 먹이는 것으로도 괜찮습니다. 마을에 도착하면 매기를 그늘에서 쉴 수 있게 해줬으면 좋겠습니다."

"알았어. 2.4킬로미터만 가면 된다."

"그 정도 거리면 저희도 괜찮습니다."

1.6킬로미터를 이동해서 또 다른 야자수 숲을 지나친 그들은 야자수 꼭대기 너머로 살짝 드러난 석조건물 세 채의 꼭대기를 힐끔 봤다. 아까와 똑같은 해병대원의 목소리가 피트와 매기를 다시 불렀다.

"고개 들어. 전방에 마을이 있다. 우리가 공격을 받는다면 총알은 저기에서 날아올 거다."

마을로 향하는 길의 마지막 굽이를 돌 때, 매기는 쨍그랑거리는 종소리와 염소 떼가 우는 소리를 들었다. 매기는 걸음을 멈추고는 귀를 쫑긋 세웠다. 피트가 그녀 옆에 멈춰 섰다. 해병들이 제자리에 걸음을 멈췄다. 그들은 여전히 한참 뒤에 있었다.

"뭐야?"

"매기가 무슨 소리를 들었습니다."

"IED를 감지한 건가?"

"아닙니다. 귀를 기울이고 있습니다. 무슨 소리를 듣는 겁니다."

매기가 짧고 빠르게 킁킁거려서 공기에 떠다니는 냄새를 포착했을 때, 첫 번째 염소가 이글거리는 열기를 뚫고 모습을 나타냈다. 십 대 소년 두 명이 염소 몇 마리의 오른쪽 선두 근처에서 걸어왔고, 나이가 많은 키 큰 남성이 왼쪽에서 걸어왔다. 키 큰 남성은 반갑다는 뜻으로 손을 들었다.

매기 뒤에 있는 해병이 뭐라고 소리쳤다. 그러자 다가오던 세 남자는 걸음을 멈췄다. 계속 전진하던 염소들은 남자들이 멈춰 서자 어수선한 대형을 이룬 채 서성거렸다. 그들은 40미터쯤 떨어져 있었다. 바람 한 점 없이 하늘로 솟구치는 공기 속에서 낯선 이들이 풍기는 냄새가 그들 사이의 거리를 이동하는 데에는 몇 초의 시간이 걸렸다.

매기는 낯선 존재들이 달갑지 않았다. 그녀는 미심쩍다는 눈빛으로 그들을 주시했다. 그리고 킁킁거리며 공기의 냄새를 다시 맡고는 씩씩거리며 그 공기를 입으로 뱉어냈다.

키 큰 남자가 다시 손을 들어 보였다. 그러자 그들의 냄새를 실어 나르는 분자들이 매기의 코에 도달했다. 매기는 그들 각자의 상이하고 복잡한 체취, 호흡에서 풍기는 고수와 석류와 양파 냄새, 그리고 피트가 그녀에게 찾으라고 가르친 냄새에서 나는 희미한 첫맛에 온 신경을 곤두세웠다.

매기는 낑낑거리면서 목줄 쪽으로 몸을 기울였다. 그녀는 피트를 힐끔 본 다음, 염소를 모는 남자들 쪽을 바라봤다. 피트는 그녀가 무엇인가에 주목하고 있다는 걸 알아챘다.

"중사님, 저희가 뭔가를 찾아냈습니다."

"길에 있는 거냐?"

"아닙니다. 매기는 저 사람들을 응시하고 있습니다."

"염소를 물어뜯고 싶어서 그러는 건지도 모르잖아."

"사람들을 보는 겁니다. 매기는 염소한테는 관심이 없습니다."

"저놈들이 무기를 소지하고 있는 거야?"

"거리가 너무 멉니다. 매기가 무슨 냄새를 맡기는 했는데, 냄새 원뿔(냄새가 퍼져나가는 원뿔 형태)이 너무 넓습니다. 저 사람들 옷에 화약 잔류물이 묻어 있는 건지도 모르겠습니다. 총을 소지하고 있을지도 모르고 말입니다. 정확한 건 모르겠습니다."

"우리가 바로 저기에 건물들을 둔 채로 여기 서 있는 게 마음에 들지 않는다. 누군가가 우리한테 총알을 날린다면, 그 총알은 저 마을에서 날아올 거다."

"저 사람들이 우리 쪽으로 오게 놔둬 보십시오. 각자 자기 자리를 유지하고 말입니다. 저희가 저 사람들 냄새를 제대로 맡아보겠습니다."

"알았다. 우리가 엄호하겠다."

해병들이 길 양쪽으로 산개하는 동안 피트는 염소지기들에게 앞으로 오라고 손짓했다.

매기는 제일 강한 냄새를 찾으려고 애쓰면서 고개를 이쪽저쪽으로 돌렸다. 그러고는 피트와 하게 될 놀이로 인한 기대감에 활력이 솟구쳤다. 사람들이 접근할수록 냄새는 더 강해졌다. 매기는 피트가 기뻐할 거라는 걸 알았다. 매기가 냄새를 찾아내면 그는 행복해할 터였다. 그러고는 그녀에게 녹색 공을 상으로 줄 것이다. 피트가 행복하면 매기도 행복하고 무리도 행복하다.

매기는 사람들이 가까워지고 냄새 원뿔이 좁아지는 동안 걱정스러운 마음에 낑낑거렸다. 나이가 많아 보이는 소년은 헐렁한 흰색 셔츠를, 어린 소년은 색이 바랜 청색 티셔츠를 입고 있었다. 두 소년 모두 헐렁한 흰색 바지와 샌들 차림이었다. 키가 큰 남자는 수염을 길렀고, 길고 품이 넓은 소매가 달린 짙은 색 셔츠와 낡은 바지 차림이었다. 그가 팔을 들자 여러 겹으로 접어 올린 양쪽 소매가 흘러내렸다. 그의 몸에서는 며칠 묵은 듯한 지독히도 시큼한 땀 냄새가 진동했다. 그런데 지금, 매기가 표적으로 삼는 냄새는 그 냄새보다도 더 강했다. 매기가 표적으로 삼는 냄새는 키 큰 남자에게서 났다. 매기가 느낀 확신이 목줄을 통해 피트에게 전해졌고, 피트는 그와 매기가 일심동체인 양 매기가 알아낸 내용을 잘 알고 있었다. 그와 매기는 인간과 개가 아니라 그보다 더 뛰어난 존재였다. 그들은 무리였다.

피트는 소총을 어깨에 붙이고는 남자에게 그 자리에 멈추라고 소리 질렀다.

웃으면서 멈춰 선 남자는 양손을 들었다. 그러는 사이 염소 떼는 소년들 주위에 모여 있었다.

남자가 멈춰 선 소년들에게 뭐라고 중얼거렸다. 매기는 그들이 느끼는 공포의 냄새를 맡았다.

피트가 말했다. "그대로 있어, 아가씨. 그대로 있어."

피트는 키 큰 남자에게 다가가려고 매기 앞으로 발을 내디뎠다. 매기는 피트가 그녀에게서 멀어지는 걸 무척 싫어했지만, 피트는 그녀의 알파였다. 그래서 매기는 그에게 복종했다. 하지만 매기는 그의 심장박동이 빨라지는 소리를 들었다. 그의 살갗에서 쏟아지는 땀 냄새도 맡았다. 매기는 피트가 두려워하고 있다는 걸 알았다. 그의 불안감이 목줄을 통해 빠르게 매기에게 전달됐다. 불안이 매기에게로 번져갔다.

매기는 피트를 따라가려고 지시받은 자세를 어기고는 어깨로 그의 다리를 밀쳤다.

"안 돼, 매기. 그대로 있어."

그녀는 그의 명령에 따라 움직임을 멈췄다. 하지만 낮게 으르렁거리기는 했다. 그녀가 할 일은 그를 보호하고 방어하는 거였다. 그들은 무리였다. 그리고 피트는 알파였다. 그녀가 저먼 셰퍼드로서 물려받은 모든 DNA 가닥이 앞에 있는 사람들과 피트 사이로 몸을 밀어 넣으라고, 그 사람들이 접근하지 못하도록 경고를 보내거나 그들을 공격하라고 신호를 보냈지만, 그 DNA에는 피트를 즐겁게 하는 것 또한 매기의 의무라고 저장되어 있었다. 알파가 행복하면 무리도 행복하다.

매기는 지시받은 자세를 다시 어겼다. 그러고는 피트와 낯선 이들 사이에 몸을 다시 한번 들이밀었다. 이제는 그 냄새가 무척 진하게 풍겼다. 그래서 매기는 피트가 가르친 대로 그 자리에 앉았다.

매기 옆에 무릎을 꿇은 피트는 소총을 들어 올리고는 해병대원들을 향해 큰 소리로 경고를 보냈다.

"저놈한테 폭약이 잔뜩 있다!"

그러자 키 큰 남자가 자폭했다. 그에 따른 충격으로 매기는 몸이 뒤집힌 채로 거세게 뒤로 내동댕이쳐졌다. 잠깐 의식을 잃은 매기는 옆으로 누운 채 의식을 되찾았다. 매기가 방향감각을 잃고 혼란스러워할 때 흙먼지와 잔해가 그녀의 털 위로 떨어졌다. 매기의 귀에는 고음의 낑낑거리는 소리밖에 들리지 않았고, 코는 인공적인 화염에서 나는 톡 쏘는 악취 때문에 화끈거렸다. 몸을 일으키려고 기를 쓰는 동안 매기의 흐릿한 시야가 서서히 또렷해졌다. 그녀의 뒤에 있는 해병들이 고함을 쳐대고 있었다. 하지만 그들이 내뱉는 말은 아무 의미도 없었다. 매기의 왼쪽 앞발이 몸의 무게를 견디지 못하고 꺾였다. 매기는 어깨로 땅을 밀어 곧바로 다시 일어섰다. 매기는 개미들에게 물린 것처럼 따끔거려서 부들부들 떨리는 다리 세 개로 몸을 지탱하고 있었다.

수염을 기른 남자는 연기가 모락모락 피어나는 천 조각과 찢겨나간 살점이 쌓인 더미가 돼 있었다. 쓰러진 염소들은 울부짖었다. 어린 소녀는 울면서 땅바닥에 주저앉았고, 그보다 나이 많은 소년은 셔츠와 얼굴에 빨간 피를 뒤집어쓴 채로 휘청거리며 제자리를 맴돌았다.

피트는 모로 누운 채로 신음하며 웅크리고 있었다. 피트와 매기는 여전히 목줄로 이어져 있었다. 그가 느끼는 고통과 공포가 고스란히 매기에게 흘러들었다.

그는 무리였다.

그는 세상의 모든 것이었다.

매기는 절뚝거리며 피트에게 다가가 미친 듯이 그의 얼굴을 핥았다. 매기는 그의 코와 두 귀와 목에서 흐르는 피를 맛봤다. 그녀는 그를 진정시키고 치유할 필요가 있다는 걸 깨달았다.

몸을 옆으로 굴린 피트가 그녀를 향해 눈을 깜박거렸다.

"다쳤니, 베이비 걸?"

피트의 머리와 가까운 길바닥에서 흙 한 덩이가 튀어 오르더니 요란하고 날카로운 소리가 허공을 갈랐다.

뒤에 있는 해병들의 목소리가 커졌다.

"저격수다! 마을에 저격수가 있다!"

"피트가 쓰러졌어!"

"우리도 응사를……"

자동화기 10여 자루에서 나는 혼을 빼놓을 듯한 시끄러운 총소리에 겁을 먹은 매기는 움츠러들었지만, 그러는 와중에도 피트의 얼굴을 더욱 거세게 핥았다. 매기는 그를 일으켜 세우고 싶었다. 그를 행복하게 만들고 싶었다.

천둥소리처럼 육중한 굉음이 굉장히 가까운 데서 나면서 그녀 뒤에 있는 흙덩어리를 들었다 놨다. 더 많은 흙과 뜨거운 파편 조각이 그녀의 털을 훑고 지나갔다. 그녀는 다시 움츠러들었다. 매기는 달아나고 싶었다. 하지만 매기는 핥는 걸 멈추지 않았다.

그를 치료해.

그를 진정시켜.

피트를 보살펴.

"박격포다!"

"놈들이 박격포로 공격하고 있다!"

또 다른 흙덩어리가 그들 옆 도로에서 튀어 올랐다. 피트는 매기의 목줄을 천천히 멜빵에서 풀었다.

"가, 매기. 놈들이 우리를 쏘고 있어. 가……"

그의 알파다운 목소리에는 힘이 없었다. 그의 허약한 모습을 접한 매기는 겁이 났다. 알파는 강했다. 알파는 무리였다. 무리는 세상의 모든 것이었다.

더 많은 천둥소리가 지축을 흔들었다. 그러고는 더 큰 소리가 이어졌다. 갑자기 뭔가 강한 물체가 그녀의 엉덩이를 강타했다. 매기의 몸이 공중으로 붕 떠올랐다가 회전했다. 매기는 땅에 떨어지면서 비명을 질렀다. 그러고는 통증 때문에 이빨을 드러내며 으르렁거렸다.

"저격수가 개를 쐈어!"

"그 개자식 없애버려, 젠장!"

"루이스, 존슨, 나랑 가자!"

해병들이 건물을 향해 내달리는 동안에도 매기는 그들에게는 전혀 관심을 쏟지 않았다. 매기는 엉덩이에서 느껴지는 끔찍한 통증 때문에 이빨을 드러내고 으르렁거리다가 그녀의 무리에게 힘겹게 몸을 끌고 복귀했다.

피트는 그녀를 멀리 밀어내려 애썼다. 하지만 매기를 밀어내는 그의 힘은 약했다.

"가, 베이비. 나는 일어서지를 못하겠어. 도망가……"

피트가 방탄조끼 아래로 손을 넣더니 녹색 공을 꺼냈다.

"가져와, 베이비 걸. 가서……"

피트는 녹색 공을 던지려 애썼지만, 공은 겨우 60센티미터 정도만 굴러갔다. 피트가 피를 토해내더니 몸을 마구 떨었다. 그러면서 불과 몇 초 사이에 그와 관련된 모든 것이 변했다. 그에게서 풍기는 냄새가, 그에게서 느껴지는 맛이 변했다. 매기는 그의 심장이 천천히 멈추는 소리를, 혈관을 흐르는 피의 속도가 느려지는 소리를 들었다. 매기는 피트의 영혼이 그의 육신을 떠나는 걸 감지했다. 매기는 지금껏 알았던 그 어떤 것과도 비교할 수 없는 애통한 상실감을 느꼈다.

"피트! 우리가 가고 있어, 친구!"

"항공 지원이 오는 중이야, 버텨!"

매기는 피트를 웃게 하려 애쓰면서 그를 핥았다. 피트는 매기가 그의 얼굴을 핥으면 늘 깔깔거렸었다.

또 다른 날카로운 고음이 매기의 옆을 스쳤고, 또 다른 흙 한 덩이가 공중으로 튀어 올랐다. 그런 후, 뭔가 묵직한 것이 피트의 방탄조끼를 엄청나게 세게 두들겼고, 그 바람에 매기는 가슴을 주먹으로 맞은 듯한 충격을 느꼈다. 매기는 총알에서 나는 매캐한 연기와 뜨거운 쇠 냄새를 맡았다. 그녀는 피트의 방탄조끼에 난 구멍을 물어뜯으려 했다.

"놈들이 개를 쏘고 있어!"

더 많은 박격포가 길 가장자리를 두들겼고, 다시금 흙과 뜨거운 쇳덩이가 비처럼 쏟아졌다.

매기는 으르렁거리며 짖어댔다. 그러고는 알파의 몸 위로 자신의 몸을 끌고 갔다. 피트는 알파였다. 피트는 무리였다. 그녀가 할 일은 무리를 보호하는 것이다.

매기는 비처럼 쏟아지는 잔해를 향해 이빨을 드러낸 후, 끔찍한 말벌떼처럼 멀리 떨어진 건물을 맴돌고 있는 금속성 새들을 향해 짖어댔다. 더 많은 폭발이 있었다. 그러더니 갑작스러운 고요가 사막을 채웠다. 뛰박질하는 해병들에게서 나는 달가닥거리는 소리가 점점 가까워졌다.

"피트!"

"우리가 가고 있다, 친구……"

매기는 송곳니를 드러내고 으르렁거렸다.

무리를 보호하라. 알파를 보호하라.

매기의 등에 난 털이 분노로 일어섰다. 그녀는 그들이 내는 소리를 낚아채려고 귀를 앞으로 세웠다. 덩치 큰 녹색 형체들이 매기의 주위를 에워쌌고, 그녀의 송곳니는 섬뜩한 느낌을 풍기며 환히 빛났다.

그를 보호하라. 무리를 보호하라. 그녀의 피트를 보호하라.

"세상에, 매기, 우리야! 매기!"

"피트가 죽은 거야?"

"당했어, 친구……"

"매기도 당했어……"

매기는 이빨을 드러내고는 그들을 물어뜯으려 했다. 형체들은 화들짝 놀라며 뒤로 물러섰다.

"매기가 정신이 나갔어……"

"매기를 아프게 하지 마. 젠장, 피 흘리고 있잖아."

무리를 보호하라. 보호하고 방어하라.

매기는 이를 드러내고 공격적인 태도를 취했다. 으르렁거리고 요란하게 짖어댔다. 그러면서 해병들에게 맞서려고 껑충껑충 맴돌았다.

"의무병! 의무병, 젠장, 피트가 쓰러졌어……"

"블랙호크가 오는 중이야!"

"매기가 접근하는 걸 막고 있어."

"소총을 써! 다치게 하지 말고! 매기를 밀어서 떨어뜨려."

"매기도 총에 맞았잖아, 인마!"

무엇인가가 그녀에게 닿았다. 그러자 매기는 그걸 힘껏 물었다. 양턱으로 그걸 악물었다. 1제곱센티미터 당 49킬로그램이 넘는 압력이 턱에 실렸다. 매기는 으르렁거리면서 힘껏 물었다. 그러자 또 다른 긴 물체가 앞으로 나와서 그녀에게 닿았고, 또 다른 물체가 또 그렇게 다가왔다.

매기는 물고 있던 턱을 풀고는 제일 가까이 있는 사람에게 달려들었다. 살점을 물어 찢어발긴 그녀는 피트를 지키는 위치를 다시 고수했다.

"우리가 피트를 해칠 거라고 생각하는 거야."

"매기를 밀어서 떨어뜨려! 어서……"

"매기를 다치게 하지 마, 젠장!"

그들은 매기를 다시 밀어냈다. 그러더니 누군가가 매기의 머리에 재킷을 던졌다. 매기는 몸을 비틀어 재킷을 떨치려 애썼지만, 해병들은 그들의 몸무게로 그녀를 제압했다.

피트를 보호하라. 피트는 무리였다. 그녀의 생명은 무리를 위한 것이다.

"야 인마, 매기가 다쳤잖아. 조심해!"

"내가 붙잡았어."

"망할 놈의 쓰레기 같은 새끼가 매기를 쐈어……"

매기는 몸부림치면서 휘청거렸다. 분노와 공포로 길길이 날뛰었다. 그러면서 재킷 너머를 물어뜯으려고 애썼다. 하지만 매기는 자신의 몸이 들어 올려지는 걸 느꼈다. 매기는 아무 통증도 느끼지 못했고, 자신이 피를 흘리고 있다는 것도 몰랐다. 단지 아는 거라고는 피트와 함께 있어야 한다는 게 전부였다. 매기는 그를 보호해야 했다. 그가 없으면 매기에게는 삶의 의미가 없었다. 그녀가 할 일은 그를 보호하는 거였다.

"매기를 블랙호크에 태워."

"내가 매기를 안았어……"

"매기를 피트와 같이 태워."

"이 개는 뭐요?"

“이 친구가 이 개의 핸들러입니다. 이 개를 병원에 데려가요.”

“그 친구는 죽었어요……”

“매기는 그를 보호하려고 애쓰고 있었어요……”

“그만 입 닥치고 날아가, 이 개자식아. 매기를 의사한테 데려가. 이 개는 해병이야.”

매기는 자신의 머리를 덮은 재킷 사이로 항공유가 타면서 생긴 진한 배기가스가 스며들어오는 동안 몸 곳곳으로 퍼지는 깊은 떨림을 느꼈다. 그녀는 겁이 났다. 하지만 피트의 냄새가 가까이에 있었다. 그가 불과 몇 십 센티미터 떨어진 곳에 있다는 걸 알았다. 하지만 그가 아득히 멀리 있다는 것도, 갈수록 멀어지고 있다는 것도 알았다.

매기는 피트와 가까운 곳으로 기어가려 애썼지만, 다리가 말을 듣지 않았다. 사람들은 그녀를 잡아서 누운 자세로 고정시켰다. 한참이 지난 후, 그녀의 격렬한 으르렁거림은 낑낑거림으로 변했다.

피트는 그녀의 짝이었다.

그들은 무리였다.

그들 둘은 하나의 무리를 이뤘지만, 피트는 이제 이 세상 사람이 아니었다. 그래서 매기에게는 아무도 없었다.

1부
스콧과 스테파니

1

0247시

로스앤젤레스 다운타운

그들이 유별난 그 시간에 그 특별한 거리의 그 특정한 T자형 도로에 있었던 건 스콧 제임스가 배고팠기 때문이었다. 스테파니는 그를 기쁘게 해주려고 그들이 탄 순찰차의 시동을 껐다. 그들은 이곳이 아닌 다른 곳 어디에나 있을 수 있었다. 하지만 그날 밤에 그는 그녀를 거기로, 그 고요한 교차로로 이끌었다. 그날 밤, 그곳은 무척이나 조용했다. 그래서 그들은 그런 얘기를 나눴다.

신기할 정도로 조용하다고.

그들은 하버 프리웨이(고속도로)에서 세 블록 떨어진 곳에 차를 세웠다. 그들이 차를 세운 곳은 다저스가 차베스 라빈(LA 다저스의 홈구장을 부르는 별칭)을 떠날 경우 신축 스타디움을 짓기 위해 철거할 거라고 모두 이구동성으로 말하는, 다 쓰러져가는 4층짜리 건물들이 늘어선 사잇길이었다. 그 지역의 건물과 거리는 버려진 곳이었다. 거기에는 노숙자조차 없었다. 지나다니는 차도 없었다. 그날 밤, 거기에 누군가가 있을 이유는 전혀 없었다. 심지어 LAPD(로스앤젤레스 경찰국) 순찰차조차 그랬다.

스테파니는 얼굴을 찡그렸다.

"가는 데가 어딘지 확실히 알고 있는 거야?"

"어디로 가는 건지 잘 알고 있으니까 조용히 기다려봐."

스콧은 램파트의 강도과 형사가 침을 튀겨가며 칭찬했던 심야 국수 가게를 찾아내려 애쓰고 있었다. 그 가게는 빈 점포 앞 공터를 두 달간 차지하고는 트위터로 대대적인 선전을 하며 영업하다가 자취를 감추는 푸드 트럭이었다. 강도과의 그 인간은 그 가게의 라면이 로스앤젤레스에서 가장 경이로운 라면이라고 주장했다. 다른 곳에서는 맛볼 수 없는 풍미를 가진 라틴·일본식 퓨전 라면으로, 실란트로(고수 잎)와 양(소의 위), 전복과 칠리, 할라페뇨와 오리고기가 어우러져 그걸 먹을 수 있다면 목숨이라도 바칠 수 있을 듯한 맛이라는 거였다.

스콧은 자기가 어쩌다 방향을 잃고 헤매게 된 건지 가늠하려 애쓰다가 갑자기 그 소리를 들었다.

"잘 들어봐."

"뭘?"

"쉿, 잘 들어봐. 엔진 끄고."

"그 가게가 어딘지 전혀 모르는 거지, 그렇지?"

"자기, 이 소리를 들어봐야 해. 잘 들어봐."

11년 차 LAPD 정복 경찰인 3급 순경(P-Ⅲ, 1년을 복무해야 경사나 형사로 승진할 자격을 갖출 수 있는 계급) 스테파니 앤더스는 기어를 주차 상태에 놓고 순찰차의 시동을 껐다. 그러고는 스콧을 응시했다. 햇볕에 보기 좋게 탄 그녀의 얼굴은 눈가에 주름이 몇 줄 가 있었고, 머리는 옅은 갈색 단발이었다.

7년 차 2급 순경(P-Ⅱ, 최소 3년을 복무해야 3급 순경 진급 자격을 얻을 수 있는 계급)으로 서른두 살인 스콧 제임스는 귀를 기울이라고 그녀에게 말하는 동안 자기 귀를 만지작거리며 활짝 웃었다. 스테파니는 잠시 혼란스러워하는 듯 보였다. 그러다가 얼굴 가득 환한 미소를 지었다.

"정말 너무 조용하네."

"말도 안 되는 것 같지, 그렇지? 무선 호출도 없어. 수다 떠는 사람도 없고. 프리웨이에서 나는 소리조차 들리지 않아."

아름다운 봄날 밤이었다. 기온은 섭씨 18도 안팎이었고, 공기는 청명했다. 스콧이 좋아하는, 창문을 모두 열어두고 반소매로 생활하는 날씨였다. 그날 밤 그들이 본부와 교신을 주고받은 횟수는 평소 교신 횟수의 3분의 1에도 못 미쳤다. 이날 근무는 날로 먹는 것 같은 근무였다. 하지만 스콧은 따분했다. 그들이 도무지 찾을 길이 없는 국수 가게를 찾아 나선 건 그래서였다. 스콧은 그 국숫집이 실제로는 존재하지 않을지도 모른다는 생각을 하기 시작했다.

스테파니가 차에 시동을 걸려고 팔을 뻗었다. 하지만 스콧은 그녀를 제지했다.

"이렇게 1분만 앉아 있자. 이렇게 조용한 세상을 몇 번이나 경험해봤어?"

"한 번도 못 해봤어. 이거 너무 멋지다. 무서워서 소름이 돋을 지경이야."

"걱정하지 마. 내가 자기를 지켜줄게."

스테파니는 깔깔 웃었다. 스콧은 그녀의 눈에서 가로등 불빛이 어슴푸레 빛나는 모습이 무척 마음에 들었다. 그는 그녀의 손을 잡고 싶었지만 그러지 않았다. 그들은 지난 10개월간 파트너였다. 하지만 이제 스콧은 떠날 예정이었고, 그에게는 하고 싶은 말이 있었다.

"자기는 좋은 파트너였어."

"나한테 있는 대로 질척대려는 거야?"

"그래. 그럴 셈이야."

"좋아, 그럼. 자기가 그리울 거야."

"내가 자기보다 더 자기를 그리워할 거야."

그들이 치는 사소한 장난. 그들에게는 세상만사가 경쟁이었다. 상대를 더 그리워할 사람이 누구인지를 가리는 것조차 경쟁이었다. 다시금 그는 그녀의 손을 만지고 싶었다. 그런데 그녀가 먼저 팔을 뻗어 그의 손을 잡았다. 그러고는 꼭 쥐었다.

"아니, 자기는 그럴 틈이 없을 거야. 악당들을 혼내주고 불량배들 명단을 작성하면서 즐거운 시간을 보내겠지. 그게 자기가 원하는 거잖아, 아저씨. 그렇게 되면 나는 그보다 더 행복할 수가 없을 거야. 자기는 참 정력 좋은 난봉꾼이었는데."

스콧은 폭소를 터뜨렸다. 그는 레드랜즈 대학교에서 2년간 미식축구 선수로 뛰다가 무릎이 나갔다. 2년 후에 그는 LAPD에 임관했다. 그러면서도 그는 학위를 따려고 이후로 4년간 야간 수업을 들었다. 스콧 제임스에게는 목표가 있었다. 그는 젊고 결단력이 있고 경쟁심이 강했다. 그리고 그는 힘 좋은 사람들과 일하고 싶었다. 그는 LAPD의 메트로 디비전에 합격했다. 엘리트 정복 경찰들로 구성된 메트로는 도시 곳곳에 나눠진 관할 구역을 기반으로 활동하는 경찰의 활동을 지원하는 부서였다. 메트로는 범죄를 억제하는 파견대로 활동하고, 위험한 상황을 막는 방어 부대로 활약하며, 위태위태한 갈등 상황에서 치안 관련 작전을 펼치는 고도의 훈련을 받은 예비 경찰력이었다. 그들은 최고였다. LAPD의 최정예 요원이 배치된 부대인 SWAT(특수기동대)에 합류하기를 희망하는 이들이라면 필수적으로 거쳐야 하는 곳이기도 했다. 최고 중의 최고. 스콧은 주말에 메트로로 전근될 예정이었다.

스테파니는 여전히 그의 손을 잡고 있었다. 스콧은 그녀의 이런 행동이 무슨 뜻일까 궁금했다. 그 순간, 도로 끝에서 큼지막한 벤틀리 세단이 나타났다. 하늘을 나는 양탄자처럼 이 동네와 어울리지 않는 그 세단은 선팅된 창문을 모두 올리고 있었고, 차체는 먼지 한 톨도 찾을 수 없을 만큼 환히 빛났다.

스테파니가 말했다. "저기 배트모빌(Batmobile) 좀 봐."

벤틀리는 그들 앞으로 느릿느릿 지나갔다. 차의 시속은 겨우 32킬로미터밖에 안 됐다. 유리 색이 너무 짙은 탓에 운전자의 모습은 볼 수가 없었다.

"저 차 세울까?"

"무슨 이유로? 부자라고? 우리처럼 길을 잃은 걸 거야."

"우리는 길을 잃을 수가 없어. 우리는 경찰이잖아."

"어쩌면 저 차도 우리가 찾는 바로 그 멍청한 가게를 찾는 중일 거야."

"졌다, 졌어. 라면은 관두고 달걀이나 먹으러 가자."

스테파니가 시동을 걸려고 팔을 뻗었을 때, 슬로모션으로 그들을 지나친 벤틀리는 30미터쯤 더 달려서 T자형 교차로에 접근했다. 벤틀리가 교차로에 당도한 순간, 검은색 켄워스(미국의 대형 트럭 제조사) 트럭이 목 깊숙한 곳에서 뿜어져 나오는 으르렁거리는 굉음과 함께 완벽한 고요를 산산조각 내면서 옆 도로에서 갑자기 튀어나왔다. 트럭은 벤틀리의 측면을 거세게 들이받았다. 2.7톤짜리 세단은 완전히 뒤집혀서 굴러가다가 도로 건너편에서야 오른쪽 측면을 위로 한 채로 멈춰 섰다. 켄워스는 옆으로 미끄러지다가 멈춰 서면서 도로를 가로막았다.

스테파니가 소리를 질렀다. "맙소사!"

스콧은 경광등을 켜고 순찰차에서 뛰어내렸다. 경광등이 주변 도로와 건물을 푸른색 만화경 같은 파동으로 물들였다.

스테파니가 차에서 내리면서 어깨에 있는 무전기의 버튼을 누르고는 도로 표지판을 찾아 이리저리 눈을 돌렸다.

"우리 위치가 어디지? 여기가 무슨 거리야?"

스콧은 표지판을 발견했다.

"하모니, 하버에서 남쪽으로 세 블록 떨어진 곳이야."

"2-애덤(Adam)-24, 하모니에 부상자가 생긴 교통사고가 발생했다. 하버 프리웨이에서 남쪽으로 세 블록, 윌셔에서 북쪽으로 네 블록 떨어진 지점이다. 구급차와 소방차를 요청한다. 경찰 지원 인력도 보내달라."

스콧은 스테파니보다 세 발짝 앞에서 벤틀리에 가까이 다가갔다.

"내가 배트모빌을 맡을 테니 자기는 트럭을 맡아."

스테파니는 걷는 속도를 높였다. 그러면서 두 사람은 다른 방향으로 흩어졌다. 벤틀리의 후드 아래에서 쉭쉭 뿜어져 나오는 증기 말고는 그 도로에서 움직이는 건 누구도, 그 무엇도 없었다.

그들이 사고 현장 쪽으로 절반쯤 다가갔을 때였다. 트럭 내부에서 눈이 부시도록 밝은 노란 불꽃들이 한바탕 피어나더니 망치질하는 듯한 소리가 건물 사이로 메아리쳤다.

스콧은 트럭의 운전석 내부에서 뭔가가 폭발했다고 생각했는데, 그 직후 쇠로 된 빗방울이 쏟아지듯 총알이 그들의 순찰차와 벤틀리를 찢어발기며 뚫고 들어갔다. 스콧이 본능적으로 옆으로 몸을 날리는 사이 스테파니가 쓰러졌다. 그녀는 외마디 비명을 지르고는 두 팔로 가슴을 감쌌다.

"맞았어. 오, 젠장……"

스콧은 땅에 엎어진 채로 머리를 감쌌다. 총알이 그의 주위에 있는 콘크리트를 때리자 불꽃이 튀었고, 도로에 총알 자국들이 패었다.

움직여. 무슨 일이라도 해봐.

스콧은 옆으로 몸을 굴리며 권총을 뽑았다. 그러고는 그가 할 수 있는 가장 빠른 속도로 섬광을 향해 사격했다. 몸을 일으켜 두 발로 선 그가 파트너 쪽으로 지그재그로 이동하는 동안 낡은 진회색 그랜토리노(Gran Torino) 한 대가 굉음을 내며 도로를 내려왔다. 그랜토리노는 끼익 소리를 내며 벤틀리 옆에 멈춰 섰지만, 스콧은 그 모습을 보지 못했다. 그는 트럭을 향해 맹목적으로 총을 쏘면서 파트너를 향해 지그재그로 힘껏 달려갔다.

스테파니는 윗몸일으키기를 하는 사람처럼 몸을 웅크리고 있었다. 스콧은 그녀의 팔을 잡았다. 그는 트럭에 탄 사람들이 사격을 중지했다는 걸 깨달았다. 스테파니가 비명을 지르고 있었음에도 그는 자신과 그녀가 살아남을 수 있을지도 모른다고 생각했다.

검정 스키 마스크를 쓰고 펑퍼짐한 재킷을 걸친 두 남자가 각자 권총을 들고 세단에서 튀어나와서 벤틀리를 향해 총을 쏘면서 유리들을 박살내고 차체에 구멍을 뚫었다. 운전자는 운전석에 그대로 있었다. 그들이 사격하는 동안 스키 마스크를 쓴 또 다른 남자 두 명이 AK-47 소총을 들고 트럭에서 내렸다.

스콧은 스테파니를 순찰차 쪽으로 끌고 가다가 그녀가 흘린 피에 미끄러졌지만, 다시 몸을 일으켜 뒤쪽으로 이동했다.

트럭에서 나온 첫 번째 남자는 큰 키에 마른 체형으로, 트럭에서 나오자마자 벤틀리의 앞 유리를 향해 발포했다. 두 번째 남자는 몸집이 두툼했고, 큼지막한 뱃살이 벨트 위로 출렁거렸다. 그는 스콧 쪽으로 소총의 총구를 돌렸다. 그러자 AK-47 소총이 노란 꽃들을 활짝 피웠다.

무엇인가가 스콧의 허벅지를 강하게 때렸다. 스테파니와 권총을 붙잡고 있던 그는 둘 다 놓치고 말았다. 그는 털썩 주저앉았다. 다리에서 피가 샘솟듯 뿜어져 흐르는 게 보였다. 스콧은 권총을 집어서 두 발을 더 발사했다. 그러자 권총의 슬라이드가 열렸다. 탄창이 비었다. 두 무릎을 꿇고 몸을 일으킨 그는 스테파니의 팔을 다시 잡았다.

"나, 죽을 건가 봐."

스콧이 말했다. "아냐, 안 죽어. 당신은 죽지 않을 거라고 하나님께 맹세해."

두 번째 총알이 스콧의 어깨 위쪽을 강타하면서 그를 쓰러뜨렸다. 스콧은 스테파니와 권총을 다시 놓쳤다. 왼팔의 감각이 없어졌다.

덩치 큰 남자는 스콧을 해치웠다고 생각하는 게 분명했다. 그는 자기 친구들 쪽으로 몸을 돌렸다. 그가 몸을 돌렸을 때, 스콧은 성한 다리로 땅을 밀어 말을 듣지 않는 다리를 끄는 식으로 순찰차를 향해 게처럼 기어갔다. 차는 그들을 가려주는 유일한 엄폐물이었다. 일단 차까지 가는 데 성공한다면 차를 스테파니에게 도달하는 데 쓸 무기로, 또는 방패로 쓸 수 있었다.

스콧은 후방으로 허둥지둥 이동하면서 어깨 마이크의 버튼을 누르고 그 상황에서 과감하게 낼 수 있는 가장 큰 소리로 속삭였다.

"경찰이 쓰러졌다! 총격이 일어났다, 총격이 일어났다! 2-애덤-24, 우리는 여기서 죽어가고 있다!"

회색 세단에서 내린 남자들은 벤틀리의 문을 열고 내부를 향해 총질했다. 스콧은 차에 탄 승객들을 힐끔 봤지만, 그의 눈에 보이는 건 그림자뿐이었다. 그러더니 사격이 중단됐고, 스테파니가 뒤에서 그를 불렀다. 피 때문에 부글부글 끓는 그녀의 목소리가 날카로운 비수처럼 그에게 파고들었다.

"나를 두고 가지 마! 스코티, 떠나지 마!"

스콧은 차에 도달하려는 절박한 심정으로 더 힘껏 발을 밀었다. 차에는 산탄총이 있었다. 점화장치에는 키가 꽂혀 있었다.

"나를 두고 가지 마!"

"자기를 두고 가는 게 아냐, 베이비. 그런 게 *아냐.*"

"돌아와!"

스콧이 순찰차에서 5미터쯤 떨어져 있을 때, 덩치 큰 남자가 스테파니가 내는 소리를 들었다. 몸을 돌려 스콧을 본 남자는 소총을 들어 발사했다.

총알이 조끼를 뚫고 가슴의 오른쪽 아래를 강타하면서 스콧 제임스는 세 번째 충격을 느꼈다. 통증은 강렬했다. 복강에 피가 고이는 동안 통증은 급격히 심해졌다.

스콧의 이동속도가 느려졌다. 그는 더 멀리 기어가려 애썼지만, 기력이 다 쇠하고 말았다. 그는 팔꿈치로 몸을 괬다. 그러고는 덩치 큰 남자가 그를 다시 쏘기를 기다렸다. 하지만 그 남자는 벤틀리 쪽으로 몸을 돌렸다.

사이렌 소리가 점점 가까이 다가오고 있었다.

벤틀리 내부에 검은 형체들이 있었다. 하지만 스콧은 그들이 무슨 일을 하는지 볼 수 없었다. 회색 세단의 운전자가 총잡이들을 보려고 몸을 비틀어 돌리면서 쓰고 있는 마스크를 올렸다. 스콧은 그 남자의 뺨에서 흰색 빛이 번뜩이는 걸 봤다. 그런 후, 벤틀리 내부와 주위에 있던 남자들이 부리나케 그랜토리노에 탔다.

덩치 큰 남자가 마지막이었다. 세단의 열린 문 옆에서 머뭇거리던 남자가 다시 한번 스콧을 발견하고 소총을 들어 올렸다.

스콧은 소리쳤다.

"안 돼!"

스콧이 몸을 날려 도로에서 벗어나려 애쓰는 동안 사이렌 소리가 희미하게 약해지면서 그를 위로하는 소리로 변해갔다.

"정신 차려요, 스콧."

"안 돼!"

"셋, 둘, 하나……"

총에 맞은 그날 밤 이후로 9개월 16일이 지난 후, 파트너가 살해당하는 걸 목격한 밤 이후로 9개월 16일이 지난 후에 스콧 제임스는 비명을 지르며 깨어났다.

2

스콧은 깨어날 때 총알이 날아오는 방향에서 정말로 격렬하게 몸을 빼냈다. 그래서 그는 자신이 정신과 상담실에 있는 소파 밖까지 몸을 날린 건 아니라는 사실을 깨달을 때마다 늘 놀라고는 했다. 실제로는 그저 살짝 요동쳤을 뿐이라는 걸 경험으로 알고 있었다. 그는 고강도 리그레션 치료(최면으로 과거 경험과 연관된 기억을 되살려 신체적·정신적 고통의 원인을 찾아내는 요법)를 받을 때마다 같은 방식으로 깨어났다. 덩치 큰 남자가 AK-47 소총을 들어 올리는 순간, 몽환적인 기억에 잠긴 상태에서 펄쩍 튀어나오는 거였다. 스콧은 조심스럽게 심호흡하며 쿵쾅거리는 심장박동을 가라앉히려 애썼다.

어두침침한 방 저편에서 굿맨의 목소리가 들려왔다. 의학박사 찰스 굿맨. 정신과 의사. 굿맨은 LAPD와 계약을 맺은 의사로, LAPD 직원은 아니었다.

"심호흡해요, 스콧. 괜찮아요?"

"괜찮습니다."

심장은 쿵쾅거렸고, 두 손은 떨렸으며, 식은땀이 가슴을 타고 흘렀다. 하지만 스콧은 굿맨의 눈에는 사소한 요동으로 보이는 격렬한 몸부림을 치면서도 자신의 감정을 대단치 않은 것으로 포장하는 데 능숙했다.

굿맨은 사십 대에 접어든 과체중 남자였다. 끝이 뾰족한 턱수염을 길렀고 머리는 포니테일로 묶었으며 발톱 곰팡이로 고생하는 터라 언제나 샌들을 신었다. 굿맨의 작은 사무실은 스튜디오 시티에 있는 로스앤젤레스 강 수로에 접한 치장벽토 건물의 2층에 있었다. 스콧이 처음 만난 정신과 의사는 차이나타운에 있는 LAPD 행동과학연구소에 더 근사한 사무실을 갖고 있었다. 하지만 스콧은 그녀가 마음에 들지 않았다. 그녀를 보면 스테파니가 떠올랐기 때문이다.

"물 좀 줄까요?"

"아니, 아닙니다. 괜찮습니다."

스콧은 두 발을 소파 밖으로 크게 돌리다가 어깨와 옆구리의 통증 때문에 얼굴을 찡그렸다. 그는 오래 앉아 있으면 몸이 금세 뻣뻣해졌다. 일어서서 몸을 놀리는 건 통증을 줄이는 데 도움이 됐다. 최면상태에서 벗어날 때는 햇빛이 화사한 거리에서 어두컴컴한 술집으로 들어갈 때 그런 것처럼 적응하는 데 몇 초의 시간이 필요했다. 그가 그날 밤에 일어난 사건으로 고강도 리그레션을 한 건 이번이 다섯 번째였는데, 이번에는 하고 나서 뭔가 혼란스럽고 불확실한 느낌이 남았다. 그러다가 기억을 떠올린 그는 굿맨을 쳐다봤다.

"구레나룻."

굿맨은 노트를 펼치고 적을 준비를 했다. 굿맨은 상담 내용을 꾸준히 기록으로 남겼다.

"구레나룻?"

"도피용 차량을 운전한 놈. 그놈의 구레나룻이 하얬어요. 숱이 많은 백발의 구레나룻이었습니다."

굿맨은 노트에 빠르게 기록한 후, 앞 페이지들을 휙휙 넘기며 살폈다.

"전에는 구레나룻 얘기를 한 적이 없었던가요?"

스콧은 기억을 짜내려고 안간힘을 썼다. 그런 말을 했었나? 구레나룻을 떠올리기는 했지만, 그냥 언급하지 않았던 건가? 자신에게 스스로 물었지만, 그는 대답을 이미 알고 있었다.

"예전에는 그걸 기억하지 못했습니다. 조금 전까지요. 지금에야 기억났습니다."

굿맨은 거칠게 글을 휘갈겼다. 그런데 그가 그렇게 빠르게 휘갈겨 쓰는 모습을 보면서 스콧은 자신의 기억을 더욱더 의심하게 됐다.

"제가 정말로 그것들을 봤다고 생각하는 겁니까, 아니면 제가 그걸 상상으로 지어낸 거라고 생각하는 겁니까?"

굿맨은 입을 열기 전에 기록부터 끝마치려고 손을 들어 스콧을 제지했다.

"아직 거기까지는 들어가지 맙시다. 나는 당신이 기억한 내용을 그냥 그대로 말해줬으면 해요. 일이 벌어지고 난 지금, 뒤늦게 당신 자신을 비판하지는 말도록 해요. 그냥 당신이 기억하는 내용을 말해줘요."

그는 목격한 광경을 선명히 기억했다.

"사이렌 소리가 들렸을 때 놈이 총잡이들 쪽으로 몸을 돌렸습니다. 놈은 그렇게 몸을 돌리면서 자기 마스크를 올려서 벗었습니다."

"그 사람도 남들하고 똑같은 마스크를 하고 있었나요?"

스콧은 총잡이 다섯 명을 항상 정확히 똑같은 방식으로 묘사했었다.

"그렇습니다. 검정 니트 스키 마스크였습니다. 놈이 그걸 올리는 중에 구레나룻을 봤습니다. 구레나룻이 꽤 길었습니다. 여기 귓불 아래까지 내려왔어요. 은(銀)처럼 회색이었을지도 모릅니다."

스콧은 이미지를 더 선명하게 보려고 애쓰면서 자기 얼굴의 귀 옆을 만졌다. 조명이 시원치 않은 상황에서 먼 곳을 바라보는 얼굴을 보려고 애썼지만, 그의 기억에 남은 건 순식간에 스치고 지나가는 흰색뿐이었다.

"당신이 본 광경을 묘사해봐요."

"놈의 턱 일부만 봤습니다. 놈은 이런 흰색 구레나룻을 길렀습니다."

"피부색은요?"

"모르겠습니다. 흰색이었을 겁니다. 아니면 라틴계나 피부색이 밝은 흑인일지도 모릅니다."

"추측하지 말아요. 그냥 당신이 뚜렷하게 기억하는 것만 묘사해요."

"뭐라고 딱 꼬집어 말을 못 하겠습니다."

"그 사람의 귀를 볼 수 있나요?"

"귀의 일부분만 봤습니다. 하지만 놈은 너무 멀리 떨어져 있었습니다."

"머리카락은요?"

"구레나룻만 봤습니다. 놈은 마스크를 얼굴 중간까지 올리는 중이었습니다. 하지만 구레나룻을 볼 수 있을 정도는 됐습니다. 세상에, 지금은 구레나룻이 선명하게 기억납니다. 이게 제가 지어낸 얘기일까요?"

스콧은 지어낸 기억에 대한 글을, 그리고 최면에 걸린 동안 되찾은 기억을 주제로 한 글을 많이 읽었다. 세상은 그런 기억을 의심스러운 눈으로 봤고, LA 카운티의 검사들은 그런 기억을 법정에서는 절대로 사용하지 않았다. 법정에서 합리적 의혹을 빚어내는 그런 기억들을 공격하는 건 무척 쉬운 일이었다.

굿맨은 펜을 끼운 채로 노트를 닫았다.

"당신이 보지 못한 일을 상상해서 지어낸 이야기냐고요?"

"그렇습니다."

"모르겠어요. 그런데 당신이 왜 그래야 하는 거죠?"

굿맨이 그에게 그가 생각하는 대답들을 내놓으라고 요구하면서 정신과 의사들이 하나같이 보였던 모습을 보일 때면 스콧은 그가 싫었다. 하지만 스콧은 굿맨을 7개월간 만나왔다. 그래서 그는 굿맨의 상담 기법을 마지못해 받아들였다.

스콧은 피격당한 이틀 후에 그날 밤 사건을 생생히 기억하는 채로 의식을 되찾았다. 수사를 담당한 강력반 특수팀 형사들의 강도 높은 심문을 받는 3주 동안 스콧은 최선을 다해 총잡이 다섯 명을 묘사했지만, 그 남자들에 관한 한 아무 특색 없는 실루엣을 제외하고는, 식별에 필요한 세부 정보를 더는 제공할 수 없었다. 다섯 명 전원이 마스크와 장갑 차림에 머리끝부터 발끝까지 옷으로 꽁꽁 싸매고 있었다. 절뚝거리거나 팔다리가 불구인 사람은 하나도 없었다. 스콧은 그들의 목소리를 전혀 듣지 못했고, 눈동자나 머리카락이나 피부색, 눈에 잘 띄는 문신이나 장신구, 흉터, 몸단장 같은 식별 가능한 정보를 제공할 수도 없었다. 탄피와 켄워스 트럭, 그리고 불과 여덟 블록 떨어진 곳에 버려진 포드 그랜토리노에서는 지문이나 써먹을 만한 DNA가 단 하나도 발견되지 않았다. LAPD의 강력반 특수팀에서 파견된 엘리트 수사진이 담당한 사건이었음에도 용의자는 한 명도 밝혀지지 않았고, 단서는 모두 고갈됐다. 그런 탓에 수사는 불가피하게 잠정 중단 상태가 되고 말았다.

스콧 제임스가 총에 맞고 9개월 16일이 지난 후, 그를 쏘고 스테파니 앤더스를 살해한 다섯 남자는 자유로이 세상을 활보하고 있었다.

그들은 여전히 저 밖에 있었다.

스테파니를 살해한 다섯 놈.

살인자들.

굿맨을 힐끔 본 스콧은 자신도 모르게 얼굴이 붉게 상기됐다는 걸 깨달았다.

"돕고 싶으니까요. 내가 이 개자식들을 체포하는 데 한몫했다고 느끼고 싶으니까요. 그래서 내가 이 헛소리를 지어내고 있는 거죠."

나는 살았고, 스테파니는 죽었기 때문입니다.

스콧은 굿맨이 이런 얘기를 한 마디도 받아 적지 않는 걸 보고는 안도감을 느꼈다. 굿맨은 미소를 지었다.

"이건 고무적인 일이에요."

"내가 기억을 지어내고 있는 게 말입니까?"

"당신이 뭔가를 지어내고 있다고 믿을 이유는 전혀 없어요. 당신은 애초부터 그날 밤에 벌어진 사건의 큼지막한 줄기를 일관되게 기술해왔어요. 스테파니와 나눈 대화에서부터 차량의 제조사와 모델, 총잡이들이 각자의 화기를 발사할 때 서 있었던 위치까지 말이에요. 당신이 기술한 요소 중에 사실인지 확인할 수 있는 것들은 모두 사실로 확인됐어요. 하지만 그날 밤에는 너무 많은 일이 순식간에 일어났어요. 그토록 믿기 힘든 스트레스를 받을 때, 사람들은 사소한 걸 잊기 십상이에요."

굿맨은 스콧이 기억을 묘사할 때면 늘 그의 편에 서서 상황을 이해해줬다. 몸을 기울인 그는 자신이 '사소하다'고 말한 게 어떤 의미인지를 보여주려고 엄지와 검지를 맞댔다.

"잊지 마요, 우리가 한 첫 리그레션에서 당신이 탄피를 기억해냈다는 걸. 당신이 네 번째 리그레션을 하기 전에는 트럭을 보기 전에 켄워스의 엔진 소리를 들었다는 사실을 기억하지 못했다는 것도 잊지 말고요."

우리의 리그레션. 굿맨은 스테파니가 죽어가는 동안 총에 맞아 갈기갈기 찢긴 그와 함께 그 자리에 있었던 사람처럼 말했다. 그럼에도 스콧은 굿맨이 핵심을 짚었음을 인정해야 했다. 덩치 큰 남자의 소총에서 아치를 그리며 튀어나온 탄피들이 황동 무지개처럼 반짝거리며 도로에 쏟아져 내렸다는 것을 스콧은 첫 번째 리그레션을 하기 전에는 기억하지 못했다. 켄워스가 엔진 회전속도를 높이는 소리를 들었다는 것도 네 번째 리그레션 이전에는 기억하지 못했었다.

굿맨은 앞으로 더 몸을 숙였다. 저러다가는 의자에서 떨어질지도 모르겠다고 스콧은 생각했다. 지금 굿맨은 상담에 완전히 몰입해 있었다.

"연구 결과에 따르면 사소한 세부 사항에 대한 기억, 다시 말해 그 순간의 스트레스 때문에 잊힌 미미한 기억이 돌아오기 시작하면 새 기억이 또 다른 기억으로 이어지면서 더욱더 많은 게 기억나기 시작할 거예요. 댐에 생긴 균열을 통해 물이 조금씩 흘러내리는 거랑 비슷해요. 댐이 무너질 때까지 더 빠르게 물이 뿜어져 나오다가 결국에는 홍수가 일어나는 거죠."

스콧은 얼굴을 찡그렸다.

"그 말은, 내 뇌가 결딴나고 있다는 겁니까?"

굿맨은 미소를 지으면서 스콧의 찡그리는 얼굴로 시선을 다시 돌렸다. 그는 다시 노트를 폈다.

"내 말은, 당신이 고무적인 느낌을 받아야 옳다는 거예요. 당신은 그날 밤에 일어났던 일을 조사하고 싶어 해요. 바로 그게 우리가 하고 있는 일이에요."

스콧은 반응을 보이지 않았다. 그는 자신이 그날 밤의 사건을 샅샅이 뒤지고 싶어 한다고 믿는 데 익숙했다. 그러나 그가 더욱더 원하는 건 잊는 거였다. 비록 망각은 그가 할 수 있는 수준을 넘어선 일이었지만. 그는 그날 밤을 다시 체험해보고 검토하며 그 사건에 꾸준히 집착해왔다. 그는 그날 밤을 혐오했지만, 그날 밤에서 벗어날 도리는 없었다.

스콧은 시계를 힐끔 봤다. 그들에게 남은 시간이 10분밖에 안 된다는 걸 확인한 그는 자리에서 일어섰다.

"오늘 상담은 여기까지 하시죠, 괜찮죠? 이 문제를 고민해봤으면 해서요."

굿맨은 노트를 닫으려는 움직임을 전혀 보이지 않았다. 대신 그는 목을 가다듬었다. 그건 화제를 바꾸는 그 나름의 방식이었다.

"우리한테는 시간이 여전히 몇 분 남아 있어요. 당신이 몇 가지를 더 확인해줬으면 하는데요."

확인. 스콧이 얘기하고 싶어 하지 않는 몇 가지 일에 대해 질문을 더 하고 싶다는 뜻을 가진 정신과 전문용어.

"물론이죠. 무슨 일에 대해서입니까?"

"리그레션이 도움이 되고 있는지에 대해서요."

"저는 구레나룻을 기억해냈습니다. 선생님은 리그레션이 도움이 되고 있다고 방금 말씀하셨잖습니까."

"당신이 기억해내는 데 도움이 된다는 게 아니라, 당신이 그 사건에 대처하는 데 도움이 된다는 뜻이었어요. 악몽은 좀 줄었나요?"

그가 입원하고 나흘째부터 악몽은 일주일에 네다섯 번씩 그의 잠을 박살 냈다. 대부분은 그날 밤에 벌어진 사건이라는 긴 영화에서 잘라낸 짧은 동영상 클립과 비슷했다. 덩치 큰 남자가 그에게 발포하는 모습, 덩치 큰 남자가 소총을 들어 올리는 모습, 그가 스테파니의 피에 미끄러지는 모습, 그의 몸을 강타하는 총알들의 충격. 하지만 더욱더 많이 꾸는 악몽은 마스크를 쓴 남자들이 그를 쫓아다니는 피해망상적인 악몽이었다. 그들은 그의 집 벽장에서 튀어나오거나 침대 밑에 숨어 있거나 차 뒷좌석에서 불쑥불쑥 모습을 드러냈다. 그가 가장 최근에 꾼 악몽은 간밤에 꾼 거였다.

스콧은 말했다. "훨씬 줄었습니다. 최근 2~3주간은 악몽을 꾼 적이 없습니다."

굿맨은 노트에 기록했다.

"악몽을 꾸는 게 리그레션 탓이라고 생각하나요?"

"달리 뭐가 있겠습니까?"

굿맨은 또 다른 기록을 하며 흡족한 표정으로 고개를 끄덕였다.

"사회생활은 어떤가요?"

"사회생활은 좋습니다. 선생님께서 말씀하신 사회생활이 사람들하고 맥주를 한잔하는 걸 뜻하는 거라면요. 만나는 사람은 없습니다."

"여자 친구를 찾고 있나요?"

"하찮은 잡담이 정신건강에 필수적인가요?"

"아뇨. 전혀요."

"있잖습니까, 저는 유대감을 느낄 수 있는 사람을 원하는 것뿐입니다. 제 입장이 되는 게 어떤 기분인지를 이해하는 사람을요."

굿맨은 격려하는 듯한 미소를 지었다.

"때가 되면 좋은 사람을 만나게 될 거예요. 사랑에 빠지는 것보다 좋은 치유법은 드물죠."

완전히 잊는 것, 또는 이런 짓을 벌인 그 개자식들을 체포하는 것보다 더 위로가 되는 일도 드물 것이다. 그렇지만 어느 쪽 일도 일어날 성싶지 않았다.

스콧은 시계를 힐끔 봤다. 여전히 6분이 남아 있는 걸 보고는 짜증이 났다.

"오늘은 여기까지 하면 안 될까요? 진이 다 빠졌습니다. 게다가 복무하러 가야 하기도 하고요."

"한 가지만 더. 새 업무에 대해 의논해보죠."

스콧은 시계를 다시 힐끔 봤다. 조바심이 났다.

"새 업무의 뭐에 대해서요?"

"당신 개는 받았나요? 지난번 상담 때, 개들이 오는 중이라고 말했었잖아요."

"지난주에 여기에 도착했습니다. 수석 트레이너가 개들을 인수하기에 앞서 확인하고 있습니다. 어제 그 작업을 마치고는 우리 일이 잘 돼가고 있다고 했습니다. 오늘 오후에 제 개를 배정받을 겁니다."

"그러고 나면 거리로 돌아가겠군요."

스콧은 이 얘기가 어디로 향할지를 알았다. 그는 그게 마음에 들지 않았다. 그들은 전에도 이 문제를 논의한 적이 있었다.

"우리가 공식적으로 허가를 받고 나면, 그렇겠죠. K-9(이 부대의 이름인 케이나인은 '개와 관련된 것'을 가리키는 형용사 canine과 발음이 같다) 경찰이 업무를 수행하는 곳이 그곳이니까요."

"나쁜 놈들하고 얼굴을 맞대고서요."

"그게 저희 업무의 중요한 부분에 속합니다."

"당신은 목숨을 잃을 뻔했어요. 이런 일이 다시 일어날지도 모른다는 게 걱정되나요?"

스콧은 머뭇거렸다. 하지만 전혀 두렵지 않은 척하는 것보다는 속내를 솔직히 드러내는 편이 낫다는 걸 그는 잘 알았다. 스콧은 다시 순찰차에 타고 싶지도, 책상 뒤에 앉고 싶지도 않았다. 그러다 메트로 K-9 부대에 공석이 세 자리 있다는 걸 알게 됐을 때, 그는 그 자리에 가려고 열심히 로비했다. 결국 그는 K-9 경찰견 핸들러 훈련 코스를 9일 전에 수료했다.

"물론 그 생각을 해봤습니다. 하지만 경찰이라면 누구나 그 생각을 합니다. 그게 제가 이 업무를 계속하고 싶어 하는 이유 중 하나입니다."

"모든 경찰이 하룻밤에 총을 세 발이나 맞고 파트너를 잃는 건 아니죠."

스콧은 반응을 보이지 않았다. 병원에서 의식을 찾은 날 이후로, 스콧은 옷을 벗는 문제를 1,000번은 고민해왔다. 경찰 친구 대다수는 그에게 치료를 받지 않는 것은 정신 나간 짓이라고 말했다. LAPD의 인사부서도 그가 입은 부상이 심하기 때문에 그의 복귀는 절대로 승인받지 못할 거라고 말했다. 그런데도 스콧은 이 보직에 그대로 머무르겠다고 고집을 부렸다. 그는 물리치료사를 밀어붙였다. 직속상관들을 밀어붙였다. 개와 함께 일하게 해달라고 메트로의 상관을 강하게 밀어붙였다. 스콧은 그렇게 고집을 부리는 그럴싸한 이유를 지어내려고 한밤중에 침대에서 깨고는 했다. 그는 달리 무슨 할 일이 있는지를 몰랐다. 그의 인생에는 달리 할 일이 하나도 없는 것 같았다. 어쩌면 그는 자신이 여전히 피격되기 전의 그 사람과 동일한 사람이라고 자신을 설득하려 애쓰고 있는 것 같았다. 비현실적인 일을 말하는 게 현실적인 일을 말하는 것보다 쉽다는 이유로 그가 굿맨과 남들 모두에게 들려준 거짓말과 반쪽 진실 같은, 공허한 어둠을 채우기 위해 내뱉은 의미 없는 단어들. 그가 입 밖에 내지 않은, 가슴속 깊은 곳에 숨겨둔 진실은 스테파니가 누운 도로에서 그 자신도 죽었어야 한다고, 지금 자신은 사람인 척하는 유령에 불과하다고 생각한다는 거였다. K-9 부대원이 되겠다는 선택조차 핑계였다. 그렇게 하면 파트너가 없는 경찰이 될 수 있기 때문이었다.

스콧은 침묵이 너무 오래 계속되고 있어 굿맨이 자신을 기다리고 있다는 것을 문득 깨달았다.

스콧이 말했다. "내가 옷을 벗으면, 스테파니를 죽인 개자식들이 이기는 거니까요."

"왜 여전히 나를 만나러 오는 건가요?"

"내가 여전히 살아 있다는 사실과 화해하고 싶어서요."

"그 말이 참말이라고 믿습니다. 하지만 그게 진실의 전부는 아니죠."

"그렇다면 선생님이 생각하는 진실을 말씀해주시죠."

굿맨은 다시 시계를 힐끔 봤다. 그러더니 결국 노트를 닫았다.

"상담 시간이 몇 분쯤 지난 것 같군요. 좋은 상담이었어요, 스콧. 다음 주 같은 시간에?"

스콧은 옆구리의 꿰맨 자리에 갑작스럽게 일어난 경련을 감추면서 자리에서 일어섰다.

"다음 주 같은 시간에."

스콧이 문을 열 때, 굿맨이 다시 입을 열었다.

"리그레션이 도움이 되고 있다니 기쁘군요. 당신이 평온을 찾고 마음고생을 끝내기에 충분할 정도로 기억해내기를 바랄게요."

스콧은 머뭇거렸다. 그러다가 굿맨이 다시 입을 열기 전에 서둘러 그곳을 떠나 주차장으로 향했다.

"내가 잊기에 충분할 만큼 기억해냈으면 싶어."

스테파니는 밤마다 그를 찾아왔다. 그를 괴롭히는 건 그녀에 대한 기억이었다. 그의 피 묻은 손아귀에서 미끄러지는 스테파니, 그에게 떠나지 말라고 사정하는 스테파니.

나를 두고 가지 마!

스코티, 떠나지 마!

돌아와!

악몽 속에서, 그를 비통함에 빠뜨리는 건 애원하는 그녀의 눈빛과 목소리였다.

스테파니 앤더스는 그가 그녀를 내팽개쳤다고 믿으면서 숨을 거뒀다. 그런데 그가 지금 와서 또는 장래에 그녀가 생전에 마지막으로 한 생각을 바꾸기 위해 할 수 있는 일은 하나도 없었다. 그녀는 그가 제 목숨만 구하려고 자신을 내팽개쳤다고 믿으면서 숨을 거뒀다.

나는 여기 있어, 스테파니.

나는 당신을 떠나지 않았어.

나는 당신을 구하려 애썼던 거야.

스콧은 밤마다 그녀가 그를 찾아올 때마다 이런 얘기를 들려줬지만, 스테파니는 이 세상 사람이 아니라서 그가 하는 얘기를 들을 수가 없었다. 그는 그녀를 결코 이해시킬 수 없을 것임을 잘 알았다. 하지만 어찌 됐든 그는 그녀에게 말했다. 그녀가 그를 찾아올 때마다 자기 자신을 이해시키려고 애쓰면서.

3

굿맨의 상담실 건물 뒤에 있는 비좁은 주차장은 여름의 열기가 지독했고, 공기는 사포처럼 건조했다. 차가 어찌나 뜨겁게 달아올랐는지 스콧은 차 문을 열 때 손수건을 써야만 했다.

스콧은 피격되기 두 달 전에 1981년형 청색 폰티액 트랜스 암(Trans Am)을 구입했었다. 오른쪽 뒤쪽 흙받이가 미등부터 문까지 심하게 찌그러지고, 청색 페인트는 부식 때문에 울퉁불퉁했으며, 라디오는 작동되지 않았고, 주행거리계에 202,800킬로미터가 찍힌 차였다. 그럼에도 스콧은 그 차를 1,200달러에 구입했다. 여유 시간에 이 낡은 차를 재건하는 걸 주말 프로젝트로 삼으려는 심산에서였다. 하지만 피격 이후로 그는 차에 흥미를 잃었다. 9개월이 지난 지금, 차는 손 한 번 대지 않은 채로 남아 있었다.

선선한 바람을 맞으며 스콧은 벤츄라 프리웨이를 따라 글렌데일로 향했다.

K-9 소대 본부는 다운타운의 센트럴 스테이션에 있는 메트로 디비전의 본부와 같은 곳에 있었지만, 소속 경찰견들을 조련할 때는 시내 곳곳에 있는 조련장 대여섯 곳을 사용했다. 주요 훈련 시설은 글렌데일에 있었다. 그곳은 스콧을 비롯한 신입 핸들러들이 소대의 베테랑 수석 트레이너가 진행하는 8주짜리 핸들러 과정을 이수하며 K-9 경찰 훈련을 받는 널찍한 시설이었다. 핸들러 교습생들은 건강 문제나 부상 때문에 더는 현장 근무

를 하지 않는 은퇴한 경찰견들과 함께 훈련을 받았다. 함께 작업하기 쉬운 그 개들은 사람들이 기대하는 바가 무엇인지를 잘 알았다. 여러 면에서 그 개들은 이제 막 걸음마를 뗀 핸들러를 가르치는 선생 노릇을 했다. 하지만 교습 과정이 종료되면 훈련에 투입됐던 개들은 살던 곳으로 돌아가고, 신입 핸들러들은 14주짜리 공인 과정을 시작하기 위해 사전에 훈련받은 경찰견들과 짝을 이룰 터였다. 그 순간은 신입 핸들러에게는 짜릿한 순간이었다. 그들에게 배정된 새 경찰견과 유대관계를 맺기 시작한다는 뜻이기 때문이다.

스콧은 경찰견을 배정받으면 신이 난 모습을 보여야 한다는 걸 잘 알고 있었다. 하지만 그는 의욕적으로 일하려는 마음의 준비가 덜 돼 있었다. 스콧과 그의 개가 일단 공인을 받고 나면, 그는 개가 탄 순찰차에 혼자 있게 될 것이다. 스콧이 원하는 건 바로 그거였다. 스테파니와 숱하게 짝을 이뤘었던 그가 혼자서만 있을 수 있는 자유.

전화기가 울린 건 스콧이 할리우드 인터체인지를 지날 때였다. 발신자는 LAPD였다. 그래서 그는 K-9 소대 수석 트레이너인 도미닉 릴랜드가 건 전화일 거라고 생각하면서 전화를 받았다.

"스콧입니다."

수화기 너머로 남자 목소리가 들렸지만 릴랜드는 아니었다.

"제임스 순경, 강력반의 버드 오르소라고 하네. 내 소개를 하려고 전화했네. 나는 자네 사건을 맡은 새 담당자야."

스콧은 대꾸하지 않고 차를 몰았다. 그는 자신의 사건 담당 수사관들과 3개월 넘게 말을 섞지 않고 있었다.

"순경, 듣고 있나? 내 목소리 들리나?"

"듣고 있습니다."

"내가 자네 사건의 새 담당자네."

"들었습니다. 멜론 형사님께 무슨 일이 생긴 겁니까?"

"멜론 형사님은 지난달에 은퇴하셨네. 스텐글러 형사는 다른 데로 발령이 났고. 우리는 여기에 이 사건을 담당하는 새 팀을 꾸렸어."

멜론 형사는 예전 담당자였고, 스텐글러는 그의 파트너였다. 스콧은 그가 보행기에 의지해서 절뚝거리며 경찰행정청사로 들어간 날 이후로 그들 두 사람과 한 마디도 하지 않았었다. 그날 그는 수사에 돌입한 지 다섯 달이 지난 후로도 용의자를 특정하거나 새로운 단서를 찾아내지 못했다는 이유로 강력반 특수팀 팀원 전원이 있는 앞에서 멜론 형사에게 성질을 부렸다. 멜론은 자리를 피해 사무실 밖으로 나가려 애썼지만, 스콧은 그를 붙잡다가 보행기를 놓치면서 쓰러졌고, 그러면서 그에게 붙들려 있던 멜론도 함께 쓰러지고 말았다. 스콧이 후회하는 꼴사나운 광경으로, 이 일로 인해 잘못하면 스콧이 업무로 복귀할 기회가 날아갔을 수도 있었다. 이 사건 이후, 스콧의 메트로 상관인 제프 슈미트 경감은 강력반 지휘관 캐럴 토핑 경위에게 일을 적당히 덮자는 뜻을 비쳤고, 토핑 경위는 결국 그 사건을 없던 일로 무마했다. 거리에서 총을 맞은 순경을 향한 동정심에서 우러난 행위였다. 멜론은 일이 이렇게 덮인 것을 따지는 항의서를 제출하지는 않았지만, 스콧을 수사 과정에서 제외하고는 스콧이 건 전화에 회신하는 걸 중단했다.

스콧이 말했다. "알겠습니다. 알려주셔서 감사합니다."

그는 달리 무슨 말을 해야 할지 몰랐다. 그러면서도 오르소의 목소리가 왜 그렇게 귀에 익은 것인지 궁금했다.

"무슨 일이 있었는지 멜론 형사님께 들으셨습니까?"

"그래, 얘기하시더군. 자네를 배은망덕한 멍청이라고 하시던데."

"실제로 그렇습니다."

젠장. 스콧은 멜론이 그를 어떻게 생각하건 상관없었고, 새 담당자가 무슨 생각을 하건 상관없었다. 그런데도 그는 오르소가 껄껄 웃었을 때 깜짝 놀라고 말았다.

"이봐, 나는 자네한테 문제가 있다는 걸 알아. 하지만 나는 이 사건의 수사를 맡은 새로운 담당자야. 자네를 만났으면 하네. 만나서 파일에 있는 사항 몇 가지를 검토해봤으면 해."

스콧은 희망의 불길이 솟아오르는 걸 느꼈다.

"멜론 형사님께서 새로운 단서들을 넘겨주신 겁니까?"

"아니. 그에 대한 얘기는 자네한테 해줄 수가 없어. 이건 그냥 그날 밤에 일어난 사건의 수사 속도를 높이기 위해서 하는, 순전히 내가 하는 수사야. 오늘 중에 들를 수 있겠나?"

희망의 불길이 사그라지면서 속 쓰린 잉걸불이 되고 말았다. 오르소는 목소리만으로는 좋은 사람처럼 보였다. 하지만 스콧은 그날 밤의 사건을 거듭해서 체험해온 터라서 그 얘기를 하는 것에 신물이 났다.

"지금은 근무 중입니다. 근무가 끝나고 나면 계획이 몇 개 있고요."

오르소는 말을 멈췄다. 스콧은 자신이 오르소의 부탁을 거절하고 있다는 걸 그가 깨달았음을 감지했다.

오르소가 물었다. "내일은 어때? 아니면 언제든 자네가 편할 때 들르는 건?"

"제가 전화를 드려도 괜찮겠습니까?"

그러자 오르소는 자기 직통 번호를 알려주고는 전화를 끊었다.

스콧은 다리 사이의 운전석에 전화기를 떨어뜨렸다. 그가 불과 몇 분 전에 느낀 무감각이 짜증으로 바뀌었다. 스콧은 오르소가 물어보고 싶어 하는 게 무엇인지 궁금했다. 실제로 존재하는지조차 모르는 구레나룻을 오르소에게 언급해야 옳은 건지도 궁금했다.

스콧은 차선을 여러 개 가로질러 시내 쪽으로 방향을 틀었다. 그는 그리피스 공원을 지나면서 오르소의 번호를 거칠게 눌렀다.

"오르소 형사님, 스콧 제임스입니다. 지금 거기 계신다면, 제가 잠깐 들를 수 있습니다."

"나는 여기 있네. 우리 사무실이 어디 있는지는 기억하지?"

스콧은 그 질문에 미소를 지었다. 오르소가 한 말이 농담인지 아닌지 궁금했다.

"기억합니다."

"여기 오는 동안 사람 치지 않도록 노력하고."

스콧은 소리 내어 웃지 않았다. 오르소도 마찬가지였다.

다음으로 스콧은 도미닉 릴랜드에게 전화를 걸어 새로 온 개를 보러 가지 못하겠다고 말했다. 릴랜드는 저먼 셰퍼드처럼 으르렁거렸다.

"대체 왜 못 온다는 건가?"

"보트에 가는 중입니다."

"망할 놈의 보트. 그놈의 망할 청사에 이 개들보다 중요한 건 단 하나도, 어느 누구도 없어. 거기 인간들하고 시간을 허비하라고 귀관을 내 K-9 소대에 받아준 게 아냐."

강력반은 특수팀을 경찰행정청사의 5층에 배치했다. 경찰행정청사는 시청 건너편에 있는 10층짜리 건물이었다. 시청 청사를 향하고 있는 경찰행정청사의 측면은 가느다랗고 뾰족한, 유리로 덮인 삼각형 쐐기 모양이었다. 이런 특징 때문에 경찰행정청사는 뱃머리처럼 보였고, 그래서 일선 경찰들은 그 건물을 보트(the Boat)라고 불렀다.

"사건 관련해 강력반의 호출을 받았습니다."

릴랜드의 으르렁거림이 부드러워졌다.

"자네 사건?"

"그렇습니다. 지금 거기로 가는 중입니다."

릴랜드의 목소리가 다시 걸걸해졌다.

"그렇다면, 좋아. 용무 마치는 대로 최대한 빨리 와서 궁둥짝을 붙이도록."

스콧은 굿맨의 상담실에는 결코 정복 차림으로 가지 않았다. 그는 유니폼은 짐백(gym bag)에, 권총은 트렁크에 있는 자물쇠가 달린 상자에 보관했다. 프리웨이에서 빠져나온 그는 퍼스트 스트리트에 들어섰다. 그는 보트의 주차장에서 옷을 갈아입었다. 그는 멜론을 상대로 벌인 꼴사나운 일 때문에 형사 두어 명 이상이 그를 노려볼 거라고 예상했다. 어찌 됐건, 스콧은 그런 상황에는 눈곱만치도 신경 쓰지 않았다. 그는 보트에 있는 사람들에게 자신이 경찰관이라는 사실을 상기시키고 싶었다.

로비의 안내원에게 배지와 LAPD 신분증을 보이고는 오르소 형사를 만나러 왔다고 말했다. 안내원은 짧은 통화를 마치고는 셔츠에 부착하라면서 스콧에게 다른 신분증을 건넸다.

"형사님께서 기다리고 계세요. 사무실이 어디인지는 아시죠?"

"압니다."

스콧은 로비를 가로지를 때 절뚝거리지 않으려고 애썼지만, 다리에 박힌 철심 때문에 그리 쉬운 일이 아니었다. 스콧은 굿 사마리탄 병원 응급실에 실려 온 그날 밤에 허벅지와 어깨, 흉부 아래쪽 수술을 받았다. 그 주에만 세 번의 추가 수술을 받았고, 6주 후에는 두 번 더 추가 수술을 받아야 했다. 그는 다리 부상 때문에 근육 조직 1.36킬로그램을 대가로 치렀고, 대퇴골을 재건하는 데에는 철심 한 개와 나사 여섯 개가 필요했다. 그에게는 신경 손상이라는 후유증이 남았다. 어깨 재건 수술에도 철판 세 개와 나사 여덟 개가 쓰였으나 신경 손상은 피하지 못했다. 여러 차례의 수술을 마친 후 행한 물리치료는 고통스러웠지만, 그는 잘 해내고 있었다. 그런 부상에서 회복할 때는 통증보다 더 강인한 모습을 보여야만 하고, 약간의 진통제도 먹어야만 한다.

버드 오르소는 사십 대 초반으로, 통통한 얼굴에 검정 머리를 짧게 깍은 보이스카우트 단장 같은 인상이었다. 그는 엘리베이터 앞에서 스콧을 기다리고 있었다. 스콧은 그가 거기서 자신을 기다리고 있을 거라고는 예상하지 못했었다.

"버드 오르소네. 만나서 반갑네. 이런 상황에서 만난 게 유감이기는 하네만."

오르소의 손아귀 힘은 놀랄 만큼 셌다. 그는 스콧의 손을 재빨리 놓고는 강력반 특수팀 사무실로 안내했다.

"사건을 넘겨받은 이후로 이 파일을 끼고 살았어. 끔찍하더군, 그날 밤 사건은. 업무에 복귀한 지는 얼마나 됐나?"

"11주 됐습니다."

공손한 대화. 스콧은 벌써 짜증이 솟았다. 그러면서 강력반 특수팀 사무실에서 무엇이 그를 기다리고 있을지 궁금했다.

"상부에서 자네를 받아주는 걸 보고 깜짝 놀랐어."

"제 무엇을 받아줬다는 겁니까?"

"복귀 말이야. 자네는 치료를 받아야 했잖아."

스콧은 대꾸하지 않았다. 이런 얘기를 하는 게 지겨웠다. 여기 온 게 후회됐다.

그들이 걷는 동안 오르소는 스콧의 어깨에 있는 K-9 패치를 발견했다.

"K-9이라. 재미있겠군."

"생각하시는 것보다 더 재미있습니다. 개들은 하라는 대로 합니다. 말대꾸도 하지 않습니다. 그리고 개는 개일 뿐입니다."

드디어 말뜻을 알아챈 오르소는 스콧을 강력반 특수팀으로 안내하는 동안 아무 말도 하지 않았다. 문 안에 발을 디디는 순간, 스콧은 자신도 모르게 몸이 긴장되는 걸 느꼈다. 하지만 사무실에는 형사 다섯 명만이 흩어져 있었고, 그를 힐끗 쳐다보거나 어떤 식으로건 그를 알아보는 사람은 아무도 없었다. 그는 오르소를 따라 직사각형 테이블 하나와 의자 다섯 개가 놓인 작은 회의실로 갔다. 테이블 상석 옆 마룻바닥에 커다란 검정 서류 상자가 있었다. 스콧은 그가 한 진술 녹취록이, 그리고 벤틀리 내부에 있던 두 남자의 친구와 가족이 한 진술이 테이블 사방에 흩어져 있는 걸 봤다. 벤틀리에 탔던 남자는 두 명이었다. 운전석에서 총을 열여섯 발이나 맞은 부동산 개발업자 에릭 펄레시안, 그리고 프랑스에서 온 그의 사촌으로 열한 발을 맞고 사망한 부동산 전문 변호사 조르주 벨루아였다.

테이블 상석으로 간 오르소는 스콧에게 아무 데나 마음에 드는 자리에 앉으라고 했다.

앉을 준비를 마친 스콧은 찡그리는 표정을 오르소가 볼 수 없도록 얼굴을 돌렸다. 의자에 앉을 때면 언제나 심한 통증이 옆구리를 엄습했다.

"커피나 물 좀 마실 텐가?"

"괜찮습니다. 신경 써주셔서 감사합니다."

범행 현장을 그린 커다란 도면이 마룻바닥에 놓인 채로 벽에 기대져 있었다. 누군가가 켄워스와 벤틀리, 그랜토리노, 순찰차를 자세히 묘사해놓았다. 누군가가 스테파니와 스콧을 자세히 묘사해놓았다. 마닐라 봉투 하나가 포스터 판지 옆 마룻바닥에 놓여 있었다. 스콧은 봉투 안에 범행 현장 사진이 있을 거라고 짐작했다. 그는 다른 곳을 힐끔 돌아봤다. 시선을 드는 순간, 오르소가 그를 주시하고 있는 걸 알아챘다. 이제 오르소는 더 이상 보이스카우트 단장처럼 보이지 않았다. 그의 눈에 잡힌 초점은 그들을 이 자리에서 논의할 주제로 확실하게 몰고 갔다.

"이 사건 얘기를 하는 게 자네한테 어려운 일일지도 모른다는 걸 이해하네."

"아무 문제 없습니다. 알고 싶으신 게 어떤 겁니까?"

오르소는 잠시 그를 유심히 살폈다. 그런 후 질문을 던졌다.

"덩치 큰 놈은 왜 자네를 끝장내지 않은 걸까?"

스콧은 똑같은 질문을 자신에게 1만 번은 물었었다. 하지만 그 해답은 오로지 짐작만 할 수 있을 따름이었다.

"구급요원 때문이라는 게 제 짐작입니다. 사이렌 소리가 가까워지고 있었습니다."

"그가 떠나는 걸 봤나?"

오르소가 녹취록을 읽었다면, 그는 이미 대답을 알고 있을 터였다.

"아닙니다. 놈이 소총을 들어 올리는 걸 봤습니다. 총구가 올라갔고, 저는 등을 대고 누웠습니다. 아마 의식을 잃었을 겁니다. 저도 잘 모르겠습니다."

나중에 병원에서 들은 바로는 그가 과다출혈로 의식을 잃었었다고 했다.

"놈이 떠나는 소리를 들었나?"

"못 들었습니다."

"문이 닫히는 소리는?"

"못 들었습니다."

"구급차가 도착했을 때 의식이 있었나?"

"그들은 뭐라고 말했나요?"

"자네한테 묻는 거야."

"놈이 소총을 들어 올리고, 저는 머리를 떨어뜨렸습니다. 그런 후에 저는 병원에 있었습니다."

스콧은 어깨 통증 때문에 죽을 지경이었다. 근육이 돌덩어리로 변하는 듯 깊은 곳에서 느껴지는 통증. 흉터 조직이 갈가리 찢겨나가는 듯한 통증이 등을 타고 사방으로 퍼졌다.

오르소는 천천히 고개를 끄덕이더니 삐딱한 자세로 어깨를 으쓱했다.

"사이렌 소리는 그럴듯한 설명이지만, 절대로 알 수 없는 일이지. 자네가 풀썩 쓰러졌을 때, 어쩌면 놈은 자네가 죽었다고 생각했을 거야. 아니면 총알이 떨어졌을 수도 있고, 총알이 막히는 바람에 총이 고장 났을 수도 있지. 언젠가 놈한테 직접 물어보도록 하지."

오르소는 얇은 보고서를 들어 올리더니 몸을 뒤로 기댔다.

"요점은, 자네는 의식을 잃기 전까지는 청력이 괜찮았다는 거야. 여기 있는 자네 진술서를 보면 자네는 앤더스 순경과 세상이 얼마나 조용한지에 대한 얘기를 하고 있었다고 말했네. 자네는 조용한 세상에 귀를 기울일 수 있도록 차 엔진을 껐다고 진술했어."

스캇은 얼굴이 붉게 달아오르는 걸 느꼈다. 죄책감이 가슴 한복판을 날카로이 찌르고 들어왔다.

"맞습니다. 그건 제 탓이었습니다. 제가 그녀에게 차의 시동을 끄라고 했습니다."

"무슨 소리를 들은 건가?"

"조용했습니다."

"조용했다는 게 무슨 말인지 알아. 그런데 얼마나 조용했다는 건가? 배경에서 무슨 소리가 들렸나?"

"모르겠습니다. 프리웨이에서 나는 소리가 들렸는지도 모르겠습니다."

"짐작은 하지 말고. 이웃 블록에서 나는 목소리는? 개 짖는 소리는? 두드러지는 소음은?"

스캇은 오르소가 들으려는 대답이 무엇인지 궁금했다. 멜론도 스텐글러도 배경 소리를 물어본 적은 없었다.

"제가 기억하는 한 하나도 없습니다."

"문 닫는 소리는? 엔진에 시동을 거는 소리는?"

"조용했습니다. 알고 싶으신 게 뭡니까?"

오르소는 범행 현장을 담은 포스터 쪽으로 몸을 돌렸다. 그는 그쪽으로 몸을 기울이고는 켄워스가 나타났던 방향의 측면 도로를 건드렸다. 교차로에서 세 번째 떨어진 가게 앞 공간에 파란색 X자가 그려져 있었다.

"자네들이 총에 맞던 날 밤에 여기 이 가게가 털렸어. 가게 주인은 그 절도 사건이 가게 문을 닫은 8시 이후에, 그리고 이튿날 아침 7시 이전에 일어났다고 진술했지. 자네와 앤더스가 현장에 있던 시점에 절도가 일어났다고 생각할 이유는 하나도 없어. 그렇지만 그걸 누가 장담할 수 있겠나? 나는 그 문제가 계속 의아했어."

멜론이나 스텐글러가 절도 사건에 대해 언급했던 기억이 스콧에게는 전혀 없었다. 그런 절도 사건이 있었다면 그건 그들의 수사에서 주요한 요소였을 것이다.

"멜론 형사님은 제게 이 문제에 관해 물어본 적이 전혀 없습니다."

"멜론은 몰랐으니까. 이 가게의 주인은 넬슨 신이라는 사람이야. 아는 이름인가?"

"아닙니다."

"아시아에서 수입한 캔디랑 약초랑 온갖 쓰레기를 유통하는 사람이야. 물품 중에는 미국에 들여오는 게 합법적이지 않은 것들도 있어. 그의 가게는 뻔질나게 털렸어. 그런데도 그는 경찰에 신고하는 수고 따위는 하지 않았고, 그러는 대신 무기를 쇼핑하러 갔어. 그러다가 6주 전에 ATF(주류·담배·화기 단속국)의 함정수사에 걸려들었지. ATF에 걸리자마자 두 손을 든 그는 가게를 뻔질나게 털렸기 때문에 전자동 M4가 필요했던 거라고 주장했어. 그는 가게가 얼마나 많이 털렸는지를 보여주려고 ATF에 명단을 건넸어. 궁금해할까 봐 하는 말인데, 작년에 여섯 번을 털렸더군. 그런데 그 날짜 중 하루가 자네들이 피격된 날하고 일치했어."

스콧은 가게에 표시된 파란색 X자를 응시했다. 스테파니가 엔진을 껐을 때, 그들은 불과 10초에서 15초 동안만 고요함에 귀를 기울이다가 대화를 시작했었다. 그러던 중에 벤틀리가 나타났지만, 소리를 전혀 내지 않았던 까닭에 벤틀리가 물에 떠다니듯 움직인다고 생각했던 게 기억났다.

"켄워스의 엔진 회전속도가 올라가는 소리를 들었습니다. 그 트럭이 측면 도로에서 나타나기 전에요. 대형 디젤엔진이 회전속도를 높이는 소리를 들었습니다."

"그게 다인가?"

스콧은 얼마나 많은 말을 해야 하는 건지, 어떻게 설명해야 하는 건지 궁금했다.

"그게 새로 떠올린 기억입니다. 불과 2주 전에 그 소리를 들었던 게 기억났습니다."

오르소는 얼굴을 찡그렸다. 그래서 스콧은 얘기를 계속했다.

"그날 밤에는 짧은 시간에 많은 일이 벌어졌습니다. 저는 큰일만 기억하고 사소한 일은 많이 잊었습니다. 그 기억들이 돌아오기 시작했습니다. 의사 말로는 일이 그런 식으로 진행된다고 합니다."

"오케이."

머뭇거리던 스콧은 오르소에게 구레나룻에 대해 말하기로 했다.

"도주 차량의 운전자를 언뜻 봤습니다. 조금 전에 기억해낸 거라 녹취록에서는 이 얘기를 찾으실 수 없을 겁니다."

오르소는 앞으로 몸을 기울였다.

"놈을 봤나?"

"옆얼굴을 봤습니다. 놈은 1초 동안 마스크를 올렸습니다. 놈의 구레나룻이 하얬습니다."

오르소는 의자를 가까이 당겼다.

"식스 팩(six pack)에서 놈을 집어낼 수 있겠나?"

식스 팩은 비슷하게 생긴 용의자들의 사진 여섯 장을 모아놓은 거였다.

"제가 본 건 구레나룻이 전부입니다."

"몽타주 아티스트를 불러줄까?"

"놈을 자세히 보지는 못했습니다."

이제 오르소는 짜증 난 기색이었다.

"놈의 인종은?"

"제가 기억하는 건 구레나룻이 전부입니다. 더 많은 걸 기억하고 있을 수도 있지만, 그건 저도 모르겠습니다. 제 담당의는 일이 그런 식으로 진행된다고, 기억 하나가 다른 기억을 촉발시킬 수 있다고 말했습니다. 저는 켄워스의 엔진 소리가 커진 걸 기억해냈고, 지금은 구레나룻을 기억해냈습니다. 그러니 추가적인 사항들에 대한 기억에 돌아오기 시작한 건지도 모릅니다."

오르소는 그 문제를 고심하는 듯 보였다. 그러다가 그는 결국 의자에 몸을 파묻었다. 그가 풍기는 모든 분위기가 한결 부드러워진 듯 보였다.

"이봐, 자네는 지옥 같은 일을 겪었어. 이런 일이 일어나서 유감이야."

스콧은 무슨 말을 해야 할지 몰랐다. 결국 그는 어깨를 으쓱했다.

오르소가 말했다. "자네랑 연락을 계속 주고받았으면 싶네. 무엇이건 다른 게 기억나면 전화 주게. 중요하다는 생각이 들건 말건 상관없어. 멍청하거나 바보 같은 소리로 들릴 거라는 걱정도 하지 말고, 알았나? 나는 자네가 기억해낸 모든 걸 원하니까."

스콧은 고개를 끄덕였다. 그는 테이블에 흩어져 있는 서류와 상자에 들어 있는 파일 뭉치를 힐끔 봤다. 큼지막한 상자에는 멜론이 공유할 수 있게 해준 얼마 안 되는 정보를 감안하더라도 스콧이 예상한 것보다 더 많은 내용물이 담겨 있었다.

스콧은 잠시 그 상자를 유심히 살핀 후에 오르소를 응시했다.

"제가 이 파일들을 읽어봐도 되겠습니까?"

오르소의 시선은 스콧의 시선을 따라 상자로 이동했다.

"파일을 다 읽고 싶은 건가?"

"기억 하나가 다른 기억을 촉발시킵니다. 어쩌면 제가 다른 것들을 기억해내는 걸 돕는 정보를 보게 될 수도 있습니다."

오르소는 잠시 고심하더니 고개를 끄덕였다.

"지금은 안 되지만, 그렇게 하세. 자네가 원하는 게 그거라면 말이야. 하지만 이걸 볼 수 있는 장소는 여기에서만이야. 어쨌든 자네가 그걸 보는 건 나한테는 아무 문제 없어. 이틀쯤 후에 전화 주게. 그러면 우리가 시간을 잡도록 하겠네."

오르소는 자리에서 일어났다. 스콧이 그와 함께 일어설 때, 오르소는 스콧이 얼굴을 찡그리는 걸 봤다.

"괜찮은가?"

"흉터 조직이 풀리는 겁니다. 의사 말로는 경직된 게 풀리려면 1년쯤 걸릴 거랍니다."

그건 그가 궁금해하는 사람들에게 녹음기를 틀어주듯 들려주는 헛소리였다.

복도에 당도하고 엘리베이터로 향할 때까지 오르소는 아무 말도 하지 않았다. 그러더니 그의 눈빛에 다시 힘이 실렸다.

"한 가지 더. 나는 멜론이 아냐. 그는 자네를 안쓰러워했지만, 자네가 사이코로 분류해야 마땅한 정신 나간 골칫거리가 돼버렸다고 생각했어. 자네는 아마 그를 형편없는 형사라고 생각할 거야. 그런데 두 사람 다 틀렸어.

자네가 무슨 생각을 하건, 그 사람들은 수사에 전심전력을 기울였어. 그런데 수사를 하다 보면 갖은 용을 다 썼는데도 수확이 하나도 없는 경우가 종종 있지. 엿 같은 일이지만, 살다 보면 때때로 그런 일이 생기는 법이야."

스콧이 말하려고 입을 열었지만, 오르소는 손을 들어 그를 제지했다.

"여기 있는 사람 중에 수사를 포기하는 사람은 한 사람도 없어. 나도 포기하지 않을 거야. 나는 죽을 때까지 이 사건을 이런저런 방식으로 수사할 거야. 확실히 알아들었나?"

스콧은 고개를 끄덕였다.

"내 사무실 문은 활짝 열려 있어. 그러니까 원한다면 언제든 전화해도 좋아. 그런데 자네가 하루에 열여섯 번 전화하더라도 내가 열여섯 번 다 회신하지는 못할 거야. 그것도 확실히 알아들었나?"

"형사님께 하루에 열여섯 번이나 전화를 걸지는 않을 겁니다."

"하지만 내가 *자네한테* 열여섯 번 전화를 걸면, 자네는 그때마다 가급적 빨리 회신하는 편이 좋을 거야. 내가 전화하는 건 나한테 대답이 필요한 질문들이 있다는 얘기일 테니까."

"이 개자식들을 체포할 수만 있다면 형사님 댁으로 이사 들어와 같이 살라고 해도 그렇게 할 겁니다."

오르소는 미소를 지었다. 그는 다시 보이스카우트 단장처럼 보였다.

"자네가 나랑 같이 살 필요는 없을 거야. 그렇지만 우리는 놈들을 체포할 거야."

그들은 엘리베이터에서 작별 인사를 했다. 스콧은 오르소가 사무실로 돌아갈 때까지 기다리다가 절뚝거리면서 화장실로 향했다. 보는 사람이 아무도 없을 때는 그가 절뚝거리는 모습이 확연해 보였다.

스콧은 통증이 너무 심해서 토할 것 같다고 생각했다.

그는 얼굴에 찬물을 끼얹고는 관자놀이와 눈을 비볐다. 물기를 말리고 작은 비닐봉지에서 바이코딘(마약성 진통제)을 두 알 꺼내 삼킨 다음, 다시 찬물로 얼굴을 문질렀다.

얼굴을 두드려 물기를 말린 그는 약 기운이 돌게 놔두면서 거울에 비친 자신의 모습을 살폈다. 총에 맞은 날 이후로 체중이 6.8킬로그램 줄었고, 다리 수술 때문에 키가 1.3센티미터 줄었다. 얼굴에는 주름이 생겼고, 나이 들어 보였다. 스테파니가 지금의 그를 보면 무슨 생각을 할까 궁금했다.

그가 스테파니 생각에 잠겨 있을 때 정복 순경이 문을 밀치고 들어왔다. 젊어 보이는 순경이 문을 거칠게 열어젖힌 건 용무가 급했기 때문이었다. 휘청거리면서 옆으로 비켜나 소음으로부터 멀어진 스콧은 순경 쪽으로 몸을 돌렸다. 심장이 가슴에서 튀어나올 것처럼 거칠게 쿵쾅거렸고, 혈압이 치솟으면서 얼굴이 따끔거렸으며, 호흡은 가슴속에 붙들려서 꼼짝하지 못했다. 귀에서 맥박이 천둥소리를 내는 동안 그는 순경을 응시하며 꼼짝 않고 서 있었다.

젊은 순경이 말했다. "저기, 겁을 줘서 미안합니다. 소변이 급해서요."

순경은 서둘러서 소변기로 향했다.

스콧은 그의 등을 응시하다가 눈을 질끈 감았다. 눈을 감았지만 그 모습이 떠오르는 걸 막을 수는 없었다. 그는 똥배가 불룩 튀어나오고 마스크를 쓴 남자가 AK-47 소총을 들고 다가오는 모습을 봤다. 그는 그 남자를 꿈속에서도 봤고, 깨어 있을 때도 봤다. 그 남자가 스테파니를 먼저 쏜 다음에 자신에게 총구를 돌리는 걸 봤다.

"괜찮으세요?"

스콧은 눈을 떴다. 그러고는 젊은 순경이 자기를 쳐다보고 있는 걸 봤다.

스콧은 서둘러 그를 지나쳐 화장실을 빠져나왔다. 로비를 가로질러 갈 때, 그리고 그의 첫 번째 개를 배정받으려고 훈련장에 도착했을 때, 그는 다리를 절지 않았다.

4

K-9 소대의 주요 훈련장은 보트에서 북동쪽으로 몇 분 거리밖에 떨어져 있지 않은, 로스앤젤레스강의 동쪽에 위치한 다용도 시설이었다. 별다른 특색이 없는 산업용 건물들을 소규모 사업체와 싸구려 레스토랑, 공원들이 밀어내고 있는 지역이었다.

출입문을 통과한 스콧은 베이지색 콘크리트 블록으로 지은 건물 옆에 있는 협소한 주차장에 차를 세웠다. 건물은 소프트볼 경기나 종교단체의 바비큐 행사를 열거나 경찰견을 조련하는 용도로 쓸 수 있을 만큼 널따란 녹색 들판의 가장자리에 있었다. 훈련견을 조련하는 데 쓰는 장애물 코스가 건물 옆에 설치돼 있었다. 높다란 철조망 울타리에 에워싸인 들판은 무성한 녹색 산울타리에 의해 대중의 시야에서 감춰졌다.

스콧은 빌딩 옆에 차를 세웠다. 차에서 내리는 그의 눈에 순경 대여섯 명이 각자의 개를 데리고 조련하는 게 보였다. 메이스 스티릭이라는 K-9 경사가 뒷다리와 궁둥이에 이상한 자국들이 있는 저먼 셰퍼드 한 마리를 데리고 들판 주위를 빠른 걸음으로 돌고 있었다. 스콧이 모르는 개였다. 그래서 스콧은 그 개가 스티릭의 반려견인지 궁금했다. 들판의 가까운 쪽 끄트머리에는 핸들러 캠 프랜시스와 그의 개 토니가 오른팔과 오른손을 덮는 두툼한 패딩 소매를 낀 남자에게 다가가고 있었다. 남자는 핸들러 앨 티먼스로, 용의자 역할을 하고 있었다. 체중이 25킬로그램인 토니는 저먼 셰퍼드보다 덩치가 작고 호리호리해 보이는 품종인 벨기에 말리노이즈였다. 티먼스가 갑자기 몸을 돌려 달음박질쳤다. 프랜시스는 티먼스가 40미터쯤 멀어질 때까지 기다렸다가 개를 풀어놨고, 개는 영양을 추적하는 치타처럼 티먼스를 쫓아 질주했다. 도망치는 걸 멈추고 몸을 돌린 티먼스는 패딩을 댄 팔을 흔들면서 돌진하는 개를 맞았다. 토니는 6미터에서 8미터쯤 떨어진 거리에서 티먼스를 향해 몸을 날려 패딩을 댄 팔을 꽉 물었다. 사전에 그런 움직임을 의식하지 못한 남자라면 그 충격에 나가떨어졌을 테지만, 이런 일을 수백 번 해온 티먼스는 무슨 일이 일어날지를 잘 알고 있었다. 몸을 살짝 비트는 것으로 충격의 강도를 줄인 그는 몸을 계속 돌리면서 토니를 허공에 띄운 채 계속 돌려댔다. 토니는 그를 놔주지 않았다. 토니가 그 상황을 즐기고 있다는 걸 스콧은 잘 알았다. 말리노이즈 품종은 깨무는 힘이 세고 요령도 좋았다. 무는 솜씨가 뛰어났기 때문에 사람들은 농담 삼아 그들을 말리게이터(Maligator, 말리노이즈와 앨리게이터를 합성한 단어)라고 불렀다. 티먼스가 여전히 개를 허공에 돌리고 있을 때, 스콧은 릴랜드가 빌딩에 기대서 있는 걸 봤다. 그는 순경들이 각자의 개와 훈련하는 모습을 주시하고 있었다. 팔짱을 끼고 서 있는 릴랜드의 벨트에는 둘둘 말린 가죽 줄이 고정돼 있었다. 스콧은 옆구리에 목줄을 가지고 있지 않은 릴랜드의 모습을 한 번도 본 적이 없었다.

K-9 핸들러인 도미닉 릴랜드는 키가 크고 뼈가 앙상한 흑인으로, 핸들러 일을 한 지 32년이나 된 사람이었다. 그는 처음에는 미합중국 육군 소속이었고, 이후로 LA 카운티 보안관으로, 그리고 결국에는 LAPD로 소속이 바뀌었다. 그는 LAPD K-9 세계에서는 살아 있는 전설이었다.

그의 머리는 벗어진 정수리의 가장자리를 짧은 백발이 에워싸고 있었다. 그리고 그의 왼손에는 손가락 두 개가 없었다. 그 손가락은 릴랜드가 경력을 쌓는 동안 받은 무공훈장 일곱 개 중 첫 번째 훈장을 받게 된 그날에 무시무시한 투견인 로트와일러와 마스티프에 의해 뜯겨나갔다. 릴랜드, 그리고 그와 짝을 이룬 첫 개인 저먼 셰퍼드 메이지 돕킨은 에이트 듀스 길거리 갱단 살해사건 용의자이자 유명한 마약 딜러인 하워드 오스카리 월콧을 색출하는 작전에 배치됐었다. 그날 이른 시간에, 월콧은 정거장에서 버스를 기다리는 고등학생 무리를 향해 총을 아홉 발 발사해서 열네 살 난 소녀 타시라 존슨의 목숨을 빼앗고 다른 세 명에게 상처를 입혔다. LAPD의 지상 및 공중 지원부대들은 월콧을 인근 지역에 가뒀고, 릴랜드와 메이지 돕킨은 용의자의 위치를 파악하는 작업에 호출됐다. 경찰은 용의자가 그 동네에 있는 건물 가운데 네 채가 한데 묶인 구역 내부의 어딘가에 위험하게 무장한 상태로 숨어 있다고 믿었다. 첫 건물을 꽤 수월하게 수색한 릴랜드와 메이지는 당시 다른 길거리 갱단 멤버인 유스티스 심슨이 점거하고 있던 인접한 저택의 뒤뜰로 이동했다. 당시에 경찰이 몰랐던 건, 심슨이 그 건물 내부에 어마어마하게 큰 로트와일러와 마스티프라는 견종의 수컷 개 두 마리를 키우고 있다는 거였다. 두 마리 다 심슨이 벌이는 불법 투견 사업에서 산전수전을 겪으며 온갖 상처를 입은 포악한 베테랑들이었다.

그날 릴랜드와 메이지 돕킨이 심슨의 뒤뜰에 들어갔을 때, 심슨의 개 두 마리가 집 뒤에서 돌진해 나와서는 메이지 돕킨을 덮쳤다. 체중이 64킬로나 나가는 첫 번째 개가 어찌나 힘껏 들이받았는지 메이지는 땅바닥을 데굴데굴 굴렀다. 놈은 메이지의 목에 이빨을 파묻어서 꼼짝 못 하게 만들었다. 그러는 동안 체중이 거의 비슷한 두 번째 개는 메이지의 오른쪽 뒷다리를 물고는 테리어가 쥐를 흔들어대듯이 흔들었다. 도미닉 릴랜드는 정원용 호스를 가지러 달려가거나 후추 스프레이를 뿌리면서 시간을 허비하는 멍청한 짓을 할 수도 있었지만, 그랬다가는 메이지가 불과 몇 초 만에 목숨을 잃을 터였다. 그래서 릴랜드는 개들의 싸움에 뛰어들었다. 사격 방향을 정리하려고 메이지의 다리를 문 개를 무릎으로 밀친 릴랜드는 공격하는 개의 등에 그가 쥔 베레타를 들이밀고 방아쇠를 당겼다. 그런 후에는 다른 개가 메이지의 목을 놓아주게 만들려고 자유로운 손으로 그 개의 얼굴을 잡았다. 그러자 엄청나게 큰 괴물이 릴랜드의 손을 물었고, 릴랜드는 그 개자식에게 두 발을 쐈다. 하지만 그 큰 개는 그가 미처 총을 쏘기도 전에 그의 새끼손가락과 약손가락을 물어뜯었다. 나중에 릴랜드는 개가 무는 걸 전혀 느끼지 못했으며 손가락이 뜯겼다는 것조차 전혀 몰랐다고 말했다. 그는 메이지를 구급차에 태우고 구급요원들에게 제일 가까운 동물병원으로 서둘러 데려가 달라고 요청한 다음에야 그 사실을 깨달았다. 릴랜드와 메이지 돕킨 모두 건강을 되찾았고, 그들은 메이지가 은퇴할 때까지 이후로 6년을 더 함께 일했다. 릴랜드는 그 자신과 메이지 돕킨이 함께 찍은 LAPD의 공식 사진을 아직도 그의 사무실 벽에 걸어두고 있었다. 그는 파트너로 일했던 모든 개와 함께 찍은 사진을 보관했다.

스콧을 발견한 릴랜드는 날카로운 시선으로 쏘아봤다. 하지만 스콧은 릴랜드가 그렇게 쏘아보는 걸 개인적인 악감정에서 비롯된 것으로 받아들이지는 않았다. 릴랜드는 그의 개들을 제외한 세상의 모든 사람과 모든 것을 쏘아보는 사람이었다.

릴랜드는 팔짱을 풀고는 빌딩으로 들어갔다.

"자, 이제 우리한테 뭐가 닥쳤는지 볼까."

빌딩은 작은 사무실 두 개와 일반 회의실, 개 사육장으로 분할돼 있었다. K-9 소대는 이 시설을 훈련 및 평가를 위해서만 사용했고, 빌딩에 전임 직원을 배치하지는 않았다.

스콧은 릴랜드를 따라 사무실을 지나 개 사육장으로 들어갔다. 릴랜드는 그들이 걷는 동안에도 말했다. 개 사육장 왼쪽 측면에는 철망으로 만든 출입문이 달린 철제 우리 여덟 개가 줄지어 설치돼 있었고, 우리 앞을 지나는 통로가 빌딩 뒤쪽으로 난 출입문으로 이어져 있었다. 우리는 너비가 1.2미터, 깊이가 2.4미터였고 바닥부터 천장까지 사방에 울타리가 둘러쳐 있었다. 배수관이 내장된 콘크리트 평판 바닥은 호스를 연결해 청소하고 씻어낼 수 있었다. 훈련견들이 여기에 거주할 때, 스콧과 그의 급우인 에이미 바버와 세이모어 퍼킨스는 개똥을 퍼내고 살균제로 바닥을 세척하는 일로 매일 아침을 시작했다. 그래서인지 개 사육장에서는 병원 냄새가 났다.

릴랜드가 말했다. "퍼킨스는 지미 릭스의 개 스파이더와 호흡을 잘 맞추고 있어. 내 생각에 둘은 좋은 짝이 될 거야. 그 스파이더 말인데, 귀관한테만 얘기하자면, 그놈은 자기 주관이 뚜렷해. 하지만 그와 세이모어는 죽이 잘 맞을 거야."

세이모어 퍼킨스는 신입 핸들러 세 명 중에서 릴랜드가 제일 좋아하는 교습생이었다. 사냥개들과 함께 자란 퍼킨스는 개를 다루는 데 차분한 자신감을 가진 사람으로, 개들은 퍼킨스를 만나는 즉시 그를 신뢰했다. 에이미 바버는 개와 유대감을 맺는 직감적인 감성을 보여주면서 그녀의 가냘픈 체구와 고음의 목소리를 훨씬 상회하는 권위를 발산했다.

릴랜드는 두 번째와 세 번째 우리 사이에서 걸음을 멈췄다. 그 두 곳은 새로 들어온 개 두 마리가 대기하는 곳이었다. 릴랜드가 들어서자 두 개 모두 일어섰고, 가까이 있는 개는 두 번 짖었다. 비쩍 마른 벨기에 말리노이즈 수컷들이었다.

릴랜드는 그 개들이 그의 자식들이라도 되는 양 활짝 웃었다.

"근사한 사내놈들 같지 않아? 이놈들을 좀 봐. 잘생긴 청년들이야."

짖었던 개가 다시 짖었고, 두 개 모두 꼬리를 미친 듯이 쳐댔다.

스콧은 두 개 모두 브리더(전문 사육자)의 철저한 조련을 마치고 나서 이곳에 왔다는 걸 잘 알고 있었다. 브리더는 K-9 소대가 제공한 가이드라인에 따라 개를 조련했다. 경찰견으로 유용한 개를 찾아 세계 전역을 누비면서 브리더들을 만난 릴랜드에게 이건 큰 의미가 있었다. 릴랜드는 직접 개를 달리게 해서 개의 걸음을 확인하고, 건강을 평가하며, 각각의 개의 성격과 특징을 파악하며 지난 사흘을 보냈다. K-9 소대에 보내진 모든 개가 릴랜드의 기준에 부합하는 건 아니었다. 그는 기준에 부합하지 않는 개는 탈락시키고는 각자의 브리더에게 돌려보냈다.

릴랜드는 두 번째 우리에 있는 개를 힐끗 봤다.

"여기 이 아이는 거트맨이야. 도대체 그 얼간이들이 무슨 이유로 얘한테 거트맨이라는 이름을 붙인 건지는 모르겠지만, 아무튼 그게 이 아이의 이름이야."

일반적으로 돈을 주고 사들인 개들은 여기에 도착할 때 두 살 안팎이었다. 그래서 이미 이름이 지어져 있었다. 기증된 개들은 한 살인 경우가 많았다.

"그리고 여기 얘는 콰를로야."

거트맨이 다시 짖었다. 그러더니 철망을 통해 릴랜드를 핥으려고 기를 쓰면서 두 발로 일어섰다.

릴랜드가 말했다. "거트맨은 아주 예민해. 그래서 나는 이 아이를 에이미한테 맡길 생각이야. 콰를로는 머리가 팽팽 도는 아이야. 어깨 위에 달린 머리가 뛰어난 아이지. 같이 일하기도 쉽고. 그래서 나는 귀관이 미스터 콰를로와 좋은 짝이 될 거라고 생각한다."

스콧은 '같이 일하기 쉽다'와 '머리가 팽팽 돈다'를 다른 개들은 스콧이 다루기에는 너무 벅차다는 걸 에둘러 말하는 릴랜드만의 방식이라고 해석했다. 퍼킨스와 바버는 스콧보다 더 뛰어난 핸들러였다. 그래서 그들은 더 어려운 개들을 맡고 있었다. 그에 반해 스콧은 바보천치였다.

스콧은 사육장 끝에 있는 문이 열리는 소리를 들었다. 메이스가 저먼 셰퍼드와 함께 들어오는 게 보였다. 셰퍼드를 개집(run)에 넣은 그는 개가 거주하는 커다란 철제 우리(crate)를 개집 밖으로 끌어낸 다음 셰퍼드가 들어 있는 우리의 문을 닫았다.

스콧은 콰를로를 자세히 살폈다. 몸통은 짙은 황갈색에 얼굴은 까만색이며 검은 귀를 꼿꼿이 세운 잘생긴 개였다. 초롱초롱한 눈빛에는 따스한 기운이 감돌았다. 품행이 차분하다는 건 분명했다. 거트맨이 잠시도 가만히 못 있고 꼼지락거리는 반면, 콰를로는 무척 조용하게 서 있었다. 릴랜드의 판단이 옳을 것이다. 이 개는 스콧이 다루기에 제일 쉬운 개가 될 터였다.

스콧은 릴랜드를 힐끔 봤지만, 릴랜드는 그를 보고 있지 않았다. 릴랜드는 그 개를 보며 미소 짓고 있었다.

스콧이 말했다. "제가 더 열심히 하겠습니다. 업무를 수행하는 데 필요한 만큼 열심히 하겠습니다."

스콧을 힐끗 돌아본 릴랜드는 잠시 그를 자세히 살폈다. 릴랜드가 상대를 쏘아보지 않는 유일한 경우는 개를 보고 있을 때라는 것을 스콧은 떠올렸다. 그런데 지금 그는 깊은 생각에 잠긴 듯 보였다. 그는 손가락이 세 개인 손으로 벨트에 걸린 목줄을 만졌다.

"이 목줄은 그냥 쇠와 나일론이 아니야. 이건 신경이야. 귀관이 목줄의 한쪽 끝을 귀관에게 연결하고 다른 끝을 이 동물에게 연결하는 건 이 개를 길거리로 끌고 가기 위함이 아니야. 귀관은 이 신경을 통해 이 아이를 느끼는 거고, 이 아이는 귀관을 느끼는 거야. 여기 이 줄을 통해 쌍방향으로 흐르는 거야. 초조함, 두려움, 절제, 승인, 이런 것들이 이 신경을 거쳐 흐르는 거지. 귀관과 귀관의 개는 서로를 쳐다볼 필요조차 없어. 말은 한마디도 필요 없어. 이 아이는 그걸 느낄 수 있고, 귀관도 그걸 느낄 수 있어."

릴랜드는 자신의 목줄을 풀었다. 그러고는 콰를로를 힐끔 돌아봤다.

"귀관은 업무에 복귀하게 될 거다. 그래, 귀관이 좋은 경찰이라는 걸 안다. 하지만 단순히 업무를 수행하는 것만으로는 해낼 수 없는 것들이 있어. 나는 귀관을 8주간 지켜봐왔다. 귀관은 모든 걸 해냈지. 내가 귀관한테 해보라고 요구한 것들을 말이야. 하지만 귀관이 쥔 줄을 통해 무엇인가가 흐르는 것을 본 적은 한 번도 없어. 내 말이 무슨 뜻인지 이해하나?"

"앞으로 더 열심히 하겠습니다."

스콧이 달리 무슨 말을 해야 할지 가늠하려고 애쓰는 동안 캠 프랜시스가 그들 뒤에 있는 문을 열고 들어와 릴랜드에게 토니의 발을 확인해달라고 부탁했다. 캠은 걱정하는 기색이었다. 릴랜드는 스콧에게 곧 돌아오겠다고 말하고는 날카로운 눈빛으로 서둘러 자리를 떴다. 스콧은 몇 초간 콰를로를 응시한 후, 메이스가 호스로 철제 우리를 세척하고 있는 사육장의 끝쪽으로 걸어갔다.

스콧은 메이스에게 인사했다. "안녕하십니까."

메이스가 말했다. "물 뒤집어쓰지 않게 조심해."

셰퍼드는 우리 뒤쪽에 있는 폭신한 매트 위에서 두 발 사이에 머리를 놓고 누워 있었다. 검정 바탕에 갈색 얼룩이 나 있는 전형적인 저먼 셰퍼드였다. 얼굴과 뺨은 옅은 갈색이고 코와 주둥이는 까맸으며, 머리 꼭대기에는 검정 반점이 있고, 검정 귀는 큼지막했다. 셰퍼드가 시선을 스콧에게서 메이스로, 그리고 다시 거꾸로 돌리는 사이 개의 눈썹이 단단하게 접혔다. 다른 부위는 하나도 움직이지 않았다. 딱딱한 고무 장난감이 손도 대지 않은 채로 신문지 위에 놓여 있었고, 가죽으로 만든 썹을 거리와 방금 물을 채워준 사발도 마찬가지였다. 철제 우리 측면에 개 이름이 적혀 있었다. 스콧은 그걸 읽으려고 머리를 모로 눕혔다. 매기.

스콧은 셰퍼드의 체중이 36에서 38.5킬로그램 사이일 거라고 짐작했다. 덩치는 말리게이터보다 훨씬 컸다. 매기는 셰퍼드 특유의 체형대로 가슴부터 궁둥이까지가 두툼했지만, 뒷다리와 궁둥이에는 그의 시선을 잡아끄는, 털이 없는 회색 줄들이 나 있었다. 그는 더 자세히 보기 위해 철제 우리를 비집고 들어갔고, 그러는 와중에도 그를 쫓는 개의 눈을 주시했다.

"얘가 매기입니까?"

"그래."

"우리 개입니까?"

"아니, 기증받은 개야. 오션사이드에 사는 가족이 우리가 그녀를 활용할 수 있을 거라는 생각으로 기증했지. 하지만 릴랜드는 이 아이를 돌려보낼 거야."

창백한 줄을 살핀 스콧은 그것들은 흉터라는 결론을 내렸다.

"애한테 무슨 일이 있었던 겁니까?"

메이스는 호스를 옆으로 치우고는 출입문 쪽에 있는 스콧에게 가까이 다가왔다.

"아프가니스탄에서 상처를 입었어. 거기 흉터들은 수술 자국이야."

"장난 아니군요. 군 작전견이었나요?"

"이 아가씨는 해병이었어. 치료는 잘 됐지만, 릴랜드는 이 아이는 부적합하대."

"이 아이는 무슨 작업을 했었습니까?"

"이중용도였다더군. 정찰 및 폭발물 탐지."

스콧은 군 작전견에 관한 한 그들이 받는 조련은 전문적이고 탁월하다는 걸 제외하면 아는 게 거의 없었다.

"폭탄에 당한 겁니까?"

"이 아이의 핸들러가 자살폭탄 테러범 때문에 나동그라졌어. 이 아이는 그의 곁에 있었고. 그러자 재수 없는 저격수 새끼가 얘까지 죽이려고 든 거야."

"장난 아니군요."

"그렇지. 이 아이는 두 발을 맞았어. 릴랜드한테 들은 얘기야. 그래도 자기 핸들러 위에 몸을 얹은 채 그곳을 떠나려고 하지를 않았다는군. 아마 그를 보호하려고 애썼던 것 같아. 다른 해병들이 접근하는 것조차 못 하게 막았다더군."

스콧은 그 저먼 셰퍼드를 응시했다. 메이스와 사육장의 존재가 흐릿해졌다. 그의 귀에 그날 밤의 총성이 들렸다. 자동소총이 마구 쏟아내는 천둥소리와 채찍처럼 탁탁거리는 권총 소리가 뒤이어 들렸다. 그러고 나자 그녀의 갈색 눈동자가 그의 눈과 마주쳤다. 그는 다시 사육장으로 돌아갔다.

스콧은 입술을 살짝 깨물었다. 그러고는 입을 열기 전에 목을 가다듬었다.

"저 아이는 그 위험한 자리를 떠나지 않았던 거군요."

"정말 대단한 이야기지?"

스콧은 그 개가 자신들을 어떻게 주시하는지 주목했다. 셰퍼드는 코를 꾸준히 놀려서 두 사람의 냄새를 빨아들였다. 엎드린 자세를 유지하며 미동도 하지 않았음에도, 스콧은 그 개가 자신과 메이스에게 집중하고 있다는 걸 알았다.

"저 아이의 치료가 잘됐다고 했는데, 릴랜드는 뭐가 문제라고 판단하는 겁니까?"

"하나만 꼽자면, 소음에 대한 반응이 좋지 않아. 어떻게 누워 있는지 잘 봐. 굉장히 소심해 보이지? 릴랜드는 저 아이가 스트레스 장애를 안고 있다고 생각해. 개들도 사람처럼 PTSD(외상 후 스트레스 장애)에 시달리거든."

스콧은 자신도 모르게 얼굴이 벌게지는 걸 느꼈다. 그는 짜증을 감추려고 출입구를 열었다. 메이스와 다른 핸들러들이 그의 등 뒤에서 이런 식으로 수군거리는 건지 궁금했다.

스콧은 매기에게 인사를 건넸다. "안녕, 매기. 어떻게 지내니?"

매기는 귀를 접은 채로 배를 깐 자세를 유지했다. 복종의 표시였다. 하지만 그의 두 눈을 응시하고 있었다. 이건 공격을 암시할 가능성도 있었다. 스콧은 천천히 다가갔다. 매기는 그가 다가오는 걸 주시했다. 하지만 여전히 두 귀를 늘어뜨리고 있을 뿐, 경고하는 의미의 으르렁 소리는 전혀 내지 않았다. 그는 손등을 매기 쪽으로 내밀었다.

"착한 아가씨지, 매기? 내 이름은 스콧이야. 나는 경찰관이야. 그러니까 나한테 말썽 부리지 마, 알았지?"

스콧은 그녀에게서 60센티미터 떨어진 곳에 쪼그리고 앉아서 그녀가 코를 놀리는 모습을 지켜봤다.

"너를 쓰다듬어도 될까, 매기? 내가 너를 쓰다듬는 걸 어떻게 생각하니?"

스콧은 손을 천천히 뻗었다. 손이 매기의 머리에서 15센티미터쯤까지 가까이 다가갔을 때, 매기가 갑자기 그를 물었다. 으르렁거리면서 불쑥 튀어나오는 몸놀림이 유별나게 빨랐다. 스콧은 황급히 몸을 일으켰다.

메이스가 소리를 지르면서 우리로 달려왔다.

"맙소사! 물린 거야?"

매기는 그를 물기 무섭게 공격을 중단했다. 그러고는 다시금 배를 깔고 누웠다. 화들짝 놀라 뒤로 물러났던 스콧은 지금은 그녀에게서 90센티미터쯤 떨어진 곳에 서 있었다.

"야, 너 피 흘리잖아. 봐봐. 깊이 물린 거야?"

스콧은 찢긴 상처 위에 손수건을 대고 꾹 눌렀다.

"별거 아닙니다."

스콧은 매기의 시선이 그와 메이스 사이를 오가는 걸 지켜봤다. 둘 중 한 명이 자신을 공격할지도 모른다는 이유에서 두 사람을 주시하는 게 분명했다.

스콧은 매기를 진정시키는 목소리로 말했다.

"심하게 다쳤었나 보구나, 우리 다 큰 아가씨. 그래, 그랬던 게 분명해."

틀림없이 내가 너보다 총을 더 많이 맞았을 거야.

스콧은 다시 쪼그려 앉았다. 그러고는 손을 다시 내밀어 매기에게 그의 피 냄새를 맡게 해줬다. 매기는 이번에는 그가 그녀를 건드리게 놔뒀다. 그는 손가락을 펴서 매기의 두 귀 사이에 있는 부드러운 털을 쓰다듬고 천천히 멀어졌다. 그와 메이스가 우리 밖으로 나가는 동안에도 매기는 스콧을 지켜보면서 배를 깐 자세를 유지했다.

메이스가 말했다. "저 애가 돌아가게 될 이유가 저거야. 릴랜드는 개들이 저런 식의 일을 당하고 나면 다시 괜찮아지는 경우는 절대로 없다고 했어."

"릴랜드가 그렇게 말했습니까?"

"그래, 하나님께서 그렇게 말씀하셨어."

스콧은 매기의 우리를 세척하는 메이스를 남겨두고는 사무실 건물을 통과해서 밖으로 나갔다. 거기서 그는 돌아오는 릴랜드를 마주쳤다.

릴랜드가 물었다. "귀관과 쾨를로는 일할 준비가 됐나?"

"저먼 셰퍼드를 파트너로 맞고 싶습니다."

"귀관은 셰퍼드를 파트너로 맞을 수 없다. 스파이더는 퍼킨스와 짝을 이룰 거다."

"스파이더 얘기가 아닙니다. 교관님께서 돌려보내려는 개를 말씀드리는 겁니다. 매기 말입니다. 그 아이와 같이 일하게 해주십시오. 제게 2주의 시간을 주십시오."

"그 개는 쓸모가 없어."

"교관님 마음을 바꿀 시간으로 제게 2주를 주십시오."

릴랜드는 특유의 쏘아보는 눈빛으로 그를 쳐다봤다. 그러고는 다시 생각에 잠긴 듯한 모습으로 목줄을 만지작거렸다.

"좋다. 2주. 그 아이는 귀관의 파트너다."

스콧은 그의 새 개를 맞으러 릴랜드를 따라 안으로 돌아갔다.

5

도미닉 릴랜드

몇 분 후, 릴랜드는 빌딩이 드리운 건물 밖의 한적한 그늘에 있는 자기 위치로 돌아가 팔짱을 끼고는 스콧 제임스가 개와 함께 훈련하는 모습을 지켜봤다. 잠시 그의 곁에 서 있던 메이스는 차츰 따분해하면서 자기 볼일을 보러 안으로 들어갔다. 릴랜드는 입을 거의 열지 않았다. 그는 사람과 개가 어떻게 서로에게 공감하는지를 봤다.

그들이 빌딩 밖으로 나오기 전에 실내에 있을 때, 릴랜드는 셰퍼드에게로 돌아가는 스콧과 함께 걸었다.

"그 아이를 데려와서 자기소개를 해라. 내가 지켜보겠다."

릴랜드는 별다른 말 없이 자리를 떠나 실외에서 기다렸다. 잠시 후, 제임스 순경이 목줄에 묶인 개와 함께 건물의 제일 먼 쪽을 돌아 나왔다. 개는 제임스의 왼쪽에 있었다. 그곳이 개가 있어야 할 올바른 위치였다. 그들이 걷는 동안 개는 그에게서 멀리 떨어지려고 애쓰지 않았다. 하지만 이 모습이 증명하는 바는 하나도 없었다. 이 개는 미합중국 해병대의 조련을 받았다. 이 개가 탁월한 조련을 받았다는 사실을 릴랜드는 전혀 의심하지 않았다. 매기를 평가할 때, 자신이 직접 그걸 확인했기 때문이다.

제임스 순경이 소리를 질렀다.

"특별히 제가 하기를 원하시는 게 있습니까?"

'저(me).' '우리(us)'가 아니라. 귀관의 문제가 거기 있다. 바로 거기에.

릴랜드는 쏘아보는 눈빛으로 답했다. 잠시 후, 릴랜드의 눈빛에 주눅이 든 스콧은 그 상태로 작업을 계속했다. 그는 90도 좌회전과 우회전을 몇 번 한 다음, 속보로 왼쪽과 오른쪽으로 맴을 돌았다. 개는 그들이 멈춰 설 때를 제외하면 항상 완벽한 위치에 있었다. 움직임을 멈출 때, 개는 머리를 숙이고 꼬리를 접었으며 어디에 숨으려고 애쓰는 것처럼 몸을 웅크렸다. 제임스 순경은 개를 자주 힐끔힐끔 보면서도 그걸 감지하지 못한 듯 보였다.

스콧이 개에 집중하고 있다는 걸 확신한 릴랜드는 검은색 출발신호용 권총을 주머니에서 슬그머니 꺼내 방아쇠를 당겼다. 신호용 권총은 22구경 공포탄을 발사했다. 이 권총은 새로 조련을 받는 개가 요란한 소리와 예상하지 못했던 소음을 감내할 수 있는지 테스트하는 데 사용됐다. 총을 발사했을 때 흥분해서 날뛰는 개는 경찰에게는 거의 쓸모가 없었다.

총성은 훈련장을 날카롭게 가로질렀다. 그러면서 개와 그녀의 핸들러 모두를 깜짝 놀라게 했다.

스콧과 개의 몸은 동시에 요동쳤다. 개는 꼬리를 내리고 스콧의 두 다리 사이로 몸을 숨기려 애썼다. 스콧이 위를 올려다보자 릴랜드는 신호용 권총을 내보였다.

"스트레스 반응이다. 총이 발사됐을 때, 경찰견이 이런 식으로 구는 일이 있어서는 안 된다."

스콧은 몇 초간 아무 말도 하지 못했다. 릴랜드가 도대체 뭘 보고 있는 거냐고 물으려던 참에 스콧이 개의 머리를 만지려고 몸을 굽혔다.

"맞습니다, 교관님. 저희는 그래서는 안 됩니다. 저희가 열심히 해서 그 문제를 해결하겠습니다."

"길게 쓰다듬어줘라. 귀관의 손을 그 아이의 목에서 시작해서 꼬리까지 움직여라. 개들은 길게 쓰다듬어주는 걸 좋아한다. 그게 그 아이들의 어미들이 하던 방식이다."

스콧은 매기를 쓰다듬었다. 길게, 천천히. 하지만 그는 개와 교감하는 대신 릴랜드를 노려봤다. 그러자 릴랜드는 특유의 장광설을 늘어놓기 시작했다.

"젠장, 그 아이에게 말을 걸어라. 그 아이는 가구가 아니다. 하나님의 피조물이다. 그 아이는 네 얘기를 들어줄 것이다. 세상에는 개를 산책시킨다면서 휴대폰에 대고 헛소리나 해대는 망할 놈들이 있다. 그런 놈들을 볼 때마다 나는 그 작자들의 볼품없는 엉덩이를 걷어차고 싶은 심정이다. 전화기에 대고 수다를 떨고 싶다면, 그 작자들이 개를 위해 갖고 있는 건 뭔가? 거기 있는 그 개는 귀관이 하는 말을 이해할 것이다, 제임스 순경. 그 아이는 귀관의 심중에 있는 것을 이해할 것이다. 내가 지금 여기서 풀잎과 개똥에 대고 소리를 질러대는 중인가, 아니면 귀관은 내가 하는 얘기를 숙지하고 있는 건가?"

"교관님 말씀을 숙지하고 있습니다, 경사님."

스콧이 개를 쓰다듬으며 말을 거는 걸 지켜본 릴랜드는 다시 소리를 질렀다.

"장애물."

장애물 코스는 장벽들을 올라가고 뛰어넘는 과정의 연속이었다. 릴랜드는 매기가 그 코스를 다섯 번 통과하게끔 한 적이 있었다. 그래서 그는 무슨 일이 벌어질지를 잘 알았다. 매기는 장애물을 썩 괜찮게 올랐고, 낮은 점프는 쉽게 해냈다. 하지만 마지막에 있는 제일 높은 장벽에, 1.5미터짜리 장벽에 도착하자 멈칫거렸다. 릴랜드가 매기와 처음으로 그 코스를 통과하는 훈련을 했을 때, 그는 그녀가 입은 상처 때문에 엉덩이가 아프거나 기력이 없어서 그러는 거라고 짐작했다. 릴랜드가 몸을 쓰다듬어주고 계속 말을 건 다음에 다시 시도하자 매기는 그걸 넘으려고 안간힘을 썼다. 매기가 전력을 다하는 모습을 보면서 그는 가슴이 찢어지는 줄 알았다. 제임스 순경은 그녀를 높은 장벽에 세 번 데려갔다. 그리고 그 세 번 모두 매기는 급브레이크를 걸었다. 세 번째로 시도할 때는 두 다리를 벌리고 서더니 스콧 쪽으로 몸을 돌려 으르렁거렸다. 칭찬할 점이 있다면 스콧이 목줄을 급히 잡아당기거나 목소리를 높이거나 매기를 몰아붙이려 애쓰지 않았다는 거였다. 스콧은 매기가 진정할 때까지 뒤로 물러서서 그녀에게 말을 걸었다. 매기가 그걸 극복하게끔 도와주려고 제임스 순경이 할 수 있는 다른 일을 릴랜드는 100가지쯤 알고 있었다. 하지만 전반적으로 그는 스콧이 보인 반응을 괜찮게 생각했다.

릴랜드는 다른 명령을 내리라고 지시했다.

"줄을 풀어줘라. 음성명령을 내리도록 하라."

매기를 장애물 코스에서 다른 곳으로 인도한 스콧은 목줄을 풀어주고 기초적인 음성명령들을 내렸다. 스콧이 앉으라고 하자 매기는 앉았다. 그 자리에 그대로 있으라고 하자 그대로 있었다. 그대로 있고, 앉고, 오고, 뒷발로 앉고, 몸을 낮췄다. 매기는 아직도 LAPD의 상황에 따른 명령들을 배워야 했다. LAPD의 명령은 군에서 내리는 명령과는 달랐다. 하지만 매기는 이런 명령들을 충분히 잘 이행했다. 이렇게 15분이 경과한 후, 릴랜드는 다시 소리를 질렀다.

"그 아이는 잘 해냈다. 상을 줘라."

릴랜드는 매기를 상대로 이 부분도 경험해봤었다. 그래서 무슨 일이 벌어지는지를 보려고 기다렸다. 최고의 개 조련은 보상 시스템에 기초한다. 그릇된 일을 했다는 이유로 개를 처벌해서는 안 된다. 옳은 일을 했다는 이유로 상을 줘야 한다. 개는 우리가 원한 일을 해냈다. 우리는 쓰다듬기, 착한 개라고 말해주기, 장난감 갖고 놀게 해주기 같은 상을 주어서 그 행동을 강화한다. K-9 경찰견에게 주는 표준적인 상은 드릴로 구멍을 뚫은 딱딱한 플라스틱 공으로, 릴랜드는 거기에 약간의 땅콩버터를 바르는 걸 좋아했다.

릴랜드는 스콧이 주머니에서 딱딱한 플라스틱 공을 꺼내 개의 얼굴 앞에서 흔드는 걸 지켜봤다. 개는 아무런 관심도 보이지 않았다. 스콧은 공을 튕겨 보이면서 매기를 흥분시키려고 애썼다. 하지만 매기는 다른 곳으로 이동하면서 신경질적인 모습을 보였다. 릴랜드는 스콧이 매기에게 끽끽거리는 목소리로 말하는 걸 들었다. 그런 목소리는 개들에게는 자신이 하는 행동을 승인한다는 의미와 다름없었다.

"이거 너한테 주는 상이야, 아가씨. 이걸 원하니? 와서 가져가고 싶니?"

매기 너머로 공을 던진 스콧은 공이 땅바닥을 튀어가는 걸 지켜봤다. 개는 스콧의 다리 주위를 맴돌더니 반대쪽으로 향해서 그의 뒤에 앉았다. 스콧은 망할 놈의 공을 들판 한복판으로 던지는 실수를 저질렀다. 그래서 그는 그걸 가지러 가야 했다.

릴랜드는 지시를 내렸다.

"오늘 조련은 이걸로 충분하다. 그 아이의 짐을 챙겨서 집으로 데려가

라. 귀관에게는 2주의 시간이 있다."

릴랜드는 그의 사무실로 돌아갔다. 거기서 그는 메이스 스티릭이 미지근한 다이어트 콜라를 마시는 걸 발견했다.

메이스는 얼굴을 찡그렸다. 딱 릴랜드가 예상한 대로였다. 그는 부하들을 그의 개들만큼이나 잘 알았다.

"그 친구한테 그렇게 형편없는 개를 줘서 그 친구 시간과 우리 시간을 허비하는 이유가 뭡니까?"

"그 개는 형편없지 않아. 임무 수행에 적합하지 않은 것뿐이야. 군에서 개들에게도 훈장을 수여했다면 그 아이는 훈장을 많이 받았을 거야. 자네 같은 약골은 무거워서 들어 올리지도 못할 정도로 많이 말이야."

"총소리를 들었습니다. 그 아이가 다시 꼬리를 말았나요?"

릴랜드는 의자에 털썩 앉아서 등을 한껏 젖히고는 두 다리를 책상에 올렸다. 그는 자신이 본 모습을 곱씹었다.

"꼬리를 말기만 한 게 아냐."

"그게 무슨 뜻입니까?"

릴랜드는 그 문제를 고민해보기로 했다. 주머니에서 씹는담배 통을 꺼낸 그는 담배 한 덩이를 아랫입술 뒤에 밀어 넣고 씹었다. 얼룩이 덕지덕지 묻은 스티로폼 컵을 의자 옆에 놓인 마룻바닥에서 들어 올린 그는 거기에 침을 뱉고는 컵을 책상에 내려놓고 메이스를 향해 눈썹을 치켜세웠다.

"그 콜라, 한 모금 마셔도 될까?"

"입에 그런 지저분한 걸 물고 이걸 마시는 건 안 될 일이죠."

릴랜드는 한숨을 쉬었다. 그러고는 메이스가 처음에 한 질문에 대답했다.

"그 친구는 이 일에 마음이 없어. 일을 충분히 잘 해낼 수 있는 친구이

긴 해. 내가 그를 합격시키기만 하면 말이야. 하지만 위에서는 그 친구가 계속 치료를 받게 만들어야 옳아. 하기야 세상에 누가 알 수 있겠나. 그 친구가 자초한 이 상황이 어떻게 끝날 건지."

메이스는 말없이 어깨를 으쓱하고는 릴랜드가 말을 잇는 동안 콜라를 홀짝거렸다.

"모두 그 젊은 친구를 안쓰러워했지. 주님께서도 아시겠지만, 나도 그런 일을 겪은 그 친구에게 마음이 쓰였고. 하지만 자네도 나만큼 잘 알겠지만, 우리는 그를 받아들이라는 압력을 받았어. 우리는 그 친구에게 자리를 내주기 위해 훨씬 더 뛰어나고 자격도 제대로 갖춘 지원자들을 떨어뜨려야 했어."

"그렇기는 했지만, 우리도 우리 자리를 잘 간수했어야 했잖습니까. 우리는 늘 그래왔고, 앞으로도 늘 그럴 겁니다. 당연히 그런 식으로 일을 해야만 하는 거죠. 그는 비싼 대가를 치른 친구입니다."

"내가 그 점을 놓고 논쟁을 벌이자는 게 아니잖아."

"그러시는 것처럼 들리는데요."

"젠장, 자네는 그 정도보다는 나를 더 잘 알잖아. 상부에서 그 친구한테 줄 수 있는 자리가 1,000개는 있어. 그런데 우리는 K-9이야. 우리는 그런 자리에 해당하지 않는다고. 우리는 도그 맨(dog men)이야."

메이스는 마지못해 동의해야 했다.

"그건 맞는 말입니다. 우리는 도그 맨이죠."

"그런데 그 친구는 그렇지 않아."

메이스는 다시 얼굴을 찡그렸다.

"그렇다면 어째서 그에게 그 개를 주신 겁니까?"

"그 친구가 그 아이를 원한다고 해서."

"제가 늘 이걸 원한다, 저걸 원한다 말씀드려도 제 얘기는 들어주지 않으셨잖아요."

씹는담배 한 덩이를 다시 입에 넣은 릴랜드는 담배 맛을 씻어내기 위해 마실 콜라를 직접 사야 할 것 같다고 생각하며 침을 뱉었다.

"그 가여운 짐승은 이 업무에 적합하지 않아. 그 친구에 대해서도 같은 생각이야. 영광스러운 하나님께서 내 생각이 틀렸다고 말씀하시기를 바랄 뿐이지. 진심으로 말이야. 하지만 앞으로 상황은 이렇게 될 거야. 그들은 믿음이 가지 않는 존재들(suspect)이야. 그 개는 그 친구가 이 업무에 적합하지 않다는 걸 깨닫는 걸 도와줄 거야. 그런 다음에 그 아이는 원래 가족의 품으로 돌아갈 거고, 그 친구는 퇴직하거나 더 적합한 업무로 전근을 가겠지. 그러면 그 덕에 우리는 모두 더 행복해질 거고."

입에서 담배 찌꺼기를 끄집어낸 릴랜드는 그걸 컵에 떨어뜨린 다음 음료수를 사러 가려고 자리에서 일어섰다.

"그 친구한테 그 아이의 이동용 우리를 가져가는 걸 도와줄 일손이 필요한지 물어보도록 해. 매기에 관한 파일을 넘겨주고 집에 가져가서 읽어보라고 하고. 그 친구가 그 아이가 얼마나 우수한 동물인지를 알아봤으면 좋겠군. 그 친구한테 내일 0700시에 여기에 오라고 전해."

"그 친구가 그 아이를 다시 조련하는 걸 도우실 건가요?"

외상 후 스트레스 장애에 시달리는 개는 인간이 보이는 스트레스 반응과 유사한 반응을 보였다. 그래서 때로는 다시 조련할 수 있었다. 하지만 그건 트레이너에게는 엄청난 인내심이, 개에게는 어마어마한 신뢰감이 필요한 느린 작업이었다.

"아니, 그러지 않을 거야. 그는 그 셰퍼드를 원했고, 그래서 그 아이를 받았어. 나는 그에게 2주의 시간을 줬고. 그러니 시간이 지나고 나면 나는 그 아이를 다시 평가할 거야."

"2주는 그리 긴 시간이 아니잖아요."

"그렇지. 긴 시간이 아니지."

릴랜드는 콜라를 찾아 사무실을 나갔다. 어떤 날에는 이 일이 무척이나 좋은데 또 다른 날에는 이 일이 엄청나게 싫다고 생각하면서. 그런데 오늘은 슬픈 날에 속했다. 잠시만 있다가 귀가하고 싶다는 생각이, 그의 반려견인 은퇴한 말리노이즈 진저와 산책하고 싶다는 바람이 굴뚝같았다. 그들은 산책할 때마다 긴 대화를 나눴다. 그녀는 늘 릴랜드를 기분 좋게 해줬다. 그날이 얼마나 나쁜 하루였건, 그녀는 그의 기분을 더 좋게 만들어 줬다.

6

스콧은 운전석을 앞으로 당기고, 개가 차에서 내릴 수 있도록 문을 활짝 열었다.

"다 왔어, 친구. 여기가 우리 집이야."

매기는 머리를 5센티미터쯤 내밀고 킁킁거리며 공기 냄새를 맡더니 천천히 차에서 뛰어 내렸다. 스콧의 트랜스 암은 큰 차가 아니어서 매기가 타자 뒷좌석이 꽉 찼다. 하지만 그녀는 글렌데일에서 스튜디오 시티에 있는 그의 집까지 오는 동안 드라이브를 즐기는 듯 보였다. 스콧은 창문을 내렸고, 매기는 바람이 털을 쓸어 넘기는 동안 혀를 늘어뜨리고 실눈을 뜬 채로 좌석에 가로로 엎드려 있었다. 흡족해하고 행복해하는 모습이었다.

스콧은 자신의 옆구리와 어깨가 아픈 것처럼 매기도 차에서 내릴 때 엉덩이에 통증을 느끼는지 궁금했다.

스콧은 스튜디오 시티 공원에서 그리 멀리 떨어져 있지 않은 조용한 주거지역의 방이 하나 딸린 게스트하우스에 세 들어 살았다. 그는 주인집 앞뜰에 있는 느릅나무 아래에 차를 주차했다. 집주인인 메리트루 얼은 팔십 대 초반의 키가 작고 마른 여성이었다. 그녀는 자신의 땅에 캘리포니아 목장 스타일로 꾸민 작은 주택을 짓고 살면서, 부수입을 올리려고 부지 뒤쪽에 있는 게스트하우스를 세놓았다. 게스트하우스는 한때 풀 하우스(수영장 관리에 필요한 장비를 보관하는 곳) 겸 오락실이었다. 그녀의 집에 수영장이 있고 아이들이 집에 살던 시절에 말이다. 하지만 그녀의 남편이 은퇴한 20여 년쯤 전에 수영장을 메우고 꽃밭을 만든 부부는 풀 하우스를 게스트 하우스로 개조했다. 그녀의 남편은 10년도 더 전에 세상을 떠났고, 스콧은 그녀가 제일 최근에 맞은 세입자였다. 얼 부인은 가까운 곳에 경찰관을 두고 있다는 사실을 좋아했고, 그에게 그렇다는 말을 자주 했다. 그녀는 게스트하우스를 경찰관에게 세를 주면서 안전감을 느꼈다.

매기의 목걸이에 목줄을 연결한 스콧은 매기가 주위를 돌아볼 수 있도록 차 옆에 잠깐 멈춰 섰다. 그는 매기가 소변을 봐야 할지도 모른다고 생각하고, 함께 짧은 산책에 나섰다. 스콧은 걷는 속도를 매기가 정하게 해주고, 나무와 풀 냄새를 원하는 만큼 오랫동안 맡게 해줬다. 스콧은 걷는 동안 계속 말을 걸었다. 냄새를 맡던 매기가 불안감에 사로잡혀 걸음을 멈추면 등과 양 옆구리를 쓰다듬어줬다. 이건 그가 릴랜드에게서 배운 유대감 형성 테크닉이었다. 길게 쓰다듬는 행동은 개를 달래고 위로하는 효과가 있었다. 개는 사람들이 자신에게 말을 걸고 있다는 걸 안다. 개를 산책시키는 대다수 사람은 개의 산책을 위해서가 아니라 사람의 산책을 위해 개를 데리고 나간다. 릴랜드가 즐겨 말하듯, 그들은 그들 눈에는 조그만 개자식으로 보이는 아이들을 끌고 다니다가 개가 땅콩을 짜내면 서둘러 집으로 돌아간다. 하지만 개는 냄새를 맡고 싶어 한다. 개의 코는 사람의 눈에 해당한다고 릴랜드는 말했다. 개가 즐거운 시간을 보내게 해주고 싶다면 냄새를 맡게 해줘라. 이건 *개가 하는* 산책이지 사람이 하는 산책이 아니다.

K-9에 생긴 공석에 지원할 당시에 스콧은 개에 관해 아는 게 거의 없었다. 퍼킨스는 사냥개를 조련하면서 자랐고, 바버는 고등학생 때 수의사 밑

에서 일하면서 어머니와 함께 커다란 흰색 사모예드 쇼 도그(show dog)를 길렀었다. 게다가 K-9의 거의 모든 베테랑 핸들러들은 평생 개에게 상당한 정도로 열중하며 살아온 사람들이었다. 메트로의 지휘관들과 그를 딱하게 여긴 참모부장 두 명이 K-9의 목구멍 너머로 아무짝에도 쓸모없는 그를 쑤셔 넣었을 때, 일부 K-9 고위층이 표출한 분노를 스콧은 감지했다. 그래서 그는 릴랜드에게 주의를 기울이면서 노련한 그의 지식을 스펀지처럼 빨아들였다. 그렇지만 그런 노력을 기울였음에도 그는 자신은 여전히 아무것도 모르는 멍청이라고 느꼈다.

매기는 소변을 두 번 누었다. 스콧은 방향을 돌려서 집으로 향했다.

"우리, 집에 들어가자. 그런 다음에 나는 네 물건을 가지러 돌아올 거야. 그러고 나서 주인 할머니께도 인사드려야지."

매기와 함께 걸어서 잠긴 옆문을 열고 들어온 스콧은 집의 측면을 따라 뒤쪽으로 갔다. 이게 그가 게스트하우스에 들어가는 방법이었다. 그는 정문으로 집에 들어간 적이 한 번도 없었다. 얼 부인과 얘기하고 싶을 때면 그는 언제든 그녀가 사는 본채의 뒷문으로 가서 나무로 된 문설주를 똑똑 두드렸다.

"얼 부인, 스콧입니다. 부인께 인사시킬 새 식구가 있습니다."

얼 부인이 아늑한 방에 있는 푹신한 안락의자에서 일어나 발을 끌며 다가오는 소리가 들렸다. 문이 열렸다. 그녀는 여윈 데다 피부가 창백했고, 성긴 머리는 짙은 갈색으로 염색한 상태였다. 매기를 본 그녀는 틀니를 다 드러내며 활짝 웃었다.

"오, 예쁘기도 하지. 린 틴 틴(Rin Tin Tin, 할리우드영화에 출연하면서 국제적인 스타가 된 저먼 셰퍼드)처럼 생겼구나."

"얘는 매기입니다. 매기, 이분은 얼 부인이시란다."

매기는 무척 편안한 듯 보였다. 차분하게 앉더니 귀를 뒤로 젖힌 채 꼬리를 내리고 혀를 내밀어 숨을 헐떡였다.

"사람을 무나?"

"나쁜 놈들만요."

스콧은 매기가 무슨 짓을 할지 확신이 서지 않아서 매기의 목줄을 힘껏 붙잡았지만, 매기는 썩 괜찮게 행동했다. 매기는 얼 부인이 내민 손 냄새를 맡고는 손을 핥았다. 그러자 얼 부인은 매기의 머리를 쓰다듬고 그녀의 귀 뒤에 있는 부드러운 부분을 긁어줬다.

"털이 무척 부드럽네. 이렇게 크고 힘센 개의 털이 어떻게 이렇게 부드러울 수 있을까? 우리는 코커스패니얼을 키웠었는데, 그 애는 늘 털이 지저분하게 엉겨 있고 지독히도 더러웠다오. 정말로 지저분하기 짝이 없었다니까. 게다가 그 애는 우리 애 셋을 다 물었지. 그래서 결국에는 안락사를 시키고 말았다오."

스콧은 이만 자리를 뜨고 싶었다.

"저, 부인께 인사드리고 싶어서 찾아뵌 겁니다."

"쉬하게 할 때 조심하도록 해요. 암컷 개들 때문에 잔디가 죽곤 하니까."

"예, 부인. 제가 잘 지켜보겠습니다."

"얘 엉덩이는 어쩌다 저렇게 된 거요?"

"수술을 받았습니다. 지금은 깨끗이 다 나았습니다."

스콧은 얼 부인이 대화를 계속 이어가기 전에 매기를 힘껏 끌어당겼다. 게스트하우스 정면에는 예전에 있던 수영장을 향해 난 프렌치 도어(가운데서 양쪽으로 여는 유리문)가 있었고, 평범한 출입문은 집 옆에 있었다. 스콧은 평범한 출입문을 이용했다. 프렌치 도어는 빽빽했기 때문이다. 언제가 됐건 프렌치 도어를 여는 건 레슬링을 한판 뛰는 거랑 똑같았다. 프렌치 도어 뒤에는 널찍한 거실이 있었다. 게스트하우스의 뒤쪽 절반은 침실과 욕실, 주방으로 분리돼 있었다. 짝이 맞지 않는 의자 두 개가 딸린 자그마한 식탁과 컴퓨터가 주방 옆 벽에 있었고, 그 맞은편에는 소파 하나와 목제 흔들의자 하나가 40인치 평판 스크린 TV를 바라보게 놓여 있었다.

찰스 굿맨 박사는 스콧의 아파트를 마음에 들어 하지 않을 것이다. 거실 벽에는 범행 현장인 교차로를 담은 커다란 도면이 압정으로 꽂혀 있었다. 스콧이 오르소의 사무실에서 본 것과 별반 다르지 않은 도면이지만, 여기 있는 도면은 깨알 같은 메모들로 덮여 있었다. 『LA 타임스』에 실린 총격 사건과 후속 수사를 다룬 여덟 개의 상이한 기사를 담은 출력물도 벤틀리에 타고 있던 희생자들과 스테파니 앤더스를 다룬 짤막한 관련 기사와 함께 꽂혀 있었다. 스테파니를 다룬 기사에는 그녀의 LAPD 공식 증명사진이 실려 있었다. 크기가 제각각인 스프링 노트 여러 권이 테이블과 소파와 그 주위의 마룻바닥에 흩어져 있었다. 노트에는 그가 총격이 일어난 밤을 떠올려 기억해낸 상황 묘사와 그가 꾼 꿈, 세부 사항들이 빼곡히 적혀 있었다. 그는 지난 석 달 동안 진공청소기로 바닥을 민 적이 없었다. 싱크대에는 설거짓거리가 잔뜩 쌓여 있는 탓에 그는 종이 접시를 사용했다. 그는 대부분의 끼니를 포장 음식과 통조림에 든 형편없는 음식으로 때웠다.

스콧은 목줄을 끌렀다.

"여기야, 아가씨. *미 카사, 수 카사*(*Mi casa, su casa*, 내 집처럼 편하게 지내세요)."

그를 힐끗 올려다본 매기는 닫힌 문을 쳐다본 후에 실망한 기색으로 방을 꼼꼼히 살폈다. 그녀는 코를 킁킁거리고 씰룩거렸다.

"내 집처럼 편하게 지내. 네 물건을 가져올게."

스콧은 매기의 물건을 가져오느라 차에 두 번을 갔다 왔다. 그녀의 조립식 철제 우리와 수면 패드를 먼저 가져온 다음, 금속제 음식 그릇과 물그릇, 그리고 9킬로그램짜리 사료 봉지를 가져왔다. 이 물건들은 K-9 소대에서 지급한 것이었다. 스콧은 사비를 털어 장난감과 특별한 선물을 사 올 생각이었다. 그가 첫 짐을 들고 돌아왔을 때, 매기는 LAPD 우리에서 처음 봤을 때처럼 식탁 밑에 엎드려 있었다. 배를 깔고, 두 발을 앞으로 내밀고, 머리는 두 발 사이의 바닥에 놓은 채 스콧을 가만히 바라보면서.

"어때? 식탁 아래가 마음에 드니?"

그는 매기가 꼬리를 쿵쿵 치기를 바랐지만, 그녀가 보인 반응이라고는 그를 쳐다본 게 다였다.

오르소의 전화가 걸려온 건 스콧이 문으로 향할 때였다.

"우리가 뭘 확보했는지 보고 싶을 거야. 내일 아침에 여기로 올 수 있나?"

스콧은 릴랜드의 쏘아보는 눈빛을 떠올렸다.

"아침에는 개와 함께하는 훈련이 잡혀 있습니다. 오전 늦게, 점심시간 직전은 어떨까요? 11시나 11시 30분쯤 말입니다."

"11시 괜찮군. 혹시라도 우리가 호출을 받고 출동하는 일이 생기면 문자를 보낼게."

"좋습니다. 감사합니다."

스콧은 보트에 다녀올 때, 글렌데일에 매기를 놔두고 갈 수 있을 거라고 판단했다.

그가 사료와 그릇을 들고 돌아왔을 때도 매기는 여전히 식탁 아래에 있었다. 그릇을 주방에 놓은 스콧은 그릇 하나에는 물을 채우고 다른 하나에는 사료를 채웠다. 그러나 매기는 어느 쪽에도 관심을 보이지 않았다.

스콧은 철제 우리를 침실에 설치할까 고민하다가 식탁 옆에 설치했다. 매기는 거기에 있는 걸 편안해하는 듯 보였다. 그는 지금 매기가 침실과 욕실을 구경하며 돌아다니는 걸 귀찮아하는 건지 궁금했다. 어쩌면 매기의 코는 그녀가 알아야 할 모든 걸 이미 알려줬을지도 몰랐다.

매기는 그가 우리를 설치하자마자 식탁 아래에서 슬그머니 빠져나와 우리로 들어갔다.

"패드 먼저 깔고. 자, 이리 나와."

스콧은 뒷걸음을 치고는 명령을 내렸다.

"와. 이리 와, 매기. 여기로 와."

매기는 그를 응시했다.

"이리 오라니까."

매기는 꿈쩍도 하지 않았다.

우리 입구에 무릎을 꿇은 스콧은 매기에게 그의 손 냄새를 맡게 한 후에 목줄에 천천히 손을 뻗었다. 그녀는 으르렁거렸다. 스콧은 손을 뒤로 빼고는 옆으로 걸음을 옮겼다.

"알았어. 패드는 관두자."

스콧은 패드를 우리 옆 마룻바닥에 떨어뜨리고, 옷을 갈아입으러 침실로 갔다. 유니폼을 벗고 빠르게 샤워를 마친 그는 청바지와 타코 레스토랑에서 받은 티셔츠를 입었다. 티셔츠를 머리 위로 올리는 것만으로도 눈물이 찔끔 나올 만큼 아파서 자기도 모르게 욕설이 튀어나왔다.

그는 유니폼을 벽장에 걸다가 빛바랜 짐백에서 예전에 썼던 테니스용품을 발견했다. 연두색 테니스공이 담긴 캔도 있었다. 그는 뚜껑을 열고 빛을 발하는 것처럼 밝은, 한 번도 쓰지 않은 새 공을 꺼냈다.

문으로 간 스콧은 거실에 공을 던졌다. 튀어서 마루를 가로지른 공은 멀리 떨어진 벽에 부딪히고는 바닥을 구르다 멈췄다. 우리에서 돌진해 나온 매기가 공 쪽으로 잽싸게 달려가서 코로 공을 건드렸다. 두 귀는 앞으로 곧추서 있었고, 꼬리는 쫑긋 서 있었다. 스콧은 그녀가 갖고 놀 만한 장난감을 발견했다고 생각했다. 그런데 매기는 귀를 내리고 꼬리를 늘어뜨렸다. 위축된 듯 보였다. 매기는 왼쪽을, 다음에는 오른쪽을 봤다. 무언가를 찾는 눈치였다. 그러더니 다시 우리로 돌아갔다.

공이 있는 곳으로 걸어간 스콧은 개를 살폈다. 두 발을 앞으로 내밀고는 머리를 그사이에 둔 채 배를 깔고 자신을 지켜보고 있는 개를.

그는 공이 벽에 맞고 튀어서 돌아올 정도로 세게 공을 찼다.

매기의 시선이 잠시 공을 따라 움직이는가 싶더니 흥미가 없다는 듯 다시 그에게로 돌아왔다.

"배고프니? 뭘 좀 먹은 다음에 산책하러 가자. 괜찮은 얘기 같지?"

스콧은 냉동 피자를 전자레인지에 돌렸다. 3분을 돌리니까 먹을 만했다. 전자레인지가 윙윙거리며 도는 동안 냉장고를 뒤져서 볼로냐소시지 반 상자와 먹다 남긴 쓰촨식 만두 두 개가 든 흰색 용기, 먹다 남긴 양저우식 볶음밥이 담긴 용기를 꺼냈다. 전자레인지를 끄고 파이를 꺼낸 다음, 만두를 으깨서 그 위에 올렸다. 그걸 볶음밥으로 덮고 종이 접시를 얹어서 다시 전자레인지에 넣었다. 그는 전자레인지를 다시 2분간 돌렸다.

저녁 식사를 데우는 사이 스콧은 매기의 그릇에 사료 두 국자를 떠줬다. 그리고 볼로냐소시지 몇 개를 찢어서 사료에 떨어뜨린 다음, 그레이비

소스를 만들려고 미지근한 물을 부었다. 손으로 그것들을 한데 섞고 볼로냐소시지 한 조각을 넣어 우리 안에 있는 매기의 코앞에 갖다 댔다.

킁킁, 킁킁.

매기는 그걸 먹었다.

"네가 이걸 먹고 설사를 하지 않았으면 좋겠구나."

그녀는 주방으로 그를 따라왔다. 스콧은 전자레인지에서 피자를 꺼내고, 냉장고에서 맥주 한 병을 꺼냈다. 그런 후 두 사람은 주방 바닥에 앉아 함께 식사했다. 릴랜드가 말했던 것처럼, 그는 매기가 식사하는 동안 그녀를 쓰다듬었다. 길고 부드럽게 쓰다듬어주기. 매기는 그에게 조금도 관심을 보이지 않았으나 그걸 언짢아하는 것 같지도 않았다. 식사를 마친 매기는 거실로 돌아갔다. 스콧은 그녀가 우리로 돌아갈 거라고 생각했다. 그런데 그녀는 방 한복판에 있는 테니스공 옆에서 걸음을 멈추고, 고개를 늘어뜨린 채 코를 킁킁거렸다. 엄청나게 높이 솟은 두 귀가 빙빙 돌고 있었다. 스콧은 그녀가 테니스공을 응시하고 있다고 생각했지만 확신할 수는 없었다. 그러더니 매기는 그의 침실로 들어갔다. 매기를 따라간 스콧은 그녀가 테니스 가방에 머리를 박고 있는 걸 발견했다. 가방에서 머리를 꺼낸 매기는 그를 잠시 쳐다본 다음 끊임없이 코를 킁킁거리며 침대 주위를 걸었다. 매기는 테니스공으로 잠깐 돌아갔다가 욕실로 들어갔다. 스콧은 매기가 무얼 찾고 있는 건지 궁금했다. 결국 그는 매기가 집 안을 답사하는 중이라는 결론을 내렸다. 욕실에서 할짝거리며 물을 핥는 소리가 났다. 스콧은 생각했다. 젠장, 변기 뚜껑을 닫았어야 하는 건데. 할짝대는 소리가 그친 후에 매기는 우리로 돌아갔고, 스콧은 컴퓨터로 향했다. 그는 보트를 떠난 이후로 줄곧 오르소가 묘사했던 절도 사건을 생각하고 있었다.

스콧은 구글맵으로 그가 총에 맞았던 현장을 검색했다. 그리고 위성 시점의 화면을 거리 레벨의 화면으로 줌인(zoom in)했다. 그는 그 교차로를 이런 식으로 수백 번 넘게 봤었다. 도주용 차량이 발견된 위치도 마찬가지였다. 그런데 그는 이번에는 지도의 방향을 켄워스 트럭이 나타났던 쪽인 측면 도로를 따라 놓았다. 그러고는 T자형 교차로에서 세 번째 가게인 넬슨 신의 가게를 찾아냈다. 스콧은 창문을 덮고 있는 금속 셔터 위에 페인트로 쓴, 한 덩어리로 뭉쳐져 있는 문자인 한글을 보고 그 위치를 확인했다. 한글 아래에 영어로 'ASIA EXOTICA(아시아 엑소티카)'라고 쓰여 있었다. 페인트칠은 바랬고, 그 위에는 무수히 많은 그라피티로 덮여 있었다.

스콧은 4층짜리 건물의 맨 아래층에 있는 신(Shin)의 가게와 양옆의 상점들이 충분히 보일 정도로 화면을 줌아웃(zoom out)했다. 가게를 계속 지나쳐 옆에 있는 교차로까지 살핀 스콧은 그곳이 골목이라는 걸 깨달았다. 거리 레벨의 화면에서는 골목으로 들어갈 수가 없었다. 그래서 스콧은 위성 시점에 다다를 때까지 줌아웃한 다음, 상공에서 아래를 내려다봤다. 늘어선 가게들의 뒤쪽에 있는 골목에 넓지 않은 배달 구역이 있었다. 대형 쓰레기통들이 건물 바로 옆에 줄지어 있었다. 각도가 변변치 않은 탓에 확신할 수는 없었으나 스콧은 오래된 비상계단처럼 보이는 것을 봤다. 지붕은 어떻게 보느냐에 따라 외양이 달라 보였다. 어떤 지붕에는 천장에 채광창이 나 있었지만 다른 지붕은 그렇지 않았다. 그는 멀리까지 줌아웃했다. 그러고는 그날 밤에 누군가가 그 지붕에 있었다면 그 사람들은 아래에서 벌어진 모든 일을 조감할 수 있었다는 점을 확인했다.

스콧은 이미지를 출력해서 벽에 있는 범행 현장의 도면 옆에 꽂았다. 오르소는 그에게 좋은 정보를 줬다. 이제 그는 그 골목을 직접 보고, 오르소가 넬슨 신에 대해 더 알고 있는 게 무엇인지를 확인하고 싶었다.

그는 동이 틀 무렵에도 여전히 이런 생각에 잠겨 있다가 매기를 데리고 밖으로 나갔다. 그들은 매기가 대변을 볼 때까지 산책했다. 비닐봉지로 배설물을 집은 그는 매기를 집으로 데려왔다. 스콧은 이번에는 우리로 바로 들어가려는 매기를 막고, 그 안에 패드를 깔았다. 그가 우리에서 나오자마자 안으로 들어간 매기는 우리 안을 두 번 돌아보더니 몸을 옆으로 편히 누이고는 한숨을 쉬었다. 그는 매기가 자리 잡는 모습을 살펴보다가 수술 흉터인 회색 선들을 좀 더 자세히 보게 됐다. 회색은 매기의 피부색이었다. 그곳의 털은 다시 자라지 않았다. 흉터 모양이 옆으로 누운 대문자 Y자와 비슷했다.

스콧은 말했다. "나한테도 흉터가 있어."

그는 저격수가 매기를 쏜 총도 AK-47 소총이었는지 궁금했다. 매기가 자신이 총에 맞았다는 걸 이해했는지, 또는 그 충격과 아픔이 이해 수준을 넘어서는 난데없는 놀라움이었는지 궁금했다. 매기는 누군가가 그녀에게 총알을 날렸다는 걸 알았을까? 그 사람이 자신을 죽이려 애쓰고 있었다는 걸 알았을까? 목숨을 잃었을 수도 있다는 걸 알았을까? 죽을 수도 있었다는 걸 알았을까?

스콧은 말했다. "우리는 모두 죽어가고 있어."

그는 손을 Y자 모양 흉터에 차분히 얹었다. 매기가 으르렁거린다면 바로 손을 뺄 준비를 했지만, 그녀는 얌전히 있었다. 스콧은 매기가 자고 있는 게 아니라는 걸 알았다. 하지만 매기는 미동도 하지 않았다. 되려 편안해하는 분위기를 풍겼다. 스콧이 다른 생명체와 그의 집을 공유한 건 무척이나 오래된 일이었다.

"미 카사, 수 카사."

스콧은 넬슨 신이 운영하는 가게의 지붕 사진을 다시 살폈다. 그러고는 스프링 노트를 집어 들고 소파에 앉았다. 굿맨과 한 상담에서 기억해낸 것을 모두 적었다. 매번 그랬던 것처럼, 그는 그날 밤에 대해 기억하는 걸 처음부터 끝까지 적으면서, 다른 노트를 채웠던 것처럼 이 노트도 천천히 채워나갔다. 그는 이번에는 흰색 구레나룻에 대한 내용을 덧붙였다. 그가 글을 쓰는 건 때때로 글쓰기가 생각을 집중하는 데 도움을 줬기 때문이었다. 눈꺼풀이 무거워질 때에도 그는 여전히 글을 쓰는 중이었다. 그러다가 노트가 바닥에 떨어졌고 그는 잠들었다.

7

매기

남자의 호흡이 얕아지면서 안정됐고, 심장박동이 느려졌다. 맥박이 더 이상 느려지지 않았을 때, 매기는 남자가 잠들었다는 걸 알았다. 그녀는 그의 모습이 보일 때까지 고개를 들었다. 하지만 그를 볼 필요는 전혀 없었다. 긴장이 풀리고 체온이 떨어지면서 그 남자의 체취가 바뀌는 것만으로도 잠 냄새를 맡을 수 있었으니까.

몸을 일으켜 앉은 매기는 밖을 응시하려고 우리 안에서 몸을 돌렸다. 그의 호흡과 심장박동에는 변함이 없었다. 그래서 그녀는 방으로 나갔다. 그녀는 그를 지켜보며 잠시 서 있었다. 사람들은 왔다가, 떠났다. 그녀는 어떤 사람들하고는 다른 사람들보다 오래 지냈다. 하지만 그들도 그런 후에는 떠났다. 그리고 그들을 다시는 보지 못했다. 누구도 그녀의 무리가 아니었다.

피트는 그녀 곁에 제일 오래 머무른 사람이었다. 그들은 무리였다. 그러다가 피트가 가버렸고, 사람들은 바뀌고, 바뀌고, 또 바뀌었다. 그러던 끝에 매기는 어떤 남자와 어떤 여자와 함께 있게 됐다. 남자와 여자와 매기는 무리가 됐다. 그런데 어느 날, 그들은 우리의 문을 닫았다. 그리고 이제 여기에 있다. 매기는 그 여자에게서 나던 강렬하고 달콤한 냄새와 그 남자

안에 자라던 질병의 시큼한 냄새를 기억했다. 매기는 피트의 냄새를 기억하는 것처럼 그들의 냄새를 앞으로도 늘 기억할 터였다. 냄새에 대한 그녀의 기억은 영원토록 지속될 것이다.

그녀는 자고 있는 남자에게 조용히 다가갔다. 그녀는 그의 머리카락을, 그다음에는 귀를, 그러고는 입을, 그다음에는 들이마시는 숨을 훑으며 킁킁거렸다. 각각의 부위는 나름의 특유한 냄새와 맛이 있었다. 그녀는 그의 몸을 머리끝부터 발끝까지 킁킁거리며 훑었다. 그러면서 티셔츠와 시계, 벨트, 바지, 양말, 그리고 옷 아래에 있는 신체 부위들의 각기 상이하고 생생한 냄새를 주의해서 맡았다. 그렇게 냄새를 맡는 동안 그녀는 그의 심장 박동 소리와 피가 혈관을 통해 흘러가는 소리와 숨소리를, 그의 살아 있는 육신에서 나는 소리를 들었다.

남자를 탐색하는 작업을 마친 매기는 방의 모서리로 조용히 걸어가서 벽 밑바닥과 창문, 문을 따라가며 냄새를 맡았다. 그곳들은 모두 작은 틈새 사이로 서늘한 밤공기가 스며들어오는 곳이자 외부에서 유입되는 냄새가 가장 강한 곳이었다. 그녀는 밖에 있는 나무에 달린 오렌지를 갉아먹는 생쥐의 냄새를, 시든 장미에서 나는 톡 쏘는 냄새를, 이파리와 풀잎에서 나는 신선한 냄새를, 그리고 외부 벽을 따라 행진하는 개미 떼의 시큼한 냄새를 맡았다.

기다란 저먼 셰퍼드의 코에는 2억 2,500만 개 이상의 냄새 수용체가 있었다. 이건 비글과 비슷한 숫자였고, 인간보다 45배 많은 숫자로, 이보다 많은 수용체를 가진 종(種)은 그녀의 사촌격인 사냥개 두어 종뿐이었다. 뇌의 8분의 1이 전적으로 코만 전담하는 기능을 했다. 그 덕에 그녀의 후각은 지금 잠자고 있는 남자보다 1만 배 더 뛰어났고, 그 어떤 과학 장비보다 더 민감했다. 특정한 인간의 소변 냄새를 익힐 경우, 그녀는 물을 가득 채운 수영장에 그 사람의 소변을 한 방울만 떨어뜨려 희석시키더라도 그 냄새를 인식하고 식별해낼 수 있었다.

그녀는 방을 계속 돌아다니면서 남자가 산책을 끝낸 후에 자신도 모르게 실내에 들여온 나뭇잎과 풀잎의 냄새를 맡았고, 쥐가 마룻바닥을 가로지르며 남긴 흔적을 쫓아갔다. 그녀는 살아 있는 바퀴벌레들이 남긴 흔적을 인지했고, 죽은 바퀴벌레와 좀, 딱정벌레의 사체가 모여 있는 숨겨진 곳을 파악했다.

코는 그녀를 녹색 공 쪽으로, 피트를 떠올리게 하는 곳으로 다시 이끌었다. 이 공은 피트의 공과 화학적인 냄새는 비슷했지만, 이 공에 피트의 냄새는 묻어 있지 않았다. 피트는 이 공을 만지거나 갖거나 던진 적이 없었다. 피트는 그녀에게 공을 숨기려고 주머니에 넣고 운반한 적이 없었다. 이 공은 피트의 공이 아니었다. 다른 친숙한 냄새들이 그랬듯이 이 공 때문에 피트 생각이 나기는 했지만 말이다.

냄새를 따라 침실로 다시 들어간 매기는 남자의 총을 찾아냈다. 그녀는 총알과 기름, 화약 냄새를 맡았지만, 여기에도 여전히 피트의 냄새는 없었다. 피트는 여기에 없었다. 여기에 있었던 적이 전혀 없었다.

화장실에서 물 냄새를 맡은 그녀는 물을 마시러 화장실로 돌아갔다. 그런데 큼지막한 흰색 물그릇은 지금은 뚜껑에 덮여 있었다. 그래서 그녀는 조용히 주방으로 돌아갔다. 물을 마신 그녀는 잠든 남자에게로 돌아갔다.

매기는 이곳이 남자의 우리라는 걸 잘 알았다. 그의 냄새가 이곳의 일부였기 때문이다. 그의 냄새는 단일한 냄새가 아니라 많은 냄새가 섞여 있었다. 머리카락, 귀, 숨결, 겨드랑이, 손, 사타구니, 직장(直腸), 발. 남자의 각 부위가 풍기는 냄새는 저마다 달랐고, 매기는 남자의 많은 부위가 풍기는 냄새를 사람의 눈에 보이는 무지개 색깔처럼 뚜렷하게 구분했다. 한데 뭉쳐 이 남자의 체취를 구성하는 그 냄새는 다른 인간들의 냄새와 구별됐다. 그의 냄새는 벽과 마룻바닥, 페인트, 깔개, 침대, 화장실에 걸린 수건, 벽장에 있는 물건들, 총, 가구, 옷과 벨트와 시계와 신발 냄새의 일부였다. 이건 남자의 공간이었다. 그녀의 공간이 아니었다. 하지만 그녀는 여기에 있었다.

매기의 우리는 그녀의 집이었다.

사람들과 장소들은 달라졌지만, 우리는 그대로 남았다. 남자가 그녀를 데려온 이 공간은 낯선 데다 아무 의미도 없는 곳이었지만, 그녀의 우리가 여기에 있었고 그녀도 여기에 있었다. 따라서 이곳은 매기의 집이었다.

매기는 인간을 보호하고 지키는 일을 하기 위해 길러졌다. 그래서 그녀는 그런 일을 했다. 그녀는 잠든 남자와 가까이 있는 고요한 방에 서서 주위를 살피고 귀를 기울이고 냄새를 맡았다. 두 귀와 코를 통해 세계를 빨아들였다. 그녀는 아무런 위협도 찾아내지 못했다. 모든 게 좋았다. 모든 게 안전했다.

매기는 우리로 돌아갔지만, 우리에 들어가지는 않았다. 그녀는 식탁 아래로 들어갔다. 그녀는 그 공간이 적절하게 느껴질 때까지 세 번이나 몸을 돌린 끝에야 몸을 낮췄다.

세상은 조용하고 평온하고 안전했다. 매기는 눈을 감고 잠들었다.

그리고 꿈을 꾸었다.

8

……소총이 그가 있는 쪽으로 방향을 바꿨다. 그건 그와는 멀리 떨어진 곳에서 벌어진 사소한 일이었지만, 지금은 상황이 달라졌다. 소총의 총열은 반짝거리는 크롬으로, 바늘처럼 길고 가느다랗고 날카로웠다. 그를 찾아 헤매던 총열의 발개진 끄트머리가 마침내 그를 찾아냈다. 바늘이 그를 향해 폭발했다. 섬뜩할 정도로 날카로운, 위험천만할 정도로 날카로운, 끔찍할 정도로 날카로운 점 하나가 그의 눈에 도달하면서……

스콧은 스테파니의 아련한 목소리가 메아리치는 가운데 급작스럽게 잠에서 깨어났다.

스코티, 돌아와, 와, 와, 와.

심장이 쿵쾅거렸다. 목과 가슴은 땀으로 끈적거렸다. 몸이 떨렸다.

오전 2시 16분. 그는 소파에 있었다. 주방과 침실의 불이 환히 켜져 있었고, 소파 끝에서 그의 머리를 비추는 전등도 여전히 이글거렸다.

그는 심호흡을 여러 차례 해서 자신을 진정시켰다. 그러고는 매기가 우리에 있지 않다는 걸 알아차렸다. 그가 자는 동안 매기는 우리를 떠나 식탁 아래로 들어갔다. 그녀는 모로 누워 자면서 네 발을 뜀박질하는 것처럼 씰룩거리며 움직였다. 매기는 달리는 내내 낑낑거리면서 칭얼거렸다.

스콧은 생각했다. 매기가 악몽을 꾸고 있군.

일어서려던 스콧은 옆구리를 덮친 날카로운 통증과 뻣뻣한 다리 때문에 움찔했다. 그래도 그는 절뚝거리면서 매기에게 갔다. 그녀를 깨워야 옳은 건지 아닌지 알 수가 없었다.

그는 조심조심 바닥에 앉았다.

매기는 잠을 자면서도 으르렁거렸고 짖는 것처럼 컹컹 소리를 내더니 이윽고 경련을 일으켰다. 갑자기 잠에서 깬 매기는 똑바로 일어나서 이빨을 드러내고 으르렁거렸다. 그러나 그 상대는 스콧이 아니었다. 그렇더라도 스콧은 움찔하면서 뒤로 물러났다. 하지만 이내 매기는 자신이 있는 곳이 어디인지를 깨달았고, 그녀가 꾼 꿈이 무엇이건 지금은 그 세상이 사라졌다는 걸 깨달았다. 매기는 스콧을 바라봤다. 그녀는 귀를 뒤로 젖혔고, 그가 숨을 쉬는 동안 그녀도 숨을 쉬었다. 매기는 머리를 바닥으로 낮췄다.

스콧은 천천히 매기를 만지며 머리를 쓰다듬었다. 그녀의 눈이 감겼다.

스콧이 말했다. "너는 괜찮아. 우리는 괜찮아."

매기가 격하게 한숨을 내쉬는 바람에 몸이 떨렸다.

스콧은 신발을 신고 나서 지갑과 총, 목줄을 한데 챙겼다. 그가 목줄을 집어 들자 매기가 일어나 몸을 흔들었다. 그날 밤, 매기는 다시 잠들 수 있었을지 모르지만 스콧은 그럴 수가 없었다. 그는 그날 밤에는 다시 꿈나라로 돌아갈 수 없었다.

스콧은 목걸이에 목줄을 고정한 후 매기를 차로 이끌었다. 그러고는 매기가 뒷자리로 뛰어오를 수 있도록 문을 붙잡아줬다. 새벽 2시 30분이 다 된 한밤중에 하는 운전은 수월했다. 벤츄라를 거쳐 할리우드로 달리니 20분이 채 되기도 전에 다운타운에 도착했다. 그는 비슷한 시간대에 이와 똑같은 드라이브를 숱하게 많이 해왔었다. 스테파니가 부르는 소리를 들으며 잠에서 깼을 때, 그가 택할 수 있는 다른 대안은 하나도 없었다.

그는 그날 밤에 차를 세웠던 바로 그 장소에, 그들이 세상의 고요를 주의 깊게 들으려고 차를 세운 곳인 작은 T자형 교차로에 멈춰 섰다.

스콧은 말했다. "엔진을 꺼."

그는 여기에 올 때마다 매번 그 말을 했었다. 그런 후에 엔진을 껐다.

매기가 일어서서 좌석 사이로 몸을 기울였다. 매기의 덩치가 너무 큰 탓에 차가 꽉 찼다. 그녀의 머리가 그의 머리보다 높이 있었다.

스콧은 텅 빈 거리를 응시했다. 하지만 거리는 비어 있지 않았다. 그의 눈에는 켄워스가 보였다. 벤틀리가 보였다. 온통 검은색 옷을 뒤집어쓴 사람들이 보였다.

"걱정하지 마. 내가 자기를 지켜줄게."

그날 밤에 그가 내뱉었던 똑같은 말. 그런데 이번에 그 말은 속삭임이었다.

그는 매기를 힐끔 보고 나서 다시 거리로 시선을 돌렸다. 거리는 이번에는 텅 비어 있었다. 그는 매기의 헐떡거리는 소리에 귀를 기울였다. 매기의 따스한 체온을 느꼈고, 그녀에게서 나는 강렬한 개 냄새를 맡았다.

"나는 내 파트너를 죽게 만들었어. 바로 여기가 그 일이 일어났던 곳이야."

스콧의 두 눈은 물기로 가득했고, 격하게 흐느끼는 바람에 무척 고통스러워진 그의 몸은 심하게 접혔다. 그는 울음을 그칠 수가 없었다. 울음을 그치려고 애쓰지 않았다. 통증이 느닷없이 들이닥친 흐느낌의 급류로 찾아와서는 그의 코를 막고 시야를 흐릿하게 만들었다. 그는 숨을 크게 몰아쉬면서 헐떡거렸다. 눈을 질끈 감았다가 두 손으로 얼굴을 감쌌다. 눈물과 콧물과 침이 턱으로 흘러내리는 동안 그는 그 자신의 목소리를 들었다.

엔진을 꺼.

걱정하지 마. 내가 자기를 지켜줄게.

그러더니 그 자신의 목소리에 뒤이어 메아리치는 스테파니의 목소리가 그의 뇌리에서 떠나지 않았다.

스코티, 나를 두고 가지 마.

나를 두고 가지 마.

떠나지 마.

그는 결국 정신을 가다듬었다. 눈을 문질러서 흐릿한 시야를 바로잡았다. 그는 매기가 자신을 지켜보고 있는 걸 알아챘다.

그는 말했다. "나는 도망치던 게 아니었어. 하나님께 맹세코, 나는 그러지 않았어. 하지만 스테파니가 생각하기에 나는……"

매기의 두 귀가 제자리로 돌아갔고, 짙은 갈색 눈동자에는 상냥한 기운이 감돌았다. 매기는 그의 불안감을 느낀 듯 낑낑거리더니 그의 얼굴을 핥았다. 스콧은 자신이 다시 눈물을 쏟고 있다는 걸 느꼈다. 그가 두 눈을 감을 때, 매기는 그의 얼굴에서 떨어진 눈물을 핥아줬다.

나를 두고 가지 마.

떠나지 마.

매기를 가까이 끌어당긴 스콧은 그녀의 털에 얼굴을 파묻었다.

"너는 나보다 더 훌륭한 일을 했어, 아가씨. 너는 네 파트너 곁을 떠나지 않았잖아. 너는 실패하지 않았잖아."

매기는 낑낑거리면서 그에게서 떨어지려고 기를 썼다. 하지만 스콧은 매기를 계속 붙잡고는 보내주려 하지 않았다.

2부
매기와 스콧

9

스콧과 매기는 그날 아침 7시에 훈련장에 가 있어야 했다. 그런데도 스콧은 일찍 집을 나서서 그가 총에 맞았던 현장으로 다시 돌아갔다. 그는 넬슨 신의 가게가 있는 건물을 해가 떠 있을 때 보고 싶었다.

그는 세 시간 전에 택했던 것과 똑같은 경로로 차를 몰았다. 이번에 다른 게 있다면 교차로에 다가갈 즈음 매기가 두 귀를 앞으로 쫑긋 세운 채로 일어서 있었다는 거였다.

스콧이 말했다. "너, 기억력이 좋구나."

그녀는 낑낑거렸다.

"너도 익숙해질 거야. 나는 여기에 뻔질나게 오니까."

매기는 앞좌석 두 개 사이에 머무르면서 두리번거리며 주위를 확인했다. 그러는 동안 매기의 몸이 차를 가득 채웠다.

오전 5시 42분이었다. 해가 떠 있기는 했지만 여전히 이른 시간이었다. 행인 두어 명이 인도를 따라 각자의 길을 가고 있었고, 도로는 이른 배달에 나선 트럭들로 붐볐다. 앞을 볼 수 있도록 매기를 옆으로 밀친 스콧은 켄워스 트럭이 기다리고 있었던 도로 방향으로 차를 돌려서 신의 가게 앞에 주차했다.

스콧은 매기에게 목줄을 채우고 그녀를 인도 위로 내려서게 하고는 '아시아 엑소티카'를 조사했다. 가게는 구글맵에서 본 것과 비슷했다. 달라진 점이라고는 그라피티가 더 많아졌다는 것뿐이었다. 금속제 차고 문처럼 보안 셔터가 창문 위에 내려져 있었다. 셔터는 인도에 설치된 철제 고리에 맹꽁이자물쇠로 고정되어 있었다. 벽에 고정된 육중한 철제 볼트에 의해 문마다 창살이 쳐져 있었다. 넬슨 신의 작은 가게는 포트 녹스(미국 연방정부 소유의 금괴 보관소)처럼 보였지만, 그게 유별난 일은 아니었다. 이 도로에 있는 다른 가게들도 비슷한 보호 장치들이 설치돼 있었다. 차이점이 있다면 신의 가게에 있는 자물쇠와 셔터, 문에 곱게 내려앉은 먼지에는 누군가가 건드린 흔적이 없다는 거였다. 신의 가게는 오랫동안 닫혀 있었던 듯 보였다.

스콧은 매기를 데리고 골목 쪽으로 걸어갔다. 매기는 배운 대로 스콧의 왼쪽에서 그를 따라갔지만, 그에게 너무 바짝 붙어서 걷는 데다가 꼬리와 귀를 늘어뜨린 채로 걷고 있었다. 맞은편에서 걸어오는 라틴계 여성 두 명을 지나칠 때, 매기는 스콧의 뒤로 살금살금 자리를 옮겼다. 그가 그대로 놔뒀다면 매기는 그의 오른쪽으로 위치를 옮겼을 것이다. 매기는 지나가는 차와 버스를 힐끔힐끔 쳐다봤다. 누군가가 거기에서 인도로 펄쩍 뛰어내릴지도 모른다고 겁내는 듯 보였다.

골목에 도착한 스콧은 걸음을 멈췄다. 그러고는 릴랜드가 강의하는 목소리를 머릿속으로 들으면서 매기의 등과 양 옆구리를 쓰다듬으려고 몸을 굽혔다.

젠장, 이 개들은 기계가 아니다. 살아 있는 생물이다! 개들은 살아서 세상을 느끼는, 따뜻한 피가 흐르는 하나님의 피조물이다. 그들은 온 마음을 다해 너희를 사랑할 것이다! 너희의 아내와 남편이 너희 뒤에서 못된 짓을 할 때도 그들은 너희를 사랑할 것이다. 그들은 너희의 배은망덕한 망나

니 같은 자식들이 너희 무덤에 오줌을 갈길 때도 너희를 사랑할 것이다! 그들은 너희가 저지른 엄청나게 부끄러운 짓을 목격하더라도 너희의 선악을 판단하지 않을 것이다! 이 개들은 너희가 장래에 가졌으면 하고 희망할 수 있는 가장 참되고 뛰어난 파트너가 될 것이고, 너희를 위해 목숨을 바칠 것이다. 그러면서도 그들이 요구하는 것은, 그들이 원하거나 필요로 하는 것은, 너희들이 그 모든 것을 얻기 위해 그들에게 대가로 내놔야 하는 것은 '다정함'이라는 간단한 단어뿐이다. 젠장, 내가 아는 제일 뛰어난 인간 10명도 여기 있는 개 중에서 최악의 개에게도 미치지 못한다. 너희 중 누구도 그러지 못한다. 이 몸은 도미닉 제기랄 릴랜드이시다. 이 몸이 하시는 말씀은 결코 틀린 적이 없다!

살아서 세상을 느끼는, 따뜻한 피가 흐르는 이 하나님의 피조물은 세 시간 전에 그의 얼굴에 흐르는 눈물을 핥아줬다. 그런 그녀가 지금은 쓰레기차가 덜커덩거리며 지나갈 때, 몸을 떨고 있었다. 스콧은 매기의 머리를 긁어주고 등을 쓰다듬으면서 그녀의 귀에 속삭였다.

"괜찮아, 아가씨. 겁먹어도 괜찮아. 나도 겁나는데, 뭘."

그가 다른 생명체에게는 절대로 입 밖에 내지 않았던 말.

그 말이 그의 입에서 흘러나오는 동안 스콧의 눈에는 물기가 가득했다. 하지만 그는 그녀의 등을 쓰다듬으며 그 말을 다시 들려줬다.

"내가 너를 지켜줄게."

몸을 일으킨 스콧은 눈을 말끔히 닦고, 주머니에서 비닐봉지를 꺼냈다. 그는 볼로냐소시지를 네모나게 잘라서 매기에게 줄 상으로 갖고 다녔다. 릴랜드는 음식을 상으로 주는 걸 보면 눈살을 찌푸리겠지만, 스콧은 효과가 있는 방법은 그대로 실행하는 게 옳다고 판단했다.

매기는 스콧이 봉지를 채 열기도 전에 그를 올려다봤다. 그녀는 귀를 꼿꼿하게 세우고 콧구멍을 벌름거리며 춤을 췄다.

"너는 착한 아가씨야, 베이비. 너는 용감한 개야."

매기는 허기졌는지 네모난 소시지를 정신없이 먹어치웠다. 그러고는 더 달라고 낑낑거렸다. 하지만 이번에 하는 낑낑거림은 기분이 좋아서 하는 낑낑거림이었다. 스콧은 두 번째 네모난 소시지를 먹이고 봉지를 치우고는 몸을 돌려 골목을 내려갔다. 이제 매기의 걸음은 생기가 넘쳤다. 매기는 주머니를 힐끔힐끔 쳐다봤다.

넬슨 신의 가게가 있는 건물 뒤 배달 구역은 가게 운영자들이 상품을 싣고 내리는 곳이자 쓰레기를 내놓는 곳이었다. 어느 가게 출입문 앞에 측면 패널이 열려 있는 연청색 밴이 정차돼 있었다. 덩치 좋은 젊은 동양 남자가 손수레에 얹은 상자 더미를 매장에서 끌고 나와 밴에 실었다. 상자에는 '말리월드 아일랜드'라는 레이블이 붙어 있었다.

스콧은 매기를 데리고 밴 주위를 돌아 신의 가게 뒤쪽으로 갔다. 뒷문도 앞문처럼 방탄 소재로 만들어진 것이었지만, 4층 건물의 뒤쪽 창문은 기름투성이였고, 녹슨 비상계단은 옥상으로 이어져 있었다. 제일 낮은 층의 창문은 보안 창살의 보호를 받을 수 있었지만, 높은 층의 창문은 그렇지 않았다. 집어넣거나 빼낼 수 있는 비상계단 사다리는 땅바닥에서 닿기에는 너무 높이 있었지만, 밴 위에 선 남자라면 거기에 손이 닿을 수도 있었다. 그렇게 해서 비상계단을 내리면 그 계단을 통해 높은 층 창문으로 올라가거나 위층 출입문을 억지로 열 수 있었다.

스콧이 어떻게 하면 옥상에 올라갈 수 있을까를 궁리할 때 자메이카 억양을 구사하는 큰 키의 깡마른 남자가 득달같이 밴을 돌아 나왔다.

"이놈의 범죄를 막을 겁니까, 말 겁니까?"

남자는 손가락을 흔들며 시끄러운 목소리로 따져 물으면서 밴을 지나쳐 스콧 쪽으로 성큼성큼 다가왔다.

매기가 남자를 향해 힘껏 돌진하는 바람에 스콧은 하마터면 목줄을 놓칠 뻔했다. 그녀는 털이 덮인 검정 대못처럼 귀를 앞으로 곧추세우고 꼬리를 뒤로 꼿꼿이 세웠다. 매기가 짖어댈 때마다 등을 따라 난 털들이 발끈한 것처럼 빳빳하게 곤두섰다.

화들짝 놀란 남자는 뒷걸음질을 치다가 밴 안으로 허둥지둥 들어가서는 문을 거칠게 닫았다.

스콧은 명령했다. "아웃(Out)."

공격을 멈추라는 명령어였다. 하지만 매기는 그의 명령을 무시했다. 그녀는 으르렁거리며 거칠게 짖어대면서 목줄이 끊어지기 직전까지 그를 끌고 나가며 발톱으로 아스팔트를 긁었다.

그러자 릴랜드의 목소리가 스콧을 찾아와 소리를 질러댔다. *진심을 담아서 명령하란 말이다, 젠장! 여기서 너는 알파다. 개는 자신의 알파를 사랑하고 지킬 것이다. 여기서 보스는 바로 너다!*

스콧은 목소리를 높이면서 그윽한 목소리를 냈다. 명령하는 목소리. 권위가 잔뜩 실린 알파의 목소리.

"아웃, 매기! 매기, 아웃!"

그건 스위치를 내리는 것과 비슷했다. 매기는 공격을 중단하고 그의 왼쪽으로 돌아가 앉았다. 그러면서도 시선은 밴에 있는 남자에게서 결코 떼지 않았다.

스콧은 매기가 갑작스레 보여준 흉포한 모습에 충격을 받았다. 그녀는 스콧을 쳐다보지 않았다. 심지어 힐끔거리지도 않았다. 오로지 밴에 있는 남자만 주시했다. 매기를 풀어주면 곧장 남자를 덮치려고 차 문에 달려들어 쇳덩이를 씹어서라도 뜯어내려 기를 쓸 거라는 걸 스콧은 알 수 있었다.

스콧은 매기의 귀를 긁어줬다.

"착하지. 잘하고 있어, 매기."

릴랜드가 다시 호통을 쳤다. *칭찬하는 목소리를 내란 말이다, 이 멍청한 녀석아! 그 애들은 끽끽거리는 고음을 좋아한다! 개들의 입장에 서봐라. 매기의 얘기에 귀 기울여봐라. 그녀가 너를 가르치게 해줘라!*

스콧은 끽끽거리는 고음을 냈다. 어떤 남자의 목을 찢어발길 수 있는 39킬로그램 나가는 저먼 셰퍼드가 아니라 치와와를 상대로 말을 하는 것처럼.

"우리 착한 아가씨, 매기. 너는 내 착한 아가씨야."

매기는 꼬리를 흔들었다. 그가 비닐봉지를 꺼내자 그녀는 몸을 일으켰다. 그는 매기에게 볼로냐소시지 한 조각을 새로 주고는 앉으라고 말했다. 매기는 앉았다.

스콧은 밴에 있는 남자를 보면서 창문을 내리라는 몸짓을 했다. 남자는 창문을 절반 정도만 내렸다.

"그 개 광견병에 걸렸어요! 나는 나가지 않을 거예요."

"죄송합니다, 선생님. 선생님 때문에 개가 겁을 먹어서 그렇습니다. 차에서 나오지 않으셔도 됩니다."

"나는 법을 지키는 선량한 시민이에요. 그 개가 사람을 물고 싶어 하면 내 가게에서 물건을 훔쳐가는 나쁜 놈들이나 물라고 시키세요!"

스콧은 밴 너머에 있는 남자의 가게를 힐끔 봤다. 손수레를 모는 청년이 밖을 엿보다가 머리를 집어넣었다.

"이곳이 선생님 영업장입니까?"

"그래요. 내 이름은 엘튼 조슈아 말리예요. 그 개가 내 조수를 물지 못하게 하세요. 그 애는 배달을 가야 해요."

"이 아이는 누구도 물지 않을 겁니다. 아까 저한테 하려던 말씀이 뭔가요?"

"이 짓을 한 놈들을 체포했나요?"

"강도를 당하셨나요?"

말리는 스콧을 다시 노려봤다. 그러더니 신경질적으로 개를 힐끔 살폈다.

"2주나 됐어요. 경찰들이 왔었지만, 다시는 돌아오지 않았어요. 당신들, 그놈들을 체포한 거요, 만 거요?"

스콧은 그 문제를 잠시 고민하다가 수첩을 꺼냈다.

"잘 모르겠습니다, 선생님. 하지만 알아보겠습니다. 성함의 철자가 어떻게 됩니까?"

스콧은 남자의 개인 정보와 절도 사건이 일어난 날짜를 적었다. 필기를 끝낼 즈음, 그는 말리를 밴에서 내리도록 잘 달랬다. 말리는 매기를 경계하는 시선을 유지하면서 스콧을 안내해서 상자를 옮기는 청년을 지나 그의 가게로 데려갔다.

말리는 멕시코에 있는 생산업자들에게서 캐리비언 스타일의 싸구려 의류를 구입하고는 거기에 자신의 고유 레이블을 붙여 캘리포니아 남부 곳곳의 저가 상품 매장에 팔았다. 가게에는 반팔 셔츠와 티셔츠, 카고 반바지가 담긴 상자들로 가득했다. 말리는 절도범이 2층 창문으로 들어왔다가 거기로 나갔다면서 데스크톱 두 대와 스캐너 한 대, 전화기 두 대, 프린터 한 대, 붐박스 한 대를 훔쳐서 달아났다고 설명했다. 어느 모로 보나 21세기를 대표할 법한 범죄는 아니었지만, 말리의 가게는 작년 한 해에만 네 번이나 털렸었다.

스콧이 물었다. "알람 장치는 없습니까?"

"건물주, 그 사람이 작년에 알람을 설치했지만, 놈들이 부쉈어요. 그런데도 그 사람은 고치지 않았어요. 쪼잔한 개새끼. 내가 여기에 작은 카메라를 달았지만 놈들이 가져갔어요."

말리는 손수 만든 보안 카메라를 천장에 설치했지만, 도둑은 최근 두 번째 도난 사건이 일어났을 때 그 카메라와 하드드라이브까지 훔쳐갔다.

스콧은 말리의 가게를 떠나면서 넬슨 신의 가게를 생각했다. 이 낡은 건물은 도둑들에게는 천국 같은 곳이었다. 수은증기 램프가 머리 위에 설치돼 있기는 하나 협소한 배달 구역은 도로에서는 보이지 않는 곳에 감춰져 있었다. 보안 카메라가 없다는 게 뻔히 보이는 판이라 도둑은 발각될지도 모른다는 두려움을 전혀 느끼지 않을 터였다.

말리는 여전히 투덜거리며 말을 이었다.

"2주 전에 신고했어요. 경찰들이 왔다가 갔어요. 내가 들은 소식은 그게 다예요. 아침마다 출근은 하지만, 도둑을 기다리는 신세예요. 내 보험사도 더는 돈을 안 줘요. 보험금을 더 많이 내놓으래요. 그래서 나는 보험금도 못 내요."

스콧은 신의 가게를 다시 힐끔 봤다.

"여기 있는 가게들이 다 털린 겁니까?"

"모두가요. 개자식들, 이 새끼들은 늘 털어요. 이 블록, 도로 건너, 옆 블록도요."

"이런 일이 얼마나 오랫동안 벌어진 건가요?"

"2~3년요. 나는 여기 온 지 1년밖에 안 됐지만요. 그렇다고 들었어요."

"비상계단 말고 옥상에 올라가는 다른 길이 있습니까?"

말리는 그들을 공용 계단으로 안내하고는 스콧에게 옥상으로 들어가는 열쇠를 건넸다. 낡은 건물에는 엘리베이터가 없었다. 계단을 오르자 스콧은 다리와 옆구리에 통증을 느꼈다. 게다가 통증은 갈수록 심해졌다. 3층에 다다른 그는 걸음을 멈추고는 바이코딘을 물 없이 삼켰다. 계단을 오르는 동안 매기는 관심을 보이면서 일에 몰입했다. 하지만 스콧은 통증이 지나갈 때까지 걸음을 멈췄고, 매기는 낑낑거렸다. 스콧은 매기가 그의 아픔을 읽고 있다는 걸 깨달았다. 그래서 그녀의 머리를 만졌다.

"너는 어떠니? 네 엉덩이는 괜찮니?"

스콧은 미소를 지었고, 매기는 미소로 화답하는 듯 보였다. 그들은 옥상까지 계속 올라가서 산업용 보안 자물쇠가 설치된 금속 문을 통과했다. 자물쇠는 내부에서만 여닫을 수 있었다. 문 바깥쪽에는 열쇠 구멍이 없었다. 하지만 그렇다고 해서 사람들이 침입하려고 시도하는 걸 막지는 못했다. 철제 프레임에는 사람들이 쇠 지렛대를 욱여넣어서 문을 열려고 시도하다가 남긴 오래된 자국들이 움푹 팬 흉터로 남아 있었다. 대부분의 자국은 페인트가 덧칠되어 있거나 그냥 녹이 슬어 있었다.

말리와 신의 가게가 있는 건물은 켄워스 트럭이 나타난 교차로에 있었다. 그 옆 건물에서는 총격 현장이 내려다보였다. 두 건물의 옥상은 낮은 벽으로 분리돼 있었다.

말리의 가게가 있는 건물 옥상은 그 건물의 나머지 부분들처럼 관리 상태가 엉망이었다. 타르 피치가 칠해진 상태는 형편없었고, 담배꽁초와 부탄 라이터들, 으깨진 맥주 캔과 박살 난 맥주병들, 쪼개진 코카인 흡입용

파이프들, 심야에 벌인 파티가 남긴 쓰레기들이 어질러져 있었다. 스콧은 파티 참석자들이 비상계단으로 올라왔을 거라고, 문을 강제로 따고 들어가려고 시도했던 사람들도 마찬가지일 거라고 판단했다. 그는 말리가 당한 절도 사건을 조사했던 경찰관들이 지붕을 확인했는지, 그들이 무슨 생각을 했는지 궁금했다.

스콧은 깨진 유리를 피하려고 조심하면서 매기를 데리고 말리의 옥상을 가로질러 이웃 건물로 갔다. 낮은 벽에 다다랐을 때, 매기는 걸음을 멈췄다. 스콧은 벽 꼭대기를 두드렸다.

"뛰어. 90센티미터밖에 안 돼. 뛰어."

매기는 혀를 늘어뜨리고는 그를 쳐다봤다.

스콧은 옆구리 통증 때문에 움찔거리면서 한 번에 한 다리씩 두 다리를 벽 너머로 넘겼다. 그는 자기 가슴을 토닥거렸다.

"몸이 엉망인 나도 할 수 있잖아. 자, 아가씨, 너는 릴랜드 앞에서는 이보다 더 힘든 일도 잘 해내야 할 거야."

매기는 입술을 핥았지만 따라오려는 움직임은 전혀 보여주지 않았다.

스콧은 비닐봉지를 꺼내 소시지를 보여줬다.

"이리 와."

매기는 주저 없이 벽 위로 뛰어올라 명령을 수월하게 실행하고는 두 발로 앉았다. 그녀는 봉지를 응시했다. 매기가 벽을 얼마나 쉽게 뛰어넘는지 본 스콧은 너털웃음을 터뜨렸다.

"영악한 악당 같으니라고. 상을 내놓게 하려고 나를 사정하게 했구나. 그런데 말이야, 나 역시도 영악한 악당이란다."

그는 그녀에게 상을 주지 않은 채로 봉지를 주머니에 밀어 넣었다.

"다시 제대로 점프할 때까지는 아무것도 주지 않을 거야."

이 건물의 옥상은 관리 상태가 옆 건물보다 약간 나았지만, 파티의 잔해가 어질러져 있는 건 마찬가지였다. 바닥을 완전히 덮는 대형 카펫 조각과 낡아빠진 접이식 의자 세 개가 보였다. 여기저기 찢긴 더러운 침낭 하나가 개봉된 콘돔 대여섯 개와 함께 통풍구 옆에 처박혀 있었다. 콘돔 몇 개는 사용한 지 이틀쯤밖에 안 된 거였다. 도시의 로맨스.

스콧은 살상 지역이 내려다보이는 옥상의 측면으로 갔다. 사람들이 추락하지 않도록 막아주는 장벽 역할을 하는 연철로 만든 야트막한 안전 펜스가 벽에 볼트로 접합돼 있었다. 녹이 심하게 슬어서 곳곳에 녹에 잠식된 구멍들이 숭숭 뚫려 있었다.

펜스 너머를 유심히 살피던 스콧은 범행 현장을 아무런 방해도 받지 않고 볼 수 있다는 걸 깨달았다. 그때나 지금이나 눈앞의 광경을 내려다보는 건 무척이나 수월한 일이었다. 벤틀리가 아래에 있는 도로를 물 흐르듯 달리면서 그들이 탄 순찰차를 지나쳐 갈 때 켄워스가 포효했다. 트럭과 벤틀리가 구르다가 멈추자 그랜토리노가 그들을 쫓아 질주해왔다. 9개월 전에 누군가가 여기서 파티를 벌이고 있었다면, 그들은 사건을 처음부터 끝까지 다 볼 수 있었을 것이다.

스콧은 몸을 떨기 시작했다. 그러고는 자신이 녹슨 펜스를 너무 세게 움켜쥐고 있었다는 걸 깨달았다. 부식된 금속이 살갗을 파고들고 있었다.

"젠장!"

그는 뒤로 펄쩍 뛰었다. 손가락에 녹과 피가 남긴 기다란 흔적이 보였다. 그는 손수건을 꺼냈다.

스콧은 매기를 데리고 신의 가게가 있는 건물로 돌아갔다. 이번에는 벽을 뛰어넘은 매기에게 상을 줬다. 그는 전화기를 꺼내 비어 있는 옥상과 파티의 잔해를 촬영한 다음, 말리를 찾으려고 계단을 내려갔다. 말리의 조수는 짐을 싣는 걸 끝마쳤고, 밴은 이제 떠나고 없었다. 말리는 가게에서 또 다른 셔츠들을 상자에 담고 있었다.

매기를 본 말리는 초조한 눈길을 던지면서 슬금슬금 책상 뒤로 갔다.

"문은 잠갔나요?"

"예, 선생님."

스콧은 열쇠를 돌려줬다.

"궁금한 게 하나 더 있습니다. 미스터 신을 아십니까? 여기 옆의 옆에 있는 가게 주인입니다. 아시아 엑소티카라고."

"그 사람, 문 닫았어요. 너무 많이 털리는 바람에요."

"문 닫은 지 얼마나 됐습니까?"

"몇 달이요. 오래됐어요."

"이 가게들을 턴 게 누구인지 혹시 짐작이 가시나요?"

말리는 딱히 어디랄 곳도 없이 사방 천지로 손을 흔들었다.

"약쟁이들하고 망나니들이요."

"구체적으로 집어서 말씀하실 수 있는 사람이 있습니까?"

말리는 손을 다시 흔들었다.

"이 주위에 있는 망나니들이요. 어떤 놈들인지 알면 경찰은 필요하지 않을 거예요."

말리 말이 맞을 것이다. 그가 언급한 시시한 절도 사건들은 가게들이 비어 있고 알람 장치도 전혀 설치돼 있지 않다는 걸 잘 아는 이웃의 단골손님들이 저질렀을 게 거의 확실했다. 그 모든 절도 사건들은 동일한 인물 또는 인물들이 저질렀을 가능성이 컸다. 스콧은 그 아이디어가 마음에 들었다. 그래서 자신도 모르게 고개를 끄덕였다. 만약 그가 세운 이론이 맞는다면, 말리의 가게를 턴 도둑은 신의 가게를 턴 도둑과 동일범일 것이다.

스콧이 말했다. "선생님이 신고한 절도 사건의 수사가 어떻게 진행되고 있는지 알아보겠습니다. 그런 다음에 오늘 오후 늦게 돌아오겠습니다. 그래도 괜찮겠습니까?"

"그러면 좋겠네요. 고마워요. 다른 경찰들, 그들은 절대로 알려주지를 않아요."

스콧은 그제야 시계를 확인했다. 이러다가는 지각할 거라는 걸 깨달았다. 말리의 전화번호를 적은 그는 잰걸음으로 차로 돌아갔다. 매기는 그와 함께 빠른 걸음을 걸었다. 그러고는 힘들이지 않고 차에 뛰어올랐다. 그녀는 이번에는 뒷좌석에 길게 배를 깔고 엎드리지 않았다. 앞좌석 사이의 콘솔박스에 다리를 벌리고 앉았다.

"너는 거기에 서기에는 덩치가 너무 크잖니…… 뒤에 타도록 해."

그녀는 혀를 넥타이처럼 길게 늘어뜨리고는 헐떡였다.

"뒤에 타라니까. 너 때문에 앞이 안 보인단 말이야."

스콧은 팔뚝으로 매기를 밀려고 애썼지만, 그녀는 그에게로 몸을 기울이면서 꿈쩍도 하지 않았다. 스콧이 더 세게 밀수록 매기는 앞으로 더 힘껏 몸을 기울이며 자기 자리를 고수했다.

스콧은 매기를 밀어내는 걸 중단했다. 그는 매기가 이걸 게임이라고 생각하는지 궁금했다. 무엇을 생각하건, 매기는 콘솔박스 위에서 흡족하고 편안한 듯 보였다.

스콧은 그들이 위협받는다고 생각했을 때, 매기가 말리에게 얼마나 거칠게 돌진했었는지를 떠올리면서 그녀가 헐떡이는 걸 지켜봤다. 스콧은 그녀의 힘이 넘치는 목덜미 털을 쓰다듬었다.

"그만하자. 어디든 네가 원하는 곳에 서도록 해."

매기는 그의 귀를 핥았고, 스콧은 차를 몰았다. 그가 그런 식으로 응석을 받아주는 걸 보면 릴랜드는 길길이 뛸 것이다. 하지만 릴랜드라고 세상만사를 다 아는 건 아니었다.

10

훈련장 주차장에 도착하자 매기는 낑낑거렸다. 스콧은 매기가 불안해하는 걸 감지하고 그녀의 어깨에 손을 얹었다.

"불안해하지 마. 여기는 더 이상 네 집이 아냐. 너는 나랑 같이 살잖아."

그들은 10분을 지각했다. 그런데 릴랜드의 도요타 픽업트럭이 주차장에 보이지를 않았다. 그래서 스콧은 전화기를 꺼냈다. 그는 릴랜드가 출발 신호용 권총으로 그들을 놀라게 한 이후로 그 문제를 계속 곱씹어오고 있었다.

총이 발사됐을 때 무서워서 똥을 지리는 개를 경찰견으로 받을 수는 없어.

그러는 경찰관도 마찬가지일 것이다.

스콧은 릴랜드가 자신이 펄쩍 뛰었던 것도 알아차렸을지 궁금했다. 스콧이 보인 반응은 매기가 보인 반응에 비하면 그리 크지 않았지만 말이다. 릴랜드는 매기를 다시 테스트할 것이다. 그리고 그녀가 똑같이 반응한다면 다시 퇴짜 놓을 것이다. 스콧은 릴랜드가 그렇게 하는 게 옳은 일이라는 걸 잘 알았다. 스콧이 그가 맡은 일을 해야 하는 것처럼 그녀도 그녀가 맡은 바를 해낼 수 있어야만 한다. 다른 점이 있다면, 스콧은 아무렇지 않은 듯 릴랜드를 속일 수 있지만 매기는 그럴 수 없다는 거였다. 성공할 *때까지 속이도록 해.*

스콧은 매기의 털을 한 움큼 움켜쥐어 살살 밀어냈다. 매기는 혀를 늘어뜨리고는 몸을 기울여서 그가 미는 힘에 맞섰다.

스콧은 그녀를 불렀다. "매기."

그녀는 그를 힐끔 보더니 다시 건물을 지켜봤다. 그는 매기가 자신에게 반응하는 방식이 마음에 들었다. 매기는 명령에 무조건 복종하는 로봇이 아니었다. 그녀는 명령을 내리는 그의 속내를 알아보려고 애쓰는 듯했다. 그는 매기의 눈에 감도는 따스한 총기가 마음에 들었다. 그녀의 머릿속에 있으면 어떤 느낌일지, 무슨 생각을 하고 있을지 궁금했다. 그들은 함께한 지 겨우 24시간밖에 안 된 사이였다. 하지만 그녀는 그와 같이 있어서 더 편안해하는 기색이었고, 그는 그녀와 함께 있어서 더 편안했다. 묘한 일이었다. 스콧은 매기와 함께하면서 자신이 더 차분해졌다고 느꼈다.

"너는 내 첫 개야."

그녀는 그를 힐끗 봤다. 그러고는 시선을 딴 데로 돌렸다. 스콧은 매기를 다시 밀었다. 그녀는 미는 것으로 화답했고, 그런 접촉을 흡족해하는 듯 보였다.

"이 자리에 오게 해달라고 요청했을 때, 나는 여기 사람들하고 인터뷰를 해야 했어. 경위님하고 릴랜드는 왜 K-9에 오고 싶어 하느냐, 어렸을 때 키우던 개는 어떤 종이었느냐 등등 온갖 질문을 던졌지. 나는 필사적으로 거짓말을 해댔어. 우리 집에서 키운 건 개가 아니라 고양이였거든."

매기는 큰 머리를 스콧 쪽으로 돌렸다. 그러더니 그의 얼굴을 핥았다. 스콧은 잠시 그녀가 그렇게 하도록 놔뒀다. 그런 다음에 그녀를 밀었다. 그녀는 다시 건물을 주시했다.

"나는 총격이 있기 전에는 거짓말을 하는 게 전혀 익숙지 않던 사람이었어. 그런데 지금 나는 모든 사람에게 거짓말을 해대고 있어. 세상만사에 대해서 말이야. 달리 어떻게 해야 할지를 모르겠어."

매기는 그를 무시했다.

"세상에, 내가 이제는 개한테까지 말을 붙이고 있구나."

과장된 '놀람 반응'은 PTSD에 시달리는 사람에게는 흔한 증세였다. 참전용사와 경찰관, 가정폭력의 피해자들은 특히 그랬다. 누군가가 몰래 뒤로 다가와 "야!" 하고 소리치면 사람은 누구나 펄쩍 뛸 것이다. 그런데 PTSD는 놀람 반응을 정신 나간 수준까지 증폭시킬 수 있다. 예상하지 못한 소음이나 얼굴 근처에서 일어나는 갑작스러운 움직임은 사람에 따라 제각각인 과도한 반응을 촉발할 수 있다. 이를테면 비명, 분노, 몸을 방어하려는 웅크림, 심지어는 주먹을 날릴 수도 있다. 스콧은 피격 이후로 지나치다 싶은 놀람 반응을 보였지만, 굿맨의 도움을 받으면서 차도를 보였다. 여전히 갈 길이 멀었지만, 인사위원회를 속이기에는 충분할 정도로 개선된 상태였다. 스콧은 굿맨이 개에게도 도움을 줄 수 있을지 궁금했다.

닥터 굿맨은 출근 시간보다 이른 시간에 찾아오는 환자들을 상담하는 일이 잦았다. 그래서 스콧은 굿맨에게 전화를 걸었다. 스콧은 전화가 자동응답기로 넘어갈 거라고 예상했지만, 뜻밖에도 굿맨이 전화를 받았다. 그가 환자들을 상대하느라 바쁘지는 않다는 뜻이었다.

"선생님, 스콧 제임스입니다. 잠깐 시간 되십니까?"

"서두르건 천천히 하건 마음대로 하세요. 7시 예약이 취소됐으니까. 잘 지내고 있나요?"

"잘 지내고 있습니다. 제 개에 대해 선생님께 뭘 좀 여쭤봤으면 합니다."

"당신 개요?"

"어제 제 개를 받았습니다. 저먼 셰퍼드입니다."

굿맨이 머뭇거리는 목소리로 말했다.

"축하해요. 무척이나 흥분되는 일이겠군요."

"그렇습니다. 은퇴한 군 작전견입니다. 아프가니스탄에서 총에 맞았는데, 제 생각에는 PTSD에 시달리는 것 같습니다."

굿맨은 망설이지 않고 곧장 대답했다.

"그런 일이 가능한 거냐고 묻는 거라면, 그래요. 가능해요. 동물들도 인간과 동일한 증상을 보일 수 있어요. 개는 특히 더 그래요. 그 주제를 다룬 참고문헌들이 무척 많아요."

"대형 트럭이 지나가면 불안해합니다. 총소리를 들으면 숨으려고 하고요."

"흠, 놀람 반응이군요."

스콧과 굿맨은 이전에도 이런 주제로 몇 시간 동안이나 논의한 적이 있었다. PTSD에는 상담 말고는 약물이나 치료법이 없었다. 약물은 불면이나 불안감 같은 증상을 완화시킬 수 있었지만, PTSD라는 악마는 죽을 때까지 상담을 해야만 죽일 수 있었다. 굿맨은 스콧이 그날 밤에 일어난 일로 인해 느끼는 두려움과 여러 감정들을 공유해온 유일한 사람이었다. 하지만 굿맨에게조차 말하지 않았던 일들도 있었다.

"맞습니다. 그런데 제 개의 놀람 반응은 일반적인 수준을 상회합니다. 그녀를 도와줄 빠른 방법이 있나요?"

"그녀가 뭘 하는 걸 돕는다는 건가요?"

"그걸 극복하는 걸요. 총소리가 나더라도 펄쩍 뛰지 않을 수 있도록 제가 도울 수 있는 일이 있나요?"

굿맨은 몇 초간 머뭇거리다가 조심스럽고 신중한 말투로 대답했다.

"스콧? 지금 우리가 하는 얘기가 개 얘기인가요, 당신 얘기인가요? 당신에게 나한테 말하려고 노력하는 무슨 일이 있는 건가요?"

"제 개에 대해 여쭙는 겁니다. 그녀가 선생님께 가서 상담을 받을 수는 없는 노릇이잖습니까?"

"당신이 곤경을 겪고 있다면, 신경안정제의 양을 늘릴 수도 있어요."

스콧은 릴랜드의 짙은 청색 픽업이 주차장에 들어오는 걸 보면서 신경안정제를 미리 한 움큼 먹어둘 걸 그랬다고 생각했다. 릴랜드는 트럭에서 내리자마자 스콧을 발견하고는 그를 노려봤다. 스콧이 여전히 차에 앉아 있다는 이유로 열 받은 게 분명했다.

스콧은 말했다. "제 개 얘기를 드리는 겁니다. 그녀는 매기라는 이름을 가진, 39킬로그램 나가는 저먼 셰퍼드입니다. 선생님이 매기를 상담해주신다면 좋겠지만, 그녀는 말을 못합니다."

"짜증 난 것 같군요, 스콧. 어제 한 리그레션 때문에 부작용이 생긴 건가요?"

스콧은 수화기를 낮추고는 숨을 두세 번 몰아쉬었다. 릴랜드는 꿈쩍도 하지 않고 있었다. 그는 트럭 옆에 서서 스콧을 노려보고 있었다.

"지금 개 얘기를 드리는 겁니다. 개를 치료하는 정신과 의사가 필요한 것 같아서요. 개를 위한 신경안정제도 있나요?"

굿맨은 생각에 잠겼는지 다시 몇 초간 머뭇거렸다. 그는 이번에는 대답하기 전에 한숨을 쉬었다.

"어쩌면요. 하지만 나도 잘은 몰라요. 내가 아는 건 PTSD에 시달리는 개도 다시 조련시킬 수가 있다는 거예요. 내 짐작에, 그 결과는 다양할 거예요. 사람이 그러하듯 말이에요. 당신하고 나는 우리 뇌 내부의 화학작용을 증대시키거나 일시적으로 변화시킬 수 있는 약물이라는 이점을 갖고 있어요. 당신하고 나는 원인이 된 사건이 발휘하는 정서적인 효과의 상당 부분이 상실되면서 우리가 관리할 수 있는 대상이 될 때까지 이런 사건에 대해 거듭해서 논의할 수 있어요."

굿맨은 강의 모드로 돌입했다. 이건 머릿속에 떠오른 생각을 요란하게 떠들어대는 그만의 방식이었다. 그래서 스콧은 그의 말에 끼어들었다.

"맞습니다. 상담이 지루해서 죽을 것 같았죠. 그런 상담의 축약 버전이 있습니까, 선생님? 지금 보스가 저를 지켜보고 있는데 썩 달가워하는 기색이 아닙니다."

"그녀도 총에 맞았다면서요. 당신과 마찬가지로, 그녀의 잠재의식은 총소리나 깜짝 놀랄 소음을 그 순간에 느꼈던 통증과 공포에 결부시켜요."

릴랜드는 자기 시계를 톡톡 치고는 팔짱을 꼈다. 스콧은 그의 뜻을 알았다는 의미로 고개를 끄덕이고는 손가락 한 개를 들었다. 1초만 주십시오.

"그녀는 저처럼 그 얘기를 말할 수가 없습니다. 그렇다면 그 문제는 어떻게 다룹니까?"

"개에게 먹이는 신경안정제가 있는지 알아볼게요. 그런데 어쨌든 치료 모델은 동일할 거예요. 우리는 그녀에게서 불쾌한 경험을 떼어낼 수가 없어요. 그러니 그 경험이 발휘하는 위력을 줄여야만 해요. 어쩌면 소음을 뭔가 기분 좋은 것하고 결부시키도록 가르칠 수 있을 거예요. 그런 다음에는 더 많은 소음을 들려주는 거죠. 그런 소음이 그녀를 해칠 수 있는 힘은 하나도 없다는 걸 그녀가 깨달을 때까지 말이에요."

릴랜드는 기다리는 게 지겨워진 듯한 기색이었다. 그래서인지 릴랜드는 이제 스콧을 향해 성큼성큼 다가오고 있었다.

스콧은 그가 다가오는 걸 지켜봤다. 하지만 머릿속으로는 굿맨이 해준 조언의 실현 가능성을 생각하고 있었다.

"이 조언이 도움이 될 것 같습니다, 선생님. 감사합니다. 이만 가봐야겠습니다."

스콧은 전화기를 치우고는 매기에게 목줄을 채운 후 릴랜드가 도착하는 것과 동시에 차에서 내렸다.

"귀관과 이 개가 준비가 다 돼 있을 거라 짐작한다. 여자 친구들하고 수다를 떨 시간을 가진 걸 보면 말이야."

"조금 전 통화는 강력반의 오르소 형사하고 한 거였습니다. 강력반에서 제가 보트에 오기를 원합니다. 하지만 매기하고 훈련할 수 있도록 점심때로 시간을 미뤘습니다."

스콧이 예상한 바대로 쏘아보던 릴랜드의 눈빛이 부드러워졌다.

"그들이 왜 갑자기 귀관을 간절히 원하는 건가?"

"담당 형사가 바뀌었습니다. 오르소 형사가 새로운 담당자입니다. 그는 수사 속도를 높이려고 애쓰고 있습니다."

릴랜드는 앓는 소리를 내다가 매기를 힐끔 봤다.

"귀관과 여기 있는 미스 매기는 간밤에 어떻게 지냈나? 그녀가 귀관의 집 바닥에 소변을 봤나?"

"저희는 산책을 했습니다. 그리고 긴 대화를 했습니다."

릴랜드는 스콧이 거짓말하고 있다고 의심하고 있는 듯한 날카로운 눈빛으로 그를 올려다봤다. 그러고는 스콧이 진심이었다는 결론을 내리고는 눈빛을 다시 누그러뜨렸다.

"좋아. 그랬다면 굉장히 좋을 거야. 이제는 귀관이 이 동물하고 훈련하러 가게 해주지. 귀관들이 무슨 얘기를 했는지 보자고."

릴랜드는 몸을 돌렸다.

"경사님의 신호용 권총을 빌려도 되겠습니까?"

릴랜드가 다시 몸을 돌렸다.

스콧이 말했다. "총이 발사됐을 때 무서워서 똥을 지리는 개를 경찰견으로 받을 수는 없잖습니까."

릴랜드는 입술을 삐죽 내밀고는 스콧을 조금 더 관찰했다.

"귀관이 그런 증상을 고칠 수 있을 거라고 생각하나?"

"저는 제 파트너를 저버리지 않을 겁니다."

릴랜드는 스콧이 몸을 꼼지락거릴 때까지 오랫동안 그를 응시했다. 그러더니 매기의 머리를 만졌다.

"그러지 마라. 매기와 훈련하는 도중에 총을 쏘면, 너무 가까이에서 총을 쏘면 그녀가 귀를 다칠지도 모른다. 메이스에게 귀관을 도우라고 지시하겠다."

"감사합니다, 경사님."

"감사해 할 필요 없다. 이 개와 계속 얘기를 나누도록 해라. 어쩌면 귀관은 벌써 뭔가를 배운 건지도 모르겠다."

릴랜드는 또 다른 말을 덧붙이지 않고 몸을 돌렸고, 스콧은 매기를 내려다봤다.

"소시지가 더 필요하겠구나."

스콧과 매기는 훈련장으로 갔다.

11

메이스는 신호용 권총을 갖고 나오지 않았다. 릴랜드는 메이스 대신 키는 작지만 강단 있는 트레이너 폴리 버드레스를 데려왔다. 스콧은 핸들러 코스 1주 차 때 버드레스를 두 번 만난 적이 있지만 그를 잘 알지는 못했다. 버드레스는 삼십 대 중반으로 오비라는 이름의 저먼 셰퍼드 수컷과 일했다. 버드레스는 다른 경찰 세 명과 함께 몬태나에서 2주간 낚시를 하며 보낸 탓에 햇볕에 화상을 입어 피부가 벗어진 걸 자랑스럽게 내보였다.

릴랜드가 말했다. "이제는 신호용 권총으로 하는 그런 짓은 잊어라. 폴리 버드레스 알지?"

버드레스는 스콧을 향해 활짝 웃어 보이며 잔뜩 힘이 들어간 악수를 건넸다. 하지만 그의 웃음은 대부분이 매기를 향한 거였다.

릴랜드가 말했다. "여기 있는 폴리는 공군 K-9에서 일했었다. 내가 귀관이 이 친구와 얘기해보기를 원하는 이유가 그것이다. 군 작전견들은 우리 개들하고는 다른 일을 하도록 교육을 받는다."

버드레스는 여전히 매기를 보며 웃고 있었다. 그는 매기가 냄새를 맡을 수 있도록 손을 내밀고는 매기의 귀 뒤를 긁어주려고 쪼그려 앉았다.

"매기가 아프가니스탄에 있었다고?"

스콧이 말했다. "이중용도견이었습니다. 정찰 및 폭발물 탐지견이었습니다."

버드레스는 깡마른 사람이었지만, 스콧은 그에게서 무척이나 차분한 분위기를 느꼈고, 매기 역시 그걸 감지했다는 걸 알았다. 매기는 귀를 뒤로 젖히고 혀를 늘어뜨렸다. 그녀는 버드레스가 자신을 긁어주는 걸 편안해하면서 그렇게 하도록 놔뒀다. 릴랜드가 계속 말하는 동안 버드레스는 매기의 왼쪽 귀를 젖혀 그녀에게 새겨진 문신을 살폈다. 그에게는 스콧과 릴랜드 모두 투명인간인 것만 같았다. 버드레스는 오직 개에게만 몰입했다.

릴랜드는 스콧에게 하던 얘기를 계속했다.

"귀관도 알듯이 여기 로스앤젤레스시에서, 우리는 짖는 것만으로 용의자를 그 자리에 붙들어두도록 이 근사한 동물들을 훈련한다. 터무니없는 일이지만, 사회에 아무짝에도 쓸모없는 놈들이 귀관을 죽이려고 기를 쓰지 않는 한 개는 그런 놈들을 물 수가 없다. 배포라고는 찾아볼 길이 없는, 자격도 없는 시의회가 그런 못된 놈들의 볼기를 빨아서 이득을 챙기려는 사기꾼 변호사들이 제기하는 협박성 소송 때문에 치러야 하는 배상금을 지불하고 싶어 하지 않기 때문이다. 내 말이 틀렸나, 버드레스 경관?"

"경사님 말씀에 틀린 말씀이 있겠습니까, 경사님."

버드레스는 릴랜드의 말에 주의를 기울이지 않고 있었다. 하지만 스콧은 경사가 법적책임을 따지는 소송이 잇따르고 있기 때문에 더욱더 많은 경찰국이 채택해온 '발견 후 짖음(find and bark)' 방법을 묘사하고 있다는 걸 알았다. 용의자가 꼼짝 않고 가만히 서서 공격 의향을 내비치지 않는 한, 개들은 용의자에게서 떨어져서 짖기만 하도록 훈련받았다. 개들은 용의자가 공격적인 움직임을 취하거나 도주를 시도할 경우에만 용의자를 물도록 훈련받았는데, 릴랜드는 이것이 개와 핸들러 모두에게 위험한 일이라고 믿었고, 그래서 이건 그의 바닥을 드러낼 줄 모르는 강의 주제 중

하나였다.

"하지만 귀관의 군 순찰견은 달아나는 트럭 같은 표적에 달려들도록, 쏜살같이 달려가서 미국인을 적대시하는 놈들을 쓰러뜨리도록 훈련받았다. 귀관이 무위도식하는 식충 같은 놈들에게 귀관의 군견을 풀어주면, 그 아이는 그놈들에게 새 똥구멍을 만들어줄 것이고, 그놈들의 간이 빠져나오면 그 간을 먹어치울 것이다. 여기 있는 우리 매기 같은 개들은 심각한 작업을 하는 훈련을 받았다. 내 말이 틀렸나, 버드레스 경관?"

"경사님 말씀에 틀린 말씀이 있겠습니까, 경사님."

릴랜드는 버드레스를 향해 고개를 끄덕였다. 버드레스는 두 손을 낮춰 매기의 다리를 만지고는 엉덩이에 있는 흉터들을 어루만졌다.

"이건 모두 경험에서 우러나온 소리다, 제임스 경관. 그러니 귀관이 해야 할 첫 번째 일은 이 영웅적인 동물에게 그녀가 대면하게 될 흉포하고 유전적으로 열등한 똥자루들을 물지 말라고 가르치는 것이다. 알아들었나?"

스콧은 버드레스를 흉내 냈다.

"경사님 말씀에 틀린 말씀이 있겠습니까, 경사님."

"당연히 그래야지. 이제 귀관을 버드레스 경관에게 맡길 것이다. 버드레스 경관은 군견에게 지시하는 명령어를 잘 안다. 그러니 귀관이 매기를 유약한 민간인들이 사는 도시에서 작업할 수 있도록 다시 훈련시키는 걸 도와줄 것이다."

릴랜드는 더 이상의 말은 없이 걸어서 자리를 떠났다. 몸을 일으킨 버드레스는 환한 미소로 스콧을 물들였다.

"안달하지 마. 매기는 릴랜드 밑에서 공격성을 줄이고 사람에게 더 친근한 개로 재훈련을 받았어. 그게 민간인들을 상대하는 개들에게 적용하는 관리 운용 절차야. 경사님은 매기의 문제점은 정반대일 거라고 생각해. 충분히 공격적이지 않다는 거지."

스콧은 매기가 말리에게 어떻게 달려들었는지를 떠올렸다. 하지만 그 얘기를 입 밖에 내지 않기로 했다.

스콧이 말했다. "영리한 개입니다. 이틀이면 '발견 후 짖음'을 터득할 겁니다."

버드레스는 더욱더 환하게 웃었다.

"매기를 얼마나 오래 데리고 있었지? 하루?"

"해병대가 그녀에게 알려주고 싶었던 모든 것을 소화하기에 충분할 정도로 영리한 개입니다. 매기는 머리에 총을 맞은 게 아닙니다."

"해병대가 그녀에게 알려주고 싶었던 게 무엇인지를 자네가 어떻게 알지?"

스콧은 자기도 모르게 얼굴이 벌게지는 걸 느꼈다.

"경관님께서 여기에 계신 이유가 그거라고 짐작합니다."

"나도 그럴 거라고 짐작해. 그럼 시작해볼까?"

버드레스는 사육장 건물 쪽으로 고개를 끄덕였다.

"가서 팔 보호대와 6미터짜리 목줄, 1.8미터짜리 목줄을 가져와. 무엇이 됐건 자네가 그녀에게 상을 줄 때 사용하는 것도 가져오고. 나는 여기서 기다릴게."

스콧은 사육장으로 출발했고, 매기는 그의 왼쪽에서 그를 따라갔다. 그는 소시지 200그램을 잘라서 봉지에 담아뒀었다. 그런데 지금은 그 정도로 충분할지, 그리고 버드레스가 음식을 상으로 주는 걸 반대하지는 않을지 걱정이 됐다. 그러다가 그는 시계를 확인했다. 오르소를 만나러 떠나기 전에 그들이 얼마나 많은 성과를 낼 수 있을지 궁금했다. 그는 말리에게 들은 그 동네에서 일어난 절도 사건들에 대한 내용을 공유하고 싶었고, 그러면 오르소가 그 진술에 담긴 가능성을 보게 될 거라고 믿었다. 무소득으로 일관한 9개월이 지나서 새로운 단서가 모습을 드러내기 시작하고 있었다.

스콧이 걷는 속도를 높이며 오르소 생각을 하고 있을 때, 그의 뒤에서 총소리가 허공을 갈랐다. 스콧은 얼떨결에 쪼그려 앉았고, 매기가 그를 덮치면서 그는 하마터면 땅바닥을 나뒹굴 뻔했다. 매기는 그의 몸 아래에 몸을 쑤셔 넣으려고 애썼다. 매기가 그의 두 다리 사이에 몸을 집어넣고는 빈틈없이 몸을 마는 바람에 그는 매기의 몸이 떨리는 걸 고스란히 느낄 수 있었다.

스콧의 심장은 망치질하듯 뛰었고, 호흡은 밭아졌다. 하지만 그는 버드레스를 돌아보기 전에 이미 무슨 일이 일어난 것인지를 잘 알았다.

버드레스는 헐겁게 쥔 신호용 권총을 다리에 붙이고 있었다. 피부가 벗어진 그의 얼굴에서 웃음기는 찾아볼 길이 없었다. 그는 서글퍼하는 기색이었다.

그가 말했다. "미안해, 친구. 딱한 일이지만, 그 가여운 개한테는 문제가 있어."

스콧의 심장박동이 점점 느려졌다. 그는 떨고 있는 매기의 등에 손을 얹고 부드럽게 말했다.

"이봐, 베이비 걸. 그건 그냥 소음일 뿐이었어. 내킬 때까지 내 밑에 그대로 머물러도 돼."

스콧은 매기의 등과 양 옆구리를 쓰다듬고 귀를 주무르면서 차분한 목소리로 계속 말을 걸었다. 그는 그녀를 계속 쓰다듬으면서 소시지 봉지를 꺼냈다.

"이게 뭔지 봐, 매기 아가씨. 내가 뭘 갖고 있는지 보라니까."

매기는 스콧이 소시지를 내밀자 고개를 들고는 그가 손가락으로 들고 있는 그걸 핥았다.

스콧은 끽끽거리는 고음으로 그녀가 얼마나 착한 아가씨인지를 말하고는 또 다른 소시지 조각을 건넸다. 그녀는 그걸 먹으려고 일어나 앉았다.

버드레스가 말했다. "있잖아, 나는 전쟁터에 갔던 개들이 이런 상황을 겪는 걸 본 적이 있어. 돌아오려면 먼 길을 지나야만 해."

스콧은 일어섰다. 그러고는 매기의 머리 위 높은 곳에 또 다른 소시지 조각을 들어서 그녀를 약 올렸다.

"일어서, 아가씨. 몸을 한껏 일으켜서 먹어봐."

그녀는 소시지를 먹으려고 뒷다리로 일어서서 몸을 높이 세웠다. 스콧은 그녀가 그걸 먹게 놔둔 다음, 그녀를 칭찬하면서 털을 마구 헝클어뜨렸다.

그는 버드레스를 올려다봤다. 이제 그의 목소리는 끽끽거리지 않았다.

"20분쯤 지나서 총을 다시 쏴주십시오."

버드레스는 고개를 끄덕였다.

"자네한테 언제 총을 쏠지 알려주지 않을 거야."

"언제 총소리가 날지 알고 싶지 않습니다. 매기도 그렇습니다."

버드레스는 천천히 미소를 지었다.

"팔 보호대하고 목줄을 가져와. 이 군견을 업무에 복귀시키는 일을 시작해보자고."

2시간 45분 후, 스콧은 매기를 사육장에 두고는 오르소를 만나러 다운타운으로 차를 몰았다. 그가 떠날 때, 매기는 낑낑거리면서 출입구를 발로 긁어댔다.

12

20분 후, 보트의 엘리베이터 문이 열렸을 때, 오르소와 검정 바지 정장 차림의 키가 작고 매력적인 흑발 백인 여성이 그를 기다리고 있었다. 오르소는 손을 내민 후 여성을 소개했다.

"스콧, 이쪽은 조이스 카울리 형사야. 카울리 형사는 이 사건의 수사 파일을 검토해왔어. 아마 나보다 이 사건에 대해 아는 게 더 많을 거야."

스콧은 고개를 끄덕였지만, 무슨 말을 해야 할지 확신이 서지 않았다.

"알겠습니다. 감사합니다. 뵙게 돼서 반갑습니다."

카울리는 단호하고 힘 있게 악수를 했지만 남성적인 느낌은 풍기지 않았다. 삼십 대 후반인 카울리는 느긋한 분위기의 체구가 단단해 보이는 여성으로, 십 대 시절에는 동료들을 분발시키는 체조선수였을지도 몰랐다. 그녀는 스콧과 악수를 하면서 미소를 지었다. 그러고는 오르소가 그들을 강력반 사무실로 안내하는 동안 스콧에게 명함을 건넸다. 스콧은 앞으로도 그가 도착할 때마다 오르소가 매번 엘리베이터에서 그를 맞을 것인지 궁금했다.

카울리가 말했다. "메트로에 가기 전에 램파트에 있었다고 들었어요, 맞죠? 나도 여기 오기 전에는 램파트 강력반에 있었어요."

스콧은 그녀의 얼굴을 다시 살펴봤지만 얼굴을 본 기억이 나지 않았다.

"죄송합니다만 기억이 나지 않네요."

"당연하죠. 나는 여기로 온 지 3년이나 됐으니까요."

오르소가 말했다. "3년 반이잖아. 조이스는 여기서 보낸 시간의 대부분을 나하고 같이 연쇄살인 사건을 수사하면서 보냈어. 조이스한테 어제 우리가 나눈 대화를 얘기해줬어. 그랬더니 몇 가지 물어볼 게 있다더군."

스콧은 전날 방문했던 회의실로 그들을 따라갔다. 그는 회의실 테이블에 놓인 파일들과 자료가 담긴 판지 상자를 봤다. 그 옆에는 구멍이 세 개 뚫린 커다란 청색 바인더가 테이블에 놓여 있었다. 스콧은 이게 강력반 형사들이 수사를 체계적으로 기록하려고 사용하는 살인사건 기록부(murder book)라는 걸 알고 있었다.

오르소와 카울리는 의자에 털썩 앉았지만, 스콧은 테이블을 돌아서 오르소의 포스터 크기만 한, 범행 현장을 담은 도면 쪽으로 갔다.

"시작하기 전에 드릴 말씀이 있습니다. 오늘 아침에 넬슨 신의 가게에 갔었습니다. 그의 가게에서 두 집 옆에 있는 가게를 운영하는 남자를 만났습니다. 바로 여기서요."

스콧은 도면에서 신의 가게를 찾아내고, 엘튼 말리의 가게가 있는 곳을 가리켰다.

"말리는 2주 전에 절도를 당했습니다. 작년에 네다섯 번 절도를 당했는데, 그의 말에 따르면 이 지역에 있는 다른 많은 가게도 털렸었답니다. 여기 있는 형사님의 도면에는 이 골목으로 열려 있는 건물 뒤쪽의 배달 구역이 보이지 않습니다……"

스콧은 말리가 밴에 짐을 싣던 곳인 건물 뒤의 구역을 묘사하려고 손가락으로 투명한 상자 모양을 그렸다. 오르소와 카울리는 그를 주시했다.

"옥상으로 연결되는 비상계단이 하나 있습니다. 보안시설은 제일 낮은 층의 창문에 쳐진 창살 말고는 전혀 없습니다. 그리고 여기 뒤에 있는 구역은 건물 앞쪽에 있는 사람들의 시야에는 감춰져 있습니다. 저는 악당들이 높은 층의 창문에 도달하기 위해 비상계단을 이용했다고 생각합니다. 놈들은 이번에는 말리의 컴퓨터와 스캐너를 한 대씩 들고 튀었습니다. 최근에는 붐박스와 또 다른 컴퓨터, 그리고 럼 두 병을 훔쳐갔습니다."

오르소는 카울리를 힐끔 봤다.

"보잘것없는 무단침입에다 쉽게 들고 튈 수 있는 물건들이군."

카울리는 고개를 끄덕였다.

"그 지역에 사는 이웃 주민들이 벌인 짓이겠죠."

스콧은 자신이 세운 이론을 계속 전개했다.

"누가 한 짓이건, 이 모든 범행이 동일범 소행이라면, 그는 제가 총에 맞았던 그날 밤에 신의 가게에 침입한 사람일 가능성이 있습니다. 제가 옥상에도 올라가 봤는데, 거긴 불량배들이 파티를 벌이는 소굴이었습니다……"

스콧은 휴대폰을 꺼내 맥주 캔과 파티의 잔해를 찍은 사진을 찾아내고 휴대폰을 오르소에게 넘겼다.

"신의 가게를 턴 놈은 오래전에 꽁무니를 뺐을지도 모르지만, 켄워스가 벤틀리를 박았을 때 만약 누군가 다른 사람이 거기에 있었다면 그 사람은 사건을 처음부터 끝까지 볼 수 있었을 겁니다."

카울리는 오르소 쪽으로 몸을 기울였다.

"말리는 신고를 했나요?"

"2주 전에 했다고 합니다. 누군가가 출동했는데, 추후에 수사 진행 상황에 대한 설명을 듣지는 못했답니다. 그에게 제가 수사 상황을 확인해서 연락을 주겠다고 말했습니다."

오르소는 카울리를 힐끔 봤다.

"이 사건의 관할 부서는 센트럴의 강도과야. 그들에게 지난 2년간 이 구역에서 접수된 강도사건 신고 내역과 체포자 명단을 요청하도록 해. 그리고 말리와 관련해서 그들이 가진 것은 무엇이건 달라고 하고. 나는 DIC와 얘기 좀 해봐야겠어."

DIC는 담당 형사(detective in charge)라는 뜻이었다.

카울리는 스콧에게 말리의 이름 전체와 가게 주소를 알려달라고 요청했다. 그러고는 수첩에 그 정보를 적었다. 그녀가 그걸 적는 사이 오르소는 스콧에게로 다시 몸을 돌렸다.

"좋은 걸 알아냈군. 아이디어도 좋고. 마음에 들어."

스콧은 우쭐해졌다. 9개월간 가슴속에 막혀 있던 무엇인가가 내려가기 시작했다.

오르소가 말했다. "오케이. 이제 조이스 얘기를 들어보세. 이리 와서 앉게, 조이스."

스콧이 자리를 잡자 카울리가 커다란 마닐라 봉투를 들어서 내용물을 꺼냈다. 그녀는 두껍고 광택이 나는 종이 네 장을 카드를 돌리듯 스콧 앞에 내놨다. 각각의 종이는 컬러 증명사진 여섯 세트를 출력한 거였다. 둘씩 짝을 이룬 사진들은 각각의 남자의 앞 얼굴과 옆얼굴을 보여주고 있었다. 온갖 연령대와 인종이 망라된 남자들로, 그들 모두는 모양과 길이가 다양한 흰색 또는 회색 구레나룻을 기르고 있었다. 카울리는 사진을 펼쳐 놓으며 설명했다.

"데이터베이스에는 머리카락 색, 헤어스타일, 머리 길이 등의 식별자가 있어요. 이 중에 눈에 익은 사람이 있나요?"

심장이 딱 한 번 뛰는 사이에 스콧의 기분은 우쭐함에서 메스꺼움으로 곤두박질쳤다. 그리고 그 순간, 그는 다시 한번 도로에 누워서 총성을 듣고 있었다. 그는 눈을 감고는 숨을 천천히 내쉬며 자신이 바닷가의 백사장에 있다고 상상했다. 그는 혼자였고, 알몸이었다. 피부는 햇볕 때문에 뜨뜻했다. 그는 머릿속으로 빨간 비치 타월 위에 있는 자신의 모습을 그렸다. 파도 소리를 상상했다. 이건 플래시백에 대처하기 위해 굿맨이 가르쳐준 방법이었다. 그 자신이 다른 곳에 있는 것으로 상상하고 세부 사항들을 창작해내라. 세부적인 것들을 상상해내면 집중력이 생기고, 그러면 긴장을 푸는 데 도움이 된다.

오르소가 불렀다. "스콧?"

스콧은 민망해서 얼굴이 벌게지는 걸 느끼고는 눈을 떴다. 그는 사진들을 자세히 살폈지만, 낯익은 얼굴은 하나도 없었다.

"제가 놈의 얼굴을 충분히 제대로 보지는 못했습니다. 죄송합니다."

카울리는 상대의 마음을 풀어주는 친근한 미소를 머금고 검정 마커의 뚜껑을 열고는 그에게 마커를 건넸다. 그녀의 손톱은 다듬어진 흔적이 전혀 없었다.

"너무 조바심 내지는 마요. 애초부터 얼굴을 알아볼 거라고 기대하지 않았으니까요. 회색이나 흰머리를 키워드로 3,261번 검색해봤어요. 이것들을 뽑아낸 건 헤어스타일과 구레나룻 스타일이 모두 제각각이기 때문이었어요. 그게 이 훈련의 목적이에요. 최선을 다해서, 최선을 다할 수 있는 경우에는 그렇게 하지만 그러지 못하겠으면 굳이 애쓰지 않아도 돼요. 당신이 본 것과 제일 근접한 스타일에 동그라미를 쳐봐요. 아니면 확실하게 배제할 수 있는 스타일에 가위표를 하거나."

남자들 중 한 명은 단검처럼 날카로운 모양의 길고 가느다란 구레나룻을 길렀다. 또 다른 남자는 뺨의 대부분을 덮는 삼각형 모양의 커다란 구레나룻을 길렀다. 스콧은 아니라는 걸 잘 알 듯한 다른 스타일과 함께 그것들에 가위표를 했다. 그러고는 두툼한 직사각형 모양의 구레나룻을 기른 다섯 남자에게 동그라미를 쳤다. 제일 짧은 구레나룻은 귀 중간에서 멈췄고, 제일 긴 것은 그 남자의 귓불에서 2.5센티미터쯤 아래까지 내려왔다. 스콧은 그 사진들을 카울리 쪽으로 밀었다. 그러면서 그가 실제로 구레나룻을 본 것이 맞는지, 아니면 순전히 그것들을 상상해낸 것인지가 다시 궁금해졌다.

"모르겠습니다. 제가 그것들을 실제로 봤는지조차 확신이 서지를 않습니다."

카울리와 오르소는 슬쩍 눈빛을 주고받았다. 그러는 동안 카울리는 사진을 봉투에 다시 밀어 넣었고, 오르소는 테이블에 펼쳐진 서류 중에서 얇은 파일을 집어 들었다.

"이건 그랜토리노에 대한 SID 요원의 보고서야. 우리가 어제 얘기를 한 후에 이걸 다시 읽어봤어. 동일한 개인에게서 나온 흰머리 다섯 가닥이 운전석 옆에서 발견됐다고 적혀 있더군."

스콧은 오르소를, 그다음에는 카울리를 응시했다. 오르소는 미소를 지었다. 카울리는 그러지 않았다. 그녀는 수색에 나선 여자처럼, 오르소가 수색을 중단하고 떠난 자리를 선택한 여자처럼 보였다.

"그 머리카락이 당신이 본 남자에게서 나온 거라고 단언할 수는 없어요. 하지만 어느 시점엔가 머리가 백발이 된 어떤 남자가 그 차량에 있었던 건 확실해요. 모낭에서 얻은 DNA는 통합 DNA 색인 시스템이나 법무부 데이터뱅크에 들어 있는 어떤 자료와도 일치하지 않았어요. 그래서 우리는 그의 이름을 몰라요. 그래도 그가 백인 남성이라는 건 알아요. 그의 머리가 세기 전에는 갈색이었을 확률이 80퍼센트고, 눈동자 색깔이 파란색이라는 것은 100퍼센트 확실하고요."

오르소의 눈썹이 아치 모양을 그렸다. 활짝 웃는 그는 행복한 보이스카우트 단장처럼 보였다.

"수사를 개시할 기회들이 천천히 쌓여가는 것 같지 않나? 나는 자네가 자신은 미친 사람이 아니라는 걸 알고 싶어 한다고 생각했는데."

그러더니 그 행복한 보이스카우트 단장의 얼굴이 자취를 감췄다. 오르소는 파일 상자에 손을 얹었다.

"오케이. 여기 있는 사건 파일은 주제별로 정리돼 있어. 살인사건 기록부에는 멜론하고 스텐글러가 제일 중요하다고 생각한 증거들이 담겨 있지만, 그 기록부는 이 파일처럼 완전하지는 않아. 자네는 묻고 싶은 질문이 많은 사람이지? 알고 싶은 게 뭔가?"

스콧은 더 많은 기억을 불러낼 무엇인가를 원했지만, 그게 무엇인지는 또는 그게 무엇이 될지는 알지 못했다.

스콧은 오르소를 쳐다봤다.

"우리한테는 어째서 용의자가 없는 겁니까?"

"용의자를 전혀 식별해내지 못했으니까."

"그 얘기는 멜론 형사님과 스텐글러 형사님을 통해서 들어 알고 있습니다."

오르소는 파일 상자를 두드렸다.

"그 얘기의 긴 버전은 이 안에 있네. 자네는 이걸 자유로이 읽을 수 있지만, 나는 이 자리에서 자네에게 축약된 버전을 들려줄 생각이야."

오르소는 수사를 빠르게, 그리고 전문적으로 요약했다. 내용의 대부분은 멜론과 스텐글러에게 들어 아는 것이었으나 스콧은 오르소의 설명을 끊지 않았다.

살인사건이 일어났을 때 제일 먼저 용의선상에 오르는 사람은 피살자의 배우자다. 늘 그렇다. 이게 살인사건 수사 매뉴얼에 실려 있는 제1법칙이다. 제2법칙은 '돈을 따라가라'다. 멜론과 스텐글러는 이런 식으로 수사에 접근했다. 펄레시안이나 벨루아가 빚을 졌나? 둘 중 하나가 동업자를 속였었나? 둘 중 하나가 다른 남자의 아내와 불륜 관계였나? 펄레시안의 아내가 내연남을 차버렸는데, 그 내연남이 보복으로 그녀의 남편을 살해한 것인가? 아니면, 그의 아내가 펄레시안을 다른 남자와 함께 살해한 것인가?

멜론과 스텐글러는 수사하는 동안 요주의 인물로 두 명을 식별해냈다. 첫 번째 인물은 샌 페르난도 밸리에서 활동하는 러시아인 포르노 제작자로, 펄레시안과 함께 대여섯 건의 프로젝트에 투자한 인물이었다. 그가 운영하는 포르노 기업의 사업 자금은 러시아 범죄 조직에서 나온 거였다. 그래서 형사들은 그에게 관심을 기울였지만, 그 남자는 펄레시안과 하는 사업에서 보통 때보다 20퍼센트나 더 많은 이익을 챙겼다. 그래서 멜론과 스텐글러는 결국 그 남자를 용의선상에서 제외했다. 두 번째 요주의 인물은 벨루아와 관련이 있었다. 강력반의 강도과 특수팀은 인터폴이 벨루아를 프랑스의 다이아몬드 장물아비와 관련이 있는 인물로 지정했다는 사실을 멜론에게 통고했다. 그러면서 벨루아가 다이아몬드를 밀수하고 있었다는 의견이 나왔지만, 강도과 특수팀은 결국 그에게 제기된 범죄 연루 혐의를 철회했다.

친구와 가족 27명, 그리고 투자자와 동업자와 목격자일 가능성이 있는 인물 118명을 인터뷰하고 수사했지만, 모두 다 혐의가 전혀 없다는 것만 확인됐다. 그럴듯한 용의자는 전혀 식별되지 않았고, 수사는 서서히 교착 상태에 빠졌다.

설명을 마친 오르소는 손목시계를 확인했다.

"내가 말한 내용 중에 자네 기억을 되살리는 데 도움이 된 게 있었나?"

"없습니다, 형사님. 대부분 아는 내용입니다."

"그렇다면 멜론과 스텐글러는 자네한테 숨긴 게 전혀 없었던 거로군."

스콧은 자신도 모르게 얼굴이 뜨거워지는 걸 느꼈다.

"그분들은 뭔가를 놓쳤습니다."

"그럴지도 모르지. 하지만 이건 그들이 찾아낸 거야……"

오르소가 파일 상자 쪽으로 고개를 갸우뚱 기울일 때 카울리가 끼어들었다.

"그건 이게 버드 선배와 제가 시작할 곳이라는 뜻이에요. 멜론하고 스텐글러가 이 사건을 떠났다는 사실이 우리도 그럴 거라는 뜻은 아니에요. 어떤 내용이 이 서류들에 들어 있다는 게 우리가 그것들을 절대적인 기정사실로 받아들일 거라는 뜻은 아니에요."

오르소가 잠시 그녀를 살피다가 스콧을 쳐다봤다.

"나한테는 넬슨 신의 가게와 그가 당한 절도 사건이 있고, 자네가 있고, 순직한 경찰관이 있어. 나는 이 사건을 해결할 거야."

조이스 카울리는 자기도 모르게 고개를 끄덕였지만 별다른 말을 하지는 않았다.

오르소가 일어섰다.

"조이스하고 나는 할 일이 있네. 이 파일과 보고서들을 살펴보고 싶으면, 그것들은 여기 다 있네. 살인사건 기록부를 훑고 싶다면, 그것도 여기 있고. 어디서 시작하고 싶은가?"

스콧은 어디서 시작할지를 고민해본 적이 없었다. 그는 자신이 무엇인가를 잊은 건 아닌지 확인하기 위해 그 자신이 했던 진술을 읽어봐야겠다고 생각했다. 그러다가 시작할 곳은 딱 한 곳밖에 없다는 걸 깨달았다.

"범행 현장 사진들입니다."

카울리는 불편해하는 기색이 역력했다.

"확실한가?"

"그렇습니다."

스콧은 범행 현장을 찍은 사진을 본 적이 한 번도 없었다. 그것들이 존재한다는 건 알고 있었으나 그 생각을 해본 적은 결코 없었다. 그는 밤마다 꿈에서 그 사진들을 그 나름의 버전으로 봐왔었다.

오르소가 말했다. "좋아, 그럼 시작해볼까."

13

오르소는 상자의 파일 걸이에 걸려 있는 파일 하나를 꺼내 테이블에 올려놨다.

"이게 현장 사진들이야. 살인사건 기록부에도 더 중요한 사진들의 사본이 있지만, 여기 있는 마스터 파일에 모든 게 다 들어 있어."

스콧은 파일을 열지 않은 채로 힐끔 보기만 했다.

"알겠습니다."

"사진 뒤에 붙은 레이블에는 그 사진과 관련된 보고서와 페이지 번호가 적혀 있어. SID 요원, 검시관, 수사 형사들 등등. 특정 사진에 대해 SID 요원이 무슨 말을 했는지 보고 싶으면 보고서 번호를 찾은 다음에 거기 적힌 페이지로 가면 되네."

"알겠습니다. 감사합니다."

스콧은 오르소가 떠나기를 기다렸지만 오르소는 움직이지 않았다. 스콧이 잠시 후 보게 될 내용 때문에 마음이 편치 않다는 듯이 그의 얼굴은 엄숙하기만 했다.

스콧이 말했다. "저는 괜찮습니다."

오르소는 말없이 고개를 끄덕이고는 회의실에 들어오는 카울리를 지나쳐 밖으로 나갔다. 밖으로 나갔던 그녀는 물병 하나와 노란색 연습장, 그리고 펜 두 개를 들고 돌아왔다.

"여기 있어요. 궁금한 게 있거나 메모를 하고 싶으면 이걸 써요. 목이 마를지도 모르겠다는 생각이 들더라고요."

그녀가 오르소가 보인 것과 똑같은 엄숙하고 근심스러운 표정으로 그를 응시할 때, 그녀의 휴대폰에 문자메시지가 왔다는 신호가 울렸다. 그녀는 메시지를 슬쩍 봤다.

"센트럴 강도과예요. 내 책상에 있을 테니까 필요한 게 있으면 오도록 해요."

스콧은 그녀가 떠날 때까지 기다렸다가 걸려 있는 파일을 열었다. 개별 파일마다 '사건 발생 지역, 벤틀리, 켄워스, 토리노, 2A24, 펄레시안, 벨루아, 앤더스, 제임스, 기타'라는 레이블이 붙어 있었다. '2A24'는 스콧과 스테파니가 몰던 순찰차였다. 스콧은 자기 자신의 이름을 보는 게 이상하게 느껴졌다. 자신이 무얼 보게 될 것인지 궁금했다. 그러다가 스테파니의 이름을 깊이 생각해보고는 고민을 억지로 그만뒀다.

그는 '사건 발생 지역' 파일을 먼저 열었다. 안에 든 사진은 크기가 제각각으로, 시신을 수습한 후인 이른 새벽 시간에 찍은 것들이었다. 켄워스의 앞범퍼는 금방이라도 땅바닥으로 떨어질 것만 같은 각도로 차에 매달려 있었다. 벤틀리의 조수석 쪽은 구겨져 있었고, 측면과 창문에는 총알구멍들이 숭숭 뚫려 있었다. 소방관, 정복 경찰, SID 요원, 기자들이 배경에 보였다. 스테파니의 시신 주위에 둘러쳐진 하얀 윤곽선이 실종된 조각들을 채워달라고 애원하는 빈 퍼즐처럼 스콧의 시선을 사로잡았다.

스콧은 벤틀리를 찍은 사진들을 대충 보며 넘겼다. 깨진 유리들이 차체 내부에 흩어져 있었다. 좌석과 콘솔박스를 덮은 피가 어찌나 흥건한지, 차량 내부에 루비색 페인트를 끼얹은 듯한 광경이었다. 운전석 바닥은 피가 엉겨 붙은 깊은 연못이었다.

전혀 손상되지 않은 켄워스의 내부는 다른 이야기를 들려줬다. AK-47 소총에서 튀어나온 황동 탄피들이 바닥과 좌석에 흩어져 있었고, 계기판 위에도 간간이 뿌려져 있었다. 내부에는 종잇조각들, 쭈그러든 버거킹 컵, 빈 플라스틱 물병 대여섯 개가 어질러져 있었다. 이것들을 회수해서 검사해 본 결과, 부에나파크(LA 인근 도시)에서 트럭을 도난당했을 때 아내를 구타한 죄로 철창신세를 지고 있던 트럭 주인 펠릭스 에르난데스와 관련된 물건이었다는 얘기를 스콧은 멜론에게 들어 알고 있었다.

스콧은 그랜토리노 관련 서류는 보는 수고조차 하지 않았다. 그 차량은 여덟 블록 떨어진 고속도로 아래에서 발견됐는데, 켄워스처럼 살인에 써먹으려고 그날 이른 시간에 훔친 거였다.

스콧은 서둘러 펄레시안과 벨루아의 파일로 넘어갔다. 그는 그들 중 한 명, 또는 두 명 모두를 그들이 살해당한 사건을 촉발한 원인 제공자로 볼 수도 있다는 생각으로 두 사람의 파일을 꼼꼼히 검토했다.

스콧은 밤에 찍은 현장 사진들을 보면서 1930년대에 조폭들이 기관총을 갈긴 후 남은 광경을 찍은 끔찍한 흑백사진을 본 기억을 떠올렸다. 펄레시안은 벨루아의 무릎에 파고들려고 기를 쓰는 사람처럼 콘솔박스 위에 폴썩 쓰러져 있었다. 그의 바지와 스포츠코트는 피에 흠뻑 젖어 있어서 스콧은 그 옷들의 원래 색깔이 무엇인지를 확신할 수가 없었다. 스콧이 낮에 찍은 사진에서 봤던 깨진 유리는 지금은 카메라의 플래시를 받아 반짝반짝 빛나고 있었다.

벨루아는 녹아내린 사람처럼 조수석에 쓰러져 있었다. 그의 옆통수는 날아갔고, 카메라 가까운 쪽에 있는 팔은 엉망진창인 빨간 인체조직들에

의해 달랑달랑 매달려 있었다. 펄레시안처럼 그 역시 너무 많은 총알에 맞은 터라 옷이 피로 흠뻑 젖어 있었다.

스콧은 큰 소리로 혼잣말을 했다.

"형씨, 당신이 *진짜* 죽기를 원한 사람이 있었나 보네."

다음 폴더에는 스테파니의 사진이 들어 있었다. 스콧은 주저했지만, 그것들을 봐야만 한다는 걸 잘 알고 있었다. 그래서 그는 폴더를 열었다.

그녀는 두 다리를 모으고 무릎을 구부리고는 왼쪽으로 몸을 젖히고 있었다. 오른팔은 손바닥을 아래로 향한 채로 몸과 수직 방향으로 놓여 있었고, 손가락은 도로를 붙잡으려고 애쓰는 사람처럼 구부러져 있었다. 왼손은 배에 놓여 있었다. 그녀의 몸은 누구나 예상할 수 있는 방식의 윤곽을 보여줬다. 그녀의 몸 아래에 고인 피 웅덩이가 너무 커서 윤곽선이 끊어지기는 했지만 말이다. 스콧은 그녀의 사진들을 빠르게 휙휙 넘겼다. 그러고는 B1이라는 레이블이 붙은 굉장히 큰 불규칙적인 핏자국 사진에 도달했다. B2는 무엇인가를 끌고 가면서 생긴 듯한 길쭉한 핏자국을 보여줬다. 스콧은 그게 자신의 피라는 걸 깨달았다. 그러면서 어쩌다 보니 자신이 스테파니의 폴더에서 그 자신의 폴더로 넘어갔다는 걸 불현듯 깨달았다. 피의 양은 어마어마했다. 그렇게 많은 출혈량을 보자 갑자기 땀이 비 오듯 쏟아졌다. 그는 그날 밤에 자신이 죽기 직전까지 갔다는 걸 알고 있었다. 그리고 그날 도로에서 흘린 엄청난 양의 피를 찍은 사진은 그가 죽음에 근접했다는 걸 시각적으로 잘 보여줬다. 그의 몸 둘레에 흰색 선이 그어진 모습이 찍힌 사진을 보려면 얼마나 더 많은 피를 흘렸어야 했을까? 0.5리터? 0.25리터? 그는 사진들을 휙휙 넘겨서는 스테파니의 사진으로 돌아갔다. 그녀의 피 웅덩이는 그 자신의 것보다 더 컸다. 사진이 흐릿해지자, 그는 눈을 훔치고는 휴대폰으로 스테파니의 시신을 찍은 사진을 촬영했다.

사진 파일들을 덮은 스콧은 마음을 진정시키려고 테이블 주위를 걸으면서 옆구리와 어깨를 풀었다. 물병을 열고 물을 길게 들이켠 후, 범행 현장을 담은 오르소의 포스터 크기만 한 도면을 자세히 살폈다. 그 도면을 촬영하고 선명하게 찍혔는지 사진을 확인한 그는 자신이 불안정하고 멍청한 놈이라는 기분을 느끼면서 파일 상자 쪽으로 돌아갔다. 그는 스테파니를 살해한 자들을 체포하고, 그녀가 밤마다 퍼붓는 비난을 잠재우는 걸 도우려고, 무엇인가를 기억해낼지도 모른다는 척하며 자기 자신을 속이고 있는 것은 아닌지 궁금했다.

그는 아무 파일이나 꺼내 테이블에 펼쳤다. 켄워스와 그랜토리노의 차량 도난 보고서. 총소리를 듣고 911에 신고한 사람들에게서 받은 진술. 부검 보고서.

스콧은 'SID-수집 증거'라는 레이블이 붙은 파일을 대충 넘기면서 봤다. 거기에는 현장에서 수집한 물증을 분석한 보고서가 담겨 있었다. 파일은 특정 페이지로 이어지는 수집 항목들의 리스트로 시작됐다. 이 정도로 많은 상세한 정보를 모으는 데 쏟은 SID 요원들의 작업은 정말로 대단한 수준이었지만, 스콧은 끝도 없이 이어지는 과학수사 보고서에는 관심이 없었다. 그는 그날 밤에 일어난 일은 펄레시안과 벨루아를 노린 사건이라는 걸 잘 알았다. 누군가 그 사람들이 죽기를 원한 사람이 있었고, 스테파니 앤더스는 그 과정에서 발생한 부수적인 피해였다.

스콧은 에릭 펄레시안을 다룬 보고서와 인터뷰 뭉치를 찾아냈다. 가족들, 그가 고용한 직원들, 투자자들, 기타 인물들을 상대로 한 인터뷰가 숱하게 행해진 덕분에 파일 두께가 13센티미터 가까이 됐다. 손목시계를 확인한 스콧은 매기가 우리에 너무 오래 갇혀 있었다는 걸 깨달았다. 그는 가슴을 찌르는 죄책감을 느끼면서 즉시 훈련장으로 돌아가야만 한다고 생각했다.

스콧은 문으로 갔다. 카울리가 멀리 떨어진 벽 옆의 큐비클(칸막이를 둘러 만든 공간)에서 통화하고 있는 게 보였다. 그녀는 1초만 있으면 통화가 끝난다는 뜻으로 손가락 하나를 올려 보였다. 통화를 마친 그녀는 수화기를 내려놨다.

"거기서 어땠어요?"

"좋았습니다. 자료를 볼 수 있게 해주신 형사님과 오르소 형사님께 정말로 감사드립니다."

"뭐 대단한 일이라고요. 방금 당신이 얘기한 말리 관련해서 센트럴 강도과하고 통화했어요. 강도과에서 중고품 시장에서 장물을 처분하는 놈들을 작업하는 중이에요. 일부 물건들이 그 지역에서 도난당한 물건들하고 일치한대요."

"잘됐군요. 말리에게 그렇게 알리겠습니다. 그런데 말입니다, 제 개한테 돌아가야 할 것 같습니다……"

"중고품 시장 얘기는 하지 마요."

"예?"

"말리한테 전화할 때요. 원한다면 그 사람한테 전화해도 괜찮지만, 우리가 중고품 시장에서 수사하고 있다는 얘기는 하지 마요. 그 단어를 입밖에 꺼내지 말라고요. '중고품 시장'이라는 단어를."

"그 얘기는 하지 않겠습니다."

"좋아요. 센트럴의 누군가가 그 절도 사건에 대해 말리에게 전화를 할 거예요. 중고품 시장 수사는 그 사람하고는 관련 없는 일이에요."

"알겠습니다. 제 입을 확실히 봉하겠습니다."

"사진 있어요?"

스콧은 다시 어리둥절해졌다.

"무슨 사진 말씀입니까?"

"당신 개요. 내가 개를 무척 좋아하거든요."

"어제야 배정받은 개입니다."

"아하, 그럼, 사진 찍고 나면 나도 봤으면 싶네요."

"제가 파일 몇 개를 가져가도 괜찮을 거라고 생각하십니까? 원하신다면 파일을 반출한다고 서류에 서명하겠습니다."

카울리는 오르소를 봤으면 좋겠다는 듯 주위를 두리번거렸지만 오르소는 보이지 않았다.

스콧이 말했다. "펄레시안 관련 자료를 가져갔으면 합니다. 읽어봤으면 싶은데 두께가 전화번호부와 비슷해서요."

"살인사건 기록부 원본을 가져가게 할 수는 없지만, 파일 사본을 빌려 가는 건 괜찮아요. 우리는 그것들을 디스크에 따로 저장해두고 있으니까요."

"알겠습니다. 잘됐네요. 제가 얘기하는 파일들이 그겁니다."

그는 그녀를 따라 회의실로 돌아갔다. 그녀는 테이블 사방에 흩어져 있는 파일과 폴더를 보고 얼굴을 찌푸렸다.

"이봐요, 여기를 이렇게 난장판으로 만들어놓고 떠날 계획은 아니었기를 바라요."

"그럴 일은 절대로 없습니다. 떠나기 전에 깔끔하게 정리해두겠습니다."

스콧은 높이 치솟은 펄레시안 파일을 가리켰다.

"제가 원하는 게 이겁니다. 오르소 형사님께서 상자에서 꺼내신 파일들입니다."

그녀는 점점 깊은 생각에 잠겼다. 스콧은 그녀가 마음을 바꿀까 봐 걱정했지만, 그녀는 결국 고개를 끄덕였다.

"그렇게 해요. 당신이 서류를 잃어버리지만 않으면 오르소는 상관하지 않을 거예요. 수기(手記)로 쓴 메모들은 디스크에 저장돼 있지 않아요."

"언제 돌려받기를 원하십니까?"

"필요한 게 있으면 전화할게요. 나머지 서류들은 떠나기 전에 정리하도록 해요, 알았죠?"

"알겠습니다."

스콧은 폴더를 각기 적절한 파일걸이에 걸어두었다. 그러고는 파일걸이 틈으로 손을 넣어 더듬다가 상자 밑바닥에 작은 마닐라 봉투가 있는 걸 발견했다. 금속 걸쇠로 봉한 봉투의 겉면에는 손 글씨가 적혀 있었다. 존 첸에게 반송함.

스콧은 걸쇠를 열고 봉투를 거꾸로 들었다. 밀봉한 비닐 증거물 봉지에 짧은 갈색 가죽끈처럼 보이는 것과 함께 그 끈을 찍은 사진과 메모지, SID 문서 한 장이 들어 있었다. 끈에는 불그스름한 분말처럼 보이는 게 묻어 있었다. 멜론이 쓴 메모도 있었다. 존, 고마워. 내 생각도 같아. 이건 폐기해도 괜찮아.

SID 문서는 그 끈을 제조업자를 식별할 수 없는 싸구려 손목시계의 시곗줄 반 토막으로 식별했다. 그 끈은 SID가 회수한 증거물 명단의 #307 항목이었다. 문서 아래에는 타이핑된 메모가 첨부되어 있었다.

이 증거물(#307 항목)은 총격이 일어난 현장의 북쪽 인도에서 실시한 일반 증거물 회수 작업에서 확보한 것임. 경첩 부분이 끊어진, 여성용 또는 남성용 사이즈인 소형 가죽 시곗줄의 반 토막으로 보임. 마른 핏자국으로 보이는 붉은 얼룩들은 흔한 철의 녹임. 혈흔은 전혀 발견되지 않았음. 발견 장소와 속성, 상태를 보면 범죄와는 연관이 없는 것 같음. 폐기하기 전에 확인해주셨으면 함.

그 시곗줄이 도로의 북쪽에서 회수됐다는 내용을 보는 순간, 스콧의 신경이 곤두섰다. 켄워스는 북쪽에서 나타났었다. 신의 가게가 있는 건물도 북쪽에 있었다.

사진은 옆에 흰색 번호 카드(#307)가 놓여 있는 가죽끈이 인도에 있는 걸 보여줬다. SID 파일에 있는 증거물 종합 명단으로 돌아가 문서 번호를 살핀 스콧은 그 시곗줄이 발견된 위치를 보여주는 도면을 찾아냈다. 도면을 본 스콧은 심장이 서서히 멎는 듯한 기분이었다. #307 항목은 그날 아침에 스콧이 서 있던 곳이자 그의 손에 녹으로 된 줄무늬를 남긴 연철 난간을 만졌던 곳, 범행 현장이 내려다보이는 옥상 바로 아래에서 회수된 거였다.

스콧은 전화기를 꺼내 도면을 촬영했다. 선명한 이미지를 제대로 얻기 위해 사진을 한 장 더 찍은 후, 남아 있는 파일들을 원래 있던 파일걸이에 돌려놨다.

스콧은 시곗줄의 녹 자국을 자세히 살피면서 그것들이 그의 손에 남은 녹과 비슷해 보인다고 생각했다. 멜론이 봉투를 첸에게 돌려주지 않은 까닭이 궁금했다. 그리고 그게 파일걸이 사이로 떨어지는 바람에 그렇게 된 거라는 결론을 내렸다. 멜론은 아마 이 봉투의 존재를 까맣게 잊었을 것이다. 끊어진 시곗줄이 쓰레기나 다름없다면, 그건 고민할 가치가 없는 물건일 것이다.

스콧은 시곗줄을 제외한 모든 물건을 그가 보았던 원래 위치에 정확히 놓이도록 파일 상자 안에 넣어두었다. 그는 시곗줄을 봉투에 넣어 자신의 주머니에 넣었다. 그런 다음, 펄레시안 파일을 집어 들었다. 그는 나가는 길에 카울리에게 고맙다는 인사를 했다.

14

스콧은 늦은 오후에 훈련장으로 돌아갔다. 개인용 차량과 LAPD K-9 차량 10여대 때문에 주차장이 붐볐다. 그는 개들과 핸들러들이 훈련하는 동안 건물 뒤에서 나는 개 짖는 소리와 명령하는 소리를 들었다.

스콧은 빌딩의 사무실 쪽 끄트머리 맞은편에 차를 세우고는 사육장으로 들어갔다. 스콧이 문을 열자 매기는 그의 모습을 보기도 전에 그가 왔다는 걸 알아차리고는 우리에 서서 기다렸다. 두 번 짖은 그녀는 몸을 일으켜서 앞발을 출입구에 올려놓았다. 스콧은 매기가 꼬리를 흔드는 걸 보고 미소 지었다.

"안녕, 매기 아가씨. 나 보고 싶었니? 나는 네가 정말로 보고 싶었는데!"

그가 다가가자 매기는 몸을 낮춰 네 발로 섰다. 그는 우리 안으로 들어가서 그녀의 귀를 긁어주고 얼굴 양옆에 난 두툼한 털을 움켜쥐었다. 그녀의 혀가 기쁨에 겨워 축 늘어졌다. 그녀는 장난삼아 그의 팔을 물려고 시도했다.

"너무 오래 자리를 비워서 미안. 내가 널 떠났다고 생각한 거니?"

그는 매기의 양 옆구리와 등을 쓰다듬고 다리 쪽을 따라가며 쓰다듬었다.

"그럴 일은 없어, 아가씨. 나는 여기에 머무르려고 온 거야."

사무실에 있던 버드레스가 우리로 왔다.

"자네가 떠나니까 부루퉁해졌어."

"예?"

버드레스는 오른팔을 빙빙 돌렸다.

"젠장, 자고 일어나면 팔이 쑤실 거야. 매기가 라인 배커(미식축구 포지션 중 수비수)처럼 나를 덮쳤거든."

"매기는 그러는 걸 좋아합니다."

그들은 그날 아침 이른 시간에 물기(bite) 명령어와 용의자 공격을 훈련했었는데, 버드레스는 용의자 역할을 맡았다. 릴랜드가 나와서 훈련을 지켜봤다. 매기는 처음에는 머뭇거렸지만 얼마 지나지 않아 군에서 쓰는 명령어들을 기억해냈고, 미 해병대에서 받은 훈련 모드로 재빨리 돌아갔다. 그녀는 스콧의 명령에 따라 버드레스에게 초점을 맞췄다. 그러고는 스콧이 공격하라고 명령하지 않거나 버드레스가 스콧이나 매기 쪽으로 이동하지 않는 한 꿈쩍도 하지 않고 버드레스를 지켜보기만 했다. 그러다가 명령이 떨어지면 그녀는 열추적 미사일처럼 보호대를 댄 버드레스의 팔로 돌진했다. 그것이 매기가 받는 훈련 중에서 그녀가 즐기는 것처럼 보이는 유일한 부분이었다.

버드레스는 목소리를 낮추며 말을 계속 이었다.

"릴랜드는 깊은 인상을 받았어. 말리노이즈들은 빠른 데다 이빨이 튼튼하고 무는 걸 무척 좋아하지만, 이 덩치 큰 셰퍼드들은, 매기는 말리노이즈보다 몸무게가 13킬로그램은 더 나가잖아. 그래서 범인들을 나가떨어지게 만들고."

스콧은 마지막으로 매기를 쓰다듬고는 그녀에게 목줄을 연결했다.

"매기하고 훈련 좀 더 하겠습니다."

"매기는 지금까지 받은 훈련으로도 충분해."

그러더니 버드레스는 출입구를 막아섰다. 그는 목소리를 한층 더 낮췄다.

"매기가 절뚝거렸어. 자네가 떠나고 나서 여기 우리에서 서성거릴 때 보니 그랬어. 릴랜드가 그걸 봤는지는 나도 모르겠어."

스콧은 버드레스를 잠시 바라보다가 매기를 주시하면서 그녀를 우리 밖으로 이끌었다.

"걸음걸이는 괜찮은데요."

"상태가 심하지는 않았어. 뒷다리가 그랬어. 오른쪽 뒷발을 약간 끌더군."

스콧은 매기가 작은 원을 그리며 걷게 했다. 그런 다음, 우리를 지나쳐 내려가다 다시 돌아왔다. 함께 걷는 내내 스콧은 매기의 걸음걸이를 유심히 관찰했다.

"제 눈에는 괜찮게 보입니다만."

버드레스는 고개를 끄덕였지만, 납득하는 눈치는 아니었다.

"오케이. 흠, 어쩌면 사방팔방으로 뛰어다니다 보니 근육이 잠깐 땅기면서 그런 것 같군."

스콧은 매기의 뒷다리와 뒷발을 두 손으로 더듬으면서 엉덩이를 만졌다. 그녀는 불편한 기색을 전혀 드러내지 않았다.

"매기는 괜찮습니다."

"어쨌든 자네한테 알려주고 싶었어. 그리고 릴랜드에게는 얘기하지 않았어."

버드레스는 매기의 정수리를 문지르고 나서 스콧을 힐끔 봤다.

"특정 상황에 대한 반응을 훈련하도록 해. 하지만 여기서는 말고, 알았지? 여기서 하는 자네들의 오늘 훈련은 끝났어. 그녀와 함께 조깅을 해. 공을 던져줘. 놀람 반응 개선 훈련은 내일 더 하기로 하고."

"릴랜드 경사님께 얘기하지 않은 것에 감사드립니다."

버드레스는 매기의 정수리를 다시 문질렀다.

"이 아이는 좋은 개야."

스콧은 버드레스가 걸어가는 걸 지켜보다가 매기를 차로 데려가면서 그녀가 절뚝거리는지 보려고 걸음걸이를 확인했다. 문을 열어주자 매기는 껑충 뛰어 차에 탔다. 그러고는 뒷좌석을 가득 채웠다. 겨우 이틀밖에 안 됐는데도 그녀는 반사적으로 행동하는 것 같았다. 조금도 망설이거나 불편해하는 기색 없이 차에 뛰어올랐다.

"그의 말이 맞아. 아마 근육이 땅겨서 그랬던 걸 거야."

스콧은 운전대로 미끄러져 들어가 문을 닫았다. 매기가 그 즉시 콘솔박스에 자리를 잡으면서 운전석 창문 쪽 시야를 막았다.

"너, 그러다가 우리를 죽게 만들 거야. 앞이 보이지를 않잖아."

매기는 혀를 늘어뜨리고는 헐떡였다. 스콧은 매기의 어깨에 팔꿈치를 묻고는 뒤로 밀어내려 애썼지만, 매기는 몸을 밀면서 꿈쩍도 하지 않았다.

"제발, 앞을 볼 수가 없잖아. 뒤로 좀 가 있어."

매기는 더 크게 헐떡거리다가 그의 얼굴을 핥았다.

스콧은 트랜스 암에 시동을 걸고 도로로 나왔다. 매기가 허머(군용 다목적 차량)를 이런 식으로, 다가오는 풍경을 보려고 앞좌석 사이에 서 있는 식으로 탔었는지 궁금했다. 장갑 허머에는 병사들이 많이 타고 있으니 그녀를 감독할 수 있었을 것이다. 하지만 지금 그는 그녀의 머리를 시야 밖으로 밀어내야만 했다.

프리웨이에 오른 스콧은 샌 페르난도 밸리에 있는 집으로 향했다. 그는 녹이 묻은 갈색 시곗줄을 생각하던 중에 엘튼 말리와 한 약속을 떠올렸다.

그는 말리에게 전화를 걸어서 그가 알아낸 정보를 알려주고, 센트럴의 강도과 형사가 연락할 거라고 말해줬다.

말리가 말했다. "그 사람 전화는 벌써 받았어요. 2주 동안 아무 얘기도 못 들었는데 이제 전화하네요. 이렇게 되게 해줘서 고마워요."

"천만에요, 선생님. 오늘 아침에 저를 도와주셨잖습니까."

"그 형사가 놈들이 다시 올 거라고 했어요. 두고 보죠. 공짜 셔츠를 드릴게요. 말리월드 셔츠를 입으면 신수가 훤해질 거예요. 여자들은 경관님을 사랑할 거예요."

스콧은 강도과 형사들이 후속 수사를 하는지 확인하겠노라고 말하고는 다리 사이에 전화기를 내려놨다. 스콧은 보통은 전화기를 콘솔박스에 올려놨지만, 지금 콘솔박스는 매기가 차지하고 있었다.

매기는 그가 소시지를 집어넣은 주머니에 코를 대고 킁킁거리면서 입술을 핥았다. 그걸 보면서 스콧은 소시지와 비닐봉지가 필요하다는 걸 떠올렸다. 그래서 그는 가게를 찾으려고 톨루카 호수에서 프리웨이를 벗어났다. 매기는 그의 주머니에 코를 들이댔다.

"알았어. 조금만 기다려. 찾는 중이잖아."

그는 프리웨이에서 세 블록 떨어진 곳까지 꽉 막힌 교통체증에 발목이 잡혔다. 그런 상황에서 단독주택을 짓기 위해 마련해둔 부지에 또 다른 아파트 건물을 지으려고 골조 공사를 하는 게 보였다. 목재를 실은 트럭이 공사장에서 빠져나오려 도로를 통제하고 있었고, 푸드 트럭은 자리를 잡을 곳을 찾으려고 머리를 굴리고 있었다. 꼼짝 못 하고 갇힌 스콧은 골조 작업자들이 목재로 된 건물 뼈대 안에서 거미들처럼 진을 치고는 네일 건(nail gun)과 해머로 열심히 작업하는 모습을 지켜봤다. 두어 명은 나무를 타고 푸드 트럭으로 내려왔지만, 대다수 작업자는 작업을 계속했다. 침묵만이 감도는 짧은 순간의 앞뒤로 망치질 소리가 서서히 약해졌다가 커졌다가 했다. 때로는 망치 딱 한 자루가, 때로는 10여 자루가 동시에, 때로는 네일 건들이 너무도 빠르게 못을 쏴대는 바람에 공사장에서 나는 소리는 권총 사격장에서 나는 소리와 비슷했다.

스콧은 매기의 귀 뒤에 난 털을 움켜쥐었다가 마구 흐트러뜨렸다. 식사하기에는 이른 시간이었지만, 머릿속에 떠오른 아이디어가 있었다.

"배고프지, 덩치 큰 아가씨? 나는 배고파서 죽을 지경이다."

공사장을 지나친 그는 그곳에서 한 블록 반 떨어진 곳에 차를 세우고 매기에게 목줄을 채운 다음, 그녀를 데리고 푸드 트럭으로 돌아왔다. 매기는 공사장에 가까워질수록 점점 더 불안해했다. 그래서 그는 한두 걸음을 걸을 때마다 그녀를 쓰다듬으려고 걸음을 멈춰야 했다.

푸드 트럭에는 일꾼 세 명이 기다리고 있었다. 그래서 스콧은 그들의 뒤에 줄을 섰다. 매기는 스콧의 다리 주위를 빙빙 돌며 이쪽저쪽으로 옮겨 다녔다. 네일 건과 망치 소리는 요란했다. 게다가 전기톱이 2분마다 비명을 질러댔다. 스콧은 매기 옆에 쪼그리고 앉아 마지막 남은 소시지 조각을 내밀었다. 매기는 그걸 받아먹지 않았다.

"괜찮아, 베이비. 무섭다는 거 알아."

앞에 있던 남자가 그들에게 친근한 미소를 보였다.

"댁이 경찰이면, 그놈은 경찰견이겠군요."

"그놈이 아니라 그녀예요. 맞습니다, 경찰견."

스콧은 그녀를 계속 쓰다듬었다.

남자가 말했다. "정말 예쁘게 생겼네요. 어렸을 때 집에서 셰퍼드를 키웠었는데, 지금은 마누라가 개를 싫어해서요. 개털 알레르기가 있답니다. 나는 없던 알레르기가 마누라한테 생기는 중인데."

푸드 트럭에는 볼로냐소시지가 없었다. 그래서 스콧은 칠면조 샌드위치 두 개와 햄 샌드위치 두 개, 핫도그 두 개를 아무 토핑도 첨가하지 않은 것으로 샀다. 공사장 사무실로 쓰이는 작은 트레일러로 매기를 데려갔다. 그러고는 현장감독에게 밖에 앉아서 식사해도 되겠느냐고 물었다.

현장감독이 물었다. "여기에 누구 체포하려고 온 겁니까?"

"아닙니다. 그냥 제 개하고 여기에 앉아 있고 싶어서 그러는 겁니다."

"그럼 즐거운 시간 보내시죠."

스콧은 건물 가장자리에 앉았다. 그는 매기를 가까운 곳에 잡아두려고 목줄을 팽팽하게 잡아당겼다. 전기톱이 비명을 지르거나 네일 건이 총소리를 낼 때마다 매기는 그 소리를 피해 달아나려고 애쓰면서 몸을 비틀며 빙빙 돌았다. 스콧은 죄책감을 느끼며 고민했으나 매기를 계속 쓰다듬으면서 말을 걸고 음식을 내밀었다. 그는 그러는 내내 매기에게 손을 얹은 채로 있었고, 그래서 그들은 늘 이어져 있었다. 이건 릴랜드가 하라고 했던 일은 아니었다. 하지만 스콧은 그의 손길이 중요하다는 걸 감지했다.

가끔 일꾼들이 질문하려고 걸음을 멈추고는 했다. 그들 거의 모두가 매기를 쓰다듬어도 되느냐고 물었다. 스콧은 매기의 목걸이를 단단히 붙잡은 후에 천천히 움직이라고 말하면서 그들이 매기를 쓰다듬게 해줬다. 매기는 코를 킁킁거린 다음에 그렇게 하는 걸 기분 좋아하는 듯했다. 사람들은 하나같이 그녀가 정말 근사하게 생겼다고 말했다.

스콧은 매기가 점차 차분해지는 걸 느꼈다. 매기는 안절부절못하는 걸 그쳤고, 바짝 긴장한 듯했던 그녀의 근육들도 느슨하게 풀렸다. 30분이 지난 후, 매기는 결국 자리에 앉았다. 2분 후, 매기는 머리 위에서 전기톱이 비명을 질러대는 와중에도 핫도그 한 조각을 먹었다. 그는 그녀를 쓰다듬으며 정말로 착한 개라고 말해주고는 핫도그를 더 많은 조각으로 잘게 뜯었다. 매기는 간간이 소음 때문에 깜짝깜짝 놀라고 다리를 벌벌 떨기도 했지만, 스콧은 그녀가 긴장을 푸는 데 걸리는 시간이 점점 짧아지고 있다는 걸 감지했다. 매기는 핫도그와 칠면조를 먹었지만 햄은 먹지 않았다. 스콧은 그녀가 먹지 않은 햄을 먹었다.

그들은 족히 한 시간 넘게 함께 앉아 있었다. 스콧은 서둘러 그곳을 떠날 이유가 없었다. 스콧은 매기와 앉아 있는 걸, 그녀에 대해 일꾼들과 얘기를 나누는 걸 즐겼다. 그러면서 지난 몇 주간 자신이 이토록 차분했던 적이 없었다는 걸 깨달았다. 피격 이후로 이렇게 마음이 평온했던 적이 없었다. 스콧은 매기의 털을 마구 흐트러뜨렸다.

"감정은 쌍방향으로 흐르는 거야."

스콧과 매기는 집으로 갔다.

15

사복으로 갈아입은 스콧은 매기와 함께 짧은 시간 동안 산책하고는 그녀에게 혼자 집에서 몇 분간만 시간을 보내야 한다고 말했다. 근처에 있는 가게로 질주한 그는 썰어놓은 볼로냐소시지 1.36킬로그램과 비닐봉지 다섯 상자, 로스트 치킨 한 마리를 샀다. 그리고 비상 상황에 출동하는 경찰처럼 집으로 차를 몰았다. 스콧은 매기가 마구 짖어대거나 게스트하우스 내부를 찢어발기고 있을까 봐 걱정됐다. 하지만 그가 집으로 뛰어들었을 때, 매기는 우리 안에서 턱을 앞발 사이에 내려놓고는 그를 쳐다보고 있었다.

"안녕, 아가씨."

매기는 꼬리로 바닥을 쿵쿵 쳐댔다. 그녀는 그를 맞으려고 우리 밖으로 나왔고, 스콧은 안도감을 느꼈다.

그는 청과물을 정리하고 매기가 먹을 물을 갈아준 다음, 오르소의 사무실에서 찍은 사진들을 출력했다. 스테파니의 시신을 찍은 사진은 출력하지 않았다. 사진을 벽에 있는 범행 현장의 도면 옆에 꽂고 나서 말리의 가게와 신의 가게, 골목, 건물 뒤에 있는 화물 적재 구역과 비상계단을 그려 넣었다. SID 요원이 가죽 시곗줄을 찾아낸 인도의 지점에는 작은 X자를 그렸다.

작업을 마친 스콧은 도면을 자세히 살폈다. 그러다가 스테파니의 사진을 출력하지 않은 건 비겁한 짓이라는 생각이 들었다. 그는 그녀의 사진을 출력해서 지도 위에 꽂았다.

"나는 여전히 여기 있어."

스콧은 보고서와 파일 뭉치를 소파로 가져갔다. 읽을거리가 많았다.

펄레시안의 부인인 에이드리언 펄레시안은 인터뷰를 일곱 번 했다. 각각의 인터뷰는 30~40쪽 분량이었다. 그래서 스콧은 짧은 인터뷰부터 먼저 훑어보려고 그 파일을 옆으로 치웠다. 네이선 아이버스라는 노숙자는 도로 상공을 선회하며 빛을 발하는 청색 둥근 물체에서 발포된 걸 목격했다고 멜론에게 진술했다. 밀드레드 비터스라는 여성은 검은색 정장에 짙은 안경 차림인 큰 키에 마른 남자 대여섯 명이 총격을 가했다고 말했다.

스콧은 이런 서류들을 옆으로 치우고, 에이드리언 펄레시안의 첫 인터뷰로 돌아갔다. 이 인터뷰에 중요한 골자가 다 들어 있으며, 이 인터뷰가 형사들이 결국 따라가게 된 수사의 경로를 설정했다는 걸 그는 알고 있었다.

멜론과 스텐글러는 사건 당일, 베벌리힐스에 있는 에이드리언 펄레시안의 집으로 차를 몰고 갔고, 멜론은 그녀에게 남편이 살해당했음을 알렸다. 멜론은 그녀가 정말 큰 충격을 받은 듯 보였다고, 그들이 대화를 재개할 수 있기까지는 5~6분의 시간이 필요했다고 기록했다. 첫 인터뷰를 하는 동안 그녀는 변호사 입회 없이 진술하겠다는 데 동의하고는 그런 취지의 문서에 서명했다. 벨루아가 남편의 사촌이라는 걸 확인해준 그녀는 벨루아를 미국을 방문했을 때 그들 집에 묵었던 '대단히 좋은 사람'이라고 묘사했다. 남편이 로스앤젤레스 국제공항에서 벨루아를 태워 다운타운에 있는 타일러스(Tyler's)라는 새로 개업한 레스토랑에서 저녁을 먹었고, 펄레시안이 매입하기를 원하는 다운타운의 건물 두 곳을 벨루아에게 보여주러 드라이브를 갈 예정이라고 말했었다고 그녀는 진술했다. 그런 후 멜론은 그녀가 남편의 사무실에 전화하는 걸 허용했다. 그녀는 두 건물의 주소를 알아보려고 마이클 네이선과 통화했다. 그녀가 네이선에게 남편의 살해 소식을 알리던 중에 감정이 너무 격해지는 바람에 멜론은 전화기를 넘겨받았다. 네이선은 펄레시안이 그렇게 야심한 시각에 벨루아에게 건물들을 보여주려고 한 이유가 무엇인지를 설명하지 못했다. 통화 직후에 펄레시안 부인의 아이들이 학교에서 돌아오는 바람에 인터뷰는 끝나고 말았다. 멜론은 그와 스텐글러 모두 비탄에 잠긴 펄레시안 부인은 진실해 보였으며 믿을 만한 사람으로 본다는 의견으로 보고서를 마무리했다.

스콧은 다운타운의 건물 두 채와 레스토랑의 주소를 옮겨 적고는 천장을 응시했다. 진이 다 빠진 것 같았다. 에이드리언 펄레시안이 느끼는 비통함이 그 자신의 비통함에 더해진 것 같았다.

매기가 하품을 했다. 스콧은 매기를 힐끔 보고는 그녀가 그를 지켜보고 있다는 걸 깨달았다. 그는 소파에 올려놓은 두 발을 획 돌려서는 바닥을 디뎠다. 그러고는 얼굴을 찡그리지 않으려고 안간힘을 썼다.

"산책하러 가자. 밥은 돌아와서 먹고."

매기는 '산책'이라는 단어를 알아들었다. 휘청거리며 일어선 그녀는 목줄 쪽으로 갔다.

스콧은 소시지 두 조각을 봉지에 넣고 매기의 목줄을 채웠다. 그러다가 그녀가 특정 상황에 반응을 보이게끔 길을 들이라고 했던 버드레스의 충고를 떠올렸다. 그는 녹색 테니스공을 배설물 봉지와 함께 주머니에 넣었다.

스콧은 변두리를 따라 조깅 중인 남녀 한 명씩을 제외하고는 공원에 사람이 없는 걸 보고 안도했다. 그는 매기의 목줄을 풀어주고 앉으라고 명령했다. 매기는 그가 내릴 다음 명령을 기대하며 스콧을 주시했다. 스콧은 명령을 내리는 대신, 매기의 머리 양옆을 붙잡고는 자기 머리를 그녀의 얼굴에 문지른 다음 그녀가 그에게서 벗어나게 놔뒀다. 매기는 놀이 모드에 완전히 빠져들었다. 가슴을 땅으로 낮추고 엉덩이를 공중에 고정하더니 놀 때마다 내는 특유의 으르렁 소리를 냈다. 스콧은 지금은 뜀박질할 시간이라고 결정했다. 그는 녹색 공을 꺼내 그녀의 코 위에서 흔들어 보이고 벌판 저쪽으로 던졌다.

"가져와, 아가씨. 가져와!"

매기는 공을 쫓아 달려가다가 갑자기 멈춰 섰다. 그녀는 공이 튀는 걸 지켜보다가 머리와 꼬리를 늘어뜨린 채 스콧에게로 돌아왔다.

상황을 곰곰이 생각해본 스콧은 그녀에게 다시 목줄을 채웠다.

"오케이. 공을 쫓지 않을 거면 조깅하자."

발을 딛자마자 날카로운 통증이 그의 옆구리를 덮쳤다. 다리는 움직이는 흉터 조직을 바늘로 쿡쿡 찌르는 것처럼 화끈거렸다.

"다음에는 약을 챙겨와야겠다."

그는 매기가 엄청난 충격을 받은 엉덩이로도 성큼성큼 달렸다는 걸 기억했다. 매기 역시 다친 부위가 아픈 건 아닐지 궁금했다. 매기는 절뚝거리지 않았고, 몸이 불편한 기색도 전혀 보여주지 않았다. 그녀는 그보다 더 강인한 것 같았다. 매기는 그녀의 파트너 옆을 지켰었다. 스콧은 수치심이 가슴을 찌르는 걸 느끼면서 이를 악물었다.

"그래. 너한테 진통제가 필요 없다면 나한테도 필요 없어."

그들이 공을 쫓아서 하는 조깅을 또다시 여덟 번쯤 했을 때, 매기가 오른쪽 뒷발을 끌기 시작했다. 끄는 정도는 미세했지만, 스콧은 그 즉시 뜀박질을 멈췄다. 그는 매기의 엉덩이를 꼼꼼히 살피고는 그녀의 다리를 마사지로 풀어줬다. 매기는 불편해하는 기색을 전혀 보이지 않았지만, 스콧은 집으로 향했다. 그들이 얼 부인의 집에 당도할 즈음에 매기는 더는 절뚝거리지 않았지만 그래도 스콧은 걱정이 됐다.

그는 먼저 매기에게 사료를 먹였다. 그런 다음 샤워를 하고 로스트 치킨의 절반을 먹었다. 그는 남은 치킨을 치운 후, 매기에게 일련의 명령을 내려 그녀가 바닥에 등을 대고 뒹굴게 만들고는, 빠져나가려고 몸부림을 쳐야만 하게끔 매기를 붙들고 한참을 같이 놀았다. 이렇게 거칠게 놀았는데도 그녀의 걸음걸이는 정상적이었다. 그래서 스콧은 절름거리는 모습이 되풀이되지는 않았다고 버드레스에게 말하기로 했다. 그는 맥주를 마시며 보고서 읽기를 재개했다.

에이드리언 펄레시안은 이후에 한두 번의 인터뷰에서 남편의 가족과 사업에 대한 질문에 대답하면서 친구와 가족, 동업자의 이름을 제공했다. 그 사람들과 한 인터뷰 내용이 지루하다는 걸 알게 된 스콧은 그것들을 건너뛰었다.

타일러스의 지배인 이름은 에밀 터네이저였다. 터네이저는 주문이 들어오고 술값이 지불된 시간을 기초로 그들의 정확한 도착시각과 출발시각 정보를 제공했다. 두 남자는 12시 41분에 함께 도착해서 술을 주문했다. 펄레시안은 1시 39분에 아메리칸 익스프레스 카드로 술값을 계산했다. 멜론은 터네이저의 인터뷰에 지배인이 보안 카메라 동영상을 담은 DVD를 제출했으며 그 DVD는 증거물 명단에 '#H6218A'로 등재됐다는 내용의 손 글씨 메모를 남겼다.

멜론의 메모를 읽은 스콧은 의자에 깊이 몸을 묻었다. 그는 보안 카메라 동영상은 생각해본 적이 없었다. 시간을 옮겨 적은 그는 메모 내용을 컴퓨터에 입력했다.

다운타운 지역의 지도를 출력한 스콧은 타일러스, 그리고 펄레시안이 사들이려던 상업용 빌딩들의 위치를 기록했다. 세 곳의 위치를 빨간 점으로 표시하고는 그와 스테파니가 총에 맞은 곳을 네 번째 점으로 덧붙였다.

스콧은 지도를 도면 옆에 꽂았다. 그러고는 그가 적은 메모들을 연구하려고 바닥에 앉았다. 매기가 다가와서 킁킁거리더니 그의 옆에 누웠다. 스콧은 어느 쪽 건물이 됐건 타일러스에서 차로 5~6분 넘게 걸리지는 않을 거라고 짐작했다. 첫 빌딩에서 두 번째 빌딩으로 차로 이동하면 아마도 7~8분이 추가될 것이다. 스콧은 펄레시안이 벨루아에게 빌딩 구입을 부추기는 영업용 멘트를 날리는 데 든 시간으로 10분을 추가했다. 그렇게 해서 총 20분이 추가됐다. 시간을 놓고 궁리하던 스콧은 얼굴을 찡그렸다. 어느 쪽 빌딩을 먼저 방문했건, 펄레시안과 벨루아가 타일러스에서 나온 시점과 살상 지역에 당도한 시점 사이에는 30분 가까운 시간이 비었다.

스콧은 지도를 살피려고 일어섰다. 매기가 그와 함께 일어서며 몸을 털어서 엄청나게 많은 털을 쏟아냈다.

스콧은 그녀의 머리를 만졌다.

"네 생각은 어떠니, 매기? 벤틀리에 탄 돈 많은 두 친구가 한밤중에 이렇게 보잘것없는 동네를 걸어서 돌아다녔을까?"

빨간 점 네 개는 거미줄에 걸린 벌레들처럼 보였다.

스콧은 온몸의 관절이 삐걱거리는 노인네처럼 바닥에 편히 몸을 눕히고는 끊어진 시곗줄이 담긴 비닐봉지를 집어 들었다. 그는 첸이 남긴 메모를 다시 읽었다.

혈흔 없음.

흔한 녹.

매기가 봉지를 킁킁거리자 스콧은 팔꿈치로 그녀를 살살 밀어냈다.

"지금은 안 돼, 베이비."

그는 갈색 끈을 봉지에서 꺼내 녹을 살피려고 눈에 가까이 가져갔다. 매기가 다시 몸을 기울이고는 끈의 냄새를 맡았다. 그는 이번에는 그녀를 밀어내지 않았다.

흔한 녹. 시곗줄에 묻은 녹이 옥상에 있는 연철 난간에서 묻은 것인지를 SID가 알아낼 수 있을지 궁금했다.

매기는 시곗줄의 냄새를 맡고, 맡고, 또 맡았다. 이번에 그녀가 보여준 호기심에 스콧은 미소를 지었다.

"무슨 생각을 하는 거니? 어떤 놈이 지붕에 있었다는 생각, 아니면 내가 미쳐가고 있다는 생각?"

매기는 머뭇거리다가 스콧의 얼굴을 핥았다. 그녀의 귀는 뒤로 젖혀져 있었고, 따스한 갈색 눈동자는 슬퍼 보였다.

"나도 알아. 나는 제정신이 아니야."

스콧은 시곗줄을 봉지에 넣고 봉한 다음, 바닥에 큰대자로 누웠다. 어깨가 아팠다. 옆구리가 아팠다. 다리가 아팠다. 머리가 아팠다. 온몸이, 그의 과거가, 그의 미래가 모두 아팠다.

그는 벽에 꽂혀 있는 도면들과 사진들을 올려다봤다. 그것들을 위아래가 뒤집힌 모습으로 봤다. 스테파니의 사진을 응시했다. 스테파니의 시신을 에워싼 흰색 선이 그녀가 누워 있는 피 웅덩이와 대비되면서 더 환하게 두드러졌다. 그는 그녀를 가리켰다.

"내가 가고 있어."

그는 매기의 등으로 손을 낮췄다. 매기의 따스함이, 그리고 숨 쉴 때마다 오르락내리락하는 그녀의 몸이 편안하게 느껴졌다.

스콧은 자신의 몸이 공중을 떠다니는 것 같다고 느꼈다. 얼마 안 있어 그는 다시 스테파니와 함께 있었다.

스콧의 옆에서 매기의 코가 그에게서 나는 냄새들을 빨아들여서는 그에게 일어난 변화들을 맛봤다. 잠시 후에 매기가 낑낑거렸지만, 스콧은 멀리 떨어져 있었기에 그 소리를 듣지 못했다.

16

매기

남자는 녹색 공을 쫓아다니는 걸 무척 좋아했다. 그 공은 매기에게 주는 특별한 선물이었다. 이 새로운 남자는 공을 던지고는 그걸 쫓아다녔고, 매기는 그의 옆에서 빠른 속도로 걸었다. 공을 따라가서 집어 든 남자는 그걸 다시 던졌고, 그러면 그들은 다시 출발했다. 매기는 그의 옆에서 조용한 풀밭을 가로지르며 성큼성큼 달리는 걸 즐겼다.

매기는 시끄럽고 섬뜩한 소리와 나무 탄내가 나는 공사장이 달갑지 않았지만, 남자는 그녀를 계속 가까이 두면서 그들이 무리라도 되는 양 그녀를 계속 만지면서 안심시켰다. 남자가 풍기는 냄새들은 차분했고, 매기에게 자신감을 안겨줬다. 다른 남자들이 다가왔을 때, 그녀는 분노와 공포 탓에 그들의 냄새를 킁킁거리며 그들에게 공격 조짐이 있나 살폈지만, 남자는 차분한 태도를 유지했고, 그의 차분함은 매기에게 퍼졌다. 남자는 좋은 냄새가 나는 먹을거리를 그녀와 공유했다.

매기는 이 남자와 같이 있는 게 갈수록 편해졌다. 남자는 그녀에게 먹을 것과 물을 주고 함께 놀아줬다. 그들은 동일한 우리를 공유했다. 그녀는 남자를 꾸준히 관찰했다. 그가 서 있는 자세와 표정과 목소리 톤, 그리고 그런 것들이 그가 풍기는 냄새의 미묘한 변화에 어떻게 반영되는지를 익혔다. 매기는 다른 개와 사람들의 기분이나 의도를 그들의 보디랭귀지와 냄새로 알아차렸다. 지금 그녀는 남자를 학습하는 중이었다. 그녀는 남자가 풍기는 냄새와 걸음걸이의 변화를 통해 남자가 통증을 느낀다는 걸 알았다. 하지만 그들이 공을 쫓을 때, 그의 통증은 서서히 잦아들었고, 곧이어 그는 놀이에 몰두했다. 녹색 공이 남자에게 기쁨을 안겨줘서 매기는 행복했다.

얼마 후에 남자는 지쳤다. 그래서 그들은 우리로 돌아가는 길에 올랐다. 매기는 집으로 걷는 동안 새로운 냄새들을 맡았다. 개 세 마리와 그들을 데려온 사람들이 자신들과 거의 똑같은 경로를 지나갔다는 걸 알았다. 수컷 고양이 한 마리가 노파의 앞뜰을 가로질렀고, 노파는 집 안에 있었다. 암컷 고양이 한 마리가 뒤뜰에 있는 덤불 아래에서 잠깐 잠을 잤지만 지금은 다른 데로 갔다. 매기는 그 암컷 고양이가 임신 중이며 출산이 임박했다는 걸 알았다. 그들이 남자의 우리로 다가갈 때, 매기는 그들을 위협하는 존재들을 찾아내려고 킁킁거리는 빈도를 높였다. 남자가 문을 열 때, 매기는 남자와 그녀가 그날 일찍 집을 나선 이후로 집에 들어온 사람은 아무도 없었고 지금도 아무도 없다는 걸 이미 알고 있었다.

"오케이. 밥 먹자. 그래, 그렇게 내내 뛰어다녀서 목마르지? 맙소사, 나는 죽을 지경이야."

매기는 남자를 따라 주방으로 갔다. 그녀는 그가 그녀의 물그릇과 밥그릇을 채우는 걸 지켜봤다. 그러고는 남자가 침실로 사라지는 걸 지켜봤다. 매기는 사료에 코를 갖다 댔다가 물을 깊이 들이켰다. 이즈음 그녀는 물이 흐르는 소리를 듣고 비누 냄새를 맡았다. 매기는 남자가 샤워 중이라는 걸 알았다. 피트는 그들이 사막에 있을 때 샤워하는 동안 그녀를 씻겨줬다.

하지만 그녀는 천장에서 떨어지는 비가 마음에 들지 않았다. 빗물은 눈과 귀를 때려댔고 코를 혼란스럽게 만들었다.

사료 그릇에서 몸을 돌린 매기는 걸어서 남자의 우리를 가로질렀다. 남자의 침대와 벽장을 확인하고는 다시 한번 거실을 돌아다녔다. 그들의 우리가 마땅히 그래야 하는 모습으로 있어서 흡족해진 매기는 주방으로 돌아가 사료를 먹고, 우리에 들어가 몸을 말았다. 그녀는 꿈나라의 주변부를 떠다니는 동안에도 남자에게 귀를 기울였다. 물 흐르는 소리가 그쳤다. 남자가 옷 입는 소리가 들렸다. 잠시 후에 남자가 거실로 왔지만 매기는 움직이지 않았다. 매기는 실눈을 떴다. 그는 아마도 그녀가 자고 있다고 생각했을 것이다. 주방으로 이동한 남자는 선 채로 식사를 했다. 치킨. 물이 흐르는 소리가 나고, 남자는 소파로 갔다. 매기가 잠에 거의 빠져든 순간, 남자가 손뼉을 치면서 벌떡 몸을 일으켰다.

"매기! 이리 와, 아가씨! 이리 오렴!"

그는 자기 다리를 찰싹찰싹 치고는 쪼그려 앉았다. 그러더니 활짝 웃으면서 몸을 한껏 일으키며 다시 손뼉을 쳤다.

"자, 매기! 놀자!"

매기는 '놀이'라는 단어를 알았지만, 지금 그 단어는 필요 없었다. 그의 에너지와 보디랭귀지, 미소가 그녀에게 그 단어를 크게 외쳤으니까.

매기는 우리에서 힘껏 뛰어나가 그에게로 달려갔다.

남자는 그녀의 털을 헝클더니 그녀의 머리를 이쪽저쪽으로 밀면서 명령들을 내렸다.

매기는 기꺼이 복종했다. 그가 그녀에게 착한 아가씨라고 말했을 때는 순수한 기쁨이 치솟는 걸 느꼈다.

남자가 그녀에게 앉으라고 명령하면 바로 앉았다. 누우라고 하면 배를 깔았다. 매기의 두 눈은 남자의 얼굴에 꽂혀 있었다.

그가 자기 가슴을 토닥였다.

"여기로 와, 아가씨. 일어나. 뽀뽀."

매기는 뒷다리로 서서 앞다리를 남자의 가슴에 올리고는 그의 얼굴에 묻은 치킨 맛을 핥았다.

남자는 바닥에서 그녀와 레슬링을 하면서 그녀의 몸을 이리저리 굴렸다. 매기는 그에게서 벗어나려고 몸부림을 치고 몸을 비틀었지만, 그는 그녀가 등을 깔고 구르게 했고, 그녀는 네 발을 올리고 배와 목을 보인 채로 남자의 명령에 행복하게 복종했다. 매기는 그의 손길에 복종하는 게 행복했다.

남자는 웃으면서 그녀를 풀어줬다. 그때 매기는 그의 얼굴에서 기쁨을 봤다. 그녀의 기쁨도 한껏 만개했다. 그녀는 가슴을 아래로 깔고 엉덩이를 공중으로 올리고는 더 놀기를 원했다. 하지만 남자는 그녀를 쓰다듬으면서 차분한 목소리로 말했고, 그녀는 놀이 시간이 끝났다는 걸 알았다.

그가 쓰다듬을 때 매기는 그에게 코를 비볐다. 몇 분 후 그는 소파에 누웠다. 매기는 근처에 있는 좋은 자리에 코를 킁킁거리고는 벽에 기대 몸을 말았다. 매기는 그들의 놀이가 안겨준 기쁨으로 행복했고, 긴 하루 때문에 졸렸다. 하지만 남자의 몸에 변화가 생겼음을 감지했을 때, 그녀는 완전히 잠든 게 아니었다. 남자의 몸에서 풍기는 냄새의 사소한 변화가 그가 느낀 기쁨이 서서히 사라지고 있다는 걸 알려줬다. 그의 심장박동이 빨라질 때면 공포의 냄새가 톡 쏘는 분노의 냄새와 함께 찾아왔다.

매기가 고개를 드는 순간, 남자가 자리에서 일어났다. 그가 테이블에 앉자 매기는 고개를 내리고는 그를 주시했다. 그녀는 빠르고 얕게 몇 번 킁킁거려서 분노의 냄새가 그에게서 사라졌고, 슬픔의 시큼한 냄새가 그 냄새를 대체했다는 걸 감지했다. 매기는 낑낑거렸다. 그에게 가고 싶었지만, 그녀는 아직도 그의 생활방식을 배우는 중이었다. 그녀는 하늘을 가로지르며 이동하는 구름처럼 수시로 흔들리고 바뀌는 그의 감정이 풍기는 냄새를 맡았다.

잠시 후, 남자는 방을 가로지르더니 바닥에 앉아서 흰색 종이 뭉치를 집었다. 그의 긴장감이 공포와 분노와 상실감이 뒤섞인 냄새들과 함께 솟구쳤다. 매기는 그에게 가까이 다가갔다. 그녀는 남자가 쥔 종이의 냄새를 맡았다. 그녀가 가까이에 있으니까 그가 차분해졌다는 걸 느꼈다. 매기는 이게 좋은 일이라는 걸 알았다. 무리는 일심동체다. 가까이 있으면 편안해진다.

매기는 그의 옆에서 몸을 말았다. 그가 그녀에게 손을 얹었을 때, 그녀는 애정이 분출하는 걸 느꼈다. 그녀는 깊이 한숨을 내쉬면서 몸을 떨었다.

"네 생각은 어떠니, 매기? 벤틀리에 탄 돈 많은 두 친구가 한밤중에 이렇게 보잘것없는 동네를 걸어서 돌아다녔을까?"

그의 목소리를 들은 그녀는 일어서서 그의 얼굴을 핥고는 그의 미소를 상으로 받았다. 그녀는 꼬리를 흔들었다. 매기는 그에게서 더 많은 관심을 갈망했지만, 그는 비닐봉지를 집었다. 매기는 비닐에서 나는 화학적인 냄새와 다른 사람들의 냄새, 그리고 남자가 거기에 정말로 집중하고 있다는 걸 감지했다.

봉지에서 갈색 가죽 한 조각을 꺼낸 남자는 그걸 눈에 가까이 가져가 살폈다. 그녀는 남자의 눈과 표정에서 느껴지는 미묘한 뉘앙스를 주시하면서 그 갈색 가죽이 중요한 것임을 감지했다. 매기는 콧구멍을 놀렸다. 냄새·분자들이 모이는 특별한 부위인 비강 내부의 코뼈가 드러난 곳 위로 공기를 들이마시면서 그의 몸 가까이 몸을 기울였다. 매기는 아주 희미한 냄새조차 인지할 수 있을 만큼 충분히 많은 분자가 수집될 때까지 킁킁거렸고, 그럴 때마다 더 많은 분자들이 그녀의 코에 쏟아져 들어왔다.

10여개의 냄새가 한꺼번에 인식됐는데, 그중 일부는 다른 것들–유기적이지만 활력은 없는 동물의 피부, 인간 남성의 생생하면서 강렬한 땀내와 다른 인간 남성들의 그보다 덜한 냄새, 플라스틱과 가솔린, 비누, 인간의 타액, 칠리소스, 식초, 타르, 페인트, 맥주, 고양이 두 마리, 위스키, 보드카, 물, 오렌지 소다, 초콜릿, 인간 여성의 땀내, 인간의 정액, 인간의 소변–보다, 그리고 매기가 이름을 붙일 수 없는 다른 냄새 10여 개보다 더 강했다. 하지만 그녀는 테이블에 펼쳐진 알록달록한 레고 블록들을 보는 것처럼 그 냄새들을 생생하고 뚜렷하게 구분할 수 있었다.

"무슨 생각을 하는 거니? 어떤 놈이 지붕에 있었다는 생각, 아니면 내가 미쳐가고 있다는 생각?"

그녀는 남자와 눈을 맞췄다. 그의 눈에서 사랑과 인정(認定)을 보았다! 남자는 그녀가 가죽의 냄새를 맡았다는 이유로 그녀를 마음에 들어 했다. 그래서 매기는 냄새를 다시 맡았다.

"나도 알아. 나는 제정신이 아니야."

그녀는 냄새들로 코를 가득 채웠다. 남자를 기쁘게 해주면 안전하다는 느낌과 흡족한 느낌이 동시에 들었다. 그래서 매기는 그의 옆 가까이에 몸을 말고는 잠잘 채비를 했다.

잠시 후에 남자는 그녀 옆에 큰대자로 누웠고, 매기는 한동안 잊고 있었던 평온함을 느꼈다.

남자가 마지막으로 무슨 말을 했다. 그의 호흡이 일정해지고 심장박동이 느려졌다. 남자는 잠들었다.

매기는 남자의 안정적인 심장박동에 귀를 기울이면서 남자의 온기를 느꼈다. 그러면서 그가 가까이 있다는 사실에 위안을 받았다. 그녀는 자신의 몸을 그의 냄새로 채우고는 한숨을 쉬었다. 그들은 함께 살고 먹고 놀고 잤다. 그들은 안락함과 활력과 즐거움을 공유했다.

매기는 천천히 몸을 일으켜 절뚝거리면서 방을 가로질러 남자의 녹색 공을 물었다. 그녀는 그걸 남자에게 가져가 떨어뜨리고는 다시 한번 잠들 채비를 했다.

녹색 공은 남자에게 기쁨을 줬다. 그녀는 남자를 기쁘게 해주고 싶었다.

그들은 무리였다.

3부
보호와 봉사

17

이틀 후, 스콧이 출근하려고 옷을 입을 때 릴랜드에게서 전화가 왔다. 릴랜드는 그에게 전화하는 법이 없었다. 그래서 스콧은 릴랜드 경사의 이름이 발신자로 뜨는 걸 본 순간 공포에 휩싸였다.

릴랜드의 목소리는 노려보는 눈빛만큼이나 매서웠다.

"굳이 고생해서 출근할 것 없다. 귀관이랑 데이트해온 강력반 약골들이 0800시에 보트에서 귀관을 보고 싶어 하니까."

스콧은 시계를 힐끔 봤다. 6시 45분이었다.

"이유가 뭡니까?"

"내가 이유를 안다고 말했었나? 경위님께서 메트로 지휘관에게 전화를 받으셨다. 윗분께서는 이유를 아시더라도 그걸 아랫사람과 공유하는 걸 적절한 일이라고 보지는 않으신 거겠지. 8시에 칼같이 들어가서 제대로 잔머리 굴리는 놈들하고, 거기에 같이 있는 카울리 형사한테 신고하도록 해. 다른 질문 있나?"

스콧은 카울리가 사건 파일을 돌려받고 싶어 하는 거라는 결론을 내렸다. 그는 그것들을 가져가도록 허용한 것 때문에 그녀가 곤경에 처하는 일이 없기를 바랐다.

"없습니다, 경사님. 분명 오래 걸리지는 않을 겁니다. 저희가 될 수 있는 한 빨리 뵙도록 하겠습니다."

"'저희'라고 했나?"

"매기하고 저 말입니다."

릴랜드의 목소리가 부드러워졌다.

"무슨 말인지 안다. 귀관이 뭔가를 제대로 배우고 있는 것처럼 보이는군. 그런 건가?"

릴랜드는 전화를 끊었고, 스콧은 매기를 응시했다. 그는 매기를 어떻게 해야 할지를 몰랐다. 그녀를 게스트하우스에 남겨두고 싶지는 않았지만, 훈련장에 놔두고 싶지도 않았다. 릴랜드는 훈련장에 있는 매기를 보면 직접 훈련시켜야겠다는 생각을 할지도 모른다. 만약 릴랜드가 매기가 다리를 절뚝거리는 걸 알아챈다면 그는 주저 없이 매기를 퇴짜 놓을 것이다.

스콧은 주방으로 가서 커피 한 잔을 따르고는 컴퓨터 앞에 앉았다. 매기를 두 시간 정도 봐줄 수 있는 친구를 떠올리려고 애썼으나 피격 이후 그의 교우 관계는 끊어질 대로 끊어져버린 터였다.

매기가 걸어와서 그의 다리에 머리를 얹었다. 스콧은 미소를 지으며 매기의 귀를 쓰다듬었다.

"너는 괜찮을 거야. 내 몸이 얼마나 만신창이인지 봐. 그런 나도 원래 상태로 돌아왔잖아."

그녀는 눈을 감고는 귀 마사지를 즐겼다.

스콧은 수의사가 그녀의 다리를 봐줄 수 있는지 궁금했다. LAPD에는 경찰견 진료를 위해 용역 계약을 맺은 수의사들이 있었다. 하지만 그 수의사들은 릴랜드에게 진료 상황을 보고했다. 수의사에게 매기의 진료를 부탁할 경우, 스콧은 릴랜드에게 들키지 않으려 레이더 아래로 저공비행을 해야 할 것이다. 진통소염제나 코르티손 같은 약물로 아무도 눈치채지 못하게 그녀의 문제를 고칠 수 있다면, 스콧은 주머니를 털어서 비용을 지불할 작정이었다. 그는 자신이 얼마나 많은 진통제와 신경안정제를 먹는지를 부서에서 파악하지 못하게 하려고 그가 먹는 약을 구할 때 동일한 짓을 해오고 있었다.

스콧은 노스 할리우드와 스튜디오 시티에 있는 수의사를 찾으려고 구글 검색을 했다. 그런 후에는 옐프(Yelp)와 야후, 시티서치 리뷰를 훑어봤다. 그는 그렇게 인터넷을 검색하다가 개를 돌봐줄 사람을 찾아내기에는 시간이 너무 늦었다는 걸 깨달았다.

펄레시안 파일들을 서둘러 모은 스콧은 운전 시간에서 발견한 공백기에 대해 정리한 메모들을 바지에 밀어 넣고, 매기에게 목줄을 채웠다.

"카울리 형사가 네 사진을 보고 싶어 했어. 형사님한테 한 차원 더 높은 일을 해드리자."

러시아워에 차를 몰고 코헹가 패스(로스앤젤레스와 샌 페르난도 밸리를 잇는 길)를 뚫고 가는 데에는 곤혹스럽게도 45분이나 걸렸다. 그런데도 스콧이 매기를 데리고 경찰행정청사 로비를 가로지를 때, 약속 시각까지 3분이나 남아 있었다. 프론트 데스크를 통과한 그들은 엘리베이터를 타고 5층으로 갔다. 이번에 문이 열렸을 때는 카울리 혼자 서서 기다리고 있었다. 스콧은 매기를 복도로 이끌며 미소를 지었다.

"실물이 사진보다 나을 거라고 생각했습니다. 이 아이가 매기입니다. 매기, 이분이 카울리 형사님이시란다."

카울리는 활짝 웃었다.

"정말 예쁘구나. 쓰다듬어도 돼요?"

스콧은 매기의 머리를 헝클었다.

"먼저 형사님 손등 냄새를 맡게 해주세요. 예쁜 개라고 칭찬하시고요."

카울리는 스콧이 얘기한 대로 했다. 얼마 지나지 않아 카울리는 매기의 두 귀 사이에 있는 부드러운 털을 손가락으로 쓰다듬었다.

스콧은 두툼한 파일 더미를 내밀었다.

"다 읽지는 못했습니다. 형사님께서 이것 때문에 곤경에 처하시지 않았기를 바랍니다."

카울리는 파일들을 힐끔 쳐다보기만 했지 넘겨받지는 않았다. 그러고는 스콧과 매기를 그녀의 사무실 쪽으로 안내했다.

"다 읽지 못했으면 계속 갖고 있어요. 그걸 가져올 필요는 없었는데."

"저를 보자고 하신 이유가 이 파일 때문일 거라고 생각했습니다."

"아뇨, 전혀요. 여기 계신 어떤 분들이 당신이랑 얘기하고 싶어 하세요."

"어떤 분들이요?"

"이 사건은 수사 진행 속도가 빠르네요. 어서 와요. 오르소가 기다리고 있어요. 당신이 개를 데려온 걸 보면 무척 좋아할 거예요."

스콧은 카울리를 따라 회의실로 들어갔다. 오르소는 도면 옆의 벽에 몸을 기대고 있었다. 남자 두 명과 여자 한 명이 테이블에 있었다. 스콧과 매기가 들어서자 그들은 고개를 돌렸고, 오르소는 벽에서 몸을 일으켰다.

"스콧 제임스 순경, 이쪽은 센트럴 경찰서 강도과의 그레이스 파커 형사고, 이쪽은 램파트 경찰서 강도과의 로니 파커 형사야."

테이블 저 끝에 있는 두 명의 파커는 일어서지 않았다. 여자 파커는 딱딱한 미소를 지었고, 남자 파커는 고개를 끄덕였다. 그레이스 파커는 키가 크고 어깨가 넓으며 피부는 우윳빛이었다. 그녀는 회색 정장 차림이었다. 로니 파커는 키가 작고 말랐으며 피부는 진한 초콜릿색이었다. 그는 깔끔

한 감청색 스포츠코트를 입고 있었다. 두 사람 다 사십 대 초반쯤으로 보였다.

로니 파커가 입을 열었다. "성(姓)이 같지만, 우리는 친척도 아니고 부부도 아냐. 사람들이 헛갈려하지만 말이야."

그레이스 파커는 그를 보며 얼굴을 찡그렸다.

"헛갈려 하는 사람 아무도 없어. 당신이 그런 말을 하는 걸 좋아할 뿐이지. 사람들을 새로 만날 때마다 토씨 하나 안 틀리고 그 말을 해대잖아."

"사람들이 헛갈려 하는 게 맞다니까 그러네."

오르소는 남아 있는 남자를 소개하기 위해 그들의 말을 끊었다. 덩치가 크고 붉은 얼굴에 팔뚝이 털로 덮인 남자로, 뻿뻿한 머리카락이 화물 운반용 그물처럼 햇볕에 탄 두피를 덮고 있었다. 흰색 반소매 셔츠에 빨강과 파랑이 섞인 줄무늬 타이 차림이었지만 스포츠코트는 입고 있지 않았다. 스콧은 그가 오십 대 초반일 거라고 짐작했다.

"이언 밀스 형사님이시네. 이언 형사님은 복도 아래에 있는 강도과 특수팀 소속이야. 우리는 이 강도 사건을 수사하려고 특별팀을 만들었어. 이언 형사님은 그 특별팀의 책임자이셔."

밀스는 테이블 가까운 쪽에 있는, 스콧에게 가장 가까운 의자에 앉아 있었다. 그는 자리에서 일어나 악수를 하려고 스콧에게로 걸어왔다. 그런데 그가 스콧에게 다가서자 매기가 으르렁거렸다. 밀스는 손을 황급히 거뒀다.

"워워."

"매기, 다운(down). 다운."

매기는 곧장 배를 깔고 엎드렸다. 하지만 매기의 눈은 밀스에게 계속 초점을 맞추고 있었다.

"죄송합니다. 갑자기 제게 다가오셔서 그렇습니다. 이 아이는 괜찮습니다."

"다시 시도할 수 있을까, 악수?"

"그렇습니다, 형사님. 매기는 움직이지 않을 겁니다. 매기, 그대로 있어."

밀스는 이번에는 자리에서 일어나지 않은 채 천천히 손을 내밀었다.

"자네 파트너 일은 유감이네. 어떻게 지내나?"

스콧은 밀스가 그 문제를 꺼내서 짜증이 났다. 그는 흔히 하는 대답을 내놨다.

"무척 잘 지내고 있습니다. 감사합니다."

오르소는 밀스 옆에 있는 빈 의자를 가리키고는 평소 앉는 자리인 카울리의 옆자리에 앉았다.

"앉게. 이언 형사님은 사건 초기부터 수사에 참여해왔어. 형사님과 부하들이 벨루아의 프렌치 커넥션에 대한 정보를 우리에게 알려주시면서 인터폴을 상대로 작업을 했었지. 자네가 오늘 여기에 온 건 이언 형사님 때문이야."

밀스는 스콧을 쳐다봤다.

"나 때문이 아니라 자네 때문이지. 오르소 말로는 자네가 몇 가지를 기억해냈다더군."

그 얘기를 듣자마자 스콧은 자신이 무의식중에 위축되고 있다는 걸 느꼈다. 그는 그러지 않으려고 애썼다.

"약간입니다. 많지는 않습니다."

"운전자가 백발이라는 걸 기억해냈다더군. 그건 꽤 큰 정보야."

스콧은 고개를 끄덕였지만 말은 한마디도 하지 않았다. 그는 밀스가 그를 주시하고 있다는 느낌을 받았다.

"그것 말고 기억해낸 게 있나?"

"없습니다, 형사님."

"확실한가?"

"그것 말고 기억해낼 게 있는지 모르겠습니다."

"정신과 상담을 받는 중인가?"

스콧은 엄청나게 심기가 불편해졌다. 그는 거짓말을 하기로 했다.

"정신과 의사는 어떤 사람이 총격전에 개입됐을 경우 그 자리에 있었던 사람들을 보게 만들려고 애쓰지만, 저는 그 상담에서는 아무것도 얻지 못했습니다."

밀스는 잠시 그를 살피고는 마닐라 봉투 하나를 내밀고 거기에 손을 얹었다. 스콧은 그 안에 무엇이 들어 있을지 궁금했다.

"우리 강도과 특수팀에서 무슨 일을 하는지 아나?"

"대형 은행과 현금 수송 차량을 대상으로 한 강도 사건 같은 큰 건들을 다룹니다. 연쇄 강도 사건 같은 것들을 말입니다."

밀스는 만족스러운 표정으로 어깨를 으쓱거렸다.

"꽤 가깝게 맞췄어. 자네와 자네 파트너를 쏜 자들은 순전히 스릴을 느끼겠답시고 부자들하고 경찰관들에게 총을 갈긴 망나니들이 아니었어. 놈들은 솜씨가 좋았어. 놈들이 이 일을 성공하게끔 협력해서 작업한 방식을 보라고. 나는 놈들은 전문가들로 구성된 패거리라고 생각해. 큰 건수를 노리는 놈들과 동일범일 거라고 본다는 말이지."

스콧은 얼굴을 찡그렸다.

"그 사건을 강도 사건으로 여기는 아이디어는 수사에서 배제됐다고 생각했습니다만……"

"범행 동기가 금전을 노린 강도였다는 아이디어는 그렇지. 그 아이디어를 배제하기 전까지, 우리는 몇 주간 형편없는 단서들을 쫓았었네. 하지만 우리가 한탕을 벌인 패거리에 대한 아이디어까지 배제한 건 아냐. 은행 직원과 청원경찰에게 총알을 날릴 준비가 된 잡놈들은 청부살인을 저지르는 것도 마다하지 않을 거야. 우리는 그런 놈들을 주시하고 있어."

밀스는 봉투를 열어서 여러 장의 사진을 꺼냈다.

"이런 패거리들은 전문가로 구성되는 게 보통이야. 경보장치를 담당하는 놈은 경보장치만 맡고, 금고를 여는 놈은 금고 작업만 하고, 운전하는 놈은 운전만 하지."

밀스는 스콧이 사진을 볼 수 있도록 사진의 방향을 돌렸다. 머리가 백발이거나 연한 회색이며 눈동자가 파란 백인 남성 여덟 명이 그를 응시했다.

"이놈들은 운전 전문가들이야. 우리는 자네가 총에 맞던 밤이나 그 밤을 전후해서 이놈들이 로스앤젤레스에 있었다고 믿네. 기억나는 얼굴이 있나?"

스콧은 사진을 응시했다. 그는 고개를 들었다. 밀스와 오르소, 카울리, 두 명의 파커가 그를 주시하고 있었다.

"놈이 고개를 돌렸을 때 구레나룻을 봤습니다. 놈의 얼굴은 보지 못했습니다."

"다른 네 놈은 어떤가? 그놈들에 대해 새로 기억해낸 게 있나?"

"없습니다."

"넷이었나, 다섯이었나?"

스콧은 밀스의 눈에서 보이는 공허한 감정 표현이 마음에 들지 않았다.

"운전자 외에 넷이었습니다."

"운전자가 차에서 내렸었나?"

"아닙니다."

"그렇다면 그 넷에 운전자를 더하면 전부해서 다섯이 되는군. 켄워스에서 내린 놈들이 몇 명이었나?"

"둘입니다. 두 명이 그랜토리노에서 내렸습니다. 둘 더하기 둘, 합쳐서 넷입니다."

그레이스 파커는 눈동자를 굴렸다. 그런데 밀스는 스콧의 말투에 기분이 상했더라도 그걸 내색하지 않았다.

"총을 쏘면서 사방을 뛰어다닌 네 명이라…… 넷은 적지 않은 인원이야. 어쩌면 누군가는 마스크를 벗었을 수도 있고, 무슨 이름을 외쳤을지도 몰라. 그와 비슷한 것들이 기억나나?"

"기억나지 않습니다. 죄송합니다."

밀스는 그를 한참 살피다가 사진들을 집어서 봉투에 넣었다.

"시내에 있는 운전 전문가가 이놈들만 있는 게 아냐. 어쩌면 자네는 다른 것들을 기억해낼 수도 있을 거야. 누군가 다른 사람을 기억해낼 수도 있고…… 로니?"

로니 파커가 앞으로 몸을 기울이더니 또 다른 증명사진을 테이블에 올려놨다. 그 사진에는 눈과 빰이 움푹 패고 피부 상태가 형편없으며 머리에 후광을 두른 듯 검정 곱슬머리를 흐느적거리는 아프로 스타일(꼬불꼬불한 파마로 실루엣을 둥글게 만든 헤어스타일)로 연출한 말라깽이 남자를 보여줬다.

로니 파커는 사진을 툭툭 쳤다.

"이놈을 본 적이 있나?"

모두 다시 스콧을 주시하고 있었다.

"없습니다."

"깡마른 놈이야. 183센티미터. 천천히 생각해봐. 꼼꼼히 살펴보라고."

스콧은 테스트를 받고 있는 듯한 기분이 들었다. 그는 그게 마음에 들지 않았다. 매기가 그의 의자 옆에서 자세를 바꿨다. 스콧은 그녀를 만지려고 아래로 손을 뻗었다.

"모르겠습니다, 형사님. 이게 누굽니까?"

밀스는 남들이 대답하기 전에 그의 봉투를 들고 일어섰다.

"여기서 내 볼일은 끝난 것 같군. 와줘서 고맙네, 스콧. 뭔가 다른 게 기억나면, 아무거나 상관없으니까 최대한 빨리 알려주게. 나하고 버드한테."

밀스는 오르소를 힐끔 봤다.

"자네, 알아들었지?"

"그럼요."

밀스는 두 명의 파커에게 용무를 마치면 자기를 만나러 오라고 말하고는 사진을 들고 자리를 떴다.

그레이스 파커가 눈동자를 이리저리 굴렸다.

"사람들은 저분을 아이맨(I-Man)이라고 불러. 이언 '아이맨' 밀스. 대단한 별명 아니에요?"

오르소는 그녀를 조용히 시키려고 목을 가다듬고는 스콧을 봤다.

"어제 오후에, 우리 요청을 받은 램파트와 노스이스트 형사들이 장물을 판매한 것으로 알려진 14명을 체포해서 심문했어."

그레이스 파커가 말했다. "장물아비들이죠."

오르소는 말을 계속 이었다.

"그중 두 놈이 중국산 DVD와 담배, 약초, 넬슨 신이 그의 가게에서 취급하던 종류의 물건을 처분한 도둑놈을 안다고 주장했어."

스콧은 사진을 보던 시선을 오르소에게로 옮겼다.

"그게 이자입니까?"

"마셜 라몬 아이시. 어젯밤에 이 사진을 신에게 보여줬어. 신은 아이시가 그의 가게를 쓸데없이 얼쩡거리기만 하고 물건은 하나도 사지 않았었다고 기억했어. 그 기억을 장물아비 두 놈하고 연결하면, 그래, 거기 있는 미스터 아이시께서 자네가 총에 맞은 밤에 신의 가게를 턴 놈일 가능성이 꽤 높아지는 거지."

스콧은 사진을 응시했다. 가슴에 오싹한 소름이 돋는 게 느껴졌다. 매기가 몸을 일으켜 앉더니 그의 다리에 몸을 기댔다. 스콧은 오르소가 여전히 얘기 중이라는 걸 깨달았다.

"현재, 놈이 동생하고 여자 친구, 다른 남자 둘하고 같이 살고 있는 집을 감시 중이야. 미스터 아이시와 여자는 집에 있지 않아. 그들이 집을 나선 게……"

오르소는 손목시계를 확인했다.

"……42분 전이야. 특별수사과 경관들이 그들을 미행하고 있어. 경관들 보고로는 아이시와 그 친구가 아침 통근자들에게 얼음(ice, 메스암페타민을 가리키는 은어)을 팔고 있는 것으로 보인다는군."

그레이스 파커가 말했다. "통근자가 아니라 메스(meth) 사용자들이죠. 메스에 중독된 사람들이요."

오르소는 즐거운 기색으로 고개를 끄덕이고는 한 번 더 설명했다.

"그들은 두 시간 이내에 귀가할 거야. 우리는 놈들이 집에 돌아와 판을 벌일 시간적 여유를 준 다음에 잡아들일 계획이야. 지휘는 조이스가 맡을 거고. 내 생각에는 스콧 자네가 그녀랑 같이 갔으면 좋겠어. 갈 텐가?"

그들 모두가 그를 다시 주시했다.

스콧은 오르소가 요청하는 내용이 무엇인지를 이해하지 못했다. 그러다가 자신이 수사를 지켜볼 수 있는 입장권을 주겠다는 제안을 받았다는 걸 깨달았다. 그는 스테파니를 살해한 놈들을 체포하는 걸 돕고 싶어 하며 9개월을 보냈었다. 그런데 지금 그는 숨을 쉬지 못할 것 같은 기분이었다.

매기가 그의 다리에 턱을 얹고는 그를 바라봤다. 귀는 접혀 있었고 눈은 슬퍼 보였다.

그레이스 파커가 말했다. "세상에, 큰 개네. 똥을 싸면 소프트볼 크기만 하겠어."

로니 파커는 배꼽을 잡았다. 로니의 폭소는 스콧이 목소리를 찾는 데 도움을 줬다.

"맞습니다, 형사님. 당연한 일입니다. 당연히 거기에 가고 싶습니다. 그런데 그 전에 제 상관에게 그래도 좋다는 허락을 받아야만 합니다."

"그 문제는 해결됐어. 자네는 오늘 남은 시간 동안은 내 명령을 따르면 돼."

오르소는 매기를 힐끔 봤다.

"우리가 예상한 건 둘 중 한 사람뿐이었지만 말이야."

카울리가 말했다. "스콧은 개를 데려가도 괜찮아요. 그는 체포에는 참여하지 않을 거니까요."

그녀는 스콧을 보고 활짝 웃었다.

"우리는 지휘관으로 거기에 가는 거예요. 우리가 할 일은 다른 사람들이 일하는 걸 감독하는 거예요."

오르소가 회의를 마무리하며 일어났고, 다른 형사들은 각자의 의자를 뒤로 밀고는 그와 함께 섰다. 매기는 재빨리 몸을 일으켰다. 두 명의 파커 모두 찡그린 얼굴로 매기를 응시했다.

로니가 말했다. "그 개한테 무슨 일이 있었던 건가?"

스콧은 그들이 테이블 반대쪽에 착석해 있었을 때는 매기의 엉덩이를 볼 수 없었다는 걸 깨달았다. 이제 그들의 눈에는 매기의 흉터들이 보였다.

"저격수가 이 아이를 쐈습니다. 아프가니스탄에서요."

"장난이 아니로군!"

"두 방이나요."

이제는 오르소와 카울리도 매기를 응시했다. 카울리는 슬픈 기색이었다.

"가여운 것."

로니의 얼굴이 어두워지면서 암울한 기색이 역력해졌다. 그는 테이블 주위를 조금씩 돌아서 문을 향해 가면서 입을 열었다.

"개에 대한 슬픈 얘기는 듣고 싶지 않아요. 어서 가요. 아이맨이나 보러 갑시다. 우리한테는 할 일이 있잖아요."

로니의 입에서 나온 말에는 빈민가 사람들의 억양이 배어 있었다. 스콧을 향한 그레이스의 눈썹이 아치 모양을 그렸다.

"로니는 사우스캐롤라이나 대학에서 정치학 석사학위를 받은 데다 구사할 줄 아는 언어도 세 개나 돼요. 그런데도 감정이 격해지면 빈민가에서 익힌 억양이 튀어나오고는 해요."

로니는 모욕감을 느끼는 기색이었다.

"그건 인종차별적이고 모욕적인 언사야. 당신은 그게 진실이 아니라는 걸 알잖아."

그들은 사무실을 나서면서도 계속 티격태격했다. 스콧은 오르소와 카울리에게로 몸을 돌렸다.

"제가 어떻게 하기를 원하십니까?"

카울리가 대답했다.

"여기에 있거나 근처에 있거나 해요. 도로 건너편에 공원이 있어요. 거기 있는 게 매기와 있기에 편할 것 같으면 거기로 가 있도록 해요. 문자를 보낼게요. 시간은 넉넉하니까 파일들도 갖고 가도록 해요."

그녀가 파일을 언급하자 스콧은 주머니에 넣어둔 메모가 떠올랐다. 지도를 꺼낸 스콧은 그들에게 점 네 개를 보여주고, 펄레시안의 운전 시간에서 찾아낸 불일치를 지적했다.

"그들이 양쪽 빌딩에 도착해서 빌딩에 관한 얘기를 하려고 차를 세웠더라도, 레스토랑에서 살상 지역에 오는 데 1시간 10분이나 걸릴 까닭은 전혀 없습니다. 20분에서 30분가량이 비는 것 같습니다."

스콧은 그들이 반응을 보이기를 기다리며 지도에서 시선을 올렸지만 오르소는 고개를 끄덕이기만 했다.

"자네, 경유지를 한 곳 놓쳤군. 클럽 레드. 그 내용도 파일에 있어."

스콧은 오르소가 무슨 얘기를 하는 건지 전혀 감을 잡을 수 없었다.

"펄레시안 부인과 그의 비서와 나눈 인터뷰를 모두 읽어봤습니다. 그들은 또 다른 경유지에 대해서는 언급하지 않았습니다."

카울리가 대답하면서 두 사람 사이로 끼어들었다.

"그분들은 그곳에 대해서는 몰랐어요. 클럽 레드는 스트립 클럽 비슷한 곳이에요. 멜론은 벨루아의 신용카드 청구서가 배달되고 나서야 그곳을 알게 됐어요. 벨루아가 대금을 치렀거든요."

기가 꺾인 스콧은 멍청이가 된 기분이었다. 카울리가 두툼한 파일 더미 쪽으로 손짓을 했을 때는 한층 더 멍청해진 것 같았다.

"그 얘기는 여기에 있어요. 멜론은 거기 지배인하고 웨이트리스 두 명과 인터뷰를 했어요. 내 책상을 쓰거나 공원에 가 있도록 해요. 출동할 때 문자 날릴게요."

스콧은 파일을 팔에 끼고 시선을 카울리에게서 오르소에게로 돌렸다. 보안 카메라 동영상을 보고 싶었지만, 지금은 너무 민망해서 그걸 요청할 기분이 아니었다.

"체포현장에 따라갈 수 있게 해주셔서 감사합니다. 저에게는 큰 의미가 있는 일입니다."

오르소는 보이스카우트 단장 같은 미소를 지었다.

"당연히 그렇겠지."

스콧은 그의 옆을 지키는 매기와 함께 몸을 돌렸다. 그는 오르소와 카울리 같은 민완 형사들이 사건을 속속들이 알고 있는 시점에 자신이 누가 봐도 알아차릴 수 있는 시간의 불일치를 발견해냈다고 믿었다는 점 때문에 바보천치가 된 기분이었다.

하지만 스콧은 바보천치가 아니었다. 그렇지만 그는 사흘이 지나서야 그 사실을 확인하게 될 터였다.

18

스콧은 파일을 카울리의 큐비클로 가져갔다. 협소하고 답답한 사무 공간을 본 스콧은 공원에 있는 게 매기에게 더 좋은 일일 거라는 결론을 내렸다. 그러다가 그는 카울리의 컴퓨터 옆에 놓인 사진 액자를 봤다. 그는 슬그머니 그녀의 의자에 앉았다. 매기는 책상 아래로 몸을 쑤셔 넣었다.

첫 사진은 경찰대학 졸업식장에서 아마도 그녀의 부모님일 나이 많은 남녀와 함께 찍은 제복 차림의 젊은 카울리의 모습이었다. 옆에 있는 사진은 카울리와 다른 젊은 여성 세 명이었는데, 모두 시내에서 보낼 흥겨운 밤을 위해 반짝거리는 스팽글이 달린 새틴 옷을 멋지게 차려입고 있었다. 네 여자를 자세히 살핀 스콧은 그중에서 경찰처럼 보이는 사람은 카울리밖에 없다는 결론을 내렸다. 그래서 스콧은 자기도 모르게 빙긋 웃었다. 스테파니도 경찰처럼 보였었다. 다음은 해변에 있는 카울리와 잘생긴 남자의 사진이었다. 카울리는 빨간 원피스 차림이고, 남자는 무릎까지 내려오는 헐렁한 트렁크형 수영복 차림이었다. 스콧은 카울리가 결혼반지를 끼고 있었는지 떠올리려고 애썼지만, 도무지 생각나지 않았다. 마지막 사진은 꼬마 세 명과 함께 소파에 앉아 있는 카울리를 보여줬다. 그들의 뒤에 있는 테이블에는 크리스마스 장식이 있었고, 제일 나이 많은 아이는 산타 모자를 쓰고 있었다. 해변에 있는 카울리와 남자의 사진을 힐끔 본 스콧은 이 아이들이 두 사람의 아이인지 궁금했다.

"자, 매기, 공원 보러 가자."

덩치가 너무 큰 매기는 비좁은 공간 안에서 쉽게 몸을 돌리지 못했다. 그래서 마구간에서 뒷걸음질치는 말처럼 책상 아래에서 후진해야 했다.

스콧은 매기를 아래층으로 데려가 퍼스트 스트리트를 건너 시티홀 파크로 갔다. 공원은 작았지만, 주변을 둘러싼 캘리포니아 참나무 수풀 덕에 그늘이 드리워진 쾌적한 공간이었다.

그늘에서 빈 벤치를 찾아낸 스콧은 파일 뭉치를 뒤져서 클럽 레드 인터뷰를 담은 파일을 찾아냈다. 인터뷰는 짧았다. 그리고 실수로 조르주 벨루아를 다룬 문서에 첨부돼 있었다.

세 건의 인터뷰는 총격이 있고 나서 22일 후에 행해졌다. 멜론은 클럽 레드를, 세미누드 모델들이 바(bar) 위에 있는 소형 무대에서 포즈를 취하며 에로틱한 공연을 선보이는 고급 야간 라운지라고 지배인의 말을 빌려 묘사했다. 멜론과 스텐글러는 총격이 일어났던 밤에 근무한 지배인인 리처드 레빈과 바텐더 두 명을 인터뷰했다. 그들 중 누구도 펄레시안이나 벨루아를 기억하지 못했고 그들의 사진도 알아보지 못했지만, 레빈은 전자상거래 기록을 바탕으로 그들에게 청구서가 발행되고 결제된 시각을 제공했다. 멜론은 타일러스의 매니저 에밀 터네이저와 인터뷰할 때 그랬던 것처럼 레빈의 인터뷰에도 손 글씨로 메모를 남겼다.

R. Levin-deliv sec vid-2 discs-EV #H6218B

레빈은 클럽 레드의 보안 카메라 동영상을 두 장의 디스크에 담아 제출했고(delivered), 그 디스크는 사건 파일에 등재됐다.

인터뷰를 다 읽은 스콧은 클럽 레드의 위치를 확인하기 위해 휴대폰에 있는 지도 앱에 클럽 주소를 입력하고는 지도에 다섯 번째 점을 찍었다. 다섯 번째 점을 잠시 응시한 스콧은 자신이 주소를 제대로 입력한 게 맞는지 확인해봤다. 맞는 주소였다. 그런데 그들이 돌아다닌 시간과 경로가 훨씬 더 이상해 보였다.

클럽 레드를 나오면, 상업용 빌딩은 두 건물 모두 살상 지역 너머의 대여섯 블록 떨어진 곳에 있었다. 펄레시안이 두 건물 중 어느 하나의 빌딩을 향해서 차를 몰았든 그는 그 와중에 살상 지역을 지나쳤을 것이고, 따라서 그가 그곳으로 돌아올 이유는 전혀 없었다. 프리웨이는 다른 방향에 있었다.

스콧은 점점 더 혼란스러웠다. 그는 현장을 직접 확인해보기로 했다. 살상 지역은 공원에서 스무 블록 못 미치는 거리에 있었고, 타일러스와 클럽 레드는 그보다 더 가까웠다.

"자, 드라이브하러 가자."

그들은 차를 타고 서둘러 보트로 돌아갔다.

펄레시안의 출발점은 타일러스였다. 그래서 스콧은 타일러스로 차를 몰았다.

그 레스토랑은 벙커 힐에서 그리 멀리 떨어지지 않은 교차로에 위치했다. 화려하게 장식됐지만 지은 지는 오래된 빌딩의 한 모퉁이에 있었다. 가게 정면에는 유리에 황동색 글자로 가게 이름을 내건 커다란 검정 유리 패널이 붙어 있었다. 타일러스의 문은 닫혀 있었다. 그래도 스콧은 그 지역을 살피려고 차를 세웠다. 타일러스 근처에는 주차장이 하나도 보이지 않았다. 그래서 그는 영업시간에는 대리주차 요원들이 모퉁이에 대기하고 있었을 거라고 짐작했다. 펄레시안이 이곳에 도착했을 때 그랜토리노가 대리주차 요원 대기실을 지켜보고 있었던 건지, 아니면 펄레시안을 로스앤젤레스 공항에서부터 따라왔던 건지 궁금했다.

클럽 레드는 아홉 블록밖에 떨어져 있지 않았다. 스콧은 낮에 운전해 거기에 도착하는 데 12분이 걸렸는데, 그 시간의 대부분은 행인들이 길을 건널 때까지 기다리는 데 쓰였다. 새벽 1시 30분에 이동하는 데 걸린 시간은 4분 미만이었을 것이다.

클럽 레드도 낡은 빌딩의 1층에 있었다. 주차장 옆에 있었는데, 바깥쪽으로 노출된 쪽에는 주문용 기계 부품을 광고하는 빛바랜 광고판이 있었다. RED라는 글자가 표시된 작은 수직 네온사인이 빌딩 측면에서 주차장으로 돌출돼 있었다. 간판 아래에는 빌딩으로 들어가는 빨간 문이 나 있었다. 은밀한 세계로 들어가려는 손님들은 아마도 덩치가 산만 한 문지기 두 명을 통과해야 할 것이다.

스콧은 지도를 다시 확인했다. 타일러스를 무시할 경우, 남아 있는 점 네 개는 대문자 Y자를 그렸다. 클럽 레드는 글자의 바닥에 있었고, 살상 지역은 바로 그 위의 갈라지는 지점에 있었으며, 펄레시안이 벨루아에게 보여주고 싶어 했던 빌딩 두 채는 갈라진 두 팔의 끝에 있었다.

스콧은 매기를 쳐다봤다.

"모든 게 잘못돼 있어."

매기는 그의 귀에 코를 대고 킁킁거리고는 그의 얼굴에 개의 숨결을 불었다. 스콧은 매기를 콘솔박스에서 밀어내려고 애썼지만 그녀는 굳건히 자리를 지켰다.

주차장에는 직원 두 명이 근무하고 있었다. 스콧은 입구를 막아 주차하고 차에서 내렸다. 나이 많은 직원은 짧은 검정 머리에 빨간 조끼를 입은 라틴계 오십 대 사내였다. 스콧이 진입로를 막는 걸 본 그는 헐레벌떡 달려왔지만, 스콧의 경찰복을 보고는 갑자기 걸음을 멈췄다. 경찰이 불러온 효과였다.

그가 물었다. "주차하시려고요?"

스콧은 매기를 내리게 해줬다. 매기를 본 남자는 한 걸음 물러섰다. 이건 저먼 셰퍼드가 불러온 효과였다.

스콧은 건물을 가리켰다.

"여기 있는 클럽이 클럽 레드입니까? 문 닫는 시간이 언제죠?"

"그게, 정말 늦게 닫죠. 9시나 돼서야 문을 엽니다. 4시에 문을 닫고요."

"새벽 4시요?"

"예. 새벽 4시요."

스콧은 남자에게 고맙다고 인사하고는 매기가 차로 돌아갈 수 있게 해줬다. 그러고는 운전석에 올랐다. 그는 자신의 짐작대로였다고 생각했다.

"여기에는 미스터리가 없어. 그들은 돌아오던 중이었어. 그들은 빌딩을 모두 살펴보고는 술을 한잔 더 하기로 결정한 거야. 그게 전부였어."

매기가 헐떡였지만, 이번에 매기는 스콧의 팔이 닿지 않는 곳에 있었다. 그러다가 지도를 다시 힐끔 본 그는 조금 전에 세운 이론도 틀렸다는 걸 깨달았다.

"젠장."

벤틀리의 방향.

벤틀리가 순찰차 앞을 지나갔을 때, 벤틀리는 클럽 레드 쪽으로 이동하는 게 아니었다. 펠레시안은 반대 방향으로 차를 몰고 있었다. 프리웨이

쪽으로.

스콧이 다시 지도를 뚫어져라 봤다. 그때 카울리의 문자가 도착했다.

출동 중. 전화해요.

스콧은 즉시 전화를 걸었다.

"두 블록 떨어진 곳에 있습니다. 5분만 주십시오."

"10분 쓰도록 해요. 하지만 보트로 오지는 말아요. 우리는 맥아더 공원에서 판을 벌이는 중이니까. 10분 안에 거기로 올 수 있어요?"

"그럼요."

"세븐스하고 윌셔 사이에 있는 공원 동쪽이에요. 우리가 보일 거예요."

스콧은 펄레시안이 살상 지역에 들어설 때 어째서 프리웨이 쪽으로 가고 있었던 건지 의아해하면서 전화기를 내려놨다. 시간이 여전히 비었다. 그리고 그 빈 시간은 빌딩 두 채를 살펴보는 것만으로는 채워지지 않았다.

19

맥아더 공원은 윌셔 대로가 공원 가운데를 관통하고 지나가면서 나눠진 네 개의 네모난 블록으로 구성돼 있었다. 축구장, 놀이터, 콘서트장이 윌셔의 북쪽 지역을 차지했다. 맥아더 공원 호수는 공원 남쪽에 있었다. 이 호수는 한때 외륜선(外輪船)으로 유명했었다. 갱단의 폭력과 마약 거래, 살인사건이 보트를 임대하는 사람들을 쫓아내기 전까지는. 그러자 LAPD와 지역의 비즈니스 공동체가 개입했다. 호수와 공원은 재건됐고, 상당한 수준의 감시 시스템이 설치됐으며, 혼음하는 마약 딜러들은 몰려났다. 관청에서는 외륜선을 귀환시키려 애썼지만, 혼음과 폭력으로 대표되는 호수의 평판 때문에 물은 이미 심하게 오염된 터였다. 그런 자들이 사업에 동원한 장비들도 마찬가지였다. 호수 정비를 위해 물을 빼자 호수 바닥에서는 100자루가 넘는 권총이 발견됐다.

스콧은 윌셔를 따라 공원으로 갔다. 작전을 벌이는 지역이 보였다. LAPD 순찰차 여섯 대, SWAT팀의 밴 한 대, 표시가 되어 있지 않지만 누가 봐도 경찰용 세단인 게 뻔한 차량 세 대가 오래된 외륜선 영업장 근처에 주차돼 있었다. 정복 경찰 한 명이 출입구를 막고 있다가 트랜스 암이 차를 돌려 들어오는 걸 봤다. 하지만 그는 스콧의 경찰복을 보고는 옆으로 걸음을 옮겼다. 스콧은 창문을 내렸다.

"카울리 형사님을 찾고 있습니다."

가까이 몸을 기울인 순경은 매기를 보고는 활짝 웃었다.

"SWAT팀하고 같이 있어요. 와우, 나는 우리한테 이런 개들이 있는 게 너무 좋아요. 이놈, 정말 잘생겼네요."

순경이 너무 가까이 몸을 기울였거나 너무 말을 시끄럽게 한 것 같았다. 매기가 귀를 앞으로 쫑긋 세웠다. 스콧은 그녀가 으르렁거리기 전부터 무슨 일이 벌어질지를 알았다.

순경은 뒷걸음질을 치면서 껄껄 웃었다.

"젠장, 나는 이 개들이 너무 좋아요. 운 좋으면 주차할 공간을 찾을 수 있을 거예요. 저쪽에 있는 풀밭에 세우든가 해요."

스콧은 창문을 올리고는 매기를 앞에서 밀쳐내면서 그녀의 털을 흐트러뜨렸다.

"'이놈'이라니, 멍청하기는. 그 인간은 어떻게 너처럼 아리따운 아가씨를 보면서 수컷이라고 생각할 수 있는 걸까?"

매기는 스콧의 귀를 핥고는 그들이 주차할 때까지 그 순경을 지켜봤다.

스콧은 매기에게 목줄을 채우고 차에서 내리게 한 뒤 병에 든 물을 먹였다. 매기가 물을 마시자 스콧은 소변을 보게 했다. 그러고는 SWAT 부대의 작전용 차량 옆에 있는 카울리를 찾아냈다. 그녀는 SWAT 지휘관과 정복을 입은 경위, 형사 세 명과 모여 있었는데, 그중에 스콧이 아는 사람은 하나도 없었다. SWAT팀은 보트하우스 옆에 느긋하게 서 있었다. 낚시 여행이라도 온 사람들처럼 태평한 분위기였다. 스콧은 바람이 지나가는 꿈결처럼 그에게 입을 맞추는 걸 느꼈다. 매기를 내려다본 스콧은 그녀가 혀를 길게 늘어뜨리고 귀는 뒤로 젖힌 채 행복한 표정으로 그를 지켜보고 있는 걸 발견했다. 그는 그녀의 머리를 토닥거렸다.

"절룩거리기 없기. 우리 둘 다."

매기는 꼬리를 흔들고는 스콧의 옆자리에 섰다.

그가 다가오는 걸 본 카울리는 손가락을 하나 세우는 것으로 기다리라는 신호를 보냈다. 그녀는 함께 있던 무리와 몇 분쯤 더 얘기를 나눴고, 그런 후 해산해서 각자 다른 방향으로 향했다. 카울리는 그를 만나러 다가왔다.

"내 차를 타고 가요. 아이시는 겨우 5분 거리에 있어요."

스콧은 미심쩍었다.

"괜찮으시겠습니까? 차에 매기 털이 떨어질 텐데요."

"내가 걱정되는 건 매기가 토하는 게 전부예요. 매기가 차멀미를 하면 당신이 차를 청소해야 해요."

"매기는 멀미하지 않습니다."

"매기랑 차를 타본 적이 없는 내가 그걸 알 리가 없잖아요."

카울리는 그들을 별다른 특징이 없는 황갈색 임팔라로 안내했는데, 임팔라의 모양새는 스콧의 지저분한 트랜스 암보다 그리 나을 게 없었다. 그는 매기를 뒷좌석에 태웠다. 그가 조수석에 오르자 카울리는 시동을 켰다. 기어를 조작한 그녀는 후진으로 자리를 빠져나왔다.

"오래 걸리지는 않을 거예요. 우리가 확보한 병력 봤죠? 아이맨은 빌어먹을 폭발물 처리반까지 동원하고 싶어 했어요. 그래서 오르소가 말했죠. 이 멍청이들은 메스를 *하는* 놈들이지 *제조하는* 놈들이 아닙니다."

스콧은 어떻게 대꾸할지를 몰라 고개를 끄덕이기만 했다.

"저한테 같이 가자는 요청을 해주신 점, 다시 한번 감사드립니다. 고맙습니다."

"당신은 당신 역할을 수행하는 거예요."

"형사님의 동행이 되는 것으로요?"

카울리가 그를 힐끔 봤지만, 그는 그 눈빛의 의미를 읽을 수 없었다.

"아이시를 식별해주는 걸로요. 그를 보면 그를 기억해낼지도 모르잖아요."

스콧은 그 즉시 긴장했다. 매기가 낑낑거리면서 뒷좌석에서 이리저리 서성거렸다. 스콧은 매기를 만지려고 뒤로 팔을 뻗었다.

"저는 그놈을 본 적이 없습니다."

"그놈을 본 걸 기억하지 못하는 거죠."

스콧은 다시 시험대에 오른 것 같은 기분이었다. 그게 마음에 들지 않았다. 배가 비비 꼬이는 것 같았다. 그러면서 그는 불현듯 총격 장면을 떠올렸다. 소총에서 피어나는 밝은 노란색 불꽃, 가까이 걸어오는 거구의 남자, 총알이 어깨를 뚫고 지나가며 가한 충격. 스콧은 눈을 감고 해변에 있는 자신의 모습을 떠올렸다. 그러자 카울리와 그녀의 남자 친구가 모래밭에 나타났다. 그는 눈을 떴다.

"말도 안 됩니다. 저는 실험용 원숭이가 아닙니다."

"우리가 가진 건 당신뿐이에요. 여기 있고 싶지 않으면 내보내줄게요."

"우리는 이놈이 그놈이라는 것조차 모르잖습니까."

"그는 넬슨 신이 폐업하기 전까지 세 차례 다른 시점에 중국제 물건들을 처분했어요. 그는 살상 지역에서 열네 블록 떨어진 곳에 살아요. 당신이 그를 가까이에서 보면 무슨 기억이 돌아올지도 몰라요."

침묵에 빠진 스콧은 창밖을 응시했다. 그는 아이시가 총격 장면을 목격했기를 간절히 바랐다. 하지만 자신이 그 남자를 보고서도 남자의 존재를 잊어버렸다고 믿고 싶지는 않았다. 그건 너무 정신 나간 짓이었다. 어떤 남자를 보고 나서 그 남자를 봤다는 사실을 망각하는 것은 백발을 기억해내는 것보다 더 맛이 간 상태였다. 카울리와 오르소는 이런 일이 가능할 거라고 생각하는 듯 보였는데, 그래서 스콧은 그들이 그가 제정신인지를 의심스러워한다고 느끼게 됐다.

차량 행렬을 비좁은 주거지역의 도로로 인도한 카울리는 공회전하고 있는 순찰차 두 대를 지나친 후에 첫 교차로에서 차를 돌려 도로 한복판에 차를 세웠다. 카울리의 차와 판박이처럼 보이는 아무 표시도 없는 연녹색 세단이 건너편 교차로에서 그들을 바라보고 있었다. 스콧의 눈에 다른 경찰의 존재는 전혀 보이지 않았다.

카울리가 말했다. “모퉁이에서 왼쪽에 있는 네 번째 집이에요. 그라피티로 덮인 밴 보이죠? 그 밴이 서 있는 곳이 바로 그 집이에요.”

그라피티로 덮인 낡은 포드 이코노라인 밴이 연녹색 주택 앞에 주차되어 있었다. 깨진 인도가 시든 잔디밭을 지나 좁다란 콘크리트 블록 현관까지 이어졌다.

스콧이 물었다. “안에 누가 있습니까?”

아이시는 역시 메스 중독자인 남자 친구 두 명, 메스에 중독된 그들을 부양하기 위해 파트타임 매춘부로 일하는 여자 친구 에스텔 ‘간지(Ganj, 마리화나를 가리키는 속어)’ 롤리, 그리고 경범죄로 대여섯 번 체포된 전과가 있고 학교를 중퇴한 열아홉 살 난 남동생 대릴과 한집에 살았다.

카울리가 말했다. “아이시, 여자, 그리고 남자들 중 한 명. 다른 남자는 일찍 집을 나섰고, 그래서 우리는 그를 체포했어요. 남동생은 어제부터 집에 없어요. 우리 사람들이 보여요?”

도로와 주택들은 버려진 곳들로 보였다.

“아무도 안 보입니다.”

카울리는 고개를 끄덕였다.

"도망자 검거반에서 파견 나온 팀이 기습할 거예요. 지금 저 집 양쪽에 두 명이 있고, 뒤쪽에는 더 많은 인력이 있어요. 더불어, 증거를 확보하려고 램파트 강도과에서 온 사람들도 있고요. 자세히 관찰하도록 해요. 그 사람들 실력은 최고니까."

카울리가 전화기를 들고는 부드럽게 말했다.

"쇼 타임이에요, 예쁜이들."

밴의 운전석 문이 덜커덩 열렸다. 마른 흑인 여성이 미끄러져 내려오더니 밴을 돌아서 인도로 올라간 후 집을 향해 걸어갔다. 해진 청 반바지와 흰색 홀터 톱, 싸구려 샌들 차림이었다. 머리는 비즈가 점점이 박힌 땋은 머리였다.

카울리가 말했다. "앤젤라 심스예요. 도망자 검거 전담 형사요."

현관문에 도착한 여자는 노크했다. 그녀는 약 기운이 떨어져서 안달하는 메스 사용자처럼 신경질적인 불안감을 내보이며 기다렸다. 아무도 문을 열지 않자 그녀는 다시 노크했다. 이번에는 문이 열렸지만, 스콧은 문을 연 사람이 누구인지는 보지 못했다. 심스는 문으로 발을 들여놓고는 걸음을 멈췄다. 문이 닫히는 걸 방지하기 위해서였다. 도망자 검거반에서 온 남자 형사 두 명이 집 양옆에서 전력 질주로 돌진해서는 집 안으로 밀치고 들어가는 앤젤라 심스와 문에서 합류했다. 남자 경관 네 명이 심스의 뒤를 따라 실내로 밀고 들어갔다. 도망자 검거반 형사들이 길을 내는 동안 남자 형사와 여자 형사가 한 명씩 밴에서 뛰어내려 인도를 질주해 올라갔다.

카울리가 말했다. "월러스하고 이스베키예요. 램파트 강도과 소속."

월러스와 이스베키가 여전히 인도에 있을 때, 순찰차 두 대가 카울리의 세단 뒤에서 끼익 소리를 내며 멈춰 섰고 도로 저 끝에 있는 세단 뒤에도 두 대가 멈춰 섰다. 각각의 차에서 내린 정복 경찰 네 명이 도로를 봉쇄하려고 자리를 잡았다.

아이시의 집은 조용하고 고요했다. 하지만 스콧은 집 내부에서는 아수라장이 펼쳐지고 있다는 걸 잘 알았다. 매기는 불안감 때문에 가만히 있지를 못했다.

5초 후, 도망자 검거반의 남자 형사 두 명이 수갑을 찬 백인 남성을 사이에 두고 모습을 나타냈다. 카울리는 눈에 띄게 안도했다.

"됐어, 베이비. 작전 종료."

카울리는 앞으로 차를 몰아 밴 옆에 세우고는 문을 힘껏 열었다.

"가요. 우리가 뭘 입수했는지 보자고요."

스콧이 매기를 뒷좌석에서 나오게 해주고 목줄을 연결한 후에 카울리를 따라잡으려고 서둘러 이동할 때, 심스와 다른 도망자 검거반 형사가 에스텔 롤리를 데리고 나왔다. 롤리는 걸어 다니는 해골처럼 보였다. 길거리 순경들은 이런 몰골을 '메스 다이어트'라고 불렀다.

카울리는 스콧에게 뜰에 있는 자신 쪽으로 합류하라는 몸짓을 보냈다.

남아 있는 도망자 검거반 형사가 마지막으로 마셜 아이시를 데리고 나왔다. 아이시의 두 손은 등 뒤에서 수갑이 채워져 있었다. 키는 180센티미터쯤 돼 보였다. 증명사진에서 본 대로 눈과 뺨이 푹 팬 몰골이었다. 땅을 응시하는 그는 헐렁한 카고 반바지와 양말을 신지 않은 스니커즈, 몸을 낙하산처럼 덮고 있는 탈색된 티셔츠 차림이었다.

스콧은 그를 자세히 살폈다. 그의 어떤 점도 친숙해 보이지 않았다. 하지만 스콧은 그에게서 고개를 돌릴 수가 없었다. 그 남자에게 빠져들고 있는 듯한 기분이었다.

카울리가 팔꿈치로 쿡 찔렀다.

"무슨 생각을 하고 있어요?"

그녀는 터널 안에서 길을 잃은 사람 같은 목소리를 냈다.

아이시를 체포한 형사들은 아이시를 현관에서 인도로 이어지는 짧은 계단 쪽으로 잡고 섰다.

스콧은 켄워스가 벤틀리를 들이받는 모습을 봤다. 벤틀리가 도로를 구르고, AK-47 소총에서 불꽃이 피어나는 걸 봤다. 마셜 아이시가 옥상에서 그 아래에 펼쳐지는 학살 현장을 응시하다 도망치는 걸 봤다. 스콧은 이런 일들이 지금 그의 면전에서 벌어지고 있는 양 그 광경을 봤다. 하지만 그는 이게 환영일 뿐이라는 걸 잘 알았다. 그는 스테파니가 죽는 걸 봤고, 그녀가 그에게 돌아오라고 애원하는 소리를 들었다.

아이시가 살짝 시선을 올리다가 스콧과 눈이 마주쳤다. 매기가 가슴에서 우러나는 으르렁 소리를 냈다.

스콧은 고개를 돌렸다. 카울리가 그를 여기로 끌고 온 게 싫어졌다.

"이건 멍청한 짓입니다."

"세상에, 당신 얼굴이 왜 그래요? 괜찮아요?"

"그날 밤을 생각하고 있었습니다. 그게 다입니다. 플래시백 같은 건데, 괜찮습니다."

"아이시를 본 게 도움이 됐나요?"

"도움이 된 것처럼 보입니까?"

스콧의 목소리는 날카로웠다. 그는 그런 소리를 낸 걸 곧바로 후회했다.

카울리는 양 손바닥을 보이고는 한 걸음 물러섰다.

“좋아요. 당신이 그를 보지 못했다는 게 그가 거기에 없었다는 뜻은 아니에요. 그는 우리가 찾는 놈일 수 있어요. 우리는 놈을 데리고 수사를 전개해나가야 해요.”

스콧은 생각했다. *당신이랑 ‘놈을 데리고’ 하는 당신 수사랑 다 엿이나 드세요.*

스콧은 그녀를 따라 플라스틱 탄내와 화학물질의 악취가 찌든 좁고 지저분한 집으로 들어갔다. 악취가 어찌나 심한지 눈물이 그렁그렁해질 정도였다. 카울리는 얼굴을 찌푸리면서 부채질을 해댔다.

“크리스털 메스(the crystal)예요. 페인트, 바닥, 모든 물건에 다 스몄네요.”

거실에는 헝클어진 시트가 쌓여 있는 두꺼운 요와 올이 다 드러난 소파, 높이가 거의 90센티미터에 달하는 정교하게 세공된 마약 흡입용 청색 유리 담뱃대가 있었다. 코카인 흡입에 쓰는 유리 파이프들이 요와 소파에 떨어져 있었고, 분말이 얼룩진 네모난 거울 하나가 바닥에 있었다. 매기는 목줄에서 벗어나려고 안간힘을 썼다. 매기가 공기를, 그다음에는 바닥을, 그러고는 다시 공기를 테스트할 때 콧구멍들이 그녀의 의지와는 별개로 실룩거렸다. 매기가 느끼는 불안감이 목줄을 타고 흘러 올라왔다. 그녀는 스콧의 반응을 확인하려는 듯 그를 힐끔 보고는 짖어댔다.

“진정해. 우리는 그것 때문에 여기 온 게 아냐.”

스콧은 그녀를 가까운 곳에 잡아두려고 목줄을 팽팽히 당겼다. 매기는 폭발물을 탐지해내는 훈련을 받았다. 폭발물 탐지견들은 마약성 약물의 냄새를 맡으면 경보를 발령하는 훈련은 받지 않는다. 스콧은 매기가 크리스털의 복합적인 화합물 냄새 때문에 혼란스러워 하고 있다는 결론을 내렸다. 그는 매기의 목줄을 더욱더 팽팽히 당기고는 그녀의 옆구리를 쓰다듬었다.

"진정해, 베이비, 진정해. 우리가 원하는 건 그게 아냐."

램파트의 남자 형사가 복도에 나타나 카울리를 보고 환하게 웃었다.

"이놈은 꼼짝 못 하게 됐어요, 보스. 와보세요."

카울리는 스콧을 램파트 강도과에서 일하는 빌 월러스에게 소개했다. 클라우디아 이스베키는 두 개의 자그마한 침실 중 첫 번째 침실에서 10달러어치에 해당하는 양의 코카인 덩어리가 든 봉지와 크리스털 메스가 가득 담긴 커다란 약병, 마리화나가 가득 담긴 유리 항아리, 아데랄(Adderall)과 바이반스(Vyvanse), 덱세드린(Dexedrine), 그 외의 다른 암페타민이 담긴 비닐봉지들을 촬영하고 있었다. 그런 후 월러스는 그들을 두 번째 침실로 안내했다. 거기서 그는 낡을 대로 낡은 검정 짐백을 가리키며 로또에 당첨된 사람처럼 활짝 웃었다.

"침대 밑에서 찾아낸 겁니다. 확인해보세요."

가방에는 쇠지레 하나, 스크루드라이버 두 개, 볼트 절단기 하나, 쇠톱 하나, 텐션렌치가 딸린 락픽(자물쇠 속의 핀을 들어 올려 잠금을 해제시키는 도구) 세트 하나, 흑연이 담긴 병 하나, 배터리로 작동되는 락픽 건(기계식 자물쇠를 열쇠 없이 여는 데 사용하는 권총형 도구) 하나가 있었다.

월러스는 활짝 웃으며 뒤로 물러섰다.

"우리는 이걸 형법 446조가 정의하는 DIY 절도 키트라고 부르죠. 유죄 판결로 향하는 편도 티켓이라고도 알려져 있고요."

카울리는 고개를 끄덕였다.

"촬영해둬요. 모든 걸 기록하고, 사진을 최대한 빨리 메일로 보내줘요. 이것들이 그의 변호사의 시간을 아껴줄 거예요."

카울리는 스콧을 힐끔 보고는 몸을 돌렸다.

"가요. 여기서 할 일은 끝났어요."

"이제 어떻게 되는 겁니까?"

"당신을 당신 차에 데려다줄게요. 그런 후에 보트로 돌아갈 거예요. 당신은 당신들 K-9 소대원들이 가야 할 곳으로 가야 맞을 거고요."

"아이시를 말씀드린 겁니다."

"우리는 그를 심문할 거예요. 넬슨 신에 대해 털어놓으라고 압박하기 위해 우리가 가진 혐의들을 이용할 거고요. 그가 신의 가게를 털지 않았더라도, 그는 그런 짓을 한 게 누구인지 알 거예요. 우리는 그런 식으로 사건을 수사해나갈 거예요."

그들이 거실에 당도했을 때 그녀의 전화기가 울렸다. 그녀는 발신자가 누구인지 힐끔 봤다.

"오르소 전화예요. 1분 안에 올게요."

그녀는 전화를 받으려고 다른 곳으로 자리를 옮겼다. 스콧은 그녀가 돌아올 때까지 기다려야 옳은 건지 궁금했다. 그러다가 이 악취 나는 소굴에서 매기를 데리고 나가기로 하고는 밖으로 나갔다.

작전을 지켜보려는 이웃 주민들이 도로 건너편과 주변 주택의 마당에 소규모 군중을 형성하고 있었다. 스콧이 그들을 지켜보고 있을 때, 경관 두 명이 이십 대 초반으로 보이는 말라깽이 청년을 데려오고 있었다. 부스스하고 곱슬곱슬한 검정 머리에 빼이 수척한 그의 눈에는 불안감이 잔뜩 감돌고 있었다. 그를 보면서 닮은 사람을 떠올린 스콧은 이 청년이 마셜 아이시의 남동생 대릴이라는 걸 깨달았다. 그는 수갑을 차고 있지는 않았다. 체포된 게 아니라는 뜻이었다.

그들이 지나가게 해주려고 스콧이 인도 바깥으로 걸음을 내디뎠을 때였다. 매기가 경보를 발령하더니 대릴에게로 덤벼들었다. 매기가 불시에 벌인 행동에 스콧은 깜짝 놀랐다. 매기는 스콧의 두 발이 땅에서 떨어질 정도로 힘껏 그를 잡아당겼다. 어찌나 세게 달려드는지 뒷발로 서기까지 했다.

대릴, 그리고 그들과 가까이 있는 순경 모두 옆으로 휘청거리며 몸을 피했다. 순경은 욕설을 내뱉었다.

"제기랄!"

스콧은 즉시 반응을 보였다.

"아웃, 매기. 아웃!"

매기는 후퇴했지만 짖는 걸 멈추지는 않았다.

소리를 친 순경은 화가 나서 얼굴이 붉게 달아올랐다.

"젠장, 이봐, 개 좀 잘 통제해. 그놈이 나를 물 뻔했잖아!"

"매기, 아웃! 아웃! 이리 와!"

매기는 스콧을 따라갔다. 그녀는 겁을 먹거나 분노한 것처럼 보이지는 않았다. 매기는 꼬리를 흔들었다. 그러고는 대릴 아이시를 보던 시선을 소시지가 숨어 있는 주머니로 힐끔 돌렸다가 다시 대릴 아이시에게로 옮겼다.

대릴이 말했다. "그 개가 나를 물면, 당신들 짭새들을 고소할 거예요."

카울리가 집에서 나와 계단을 내려왔다. 얼굴이 상기된 정복 순경은 대릴을 마셜의 동생이라고 소개했다.

"여기가 자기 집이라면서 무슨 일이 벌어지고 있는지 알고 싶답니다."

카울리는 고개를 끄덕였다. 그녀는 대릴을 무심한 눈으로 살펴보는 듯했다.

"당신 형은 절도와 장물 소지, 마약 소지, 유통 목적의 마약 소지 혐의로 체포됐어요."

대릴은 카울리가 말을 잇기를 기다렸으나 그녀가 더는 말하지 않자 열린 현관문을 통해 집 안을 들여다보려고 애쓰면서 양옆으로 몸을 기울였다.

"간지는 어디 있죠?"

"집에 있던 사람들은 전원 다 체포됐어요. 당신 형은 램파트 커뮤니티 경찰서에서 구금 절차를 밟고 있을 거예요. 그런 다음에는 경찰행정청사로 이송될 거고요."

"어어, 알았어요. 저 안에 제 물건들이 있어요. 안에 들어가도 되나요?"

"지금은 안 돼요. 경찰관들 작업이 끝나면 들어가는 게 허용될 거예요."

"가도 되나요?"

"그래요."

대릴 아이시는 뒤돌아보는 일 없이 구부정한 자세로 자리를 떠났다. 매기는 대릴에게서 스콧에게로 시선을 옮기고는 낑낑거리면서 그를 지켜봤다.

카울리가 말했다. "매기는 뭐가 문제예요?"

"저 애한테서 집에서 나는 것하고 비슷한 냄새를 맡았나 봅니다. 매기는 화학물질에서 나는 악취를 좋아하지 않았습니다."

"제정신 박힌 사람 치고 누가 그걸 좋아하겠어요?"

카울리는 대릴이 거리 아래로 사라지는 걸 지켜봤다. 그러고는 고개를 저었다.

"마셜 같은 작자가 당신을 데리고 사는 어른이라면 기분이 어떻겠어요? 저 아이는 형의 전철을 따라서 엉망진창인 인생으로 곧장 들어가고 있어요."

그녀는 스콧에게로 몸을 돌렸다. 그녀가 직업적으로 짓고 있던 표정이 부드러워졌다.

"이 일이 당신 입장에서 불쾌했다면, 미안해요. 우리가 당신이 이 자리에 있기를 원한 이유를 설명해야만 했어요. 당신 귀에는 버드가 한 얘기가 마치 우리가 당신에게 호의를 베풀고 있다는 식으로 들렸을 거예요."

스콧이 말하고 싶은 얘기들이 머릿속에 홍수처럼 밀려들었다. 하지만 그것들은 모두 사과나 변명처럼 들렸다. 그는 결국 어깨를 으쓱하고 말았다.

"편하게 생각하십시오."

그들이 맥아더 공원까지 차를 몰고 돌아오는 동안 스콧은 아무 말도 하지 않았다. SWAT팀 밴은 가고 없었고, 순찰차 두 대와 그의 트랜스 암만 남아 있었다.

카울리가 그의 차 뒤에 차를 세웠을 때 보안 카메라 동영상을 떠올린 그는 그녀에게 물었다.

"멜론 형사님이 타일러스와 클럽 레드에서 보안 카메라 동영상을 입수했습니다. 제가 그것들을 봐도 괜찮겠습니까?"

그녀는 놀란 기색이었다.

"나는 괜찮아요. 그런데 당신이 볼 내용은 지배인하고 웨이트리스들이 진술한 내용밖에 없어요. 그것 말고 다른 건 하나도 없어요."

스콧은 설명할 방법을 궁리하려 애썼다.

"펄레시안하고 벨루아의 생전 모습을 본 적이 없습니다. 스틸사진들을 봤지만, 살아서 움직이는 모습은 한 번도 본 적이 없습니다."

그녀는 천천히 끄덕거렸다.

"좋아요. 볼 수 있게 해줄게요."

"그것들은 파일 상자에는 없었습니다."

"물증은 증거 보관실에 있어요. 당신을 위해 찾아볼게요. 오늘은 어려울 거예요. 아이시 일 때문에 바쁠 거거든요."

"이해합니다. 언제든 좋습니다. 감사합니다."

차에서 내린 스콧은 매기를 위해 뒷문을 열었다. 그는 매기의 목줄을 채우고는 밖으로 뛰어내리게 한 다음, 카울리를 쳐다봤다.

"저는 미치지 않았습니다. 머리에 큰 구멍이 나 있는 게 아닙니다."

카울리는 당황하는 기색이었다.

"당신이 미치지 않았다는 거 알아요."

스콧은 고개를 끄덕였지만 기분이 나아지지는 않았다. 그가 몸을 돌릴 때 그녀가 불렀다.

"스콧?"

그는 기다렸다.

"나도 그것들을 봤으면 싶어요."

스콧은 다시 고개를 끄덕이고는 그녀가 차를 몰고 떠나는 모습을 지켜봤다. 그는 시간을 확인했다. 겨우 11시 10분이었다. 그의 개를 훈련시키면서 보낼 시간이 한나절 가까이 남아 있었다.

"너도 내가 미쳤다고는 생각하지 않지, 그렇지?"

매기는 그를 응시하며 꼬리를 흔들었다.

스콧은 매기의 귀를 긁어주고 등을 쓰다듬고는 소시지 두 조각을 줬다.

"너는 착한 아가씨야. 정말로 착한 아가씨. 너를 데리고 그 망할 집에 들어가지 말았어야 했는데."

그는 그 집에 있던 화학물질이 매기의 코를 상하게 만들지 않았기를 바라면서 훈련장으로 차를 몰았다. 도그 맨이라면 그러지 말아야 한다는 걸 알 것이다. 도그 맨이라면 자신의 개를 안전하게 지켜줄 것이다.

20

훈련장에 햇볕이 따갑게 내리쬐면서 풀과 사람들과 개들을 새까맣게 태웠다.

버드레스가 말했다. "훔쳐보기 없기."

땀과 자외선 방지 크림이 스콧의 눈으로 뚝뚝 떨어졌다.

"아무도 훔쳐보고 있지 않습니다."

스콧은 오렌지색 나일론 장막 뒤에 있는 매기 옆에 쪼그려 앉았다. 장막은 땅에 박힌 기둥 두 개 사이에 팽팽하게 당겨져 있었다. 장막의 용도는 K-9 경관 브렛 다우닝이 들판 저 끝에 흩어져 있는 오렌지색 텐트 네 개 중 하나에 몸을 숨기는 걸 매기가 볼 수 없게 막는 거였다. 텐트는 해변에서 쓰는 접이식 우산처럼 길고 좁았으며, 남자 한 명이 몸을 숨기기에 충분할 정도로 컸다. 다우닝이 일단 몸을 숨기면, 매기는 그를 찾으려고 코를 사용해야만 하고, 그를 찾으면 짖는 것으로 스콧에게 경보를 발령할 것이다.

스콧이 매기의 가슴을 쓰다듬으면서 그녀를 칭찬할 때 그의 뒤에서 난 날카로운 폭발음이 방심하고 있던 그들을 덮쳤다. 버드레스가 신호용 권총으로 그들을 놀랜 거였다.

스콧과 매기는 총소리에 몸을 움츠렸지만, 매기는 곧바로 자세를 회복하고는 입술을 핥고 꼬리를 흔들었다.

스콧은 소시지 한 덩어리를 상으로 주고는 그녀에게 정말 착한 아가씨라고 칭찬하면서 털을 흐트러뜨렸다.

버드레스는 총을 집어넣었다.

"누군가가 자네한테도 그 소시지를 먹여야겠군. 자네, 꽤 높이 뛰어올랐어."

"다음번에 쏠 때는 두 걸음쯤 뒤로 물러서서 쏴주시겠습니까? 귀가 멀 것 같습니다."

버드레스는 각각의 세션 동안 서너 번씩 그들을 놀랬다. 그가 총을 쏘면 스콧은 매기에게 상을 줬다. 그들은 매기가 예상하지 못했던 소리를 긍정적인 경험과 결부할 수 있게 그녀를 가르치려 애쓰고 있었다.

버드레스는 다우닝에게 하던 일을 계속하라고 손짓을 했다.

"그만 칭얼대고 매기를 준비시키도록 해. 그녀가 사냥하는 걸 보고 싶으니까."

그들은 이미 이 훈련을 여덟 번이나 한 뒤였다. 다양한 냄새를 풍기게 하려고 다섯 명의 경관이 '악당' 역할을 수행했다. 매기는 나무랄 데가 없었다. 스콧은 매기의 후각이 아이시의 집에서 나는 화학물질의 악취 때문에 손상되지 않았다는 걸 확인하고는 안도했다.

앞서 릴랜드는 한 시간 가까이 그들을 지켜봤다. 그는 악당 역할을 직접 수행하면서 매기에게서 깊은 인상을 받았다. 스콧은 그 이유를 즉각 알아차렸다. 릴랜드는 그 자신의 냄새를 텐트 네 개에 다 문지른 다음, 들판 끝에 있는 나무에 올라갔다. 매기는 릴랜드의 트릭에 20초쯤 혼란스러워했지만, 결국에는 텐트에서부터 그가 남긴 자취의 경로를 탐색하면서 그를 찾을 때까지 냄새 원뿔을 좁혀갔다.

릴랜드는 평소처럼 쏘아보는 일 없이 나무에서 내려와 빠른 걸음으로 돌아왔다.

"이 개는 내가 평생 봐온 중에 제일 뛰어난 에어 도그(air dog)인 것 같다. 나는 이 아이가 허리케인 속에서도 파리가 뀐 방귀 냄새를 추적할 수 있을 거라고 믿는다."

에어 도그는 공중에 떠다니는 냄새를 추적하는 솜씨가 탁월했다. 반면에 그라운드 도그(ground dog)는 블러드하운드나 비글처럼 지면에 가까이 있거나 지면에 묻어 있는 냄새 입자를 추적하는 솜씨가 뛰어났다.

스콧은 릴랜드의 열광적인 반응을 보고 기뻤다. 한편으로는 릴랜드가 전화를 받으러 실내로 들어갔을 때에야 안도하기도 했다. 스콧은 매기가 뛰는 내내 절뚝거리는 증세가 다시 나타날까, 그 광경을 릴랜드가 목격하지는 않을까 걱정했었다.

릴랜드가 가고 없는 지금, 스콧은 한층 더 안도감을 느끼면서 훈련을 즐겼다. 매기는 그가 그녀에게 기대하는 바를 잘 알았고, 스콧은 그녀의 훈련 수행에 자신감을 가졌다.

다우닝이 들판 저쪽의 80미터쯤 떨어진 곳에서 바람과 약간 반대 방향으로 놓인 세 번째 텐트 안으로 모습을 감추자 버드레스는 스콧에게 고개를 끄덕였다.

"풀어줘."

스콧은 다우닝의 낡은 티셔츠를 매기의 얼굴 앞에서 흔들고는 그녀를 풀어줬다.

"냄새 맡아, 아가씨. 냄새 맡아, 찾아, 찾아, 찾아!"

매기는 고개를 높이 들고 꼬리를 내리고 귀를 높이 올린 모습으로 장막 뒤에서 튀어나갔다. 매기는 공중에서 다우닝의 냄새를 맡으려고 속도를 늦추더니 텐트 쪽으로 부는 바람을 따라 천천히 커브를 그리며 달려갔다. 장막에서 30미터쯤 떨어진 곳까지 갔을 때, 스콧은 그녀가 다우닝이 풍기는 냄새 원뿔의 모서리를 포착하는 걸 봤다. 산들바람 속으로 방향을 튼 매기는 다우닝이 지면에 남긴 냄새를 맡고는 세 번째 텐트를 향해 맹렬하게 달려갔다. 그녀가 속도를 높이면서 힘껏 달려가는 모습을 보는 건 경주용 차량이 폭발적으로 튀어나가는 모습을 보는 것과 비슷했다.

스콧은 미소를 지었다.

"잡았어."

버드레스가 말했다. "매기는 타고난 사냥꾼이로군. 좋았어."

매기는 2초 내에 텐트까지 거리를 좁히고는 멈춰 선 후 짖어댔다. 다우닝이 천천히 텐트에서 나와 전신을 다 드러냈다. 매기는 훈련받은 위치에 멈춰 서서 짖어대면서도 스콧과 버드레스가 가르친 대로 다우닝에게 접근하지는 않았다.

버드레스는 낮은 소리로 매기를 인정했다.

"그녀를 불러들여."

"아웃, 매기. 아웃."

텐트에서 떨어진 매기는 자신이 이룬 성취를 즐거워하면서 성큼성큼 돌아왔다. 그녀가 느끼는 기쁨은 탄력 넘치는 걸음걸이와 입을 벌리고 웃는 행복한 웃음으로 드러났다. 스콧은 또 다른 소시지 덩어리를 상으로 주고, 고음의 끽끽거리는 목소리로 그녀를 칭찬했다.

버드레스는 다우닝에게 잠깐 휴식을 취하라고 소리를 지르고는 스콧에게 몸을 돌렸다.

"있잖아, 매기는 이 대단한 코로 급조폭발물들을 찾아내서 많은 병사를 구했어. 그건 정말로 대단한 업적이야. 우리는 무슨 짓을 해도 이 아이를 속일 수가 없어."

스콧은 매기의 등을 반복해서 쓰다듬어주고는 버드레스에게 질문을 하려고 일어섰다. 버드레스는 공군에서 폭발물 탐지견들과 작업했었기 때문에 릴랜드에 버금갈 정도로 개에 대해 아는 게 많았다.

"우리가 갔던 집은 크리스털 냄새가 지독했습니다. 그 역겨운 화학물질 악취 말입니다."

그 악취를 잘 아는 버드레스는 신음 소리를 냈다. 릴랜드의 특징이 노려보는 거라면, 버드레스는 신음하는 거였다.

"집에 들어가자마자 매기는 낑낑거리면서 수색하려 들었습니다. 매기가 에테르를 폭발물과 혼동했다고 생각하십니까?"

버드레스는 침을 뱉었다.

"개들은 냄새를 혼동하지 않아. 매기가 어떤 냄새를 원했다면, 그건 아는 냄새였을 거야."

"거기를 떠날 때, 매기는 거기 사는 놈을 향해 똑같은 방식으로 경보를 발령했습니다."

버드레스는 잠시 생각에 잠겼다.

"마약을 만드는 놈이었어, 아니면 하는 놈이었어?"

"그게 중요합니까?"

"우리는 우리 개들에게 RDX, 셈텍스, 기타 등등의 폭발 물질에 경보를 발령하라고 가르치지만, 집에서 만드는 폭발물에 사용되는 주요 요소들의 냄새도 가르쳤어. IED의 'I'는 '급조(improvised)'의 약자라는 걸 명심하도록 해."

"놈들은 사용자였습니다. 요리하는 놈들은 아니었어요."

버드레스가 잠깐 더 생각에 잠기면서 입술을 실룩거렸다. 그런 후 어깨를 으쓱하고는 고개를 저었다.

"그래도 중요하지는 않을 거야. 자네가 말한 메스 실험실에서 쓰는 전형적인 요소 두어 가지가 폭발물을 급조할 때 사용되기는 하지만, 그것들은 너무 흔한 요소들이기도 해. 우리는 우리 개들에게 흔한 물질에 대해 경보를 발령하라고는 절대로 가르치지 않았어. 그랬다면, 우리는 주유소나 철물점을 지날 때마다 개들의 경보를 받았어야 했을 거야."

"그렇다면 매기가 에테르나 시동액(starting fluid) 때문에 혼란스러워할 일은 없을 거라는 겁니까?"

버드레스는 매기를 보며 미소를 짓고는 손을 내밀었다. 그녀는 킁킁거리면서 스콧의 발 옆에 몸을 깔았다.

"이런 코로는 그럴 일이 없어. 내가 자네한테 오렌지색 텐트를 가리켜 보라고 요청한다고 치자고. 그럴 경우에 자네는 녹색 산울타리나 파란 하늘이나 나무껍질 때문에 혼란스러워할까?"

"그럴 일은 물론 없겠죠."

"매기의 후각은 우리 시각과 비슷해. 그녀는 여기 누운 채로 수천 가지 냄새를 파악하고 있어. 우리가 녹색과 청색 등 1,000가지 색조를 보는 것과 비슷하게 말이야. 내 말은, 내가 자네한테 오렌지색을 보여주면 자네는 오렌지색이 어떤 색인지를 알아채고는 다른 많은 색깔은 무시할 거야. 매기가 다이너마이트를 감지하면 경보를 발령하라는 훈련을 받았을 경우, 자네가 다이너마이트를 비닐로 포장한 다음에 말똥 속 60센티미터 아래에 파묻고 거기에 위스키를 듬뿍 적시더라도 매기는 여전히 다이너마이트 냄새를 맡을 거야. 놀랍지 않아?"

스콧은 버드레스를 잠시 바라보다가, 이 남자가 개들을 얼마나 사랑하는지를 깨달았다. 버드레스는 도그 맨이었다.

스콧이 물었다. "매기가 왜 경보를 발령했다고 생각하십니까?"

"모르지. 어쩌면 자네가 형사 친구들에게 그 집에 IED가 숨겨져 있는지 수색해보라고 말하는 게 옳을 것 같아."

버드레스는 자기가 한 얘기에 혼자 즐거워하면서 폭소를 터뜨렸다. 그러고는 다우닝에게 새 텐트를 찾으라고 소리를 질렀다.

"매기는 정말로 잘해내고 있어. 그녀한테 물 좀 줘. 한 번 더 해보자고."

릴랜드가 사무실에서 전력질주로 뛰어나온 건 스콧이 매기에게 열 번째 수색 훈련을 지시할 때였다.

"제임스 순경?"

스콧은 몸을 돌렸다. 버드레스가 웅얼거리는 소리가 들렸다.

"이번엔 또 뭐야?"

릴랜드는 분노에 찬 긴 보폭으로 성큼성큼 거리를 좁혀 다가왔다.

"내가 잘못 들었다고 말하도록 하라. 귀관이 오늘 아침에 감히 내 허가도 받지 않고 경찰 작전에 참여한 적이 없다고 말하란 말이다."

"강력반 형사들이 범인을 체포하는 걸 지켜보기는 했지만, 그 과정에 참여하지는 않았습니다."

릴랜드는 코가 스콧의 얼굴에 닿기 직전까지 쿵쿵거리며 바짝 다가왔다.

"나는 귀관과 귀관의 개가 체포 작전에 참여했다는 사실을 안다. 그 사소한 사실 때문에 내 볼기는 방금 혼쭐이 났었다."

매기가 으르렁거렸다. 처음으로 내는 경고였지만, 릴랜드는 미동도 하지 않았다.

"귀관의 개에게 아웃 명령을 내리도록."

"아웃, 매기. 다운."

매기는 복종하지 않았다. 그녀의 눈은 릴랜드에게 고정돼 있었다. 그녀의 주둥이 부분에 주름이 잡히면서 송곳니가 드러났다.

"다운."

매기는 더 크게 으르렁거렸다. 스콧은 바로 그 순간, 릴랜드를 상대하는 자신의 입지가 취약해지고 있다는 걸 깨달았다.

그의 뒤에서 버드레스가 부드러운 목소리로 말했다.

"자네는 알파야. 알파답게 굴어."

스콧은 목소리를 명령조로 바꿨다.

"다운. 매기, 다운."

매기는 천천히 배를 깔았지만 스콧의 옆을 떠나지는 않았다. 그녀는 여전히 스콧에게 초점을 맞추고 있는 릴랜드에게만 집중하고 있었다.

스콧은 입술을 적셨다.

"저희는 체포 작전에 참여하지 않았습니다. 저희는 K-9으로 거기 있었던 게 아닙니다. 저는 보트에 도착하기 전에는 체포 작전이 있을 거라는 사실을 몰랐습니다. 그들이 파일을 돌려받고 싶어 하는 거라고만 생각했습니다. 매기를 데려간 이유가 그겁니다. 저는 파일을 돌려주고 나면 곧바로 여기로 올 수 있을 거라고 짐작했습니다. 그게 전부입니다, 경사님."

스콧은 누가 불만을 제기했고 왜 그랬는지 궁금했다. 그는 매기가 돌진했을 때 바지에 똥을 지릴 뻔한 경관을 불현듯 떠올렸다. 그는 얼굴이 벌겋게 달아올라서는 스콧에게 주먹을 한 방 날릴 기세였었다.

스콧은 릴랜드가 그의 얘기를 믿어야 할지 말지를 결정하려 애쓰고 있다는 걸 감지했다.

"우리는 여기에 한 시간이나 있었는데, 귀관은 그 얘기를 하지 않았다. 그래서 나는 귀관이 내가 그걸 아는 걸 원치 않았다는 데 생각이 미치게 됐다."

스콧은 머뭇거렸다.

"강력반 사람들은 제가 그들이 체포한 자를 보면 제 기억이 촉발될 거라고 생각했습니다. 그런데 그런 일은 없었습니다. 저는 기억해내지 못했습니다. 저는 제 파트너가 쓰러지도록 놔두고 있는 것 같은 기분을 느끼고 있습니다."

릴랜드는 몇 초간 침묵했다. 그렇지만 쏘아보는 그의 눈빛은 냉혹한 상태를 유지했다.

"귀관이 귀관의 개를 통제하지 못했고, 귀관의 개가 민간인을 공격했다는 보고가 올라왔다."

스콧은 자신도 모르게 얼굴이 상기되는 걸 느꼈다. *사방팔방으로 날뛰는 멍청이처럼 빨갛게.*

"저는 매기와 그 상황을 통제했고, 다친 사람은 아무도 없었습니다. 지금하고 비슷합니다. 경사님께서 처한 상황 말입니다."

버드레스가 다시 부드럽게 말을 했는데, 이번에 그가 말한 상대는 릴랜드였다.

"제가 보기에, 스콧은 매기를 잘 다루고 있는 것 같습니다. 매기가 경사님 목을 찢어발길 준비가 다 돼 있기는 하지만 말입니다."

릴랜드의 쏘아보는 눈빛이 버드레스를 향해 휙 움직였다. 스콧은 버드레스가 그를 구해줬다는 걸 잘 알았다.

릴랜드의 쏘아보는 눈빛이 생각에 잠긴 눈빛으로 변하고 있었다.

"귀관은 내 K-9 소대에 남아 있고 싶은가, 제임스 순경?"

"제가 그러고 싶어 한다는 걸 잘 아시잖습니까."

"귀관은 여전히 이 개가 임무 수행에 적합한 개라는 승인을 해줘야 한다고 나를 설득하고 싶은가?"

"저는 경사님이 인정하실 수 있게 노력할 겁니다."

"지금 상황이 어떠냐 하면, 윗분께서는 귀관 문제로 나를 몰아붙이고 계시고, 나는 귀관 때문에 짜증이 난다. 윗분께는 내 순경은 그의 개를 데리고 놀라운 향상을 보이는 것으로 나를 깜짝 놀라게 만든 걸출한 젊은 순경이라고 말씀드렸다. 그가 그의 개를 통제할 수 없다는 것을 단 1초도 믿을 수가 없으며, 그렇지 않다고 말하는 작자는 누구건 여기에 와서 내 면전에서 그런 말을 하는 게 나을 거라고도 말씀드렸다."

스콧은 무슨 말을 해야 할지 몰랐다. 지금 릴랜드가 한 말은 칭찬에 가까웠다.

릴랜드는 스콧이 말귀를 알아듣게 놔두고는 말을 이었다.

"이런 일이 또다시 벌어지면 그때는 내가 귀관을 혼쭐내주겠다. 이 원칙, 확실하게 이해했나?"

"그렇습니다, 경사님. 확실히 이해했습니다."

"정확히 말해서, 이 개는 내가 승인할 때까지는 우리 K-9 소대의 일원이 아니다. 그런데 나는 아직까지는 이 개를 승인하지 않았다. 이 개가 어떤 바보를 물었을 경우, 그리고 그 피해자를 내세워서 돈을 뜯어내려는 변호사가 우리 소대의 일원인 귀관이 승인받지 못한 동물에게 시민들을 노출했다는 사실을 알아내기라도 하면, 놈들은 우리의 볼기에서 시퍼런 반점이 사라질 때까지, 그러니까 죽을 때까지, 우리를 고소할 것이다. 나는 시퍼런 반점이 있는 내 볼기가 좋다. 귀관은 싫어하나?"

"아닙니다. 좋아합니다, 경사님. 저는 경사님의 시퍼런 볼기를 좋아합니다."

"다음에 거기 갈 때는 이 개를 우리에 가두도록 해라. 아니면 나한테 맡기고 가든지. 잘 알겠나?"

"잘 알겠습니다, 경사님."

땀 한 방울이 릴랜드의 얼굴에서 흘러내렸다. 그는 손가락이 없는 손을 써서 땀을 천천히 닦고는 손을 계속 거기에 남겨뒀다. 스캇은 릴랜드가 의도적으로 이런다는 걸 감지했다.

"귀관은 도그 맨인가, 제임스 순경?"

"경사님의 시퍼런 볼기를 내기에 거셔도 좋습니다."

"위태로운 건 내 시퍼런 볼기가 아니다."

릴랜드는 조금 더 오래 스캇의 눈을 바라보다가 한 걸음 물러서서 매기를 내려다봤다. 매기가 으르렁거렸다. 셰퍼드 특유의 커다란 가슴에서 나는 낮고 그윽한 소리였다.

릴랜드는 미소를 지었다.

"좋은 개야. 너는 지독히도 좋은 개야."

그는 다시 스캇에게로 시선을 올렸다.

"개들은 우리를 기쁘게 해주거나 우리를 구해주려고 자신들의 할 일을 한다. 그들은 다른 건 갖고 있지 않다. 우리는 그들에게 많은 걸 빚졌다."

그는 몸을 돌려 성큼성큼 걸어갔다.

스콧은 릴랜드가 건물 안으로 사라질 때까지 숨도 쉬지 못했다. 그러다가 버드레스에게로 몸을 돌렸다.

"고맙습니다. 저를 구해주셨습니다."

"매기가 자네를 구한 거야. 릴랜드는 매기를 좋아해. 그가 매기를 퇴짜 놓지 않을 거라는 뜻은 아냐. 하지만 릴랜드는 매기를 좋아해. 자네는 오늘 아침에 매기를 여기에 두고 갔어야 했어."

"경사님이 매기가 절뚝거리는 걸 볼까 봐 겁이 났습니다."

버드레스는 잠시 매기를 살폈다.

"매기는 절지 않았어. 단 한 번도. 혹시 집에서 절었던 적이 있나?"

"한 번도 없었습니다."

버드레스는 시선을 힐끔 올렸고, 스콧은 그가 거짓말하고 있다는 걸 버드레스가 안다는 걸 눈치챘다.

"그렇다면 그 문제로 너무 고민하지는 말자고. 장비 정리해. 오늘 훈련은 끝났어."

버드레스는 다우닝에게 이리 오라고 소리를 질렀고, 두 선임 경찰은 스콧에게 청소를 맡기고 떠났다. 스콧은 매기의 목줄을 풀어줬다. 매기가 옆에 머무는 것을 본 스콧은 기뻤다. 그는 장막을 해체해서 둘둘 말았고, 매기가 옆을 따라다니는 동안 텐트 네 개를 한데 모았다.

스콧이 마지막 텐트를 말아서 그것들을 사육장으로 운반할 때였다. 아래를 힐끔 내려다본 그는 매기가 절뚝거리는 걸 봤다. 예전과 똑같았다. 그녀의 오른쪽 뒷다리가 눈을 한 번 깜박일 정도의 시간 동안 왼쪽 다리보다 뒤에 있었다.

스콧은 걸음을 멈춰 매기가 멈추게 했다. 그러고는 사육장을 쳐다봤다. 릴랜드의 창문은 비어 있었다. 문은 닫혀 있었다. 지켜보는 사람은 아무도 없었다.

스콧은 텐트를 내려놓고 매기의 목줄을 채운 다음에 텐트를 들었다. 그는 매기와 건물 사이에 자신의 몸이 놓이도록 매기를 그의 뒤에서 걷게 했다.

텐트를 집어넣을 때도 실내에는 아무도 없었다. 버드레스와 다우닝, 다른 사람들은 사무실에 있거나 퇴근했을 것이다. 스콧은 매기를 차로 이끌기 전에 주차장이 비어 있는지 확인했다. 그녀의 절뚝거리는 모습은 시간이 갈수록 확연해졌다.

스콧은 시동을 걸고 차를 후진했다.

매기가 콘솔박스 위에 발을 디뎠다. 혀를 내밀고 귀를 접은 그녀는 세상에서 제일 행복한 개처럼 보였다.

스콧은 매기의 털에 손가락을 껐다. 그녀는 흡족한 기색으로 그를 쳐다보면서 헐떡였다.

스콧이 말했다. "너는 네 시퍼런 볼기를 걸어도 좋아."

그는 주차장을 빠져나와 집으로 향했다.

21

북쪽으로 향하는 5번 고속도로를 달리던 대형 트럭이 전복되면서 프리웨이는 주차장으로 돌변했다. 노스 할리우드에 도착했을 때 출구를 찾아내 프리웨이를 빠져나가는 데 성공한 스콧은 밸리 빌리지에 있는 어느 콘도 단지에서 골조 공사를 하는 걸 발견했다. 이제 공사장에서 매기의 밥을 먹이는 건 그들의 일과가 됐다. 차를 떠나면서 스콧은 그녀를 세심하게 관찰했다. 지금 매기는 다리를 아주 미세하게 끌었다. 그래서 스콧은 그녀가 절뚝거리는 것인지, 아니면 이게 타고난 걸음걸이인지 확실히 분간할 수가 없었다. 그래도 그는 상태가 호전된 것에 안도했다.

스콧은 매기를 위해 로스트 치킨과 핫도그를 샀고, 자신을 위해서는 포크 카니타스(pork carnitas) 부리토를 샀다. 그는 네일 건이 내는 딱딱 소리와 호기심 많은 공사장 일꾼들이 지나다니는 틈바구니에 매기와 함께 앉았다. 매기는 첫 총소리에 움찔했지만, 스콧은 그녀의 놀람 반응이 처음보다는 정도가 덜하다는 결론을 내렸다. 일단 핫도그 한 조각을 받아먹은 매기는 스콧에게 초점을 맞추고는 예상하지 못한 소리는 무시했다.

그들은 공사장 일꾼들과 한 시간 가까이 어울렸다. 스콧은 숨겨뒀던 소시지 중 남은 것들은 상으로 주려고 챙겨뒀다. 그는 차로 돌아갈 때 매기에게 그걸 줬다. 그즈음 매기는 절뚝거리지 않았다.

20분 후에 스콧이 메리트루 얼의 집 앞마당에 차를 세울 때, 태양은 나무 뒤에 걸려 있었고 하늘은 자줏빛이었다. 얼 부인의 집에 있는 블라인드는 언제나처럼 내려져 있어서 바깥세상으로부터 그녀를 안전하게 보호했다.

스콧은 매기가 용변을 볼 수 있도록 그녀를 데리고 짧은 산책을 했다. 그런 후에 출입문으로 들어와 얼 부인의 집 측면을 따라 게스트하우스로 향했다. 햇빛은 어둑어둑한 어둠에 밀리고 있었고, 얼 부인의 텔레비전은 평소처럼 사운드트랙 역할을 했다. 스콧은 이와 똑같은 산책을 수백 번 했었다. 이번 산책도 다른 점은 없었다. 매기가 갑자기 걸음을 멈추기 전까지는. 그녀의 표정에는 실수로 걸음을 멈춘 거라는 기색이 전혀 없었다. 매기는 머리를 낮추고 귀를 쫑긋 세운 채 어둠을 응시했다. 매기가 공기를 맛보는 동안 콧구멍들이 씰룩거렸다.

스콧은 시선을 매기에게서 게스트하우스로, 주위의 관목과 과실수로 돌렸다.

"정말이니?"

게스트하우스 옆문 위에 달린 전등은 몇 달째 고장 난 상태였다. 프렌치 도어를 덮은 휘장은 그가 집을 나설 때 부분적으로 열려 있었고, 주방 불은 켜져 있었다. 그는 휘장이 열린 틈을 통해 매기의 우리와 식탁, 주방 일부를 봤다. 게스트하우스는 아무 문제가 없어 보였고, 달리 보이는 건 하나도 없었다. 스콧은 이 동네에 살면서 불안하다는 느낌을 받은 적이 전혀 없었다. 그렇지만 스콧은 그의 개를 신뢰했다. 매기가 그녀의 마음에 들지 않는 무슨 냄새를 맡은 게 분명했다. 스콧은 덤불에 고양이나 너구리가 있는 건 아닌지 궁금했다.

"무슨 냄새를 맡은 거니?"

그는 자신이 매기에게 그렇게 속삭였다는 사실을 한참 후에야 깨달았다.

스콧은 그녀의 목줄을 풀어줄까 고심하다가 그러지 않기로 했다. 그는 몸무게가 39킬로그램이나 나가는 공격적인 개가 수풀 사이에 있는 고양이나 어린아이를 기습하는 걸 원치 않았다. 대신에 그는 그녀에게 1.8미터짜리 목줄을 채웠다.

"오케이, 베이비. 네가 무슨 냄새를 맡았는지 확인해보자."

매기는 스콧을 앞으로 당기면서 지면에 있는 냄새들을 진공청소기처럼 빨아들였다. 그를 곧장 옆문으로 이끌어서 프렌치 도어로 인도했다. 옆문으로 돌아온 매기는 자물쇠에 코를 대고 힘껏 킁킁거린 후 게스트하우스를 한 바퀴 더 돌아 프렌치 도어로 가서는 유리를 발로 긁었다.

스콧은 프렌치 도어를 열었지만 안으로 들어가지는 않았다. 안쪽을 향해 잠시 귀를 기울였지만 아무 소리도 들리지 않았다. 그러자 그는 매기의 목줄을 끄르고는 크고 또렷한 목소리로 말했다.

"경찰이다. 이 저먼 셰퍼드를 풀어놓으려고 한다. 큰 소리로 대답하라. 그렇지 않으면 이 개가 너의 목을 찢어버릴 것이다."

대답하는 사람은 아무도 없었다.

스콧은 그녀를 풀어줬다.

매기는 안으로 돌진하지 않았다. 그래서 스콧은 누군가가 집 안에 있었더라도 지금은 가버린 후라는 걸 알았다.

매기는 거실을 빠르게 맴돌면서 주방을 돌아본 다음, 빠른 걸음으로 침실에 들어갔다가 나왔다. 그러고는 거실을 종횡으로 움직이면서 우리와 식탁과 소파를 확인한 후, 다시 침실로 사라졌다. 매기가 돌아왔을 때, 그녀의 불안감은 자취를 감춘 상태였다. 그녀는 꼬리를 흔들더니 주방으로 갔다. 스콧은 매기가 물을 마시는 소리를 들었다. 그는 집 안에 발을 디디고 문을 당겨 닫았다.

"이제는 내 차례로군."

스콧은 게스트하우스 곳곳을 돌아다녔다. 창문과 문을 먼저 확인하고는 그것들에 침입자가 남긴 흔적이 보이지 않는다는 걸 확인했다. 부서지거나 쇠지레로 억지로 문을 딴 흔적은 없었다. 컴퓨터와 프린터, 테이블에 놓인 서류들은 말짱했고, TV와 무선전화기도 마찬가지였다. 무선전화기의 빨간 메시지 신호등이 깜빡거리고 있었다. 소파 옆 마룻바닥에 있는 서류들, 벽에 꽂힌 지도와 도면에 누군가 손을 댄 흔적도 없는 것 같았다. 수표책, 아버지가 물려주신 낡은 시계, 침대 옆에 있는 시계 겸용 라디오 아래에 보관해둔 현금 300달러가 든 봉투도 그대로 있었다. 총기 정비용 키트와 총알 두 박스, 총신이 짧은 오래된 32구경도 벽장 안에 넣어둔 LAPD 짐백에 그대로 들어 있었다. 신경안정제와 진통제도 평소 놓아두던 욕실 세면대 그 자리에 그대로 있었다.

스콧은 거실로 돌아왔다. 매기는 그녀의 우리 옆 마룻바닥에 있었다. 그를 본 그녀는 옆으로 구르더니 뒷다리를 들어 올렸다. 스콧은 미소를 지었다.

"우리 착한 아가씨."

모든 게 정상으로 보였다. 하지만 스콧은 매기의 코를 신뢰했다. 매기는 분명 무슨 냄새를 맡았었다. 얼 부인한테는 열쇠가 있었다. 아마도 그녀가 수리공이나 개미를 박멸하려고 약을 뿌리는 해충 방제 서비스가 집 안에 들어갈 수 있도록 게스트하우스의 문을 열었을 것이다. 그녀는 그런 일이 있으면 항상 사전에 스콧에게 알렸지만, 이번에는 깜빡한 것일지도 모른다.

"금방 돌아올게."

얼 부인은 운동복과 반바지, 솜털이 덮인 핑크색 슬리퍼 차림으로 문에 나타났다. 그녀의 뒤에서 요란한 텔레비전 소리가 들렸다.

"안녕하세요, 얼 부인. 혹시 오늘 게스트하우스에 누구를 들여놓으신 적이 있나요?"

그녀는 엉망이 된 게스트하우스를 보게 될 거라고 예상하는 듯 스콧 너머를 힐끔 봤다.

"아무도 들이지 않았는데. 그런 일이 있을 때면 내가 늘 얘기한다는 걸 자네도 알잖아."

"압니다. 그런데 매기가 무슨 냄새를 맡고는 불안해해서요. 혹시 부인께서 배관공이나 해충 방제 작업자를 집에 들여놓은 건 아닐까 생각했습니다."

그녀는 다시 그의 너머를 쳐다봤다.

"변기가 다시 말썽인 거요?"

"아닙니다, 부인. 변기 얘기는 그냥 예로 든 겁니다."

"글쎄, 나는 아무도 들이지 않았는데. 강도를 당한 게 아니었으면 좋겠네."

"매기가 불안해하는 행동을 보이기에 이렇게 여쭙는 겁니다. 창문하고 문은 모두 괜찮아 보이거든요. 그래서 혹시 부인께서 문을 열었던 게 아닐까 생각한 겁니다. 매기가 뭔가 새로운 냄새를 맡았는데, 그 아이는 새로운 냄새를 싫어하거든요."

얼 부인은 그의 너머를 보며 얼굴을 찡그렸다.

"쥐 냄새를 맡은 게 아니었으면 좋겠네. 저기에 쥐가 있을지도 몰라요. 밤에 이 나무들에서 쥐들이 내 과일을 갉아먹는 소리가 들리거든. 그 지저분한 것들은 벽을 씹어서 구멍을 낼 수도 있다오."

스콧은 게스트하우스를 힐끔 봤다.

얼 부인이 말했다. "쥐 소리를 듣거나 쥐똥을 보면 알려줘요. 해충 방제 서비스를 부를 테니까."

스콧은 그녀의 말이 맞는지 궁금했지만, 확신이 서지는 않았다.

"그러겠습니다. 감사합니다, 얼 부인."

"매기가 잔디밭에 쉬하지 못하게 해요. 이런 암캐들은 가솔린보다 더 빠르게 잔디를 죽인다오."

"그러겠습니다, 부인. 잘 알겠습니다."

스콧은 게스트하우스로 돌아갔다. 그는 프렌치 도어를 잠그고 커튼을 쳤다. 우리 앞에 모로 누운 매기는 절반쯤은 꿈나라에 가 있었다.

"부인은 우리 집에 쥐가 있다고 생각하셔."

매기의 꼬리가 바닥을 쳤다. 쿵.

스콧은 전화기로 갔다가 조이스 카울리가 남긴 메시지를 발견했다.

"스콧, 조이스 카울리예요. DVD를 입수했어요. 서두를 건 없어요. 그것들을 보고 싶으면 언제든 들러도 돼요. 우리 중 한 명이 여기에 있는지 먼저 확인 전화만 하면요."

스콧은 전화기를 내려놨다.

"고마워요, 카울리."

냉장고에서 맥주병을 꺼낸 스콧은 약간 홀짝이고는 경찰복을 벗었다. 샤워를 하고 티셔츠와 반바지를 입었다. 한 병을 다 마신 그는 두 번째 병을 꺼내 벽에 있는 사진 앞으로 가져갔다.

그는 스테파니의 사진을 건드렸다.

"사진이 아직도 있군."

스콧은 맥주를 소파로 가져갔다. 매기가 몸을 일으키더니 100살은 된 개처럼 다리를 절며 몸을 모로 눕혔다. 그녀가 한숨을 쉴 때 몸이 같이 떨렸다.

스콧은 그녀 옆으로 다가가 마룻바닥에 편히 앉았다. 그는 다리를 곧게 뻗고 앉았다. 다리를 꼬면 아팠기 때문이다. 스콧은 매기의 옆구리에 손을 얹었다. 매기의 꼬리가 바닥을 쳤다. 쿵, 쿵, 쿵.

스콧이 말했다. "친구, 우리는 환상의 커플이야, 그렇지 않니?"

쿵, 쿵.

"의사 선생님이 너를 도와줄 수 있을 거야. 의사들은 나한테 코르티손을 놔줬어. 조금 아프긴 해도 효험이 있어."

쿵, 쿵, 쿵.

파일 폴더, 도면, 신문에서 오려내 모아온 총격 관련 기사 뭉치가 소파에서 벽까지 보기 좋은 작은 더미로 놓여 있었다. 맥주를 조금 더 홀짝인 스콧은 사람들 눈에는 자신이 외계인이 CIA를 위해 일한다는 걸 증명하려고 기를 쓰는 미치광이처럼 보일 거라고 생각했다. 그는 잃어버린 기억에 대해 열변을 토하고 있었다. 그는 기억을 되살렸고, 기억을 상상했다. 심지어 불현듯 떠올린 백발에 대한 기억처럼 존재하지조차 않을지도 모르는 기억들을. 오직 그만이 제공할 수 있는 기적과 같은 기억이 사건을 해결하고 스테파니 앤더스를 부활시킬 수 있다는 듯이 말이다. 게다가 지금 그에게는 그의 얘기를 믿어주는 강력반에서 제일 솜씨 좋은 형사들이 있었다. 자신들이 가진 퍼즐의 사라진 조각을 그가 제공할 수 있을 거라고 생각하는 듯한 형사들이.

스콧은 손가락으로 매기의 털을 쓰다듬었다.

쿵, 쿵.

"어쩌면 행동을 개시할 시간이 된 것 같아. 네 생각은 어떠니?"

쿵.

"내 생각도 그래."

그는 모서리가 깔끔하게 정돈된 서류 더미를 응시했다. 그것들이 깔끔하다는 사실이 그를 괴롭혔다. 스콧은 깔끔한 사람이 아니었다. 그의 차와 게스트하우스와 인생은 엉망진창이었다. 게스트하우스에 쥐('내사과 요원'이나 '비열한 자'를 가리키는 경멸적인 표현)들이 왔다 갔을 경우, 그의 서류를 누군가가 손도 대지 않은 것처럼 보이게 만들려면 상당한 노력을 기울여야 했을 것이다. 쥐들은 지나치게 공을 많이 들인 것 같았다. 누군가가 마셜 아이시의 절도용 키트에 있는 장비를 손에 넣었다면, 창문을 깨지 않고 집에 들어오는 데 얼 부인이 필요할 일은 없었을 것이다.

스콧은 침실에서 플래시를 가져와 밖으로 나갔다. 그가 자물쇠에 불빛을 비추자 그를 따라온 매기가 프렌치 도어에 코를 대고 킁킁거렸다.

"너, 앞을 막고 있잖아. 옆으로 비켜."

자물쇠는 비바람을 맞아서 낡은 데다 긁힌 자국이 많았다. 하지만 스콧은 열쇠 구멍이나 보호용 덮개에서 누군가가 열쇠를 따려고 시도했었다는 걸 보여주는 새로 긁힌 자국은 찾아내지 못했다.

그는 다음에는 옆문을 살폈다. 프렌치 도어의 자물쇠는 하나뿐이었지만, 옆문에는 손잡이가 달린 자물쇠와 데드볼트(열쇠나 손잡이를 돌려야만 움직이는 걸쇠)가 설치돼 있었다. 스콧은 불빛을 비추면서 자물쇠 가까이에 무릎을 꿇었다. 어느 쪽에도 새로 긁힌 자국은 보이지 않았다. 그렇지만 그는 데드볼트의 보호용 덮개에 묻은 검정 얼룩을 발견했다. 흙이나 윤활유일지도 몰랐다. 하지만 얼룩을 비춘 불빛을 이리저리 옮기며 보니 금속이 반짝거릴 때 나는 빛이 났다.

스콧은 그걸 새끼손가락으로 건드려서 피부에 묻혔다. 그 물질은 은빛 분말처럼 보였다. 스콧은 혹시 흑연이 아닐까 생각했다. 건식 윤활제는 자물쇠를 더 쉽게 여는 데 사용된다. 마셜 아이시의 절도용 키트에는 흑연이 한 병 있었다. 흑연을 약간 뿌리고 락픽 건을 집어넣으면 몇 초 이내에 자물쇠가 열린다. 열쇠는 전혀 필요치 않다.

스콧은 갑자기 너털웃음을 터뜨리고는 플래시를 껐다. 도둑맞은 건 하나도 없었고, 그의 거처는 파손되지 않았다. 간간이 보이는 얼룩은 그냥 얼룩일 뿐이다.

"절도용 키트를 보더니 절도범을 상상하고 있구나."

안으로 들어간 스콧은 자물쇠를 채우고 커튼을 쳤다. 그는 스테파니의 사진 앞으로 갔다.

"나는 자기를 포기하고 다른 문제로 넘어가지 않을 거야. 수사를 중단하지도 않을 거고. 나는 자기를 놔두고 떠나지 않았어. 그리고 지금도 떠나지 않고 있어."

그는 그녀의 사진 아래 마룻바닥에 앉아 파일과 문서를 살펴봤다. 매기가 그의 옆에 누웠다.

멜론과 스텐글러의 수사에는 아무런 진전이 없었지만, 그렇다고 그들이 노고를 쏟지 않은 건 아니었다. 그는 그들이 쏟은 노고가 어마어마했다는 걸 지금에야 이해했다. 하지만 그들에게는 벨슨 신을 불시 단속할 주류·담배·화기 단속국이 필요했었다. 그런데 신은 그들이 이 사건에서 손을 떼기 전까지는 단속국에 체포되지 않았었다. 신은 수사의 모든 국면을 바꿔놨다.

스콧은 잡동사니 안에 손가락을 집어넣었다가 싸구려 가죽 시곗줄이 담긴 증거물 봉지를 찾아냈다. '녹'이라고 첸은 말했었다. 시곗줄에 묻은 녹이 지붕에서 나온 것인지가 다시 궁금해졌다. 설령 그렇다고 하더라도 이 시곗줄이 무언가를 입증하지는 못할 것이다.

스콧은 봉지를 열었다. 그가 가죽 끈을 꺼내자 누워 있던 매기가 휘청거리며 몸을 일으켰다.

스콧이 물었다. "쉬하려고?"

매기가 어찌나 코를 바짝 들이대는지 그녀는 거의 그의 무릎에 올라선 거나 다름없었다. 매기는 스콧을 쳐다보고 꼬리를 흔들며 싸구려 가죽을 킁킁거렸다. 그가 시곗줄을 점검하려고 봉지를 처음 열었을 때도 매기는 그의 얼굴까지 바짝 얼굴을 갖다 댔었다. 그런데 지금 그녀는 시곗줄을 갖고 놀기를 원하는 것처럼 시곗줄에 입을 갖다 대려 기를 쓰고 있었다.

매기는 마셜 아이시의 집에서 했던 것과 비슷한 행동을 하고 있었다.

놀이.

개들은 우리를 기쁘게 해주거나 우리를 구하려고 할 일을 한다. 그들에게 그 외의 다른 일은 없다.

매기는 그가 봉지에서 시곗줄을 처음 꺼냈을 때 그와 같이 있었다. 그들은 몇 분 전까지만 해도 같이 놀고 있었다. 그러던 그녀가 그가 시곗줄을 점검할 때 시곗줄에 코를 들이댔다. 매기가 바짝 다가오는 바람에 스콧은 그녀를 밀어내야 했었다. 어쩌면 매기는 시곗줄과 놀이를 결부시킨 것 같았다. 스콧은 매기가 생각하는 방식이라고 상상되는 방식으로 그 문제를 생각해보려 애썼다.

스콧과 매기가 논다.

스콧이 시곗줄을 집어 든다.

시곗줄은 장난감이다.

매기는 스콧의 장난감으로 스콧과 놀고 싶다.

시곗줄의 냄새를 맡고 시곗줄을 찾아내면 스콧과 매기는 놀 것이다.

도그랜드(Dogland)에 오신 걸 환영합니다.

스콧은 시곗줄을 증거물 봉지에 넣었다. 원래 그는 매기가 크리스털에서 나는 화학물질의 냄새를 폭발물의 냄새와 혼동하는 바람에 경보를 발령했었다고 생각했었다. 버드레스는 그런 사례는 없다고 그를 이해시켰다. 그건 그녀가 감지한 냄새는 시곗줄에서 나는 또 다른 냄새인 게 분명하다는 뜻이었다.

마셜과 대릴은 둘 다 크리스털의 화학물질 냄새를 풍기고 다녔다. 하지만 매기는 마셜을 보고는 경보를 발령하지 않았었다. 그녀는 집 안에서 경보를 발령했었고, 대릴을 보고 경보를 발령했었다. 그리고 지금 그녀는 시곗줄을 보고 경보를 발령했다. 스콧은 매기를 응시하고는 천천히 미소를 지었다.

"정말? 진지하게 묻는 거야. 정말이니?"

쿵, 쿵, 쿵.

가느다란 가죽끈은 아홉 달 가까이 봉지에 들어 있었다. 스콧은 시간이 흐르면 냄새 입자가 분해된다는 걸 알고 있었다. 하지만 어떤 사람의 땀과 피지(皮脂)가 가죽 시곗줄에 깊이 스며드는 건 논리적으로 그럴싸한 일로 보였다.

전화기에 손을 뻗은 그는 버드레스에게 전화를 걸었다.

"안녕하세요, 스콧입니다. 너무 늦은 시간에 전화를 드린 게 아니었으면 좋겠네요."

"아냐, 괜찮아. 무슨 일이야?"

스콧은 배경에서 TV 소리를 들었다.

"냄새는 얼마나 오래 지속되나요?"

"어떤 냄새인데?"

"사람의 체취요."

"더 자세하게 알려줘야 해. 지표 냄새야? 공중 냄새야? 공중 냄새는 바람에 실려서 사라져. 지표 냄새는 24시간에서 48시간까지는 지속될 거야. 냄새의 요소와 환경에 달려 있어."

"증거물 봉지에 든 가죽 시곗줄은요?"

"젠장, 그러면 얘기가 다르지. 비닐봉지야?"

"예."

"이런 걸 왜 알고 싶어 하는 건데? 추적하고 싶은 샘플이 생긴 거야?"

"형사 중에 누가 물어봐서요. 그들이 맡은 수사에서 나온 증거물이래요."

"변수가 많아. 제일 좋은 건 유리 용기야. 통기성이 없고 화학반응도 일어나지 않으니까. 그런데 튼튼한 증거물 봉지도 꽤 좋아. 봉지가 밀봉돼 있었어? 밀봉돼 있지 않으면 공기가 들어가서 지방이 분해되거든."

"아뇨. 밀봉돼 있었어요. 상자에 들어 있었습니다."

"얼마나?"

스콧은 이 모든 질문이 불편했다. 하지만 그는 버드레스가 그를 도우려 애쓰고 있다는 걸 잘 알았다.

"꽤 긴 시간인 것처럼 얘기하더라고요. 6개월? 6개월이라고 치죠. 그냥 두루뭉술하게 물었어요."

“오케이. 밀폐되고 직사광선을 쪼이지 않은 밀봉된 봉지라면, 냄새가 우수한 상태로 3개월은 쉽게 남을 거라고 생각해. 그런데 나는 개들이 1년 넘게 밀봉된 옷을 갖고 작업하는 것도 본 적이 있어.”

“알겠습니다. 감사합니다. 그렇게 전하겠습니다.”

스콧이 전화를 끊으려고 할 때 버드레스가 그를 제지했다.

“이봐, 깜빡했어. 릴랜드가 자네가 매기랑 훈련하는 방식이 마음에 든다고 했어. 그는 우리가 그녀의 놀람 반응을 개선시키고 있다고 생각해.”

“잘됐네요.”

스콧은 릴랜드 얘기는 하고 싶지 않았다.

“내가 이 얘기했다는 말, 경사님한테 하지 마. 알았지?”

“입 확실히 봉하겠습니다.”

스콧은 전화를 끊고 봉지에 든 시계를 만지작거렸다.

저 아이는 형의 전철을 따라가고 있어요.

대릴은 형의 집에 살았다. 그래서 대릴의 냄새는 그 집에 있었다. 매기는 대릴과 시곗줄을 보고 경보를 발령했다. 시계가 대릴의 것일 수 있을까?

스콧은 매기의 코를 만졌다. 그러자 그녀는 그의 손가락을 핥았다.

“그래, 그거야.”

어쩌면 형제는 신의 매장을 털 때, 둘 다 그곳에 있었을 것이다. 대릴은 형을 위해 망을 봤을 것이다. 옥상에서 경찰이 오는지 살폈을 것이다. 대릴은 목격자일 것이다. 마셜이 아니라 대릴이.

스콧은 비닐 증거물 봉지에 든 낡은 갈색 가죽 조각을 유심히 살폈다.

스콧은 봉지를 옆으로 치우고는 매기를 쓰다듬으면서 대릴에 대한 생각에 잠겼다.

22

이튿날 아침, 스콧은 초조함과 불안감을 느끼면서 깨어났다. 그는 마셜과 대릴이 나오는 꿈을 꿨다. 꿈에서, 형제는 그들 주위에서 총격전이 펼쳐지는 동안 도로에 조용히 서 있었다. 꿈에서, 마셜은 오르소와 카울리에게 남자 다섯 명이 총격을 가한 후에 마스크를 벗고는 서로의 이름을 불렀다고 말했다. 꿈에서, 마셜은 남자들의 이름과 주소를 알고 있었고, 그의 휴대폰에는 남자들 각각의 클로즈업 사진이 있었다. 스콧은 마셜이 거기에 있었는지 여부를 알고 싶었을 뿐이었다.

매기를 데리고 나갔다 온 그는 샤워를 하고 싱크대에서 시리얼을 먹었다. 카울리와 오르소에게 시곗줄 얘기를 하러 전화를 걸어야 할지를 곰곰이 생각했다. 스콧은 그들이 그를 정신 나간 사람이라고 생각하고 있을 거라는 결론을 내렸다. 개를 기초로 세운 이론을 제시해서 상황을 더 악화시키고 싶지는 않았다.

6시 반이 되자 기다리는 것도 진력이 났다. 그래서 그는 카울리의 휴대폰으로 전화를 걸었다.

"안녕하세요, 조이스. 스콧 제임스입니다. 디스크를 가지러 가도 괜찮을까요?"

"지금 시간이 6시 반밖에 안 됐다는 거 알아요?"

"지금 가지러 가겠다는 게 아닙니다. 편하다고 말씀하시는 시간에 맞춰

서 가겠다는 겁니다."

그녀는 잠시 침묵했다. 스콧은 그녀가 여전히 침대에 있는 건 아닌지 걱정됐다.

"깨워서 죄송합니다."

"8킬로미터를 달리고 막 집에 들어온 참이에요. 잠깐 생각 좀 하고요. 11시에 들를 수 있겠어요?"

"11시면 괜찮을 겁니다. 참, 그런데, 아이시는 어떻게 돼가고 있습니까? 뭔가 본 게 있다고 털어놨습니까?"

"지난밤 이후로 입을 열지 않고 있어요. 그는 실력이 꽤 좋은 국선변호사를 구했어요. 오르소는 지방검사를 구했고요. 그들은 협상안을 도출하려고 애쓰고 있어요."

스콧은 대릴 얘기를 꺼내는 문제를 다시 고심했지만, 다시 한번 그러지 않기로 했다.

"알겠습니다. 11시쯤에 뵙겠습니다."

스콧은 7시 15분부터 10시 30분까지 훈련장에서 매기와 훈련을 했다. 그리고 매기를 놔두고는 보트로 차를 몰았다. 우리 문을 닫을 때 매기의 얼굴에 비친 혼란스러워하는 표정을 본 그의 가슴은 죄책감으로 가득 찼다. 걸어서 사육장을 나오는 스콧을 향해 매기가 짖어대자 그의 기분은 한층 더 악화됐다. 매기가 꾸준히 짖어대는 것으로 하는 애원에 그는 마음이 너무 아파서 눈을 질끈 감아버렸다. 전에도 그런 소리를 들어본 적이 있다는 걸 깨달았을 때, 그의 걸음은 더 빨라졌다.

스코티, 나를 두고 가지 마.

매기가 옆에 없는 트랜스 암은 허전하게 느껴졌다. 매기가 콘솔박스에 다리를 벌리고 올라앉을 때, 그녀는 흑갈색 장벽처럼 차를 반 토막 냈었다. 그런데 지금, 그는 차가 이상하게 느껴졌다. 매기를 집에 데려간 이후로 그가 혼자 차에 있는 건 이번이 겨우 두 번째였다. 그들은 하루 24시간을 함께 지냈다. 같이 식사하고, 같이 놀고, 같이 훈련하고, 같이 살았다. 매기를 데리고 사는 건 세 살짜리 아이를 데리고 사는 것과 비슷했다. 다른 점이 있다면 이쪽 생활이 더 낫다는 거였다. 그가 앉으라고 하면 그녀는 앉았다. 스콧은 비어 있는 콘솔박스를 힐끔 봤다. 그러면서 매기가 지금쯤은 짖는 걸 중단했기를 바랐다.

스콧은 액셀러레이터를 밟고는 깨달았다. 여기 있는 그는 장성한 어른이자 경찰이라고. 자신의 개가 홀로 있는 게 걱정된 그는 속도를 높이고 있었다. 그는 자신을 비웃었다.

"긴장 풀어, 멍청이야! 너는 매기가 사람이나 되는 양 속도를 높이고 있잖아. 그녀는 개일 뿐이야."

그는 액셀러레이터를 더 힘껏 밟았다.

"너는 혼잣말을 너무 많이 하고 있어. 이건 옳은 일일 리가 없어."

스콧은 12분 후에 보트에 차를 세우고 5층으로 올라갔다가 오르소가 카울리와 함께 그를 기다리고 있는 걸 보고는 깜짝 놀랐다. 그녀는 마닐라 봉투를 내밀었다.

"가져도 돼요. 사본을 따로 구워놨으니까."

봉투를 넘겨받을 때, 스콧은 봉투 안에서 디스크들이 이리저리 움직이는 걸 느꼈다. 그는 고개를 끄덕이기만 했다. 오르소는 장례식 사회자 같았다.

"잠깐 시간 되나? 안에서 볼 수 있을까?"

기분 나쁜 열기가 스콧의 배 속을 채웠다.

"아이시 일입니까? 회의실에 그가 있는 겁니까?"

"안에서 얘기하세. 자네가 매기를 데려오지 않아서 유감이야. 그녀가 여기 있는 게 재미있었거든."

스콧의 귀에는 웅얼거리는 소리만 들렸다. 그는 마셜 아이시의 눈을 통해 총격을 다시 체험할 준비를 하고 있었다. 그 자신이 꾼 악몽에서 그가 사라졌음에도 말이다. 굴러오는 벤틀리, 소총을 드는 덩치 큰 사내, 빨간 피에 물든 손을 뻗는 스테파니. 스콧은 오르소가 대답을 기다리고 있다는 걸 어렴풋이 알아차렸다. 하지만 그는 침묵을 유지한 채 계속 걸었다.

그들이 회의실에 착석할 때까지 다시 입을 연 사람은 아무도 없었다. 오르소가 설명을 시작했다.

"미스터 아이시께서 오늘 아침에 자백을 하셨어. 그날 밤에 훔친 항목 중 세 가지를 기억해내신 거지. 세공한 상아 파이프 세트도 자백했고."

카울리가 말했다. "상아가 아니에요. 코뿔소 뿔이지. 호랑이 이빨을 상감해 넣은 거예요. 미국에서는 불법이죠."

"뭐가 됐든 거기서 거기잖아. 그 파이프들은 미스터 신의 도난 물품 명단에 있던 것들이야."

스콧은 도난당한 물건이 무엇이건 관심이 없었다.

"그가 총잡이들을 봤다고 했습니까?"

오르소는 자세가 불편한 듯 자세를 바꿨다. 그의 얼굴이 부드럽게 풀리면서 서글픈 기색으로 변했다.

"아니. 유감이네만, 스콧, 그는 우리를 도울 수 없어."

카울리가 앞으로 몸을 숙였다.

"그는 습격이 있기 거의 세 시간 전에 신의 가게에 침입했어요. 그러고는 당신이 그곳에 도착할 무렵에는 집에 돌아가서 훔친 물건들을 부렸어요."

스콧은 카울리에게서 오르소에게로 시선을 돌렸다.

"그게 다입니까?"

"우리는 최선을 다했어. 자네 아이디어가 정말로 괜찮아 보였거든. 총격이 있던 날 밤에 현장에서 15미터 떨어진 곳에서 절도 사건이 일어난다, 그럴 확률이 얼마나 될까? 하지만 놈은 그걸 보지 못했어. 놈은 우리를 도울 수 없어."

"거짓말을 한 겁니다. 놈은 경관 한 명과 민간인 두 명을 살해한 놈들을 봤습니다. 기관총을 든 염병할 망나니들을요."

카울리가 입을 열었다. "스콧……"

"놈은 그놈들이 자기를 죽일까 봐 겁을 먹은 겁니다."

오르소는 고개를 저었다.

"그는 진실을 말하고 있어."

"메스 중독자가요? 마약을 취급하는 도둑놈이요?"

"우리는 목격자 증언하고 증거물을 함께, 중범죄와 경범죄 아홉 건을 저지른 자를 확보했어. 그는 이미 중범죄로 스트라이크를 하나 먹은 놈이야. 그러니 그는 스트라이크를 두 번 더 먹으면 삼진아웃제를 적용받게 돼."

"그게 그가 진실을 말했다는 뜻은 아닙니다. 그건 놈이 겁에 질렸다는 뜻입니다."

오르소는 말을 계속했다.

"그는 신의 가게를 포함한 절도 사건 네 건을 자백했어. 우리는 그가 털어놓은 매장에 침입한 시간과 장소, 방법, 훔친 물건, 그리고 온갖 세부 사항을 모두 다 확인했어. 신의 가게 절도와 관련한 진술도 확인했고. 그는 거짓말탐지기 조사를 받아야 할 대상이었는데, 그는 그 조사도 통과했어. 신의 가게에 침입한 시간과 가게를 떠난 시간, 목격한 내용에 대해 묻는 우리 질문에 대한 검사를 그는 다 통과했어."

오르소는 몸을 젖히고 깍지를 꼈다.

"우리는 그가 한 말을 믿어, 스콧. 그는 거짓말을 하고 있지 않아. 그는 본 게 아무것도 없어. 그는 우리를 도울 수 없어."

스콧은 무엇인가를 잃어버린 것 같은 기분이었다. 그는 더 많은 질문을 던져야 옳다고 생각했지만, 아무 생각도 떠오르지 않았다. 무슨 말을 해야 할지를 몰랐다.

"그를 석방하신 겁니까?"

오르소는 깜짝 놀란 기색이었다.

"아이시를? 에이, 아니지. 놈은 선고가 내려질 때까지 멘스 센트럴(Men's Central) 교도소에 있어야 해. 선고가 나면 교도소에 기결수로 갇힐 거야."

"여자하고 룸메이트들은 어떻습니까?"

"햄버거 뒤집듯 쉬운 자들이었어. 모두 수사에 협조적이라서 풀어줬어."

스콧은 고개를 끄덕였다.

"알겠습니다. 그럼 이제 어떻게 하실 겁니까?"

오르소는 자기 머리를 만졌다.

"백발에 집중해야지. 이언한테 정보원들이 있어. 놈들 중에 백발인 운전사를 아는 놈이 있을지도 몰라."

스콧은 카울리를 쳐다봤다. 그녀는 고개를 끄덕이려는 참인 듯 테이블을 응시하고 있었다. 스콧은 해변에 있는 남자에 대해 물어보고픈 충동을 느꼈다. 그리고 그가 시곗줄에 대해 언급하는 게 옳은 일인지가 다시 궁금해졌다.

카울리가 그의 시선을 느낀 듯이 갑자기 몸을 꼿꼿이 세우고는 그를 쳐다봤다.

"상황이 정말로 엉망이네요. 유감이에요."

스콧은 고개를 끄덕였다. 시곗줄과 대릴 사이의 연관 관계는 설득력이 없었다. 그가 설명하려고 애쓰더라도, 그들은 그의 설명을 딱한 소리거나 정신 나간 소리로 생각할 터였다. 그는 카울리가 그를 그런 식으로 보는 걸 원치 않았다.

그는 매기를 만지려고 무심코 아래로 팔을 뻗었다. 하지만 손에는 공기만 느껴질 뿐이었다. 민망해진 스콧은 카울리를 힐끔 봤지만 그녀는 눈치채지 못한 듯 보였다. 오르소는 여전히 얘기 중이었다.

"그리고 우리한테는 자네가 있어, 스콧. 마셜 아이시를 잡았다고 우리 수사가 끝난 건 아냐."

오르소는 회의를 마무리하고는 일어섰다.

스콧은 카울리와 함께 일어섰다. 마닐라 봉투를 집어 들고 악수를 한 그는 그들의 고된 노고에 감사드린다고 인사했다. 지금은 멜론과 스텐글러를 존경했어야 옳았다는 걸 아는 그는 같은 맥락에서 그들도 존경했다.

스콧은 오르소가 옳다고 믿었다. 수사는 마셜 아이시에게서 끝난 게 아니었다. 그들에게는 대릴이 있었다. 오르소와 카울리는 모르고 있지만.

스콧은 매기가 여전히 짖고 있을지 궁금했다. 그는 서둘러 밖으로 나올 때 절뚝거리지 않으려고 조심했다.

23

스콧이 사육장에 들어섰을 때, 매기는 짖고 있었다. 하지만 지금 매기가 짖는 건 순전히 기분이 좋아서였다. 그녀는 출입문에 펄쩍펄쩍 뛰어오르면서 몸을 높이 세우고는 꼬리를 쳤다. 스콧은 매기를 밖으로 꺼내주고는 끽끽거리는 목소리로 말하며 그녀의 털을 흐트러뜨렸다.

"돌아올 거라고 했잖아. 오래 걸리지 않을 거라고 했잖아. 나도 너를 보게 돼서 행복해."

매기가 어찌나 세게 꼬리를 치는지 몸통 전체가 씰룩거렸다.

폴리 버드레스와 그의 검정 셰퍼드 오비가 복도 끝에 있었다. 데이나 플린은 그녀의 말리노이즈인 게이터의 우리에서 면도날처럼 날카로운 게이터의 이빨을 확인하고 있었다. 스콧은 미소를 지었다. 이 터프한 K-9 핸들러들은 상당수가 전직 군인이었다. 그런데 장성한 이 남녀들 중에 어린 소녀 같은 고음의 목소리로 개한테 얘기하는 걸 주저하는 사람은 아무도 없었다.

스콧이 매기에게 목줄을 채울 때 릴랜드가 그의 뒤에 나타났다.

"우리 소대에 다시 합류해서 기쁘다, 제임스 순경. 우리는 귀관이 딴 데 가지 않고 여기에 머무르기를 바란다."

매기의 기쁨에 겨운 짖음은 부드럽고 낮은 으르렁거림이 됐다. 스콧은 그녀의 목줄을 당겨서 잡아 그의 다리 근처에 있게 했다. 릴랜드가 스콧이 매기와 하는 훈련 방식을 마음에 들어 하고 그들의 상태가 호전되고 있다고 생각한다면, 스콧은 그에게 더 많은 걸 보여줄 작정이었다. 하지만 그냥 이 상태에 머무르는 것만으로는 그렇게 할 수가 없었다.

"그렇지 않아도 뵈러 가려던 참이었습니다, 경사님. 그녀와 함께 군중(crowd) 훈련을 하고 싶습니다. 그래도 괜찮겠습니까?"

릴랜드의 노려보는 눈빛이 한층 더 날카로워졌다.

"'군중 훈련'이라는 건 무엇을 말하는 건가?"

스콧은 굿맨과 한 상담에서 들은 내용을 인용했다.

"매기는 PTSD가 동반하는 불안감 때문에 사람들과 같이 있으면 불안해합니다. 불안감 때문에 뭔가 흉한 일이 일어날 거라고 생각하는 겁니다. 총소리에 깜짝 놀랄 때처럼 말입니다. 저는 흉한 일은 하나도 일어나지 않을 거라는 걸 매기가 배울 수 있도록 사람들이 붐비는 곳에서 시간을 보내게 하고 싶습니다. 매기가 군중을 편안하게 받아들인다면, 그게 총소리를 접할 때도 도움을 줄지 모른다고 생각합니다. 이해되십니까?"

릴랜드는 천천히 대꾸했다.

"이런 얘기를 어디서 들었나?"

"책에서 읽었습니다."

릴랜드는 천천히 생각에 잠겼다.

"군중 훈련이라……"

"경사님께서 괜찮다고 하실 경우에 그렇습니다. 의사들 말로는 그게 좋은 치료법이라고 합니다."

릴랜드는 천천히 고개를 끄덕였다.

"이 방법을 시도해보는 게 옳은 일이라고 생각한다, 제임스 순경. 군중 훈련이라. 그래, 좋다. 가서 군중을 찾아보도록."

스콧은 매기를 차에 태우고는 마셜 아이시의 집으로 차를 몰았다. 그는 매기를 군중 속에 데려가고 싶었다. 하지만 아이시의 집에 가는 건 매기의 불안감을 치료하고 싶어서가 아니었다. 그는 매기의 코를, 그리고 그가 대릴 아이시에 대해 세운 이론을 테스트하고 싶었다.

스콧은 아이시의 집을 찬찬히 살폈다. 그는 여자와 룸메이트 두 명이 집 안에 있는지는 신경 쓰지 않았지만, 매기가 대릴을 보는 건 원치 않았다. 빈집을 찾아가서 몇 시간을 빈둥거리고 싶지도 않았다.

아이시의 집을 떠나 처음 만나는 교차로로 차를 몰다가 방향을 돌린 스콧은 잔디밭이 인도에 줄지어 있는 주택가에서 아이시의 집으로부터 세 집 떨어진 곳에 차를 세웠다. 매기를 먼저 내리게 한 그는 물병에 담긴 물을 매기에게 짜줬다. 그런 다음, 그는 잔디밭을 가리켰다.

"쉬."

매기는 그 지점의 냄새를 맡고는 쉬를 했다. 그녀가 해병대에서 익힌 수법이었다. 명령에 따라서 하는 쉬.

그녀가 용무를 마치자 스콧은 목줄을 떨어뜨렸다.

"매기, 다운."

매기는 즉시 배를 깔았다.

"그대로 있어."

스콧은 걸어서 그 자리를 떠났다. 그는 뒤를 돌아보지 않았지만 걱정이 됐다. 그는 집 옆에 있는 공원과 훈련장에서는 매기를 눕게 하고는 한자리에 그대로 있게 만들 수 있었다. 그러면 매기는 그가 들판을 건넜다가 돌아오는 동안에도 그 자리를 지켰다. 심지어 그가 빌딩 주위를 걸어가는 동안에, 그래서 그의 모습을 볼 수 없을 때에도 그녀는 그 자리를 지켰다. 해병대의 K-9 교관들은 매기에게 기초 기술을 탁월하게 가르쳤고, 그 덕에 그녀는 걸출한 개가 됐다.

그는 아이시의 집 정문으로 갔다. 그러고는 매기를 힐끔 봤다. 매기는 그를 지켜보면서 그 자리에 뿌리를 박고 있었다. 귀를 시커먼 두 개의 뿔처럼 쫑긋 세우고는 고개를 높이 들고 있었다.

문 앞에 선 스콧은 초인종을 누르고 노크했다. 10까지 센 다음, 더 세게 문을 두드렸다.

에스텔 '간지' 롤리가 문을 열었다. 그녀가 스콧의 경찰복을 보고 제일 처음 한 일은 손으로 부채질을 해서 공기를 흐트러뜨리는 거였다. 그녀가 석방된 후에 크리스털을 때릴 때까지 시간이 얼마나 오래 걸렸을지 스콧은 궁금했다. 그는 냄새를 무시하고는 미소를 지었다.

"롤리 부인, 저는 제임스 순경입니다. 로스앤젤레스 경찰국은 당신이 당신의 권리를 알고 있기를 원합니다."

그녀의 얼굴에는 혼란스러워하는 기색이 역력했다. 그녀는 한결 더 여위어 보였고, 똑바로 서 있을 만한 기력은 없다는 듯 구부정한 자세로 서 있었다.

"방금 풀려났어요. 제발 나를 다시 체포하지 마세요."

"아닙니다, 부인. 그런 권리를 말하는 게 아닙니다. 저희는 당신한테는 민원을 제기할 권리가 있다는 걸 당신이 알기를 원합니다. 만약 부당한 대우를 당했거나 증거로 기록되지 않은 소지품을 불법적으로 빼앗겼다고 느낄 경우, 당신에게는 시에 불만을 제기할 권리가 있고 당신이 입은 손실에 대한 보상을 받을 수도 있습니다. 제가 설명한 이런 권리들을 이해하십니까?"

그녀는 한층 더 맛이 간 얼굴이었다.

"아뇨."

대릴 아이시가 그녀의 뒤에서 걸어왔다. 스콧을 본 그는 실눈을 떴다. 하지만 그를 알아봤다는 표시는 조금도 내비치지 않았다.

"무슨 일이죠?"

에스텔은 존재하지 않는 가슴 위로 팔짱을 꼈다.

"우리가 올바르게 체포됐는지 알고 싶대."

스콧이 끼어들었다. 이제 그는 대릴이 집에 있다는 걸 알았다. 그에게 필요한 건 그게 다였다. 그는 이곳을 떠나고 싶었다.

"선생님은 미스터 다노우스키입니까, 아니면 미스터 판텔리입니까?"

"어어, 그 사람들은 여기 없어요."

"부당하거나 불법적인 대우를 받았다고 느낄 경우, 그분들에게는 민원을 제기할 권리가 있습니다. 그게 저희의 새 방침입니다. 시민들에게 저희를 고소할 수 있다는 걸 알리는 것이죠. 그분들께 이 얘기를 전해주시겠습니까?"

"장난치는 거죠? 우리가 경찰을 고소할 수 있다는 말을 전하려고 경찰이 당신을 보냈다는 거예요?"

"장난 아닙니다. 두 분 다 좋은 하루 보내십시오."

스콧은 쾌활한 미소를 짓고는 자리를 뜨려는 것처럼 뒷걸음질을 쳤다. 그러다 갑자기 걸음을 멈추고는 웃음기를 싹 지웠다. 에스텔 롤리는 문을 닫던 중이었다. 그런데 스콧이 갑자기 걸어와서는 문을 붙잡았다. 그는 싸늘하고 위험한 길거리 경찰의 눈빛으로 대릴을 응시했다.

"너, 마셜 동생 대릴이지. 우리가 체포하지 않은 놈."

대릴은 안절부절못했다.

"저는 아무 짓도 하지 않았어요."

"마셜이 몇 가지 얘기를 털어놨어. 우리는 너랑 얘기하러 다시 돌아올 거야. 그러니까 꼼짝 말고 있어."

스콧은 다시 10초간 그를 응시한 다음에 뒤로 물러섰다.

"이제는 문을 닫으셔도 됩니다."

에스텔 롤리는 문을 닫았다.

차로 걸어서 돌아올 때, 스콧의 심장은 쿵쾅거렸다. 매기의 털을 흐트러뜨리면서 그 자리에 그대로 있었던 걸 칭찬할 때 그의 두 손은 떨렸다.

스콧은 매기를 차에 태우고 다음 블록으로 차를 몰다가 다시 차를 세웠다. 그러고는 기다렸다. 오래 기다릴 필요는 없었다.

8분 후에 집을 나선 대릴은 빠른 걸음으로 걸었다. 무척 빠르게 걷던 그는 다음 교차로에서 앨버라도 쪽으로 방향을 틀었다. 앨버라도는 그의 집에서 제일 가깝고 붐비는 거리였다.

스콧은 그를 미행했다. 자신이 미친 게 아니기를 바라면서. 그리고 자신의 생각이 틀리지 않았기를 바라면서.

24

스콧은 정복 순찰 경관일 때 2인 1조로 순찰차를 몰았었다. 그는 사복 임무를 수행하거나 경찰 표시가 돼 있지 않은 차를 몰아본 적이 전혀 없었다. 스콧이 순찰차를 타고 누군가를 쫓을 때는 경광등을 켜고 고속으로 차를 운전했었다. 그래서 지금 스콧에게 대릴을 미행하는 건 골치 아픈 일이었다.

스콧은 대릴이 앨버라도에 도착하면 버스를 탈 거라고 예상했지만, 대릴은 남쪽으로 방향을 틀더니 계속 걸어갔다.

대릴이 북적거리는 거리에서 느린 걸음으로 걷는 바람에 차를 타고 그를 쫓는 건 어려운 일이었다. 하지만 걸어서 그를 미행하는 건 더 어려운 일이었을 것이다. 매기는 사람들의 시선을 끌었다. 스콧이 걸어서 미행하는 도중에 대릴이 다른 교통수단에 오른다면 스콧은 그를 놓치게 될 것이다.

길가에 차를 댄 스콧은 대릴이 시야에서 벗어나기 직전까지 그를 지켜봤다. 그런 후 거리를 좁히고 나서는 다시 차를 세웠다. 매기는 그런 상황을 신경 쓰지 않았다. 그녀는 콘솔박스에 발을 올려놓고 주변 풍경을 확인하는 걸 즐기고 있었다.

슈퍼마켓에 들어간 대릴이 거기에 꽤 오래 머무르는 바람에 스콧은 그가 뒷문으로 도망친 게 아닌가 걱정했지만, 대릴은 특대 사이즈의 음료수를 들고 나타나서 남쪽으로 계속 걸어갔다. 5분 후, 대릴은 식스 스트리트를 건너, 도망자 검거반이 마셜을 체포하려고 판을 벌인 곳에서 한 블록 떨어진 맥아더 공원으로 들어갔다.

"세상 좁군."

스콧은 거울을 들여다보며 얼굴을 찡그렸다.

"혼잣말 좀 그만해."

공원 건너편에 비어 있는 첫 주차요금 징수기에 차를 댄 스콧은 차에서 내려서 더 나은 시야를 확보하기 위해 걸음을 내디뎠다. 스콧은 눈앞에 펼쳐진 광경이 마음에 들었다.

맥아더 공원의 윌셔 북쪽 지역에는 축구장과 야외 음악당, 피크닉 테이블들이 점점이 박힌 눈부신 녹색 잔디밭, 야자수, 비바람을 견뎌낸 회색 참나무들이 있었다. 포장된 인도가 잔디밭을 관통해 구불구불 나 있었고, 유모차를 미는 여성들과 스케이트보드광, 지역 슈퍼마켓에서 훔친 쇼핑 카트에 짐을 잔뜩 싣고 미는 굼뜬 몸놀림의 노숙자들이 주위에 몰려 있었다. 갓난아기들을 데려온 여성들이 테이블 두세 개에 모여 있었고, 할 일이 하나도 없는 젊은 라틴계 청년들이 두세 개 테이블을 더 차지했으며, 노숙자들은 남은 테이블을 침대로 사용하고 있었다. 사람들은 잔디밭에서 일광욕을 즐기거나 친구들과 옹기종기 둘러앉거나 나무 아래에서 책을 읽고 있었다. 라틴계와 중동 출신 남성들이 축구장에서 공을 쫓아 앞뒤로 질주하는 동안 후보 선수들이 사이드라인에서 대기하고 있었다. 소녀 두 명이 야자수 아래에서 기타를 쳤다. 머리를 염색한 꼬맹이 셋은 마리화나를 돌렸다. 조현병 환자 한 명이 심하게 비틀거리며 공원을 가로질렀고, 목에 문신을 한 불량 청소년 세 명이 그의 휘청거리는 모습을 조롱하며 지나쳤다.

대릴은 불량 청소년들의 주위를 돌아서 잔디밭을 가로지른 후, 약쟁이 세 명을 지나쳐서 축구장의 세로선을 따라 공원의 멀리 떨어진 쪽으로 향했다. 스콧은 대릴의 모습을 놓쳤다. 그런데 바로 그게 그의 계획이었다.

"자, 덩치 큰 아가씨, 아가씨 솜씨 좀 볼까?"

스콧은 매기에게 6미터 길이의 목줄을 채웠지만, 매기를 대릴이 공원에 들어선 지점으로 이끌 때는 줄을 짧게 잡았다. 스콧은 매기가 불안해하는 걸 알았다. 그들이 걷는 동안 매기의 몸이 그의 다리를 스쳤다. 그녀는 낯선 사람과 차가 지나면서 내는 시끄러운 소리를 들으며 신경질적으로 힐끔거렸다. 주변의 공기를 빨아들이느라 그녀의 콧구멍에는 주름이 평소보다 세 배는 더 생겼다.

"앉아."

그녀는 앉으면서도 여전히 주위를 힐끔거렸지만 대체로 그를 응시하고 있었다.

증거물 봉지에서 시곗줄을 꺼낸 그는 그걸 그녀의 코에 갖다 댔다.

"이 냄새를 맡아. 냄새 맡아."

매기는 콧구멍을 실룩거렸다. 그녀가 킁킁거리며 냄새를 맡을 때면 그녀의 호흡 패턴은 평소와 달라졌다. 킁킁거리는 건 숨을 쉬는 게 아니다. 냄새를 맡으려고 들이마시는 공기는 그녀의 폐로 들어가지 않는다. 킁킁거리는 건 그녀가 들이마신, 트레인(train)이라고 부르는 그룹들을 조금씩 홀짝거리는 행위다. 트레인은 세 번에서 일곱 번까지 킁킁거리는 행위일 수 있는데, 매기는 늘 세 번씩 킁킁거렸다. 킁킁킁, 잠시 정지, 킁킁킁. 버드레스의 개 오비는 다섯 번으로 이뤄진 트레인으로 킁킁거렸다. 항상 다섯 번이었다. 이유는 아무도 모르지만, 아무튼 트레인의 횟수는 개마다 다르다.

스콧은 시곗줄로 그녀의 코를 건드린 다음, 명랑한 분위기로 시곗줄을 그녀의 머리 주위에서 흔들고는 그녀가 조금 더 그걸 킁킁거리게 해줬다.

"나를 위해 찾아내, 베이비. 나를 위해 그렇게 해줘. 우리 생각이 맞았는지 보자."

스콧은 뒤로 물러서서 명령을 내렸다.

"찾아, 찾아, 찾아."

귀를 앞으로 쫑긋 세운 매기는 무엇인가에 집중한 듯한 시커먼 얼굴로 급하게 몸을 일으켰다. 그러고는 오른쪽으로 돌아서 공기를 확인하더니 땅으로 고개를 떨어뜨렸다. 매기는 머뭇거리다가 반대 방향으로 두어 걸음을 빠르게 옮겼다. 공중의 냄새를 더 맛본 그녀는 공원 안쪽을 응시했다. 이건 매기가 발령한 첫 경보였다. 스콧은 그녀가 냄새는 포착했지만 냄새가 이어지는 자취는 포착하지 못했다는 걸 알았다. 매기는 더 멀리 이동하는 동안 인도의 이쪽저쪽을 킁킁거리더니 갑자기 경로를 180도 돌렸다. 그리고 다시 공원 안쪽을 응시했다. 스콧은 매기가 해냈다는 걸 알았다. 매기가 출발하기 위해 움직이면서 목줄이 끝까지 팽팽하게 당겨졌다. 매기는 썰매 개처럼 스콧을 힘껏 당겨댔다. 그들을 본 불량 청소년 세 명은 줄행랑쳤다.

매기는 피크닉 테이블 사이로 난, 축구장 북쪽 측면을 따라서 대릴의 경로를 추적했다. 축구선수들은 경찰과 저먼 셰퍼드를 지켜보려고 경기를 멈췄다.

그들이 축구장 끝에 다다랐을 때, 스콧은 대릴 아이시를 발견했다. 그는 또래로 보이는 젊은 여성 두 명과 남자 한 명과 함께 야외 음악당 뒤에 서 있었다. 여성 중 한 명이 스콧을 먼저 봤고, 나머지 사람들도 그를 쳐다봤다. 대릴은 1초쯤 응시하더니 반대쪽으로 잽싸게 튀었다. 그의 친구는 건물 뒤쪽으로 튀어서 도로 쪽으로 뛰어갔다.

"다운."

매기는 몸을 낮추며 배를 깔았다. 빠르게 매기를 따라잡은 스콧은 그녀의 목줄을 끄르고는 곧바로 그녀를 풀어줬다.

"붙잡아(Hold'm)."

매기는 땅을 씹어 삼킬 듯이 전력 질주해 힘껏 뛰어나갔다. 그녀는 잽싸게 튄 남자와 공원에 있는 다른 사람들은 모두 무시했다. 매기의 세계는 냄새 원뿔 안에 있었고, 그 원뿔은 대릴을 향해 좁혀졌다. 스콧은 매기가 대릴의 모습을 봤다는 걸 알았다. 매기의 입장에서 보면 대릴의 냄새를 냄새 원뿔의 꼭짓점까지 추적하는 것은 그에게 가까워지는 동안 점차 밝아지는 빛을 따라가는 것과 비슷한 행위였다. 매기에게 눈가리개를 씌우더라도 그녀는 여전히 그를 찾아낼 것이다.

스콧은 매기를 쫓아 달려갔다. 그런데 통증이 거의 느껴지지 않았다. 살갗 아래 있는 결린 흉터는 다른 사람의 몸에 있는 흉터인 것 같은 기분이었다.

매기는 대릴을 몇 초 안에 따라잡았다. 대릴은 음악당을 지나쳐 나무가 무성한 작은 스탠드로 달려가면서 어깨너머를 힐끔 돌아봤다가 검은색과 황갈색이 섞인 악몽 같은 존재를 봤다. 미끄러진 그는 제일 가까이에 있는 나무에 멈춰 섰다. 나무의 몸통에 등을 누른 그는 양손으로 사타구니를 가렸다. 그의 발 앞에서 제동을 건 매기는 스콧이 가르친 대로 거기에 앉아서 짖어댔다. 발견 후 짖기, 붙들어두기 위해 짖기.

그곳에 도착한 스콧은 3미터쯤 떨어진 곳에 멈춰 섰다. 매기에게 명령을 내리려고 숨을 고르는 데 1분이 걸렸다.

"아웃."

매기는 하던 걸 멈추고 잰걸음으로 스콧에게 돌아와 그의 왼발 옆에 앉았다.

"감시(Guard'm)."

해병의 명령어. 그녀는 스핑크스 자세로 몸을 낮췄다. 그러고는 고개를 들고 경계하면서 눈을 대릴에게 고정했다.

스콧은 대릴에게 걸어갔다.

"긴장 풀어. 너를 체포하지는 않을 거야. 그냥 움직이지만 마. 도망치면 매기가 널 덮칠 거야."

"도망가지 않을게요."

"잘됐군. 위치로(Heel)."

매기는 잰걸음으로 다가와 그의 왼발 옆에 궁둥이를 붙이고는 대릴을 응시했다. 그녀는 혀로 입술을 적셨다.

대릴은 매기에게서 될 수 있는 대로 멀리 떨어져 있으려고 애쓰면서 발가락을 꼼지락거려 조금씩 몸을 이동시켰다.

"이봐요, 이게 뭐 하는 짓이에요? 제발 이러지 마요."

"그녀는 우호적이야. 봐. 매기, 악수해, 악수."

매기는 오른발을 들었지만 대릴은 움직이지 않았다.

"악수하고 싶지 않아?"

"말도 안 되는 소리 하지 마요. 이봐요, 제발요."

스콧은 매기와 악수를 하고는 그녀를 칭찬한 후 소시지를 상으로 줬다.

소시지를 집어넣은 그는 증거물 봉지를 꺼냈다. 그는 일을 어떻게 진행할지를 결정하는 동안 잠시 대릴을 유심히 살폈다.

"먼저, 여기서 조금 전에 있던 일, 나는 이런 일을 해서는 안 돼. 아무튼 너를 체포할 생각은 없어. 그냥 에스텔이 없는 자리에서 너랑 얘기하고 싶었던 것뿐이야."

"당신, 마셜이 체포될 때 집에 있었죠? 당신하고 당신 개하고?"

"맞아."

"그놈이 나를 물려고 했어요."

"그놈이 아니라 그녀야. 그리고, 아냐. 그녀는 너를 물려고 했던 게 아니었어. 물론 그녀가 마음만 먹었으면 너를 물었을 거야. 아무튼 매기가 그날 한 일은 경보 발령이라고 부르는 거야."

스콧은 대릴이 끊어진 시곗줄을 볼 수 있도록 증거물 봉지를 들었다. 대릴은 봉지를 힐끔 쳐다봤지만 한눈에 알아보지는 못했다. 그러더니 그걸 다시 쳐다봤다. 스콧은 대릴이 눈에 익은 시곗줄을 알아보면서 그의 얼굴에 기억이 났다는 기색이 번뜩 떠오르는 걸 봤다.

"알아보겠니?"

"이게 뭔데요? 일회용 반창고처럼 생겼네요."

"네가 옛날에 찼던 시곗줄의 반 토막이야. 지금 차고 있는 것하고 비슷해 보이지? 하지만 네가 찼던 이 시곗줄은 옥상의 난간에 걸리면서 끊어졌고, 절반이 인도에 떨어졌어. 이게 네 거라는 걸 내가 어떻게 알아냈는지 알아?"

"그건 내 게 아니에요."

"여기서 네 냄새가 나거든. 내가 매기한테 네 냄새를 맡게 했더니 그녀는 네 냄새를 쫓아서 공원을 가로질렀어. 공원에 사람이 이렇게 많은데도, 그녀는 이 시곗줄의 냄새를 맡고는 너를 쫓아왔어. 매기 솜씨가 놀랍지 않니?"

대릴은 빠져나갈 길을 찾아 스콧 너머를 힐끔 봤다. 그러다가 다시 매기를 힐끔 봤다. 도망치는 건 그가 선택할 수 있는 대안이 아니었다.

"거기서 무슨 냄새가 나는지는 알 바 아니에요. 그건 생전 처음 보는 거예요."

"너희 형이 아홉 달 전에 중국산 수입품 매장을 털었다고 자백했어. 아시아 엑소티카라는 가게 말이야."

"형 변호사한테 얘기 들었어요. 그래서 어쩔 건데요?"

"너, 형의 범행을 도왔지?"

"말도 안 되는 소리예요."

"거기서 시계를 잃어버린 거야, 옥상에서. 네가 형을 위해 망봐준 거지?"

대릴은 눈을 깜박거렸다.

"장난치는 거예요?"

"너희들, 가게를 턴 다음에는 거기서 파티도 하면서 느긋한 시간을 즐겼었지?"

"마셜한테 물어봐요."

"대릴, 너와 마셜이 살인자들을 목격한 거지?"

대릴의 몸이 바람 빠지는 풍선처럼 축 늘어졌다. 그는 스콧 너머를 잠시 응시하며 침을 꿀꺽 삼키더니 입술을 적셨다. 그의 대답은 느리면서 신중했다.

"지금 무슨 얘기를 하는 건지 도무지 모르겠어요."

"경찰 한 명을 포함해서 세 명이 살해됐어. 네가 뭔가를 목격했다면, 또는 아는 게 있다면, 너는 네 형을 도와줄 수 있어. 어쩌면 형한테 교도소 석방 카드를 안겨줄 수 있을지도 몰라."

대릴은 다시 입술을 적셨다.

"형 변호사하고 얘기해보고 싶어요."

스콧은 자신이 단서의 끄트머리를 붙잡았다는 걸 알았다. 다른 상황은 생각할 수가 없었다. 그래서 그는 뒤로 물러섰다.

"너를 체포하지는 않을 거라고 했지? 우리는 여기서 그냥 대화만 한 거야."

대릴은 매기를 힐끔 봤다.

"이놈이 나를 물까요?"

"그녀라니까. 아니, 그녀는 너를 물지 않을 거야. 가도 좋아. 하지만 내가 한 말 잘 생각해봐, 대릴. 알았니? 너는 마셜을 도울 수 있어."

천천히 멀어진 대릴은 숲에서 벗어날 때까지 매기에게서 눈을 떼지 못하고 뒷걸음질쳤다. 그러다가 몸을 돌려서는 전력 질주로 뛰어갔다.

스콧은 대릴이 떠나는 걸 지켜보면서 아이시 형제가 옥상에서 아래를 내려다보는 모습을, 총에서 터진 섬광이 그들의 얼굴을 비추는 모습을 상상했다.

"걔는 거기 있었어. 걔가 거기 있었다는 걸 알아."

스콧은 매기를 쳐다봤다. 그녀는 그를 응시하고 있었다. 환한 미소를 짓느라 입을 벌리고 있었고, 혀는 날카롭고 새하얀 에나멜의 산등성이 너머로 늘어져 있었다.

스콧은 매기의 머리를 만졌다.

"너는 역사상 최고의 아가씨야. 정말로 그래."

매기는 하품을 했다.

스콧은 매기의 목줄을 채우고는 공원을 가로질러 그들의 차로 걸어갔다. 그는 걷는 동안 조이스 카울리에게 문자를 보냈다.

25

오르소의 눈빛은 스토브 위에서 가열되는 프라이팬처럼 생기가 없었다. 매기를 버드레스와 함께 사육장에 남겨둔 스콧은 카울리와 오르소와 함께 회의 테이블에 앉아 있었다. 형사들은 그가 전한 소식을 그가 예상했던 방식으로 받아들이지 않았다.

오르소는 개똥이 가득 담긴 봉지를 보는 사람처럼 증거물 봉지를 응시했다.

"그게 어디 있었다고?"

"상자 바닥에, 파일들 아래 있었습니다. 마닐라 봉투에 들어 있었습니다. 큰 사이즈가 아니라 작은 사이즈의 봉투였습니다. 멜론 형사님이 첸에게 돌려보내려던 거였습니다."

카울리는 그녀의 보스를 힐끔거렸다.

"SID는 거기에 묻은 얼룩이 피처럼 보여서 그걸 봉지에 담았어요. 얼룩은 녹으로 밝혀졌고, 그래서 그들은 폐기해도 좋다는 허락을 받으려고 멜론한테 그걸 보낸 거예요. 멜론은 그러라고 허락하는 메모를 썼는데, 그걸 보낼 짬을 내지는 못했던 것 같아요."

오르소는 봉지를 테이블에 툭 던졌다.

"이건 내가 처음 보는 거야. 자네, 자료 훑을 때 이 봉지를 봤나?"

"아뇨."

스콧이 말했다. "그게 저한테 있습니다. 두 사람이 주고받은 메모와 봉투가요. 제 차에 있습니다. 원하시면 가서 가져오겠습니다."

오르소는 자세를 바꿨다. 그는 지난 10분간 이리저리 몸을 옮기면서 자세를 고치고 있었다.

"오, 원하고말고. 하지만 지금은 아냐. 그런데 말이야, 자네는 어쩌다가 우리한테 요청하지도 않고 이 사무실에 있는 물건을 마음대로 가져가도 된다고 생각하게 된 건가?"

"메모에는 이게 쓰레기라고 적혀 있었습니다. 멜론 형사님은 그에게 이걸 내버리라고 했습니다."

오르소는 눈을 감았다. 하지만 그의 얼굴에는 긴장감이 파문을 일으키고 있었다. 그는 차분한 목소리로 말했지만 두 눈은 감은 채였다.

"오케이. 그러니까 자네는 그게 쓰레기니까 마음대로 가져가도 괜찮다는 허락을 자네 자신에게 해줬어. 그리고 자네는 지금 그걸 증거라고 믿고 있지."

"제가 이걸 가져간 건 녹 때문이었습니다."

오르소가 눈을 떴다. 그는 아무 말도 하지 않았고, 그래서 스콧은 말을 이었다.

"SID는 이걸 살상 지역을 내려다보는 옥상 바로 밑 인도에서 회수했습니다. 제가 말씀드렸던 바로 그 옥상입니다. 제가 거기 갔을 때 손에 녹이 묻었는데, 그걸 보는 순간 거기에 무슨 연결고리가 있을지도 모른다는 생각이 들었습니다. 그 문제를 고민해보고 싶었습니다."

"그래서 자네는 그게 증거이기를 희망하면서 그걸 가져갔던 거로군."

"제가 희망한 게 무엇인지는 저도 모릅니다. 그걸 갖고 고민해보고 싶었을 뿐입니다."

"자네 대답을 '예스'로 받아들이도록 하지. 자네가 그걸 증거물로 생각하건 쓰레기로 생각하건 나는 전혀 신경 쓰지 않으니까. 그런데 여기에는 문제가 있어. 만약에 그게 증거라면, 이 사건을 수사하는 경찰이 아닌 자네는, 정중하게 자네를 맞아들인 우리한테 엿을 먹인 작자인 자네는 그걸 집으로 가져가는 짓을 하는 걸로 관리 연속성(chain of custody)을 위반했어."

오르소를 달래는 카울리의 목소리는 부드러웠다.

"보스."

스콧은 대꾸하지 않았다. 오르소가 그를 밥맛없는 놈으로 생각하건 말건 신경 쓰지 않았다. 끊어진 가죽끈이 대릴에게로 이어졌고, 대릴이 총잡이들과 이어질지도 몰랐다.

오르소의 얼굴에 긴장감이 감돌더니 왼쪽 눈 아래에 틱 증세가 나타났다. 그러다가 감정의 잔물결이 진정된 후 그는 얼굴을 풀었다.

"사과하네, 스콧. 그런 말을 해서는 안 되는 거였어. 미안하네."

"제가 난장판을 만든 게 맞습니다. 죄송합니다. 하지만 시곗줄은 현장에 있었고, 대릴은 그걸 차고 있었습니다. 장담합니다. 제 개의 후각은 틀리지 않습니다."

카울리가 말했다. "대릴은 그 시곗줄이 자기 거라는 걸 부인하고, 현장에 있었다는 것도 부인해요. 우리는 면봉으로 그의 DNA를 수집해서 DNA를 비교해볼 수 있어요. 그러면 알게 되겠죠."

오르소는 증거물 봉지를 놓고 고민에 잠겼다. 그러다가 그의 의자를 문 쪽으로 밀었다.

"제리! 페티비치! 이언이 자리에 있는지 볼 수 있나? 있으면 나 좀 보자고 해."

몇 분 후에 아이맨이 그들에게 합류했다. 그의 얼굴은 스콧이 기억하는 것보다 더 붉었다. 스콧을 보자 깜짝 놀랐다는 듯한 미소가 이언의 얼굴을 갈랐다.

"기억 은행에서 튀어나온 뉴스가 있는 건가? 범인의 흰색 구레나룻이 얽은 자국이 있는 주먹코로 돌변한 건가?"

이언의 빌어먹을 농담은 짜증이 났지만, 오르소는 스콧이 대꾸하기도 전에 업무 관련 주제로 화제를 돌렸다.

"스콧은 마셜 아이시가 신의 가게를 털 때 그의 동생인 대릴이 현장에 있었다고, 총격을 목격했을지도 모른다고 믿습니다."

밀스는 얼굴을 찡그렸다.

"그놈한테 동생이 있는지는 몰랐는데."

"선배가 그걸 알아야 할 이유는 없으니까요. 조금 전까지도 우리한테는 그의 동생이 사건에 개입돼 있다고 생각할 이유가 하나도 없었어요."

밀스는 팔짱을 꼈다. 그는 스콧을 응시하다가 오르소에게 시선을 돌렸다.

"놈은 거짓말 테스트를 통과했어. 우리는 마셜이 총격이 벌어지기 전에 현장을 떠났다는 걸 밝혀냈잖아."

"놈은 현장에는 자기밖에 없었다고 주장하기도 했잖아요. 스콧 말이 맞다면, 마셜은 솜씨 좋은 거짓말쟁이일 거예요."

아이맨의 시선이 스콧에게로 재깍 돌아왔다.

"자네가 그 꼬맹이를 기억하는 건가? 놈이 총격을 목격했다던가?"

"이건 기억하느냐 마느냐 문제가 아닙니다. 저는 그 아이가 현장에 있었다고 말씀드리는 겁니다. 그리고 저는 그 애가 옥상에 있었다고 믿습니다. 하지만 그 애가 언제 거기에 있었는지는 모릅니다. 뭘 봤는지도 모릅니다."

오르소는 증거물 봉지를 밀스 쪽으로 밀었다. 밀스는 봉지를 힐끔 봤지만 손을 대지는 않았다.

"스콧이 사건 파일에서 이걸 발견했어요. SID가 현장에서 수거한 가죽 시곗줄의 반 토막이에요. 스콧은 이것과 대릴 아이시를 연결시킬 수 있다고 믿는데, 그렇게 되면 대릴이 현장에 있었다는 게 입증될 거예요. 논의를 더 진전시키기 전에, 우리한테 관리 연속성 문제가 생겼다는 걸 선배도 알아두셨으면 해요."

오르소는 열정이 전혀 느껴지지 않는 말투로 스콧이 저지른 실수를 설명했다. 밀스의 얼굴은 갈수록 어두워졌다. 밀스가 설명을 듣는 동안 스콧은 교장실에 불려온 열두 살짜리가 된 듯한 기분이었다.

"지금 장난치는 거야? 도대체 무슨 생각으로 그런 짓을 한 거야?"

"망할 놈의 수사를 제대로 한 인간이 아홉 달 동안 한 명도 없었고 사건은 여전히 미해결 상태라는 생각을 했습니다."

오르소는 그만하라는 뜻으로 밀스에게 손을 들어 올리고는 스콧을 힐끔 봤다.

"이언 형사님께 개 얘기를 해줘. 자네가 나한테 설명한 것처럼."

매기가 냄새 샘플에 처음 노출됐을 때 얘기로 시작한 스콧은 매기가 냄새를 맡아서 대릴 아이시를 공원의 이쪽 끝에서 저쪽 끝까지 곧장 추적했던 맥아더 공원으로 아이맨을 데려가서는 공원을 가로질렀다.

스콧은 여전히 밀스 앞 테이블에 놓여 있는 증거물 봉지를 가리켰다.

"이게 그 아이의 거였습니다. 그 아이는 우리가 총에 맞던 밤에 거기에 있었습니다."

얼굴을 찡그린 밀스는 털이 수북하게 난 팔뚝 너머를 보며 아무 말 없이 귀를 기울였다. 스콧이 설명을 마치자 그는 한층 더 얼굴을 찡그렸다.

"헛소리로 들리는군."

오르소는 어깨를 으쓱했다.

"그런지 아닌지 알아내는 건 쉽죠. 그 개한테 무슨 능력이 있을지도 모르니까요."

스콧은 밀스가 오르소의 말에 귀를 기울일 거라는 걸 알았다. 그래서 그는 자신의 주장을 더 강하게 밀어붙였다.

"매기는 대릴 아이시를 찾아냈습니다. 여기 빨간 줄들 보이시죠? 옥상의 안전 난간에 있는 쇠는 녹슬어 있습니다. SID는 이 작은 빨간 얼룩들이 녹이라고 말했습니다. 그 아이의 시계가 난간에 걸렸고, 그 바람에 시곗줄이 끊어지면서 이 조각이 인도에 떨어진 겁니다. SID가 이걸 발견한 곳이 그곳입니다."

오르소는 밀스 쪽으로 몸을 기울였다.

"내 생각은 이래요. 그 꼬맹이를 잡아들여서 면봉으로 DNA를 추출해서 검사해보는 겁니다. 그러면 이게 그 아이 것인지 알 수 있을 거예요. 개가 뭔가를 봤는지 아닌지는 그다음에 고민해도 돼요."

밀스는 문을 향해 걸어갔지만, 울화가 치미는 걸 자제하려고 몸을 놀리는 중이라는 듯 회의실을 떠나지는 않았다.

"이 사안이 희소식이기를 바라야 하는 건지 쓰레기이기를 바라야 하는 건지 모르겠군. 이봐, 풋내기, 너는 우리를 엿 먹였어. 네가 증거물을 갖고 여기를 걸어 나갔다는 게, 염병할, 믿어지지를 않는군. 어쨌든, 세상에서 제일 멍청한 피고 측 변호사도 네가 증거를 갖고 그런 짓을 해서 증거를 오염시켰다고 지적할 거야."

오르소가 몸을 젖혔다.

"이언 선배, 그 얘기는 끝났잖아요. 이쯤 해둡시다."

"정말? 보여줄 게 하나도 없는 채로 망할 놈의 아홉 달을 보낸 후에?"

"이게 희소식이기를 기도하자고요. DNA가 일치한다는 결과가 나올 경우, 우리는 그 애가 거짓말쟁이라는 걸 알게 될 거예요. 걔가 뭔가를 숨기고 있다는 걸 알 게 될 거고, 그러면 문제 극복 대책을 1,000가지쯤 찾아낼 수 있을 거예요. 우리, 전에도 이런 춤을 춰봤잖아요, 선배."

미래의 판사가 시곗줄을 증거에서 배제한다면 그 판사는 시곗줄에서 파생된 후속 증거들도 모두 배제할 가능성이 크다. 그릇된 방식으로 확보한 증거에서 파생된 증거 역시 그릇된 것이라는 원칙에 따라 후속 증거는 '독수독과(毒樹毒果)'라고 불린다. 자신들이 가진 증거가 썩은 과일 조각이라는 걸 알 경우, 동일한 결론에 도달하고자 하는 수사관들은 앞서 확보한 증거와는 관련이 없는 증거를 사용하는 것으로 썩은 과일을 회피하는 경로를 찾아내려고 노력한다. 이걸 '문제 극복 대책(work around)'이라고 부른다.

밀스는 고개를 저으면서 문간에 섰다.

"나도 나이가 들었나 봐. 스트레스 때문에 죽을 지경이야."

그는 잠시 고민에 잠긴 듯 보였다. 그러더니 스콧에게로 몸을 돌렸다.

"좋아. 그런데 말이야, 자네하고 바스커빌의 사냥개가 이 꼬맹이를 쫓았을 때, 자네는 그 자식을 심문했을 것 같은데?"

"그는 모든 걸 부인했습니다."

"오호, 그러면 훈련된 수사관 노릇을 하고 있던 자네는 개한테 총격을 목격했느냐고 물었겠지?"

"자기는 그 자리에 없었다고 대답했습니다."

"물론 그렇게 말했겠지. 그렇다면 자네가 여기서 실제로 이뤄낸 게 뭔가? 자네는 그 꼬맹이한테 우리가 놈을 쫓고 있다는 사실과 놈에게서 알아내고 싶은 게 무엇인지를 큰소리로 알려줬어. 그 덕에 놈은 이제 그럴싸한 대답들을 궁리해낼 시간을 엄청나게 갖게 됐잖아. 축하하네, 셜록."

아이맨은 뚜벅뚜벅 회의실을 떠났다.

스콧은 오르소와 카울리를 쳐다봤다. 그는 대체로는 카울리만 쳐다봤다.

"그게 아무 가치가 없는 일이라는 걸 저도 잘 압니다. 죄송합니다."

오르소는 어깨를 으쓱였다.

"살다 보면 엿 같은 일들이 생기는 법이지."

오르소는 테이블에서 의자를 뒤로 밀어내더니 회의실을 떠났다.

카울리가 마지막으로 일어섰다.

"가요. 엘리베이터까지 바래다줄게요."

스콧은 무슨 말을 할지 모르는 채로 그녀를 따라갔다. 마닐라 봉투에서 작은 가죽끈을 찾아냈을 때, 그는 그게 발견된 인도와 녹이 묻은 자국 덕에 시곗줄에 대한 감을 잡았고 어찌어찌 그날 밤의 사건들에 대한 아이디어를 떠올렸다. 이 시곗줄은 스테파니와 총격과 그가 떠올리지 못한 기억들을 이어주는 물증이었다. 그는 그것이 그가 그날 밤을 더 뚜렷하게 보는 걸 도와주기를 바랐었다.

엘리베이터에 당도했을 때, 카울리가 그의 팔을 잡았다. 그녀는 슬퍼 보였다.

"살다 보면 이런 일도 있는 거예요. 그래도 그 와중에 목숨을 잃은 사람은 없잖아요."

"오늘은 없었죠."

카울리의 얼굴이 상기됐다. 스콧은 무심코 한 대꾸 때문에 그녀가 어색하고 난처한 처지가 됐다는 걸 깨달았다.

"이런, 제가 말실수를 했군요. 제 말은 그런 뜻이 아니었습니다. 형사님은 저한테 정말 잘 대해주셨는데요."

그녀가 긴장을 풀면서 얼굴에서 홍조가 서서히 사라졌다.

"순경을 상냥하게 대한 거, 그건 내 진심이에요. 순경이 그런 일을 했다고 판사가 무조건 증거를 배제하지는 않을 거예요. 이런 문제들에 대한 논쟁은 법정에서 날마다 벌어져요. 그러니까 제대로 속을 끓일 시간이 되기 전까지는 속 끓이지 마요."

스콧은 기분이 조금 나아졌다.

"말씀하신 대로 하겠습니다."

"있잖아요, 대릴의 DNA가 시곗줄에서 얻은 것하고 일치할 경우, 우리한테는 추적할 대상이 생길 거예요. 그러면 그건 모두 당신 덕이에요."

엘리베이터가 열렸다. 스콧은 한 손으로 문을 붙잡은 채로 안에 오르지는 않았다.

"형사님하고 어떤 남자가 해변에서 찍은 사진 말인데요, 남편분이신가요?"

카울리가 너무 가만히 있어서 스콧은 그가 그녀를 불편하게 만들었다고 생각했다. 하지만 그녀는 몸을 돌리면서 미소를 지었다.

"그 문제는 생각조차 하지 마요, 순경."

“너무 늦었습니다. 지금 생각 중이라서요.”

그녀는 계속 걸어갔다.

“뇌의 스위치를 내리도록 해요.”

“제 개는 저를 좋아합니다.”

특수팀 사무실의 문에 다다른 카울리가 걸음을 멈췄다.

“우리 오빠예요. 그 애들은 내 조카들이고요.”

“감사합니다, 형사님.”

“좋은 하루 보내요, 순경.”

스콧은 엘리베이터에 올라 그의 차가 있는 아래로 내려갔다.

26

스콧은 남은 오후를 매기와 상급(上級) 차량 훈련을 하면서 보냈다. 이 훈련의 내용은 열린 창문을 통해 차에서 나가기, 용의자 체포를 위해 열린 창문을 통해 차로 들어가기, 스콧이 차량 내부에 있고 매기가 차량 밖에 있을 때 목줄이 풀린 상태에서 명령에 복종하기 등이었다. 그들이 모는 K-9 차량은 앞좌석과 뒷좌석이 튼튼한 철망으로 분리된 경찰의 표준형 순찰용 세단으로, 원격 문 개방 시스템으로 30미터 떨어진 거리에서도 뒷문을 열 수 있었다. 원격 시스템 덕에 스콧은 차에서 내리지 않고도 매기를 차에서 풀어주거나 그녀 없이 혼자 차에서 내리는 게 가능했다. 벨트에 달린 버튼을 누르는 것만으로 멀리서 그녀를 풀어주는 것도 가능했다.

매기는 K-9 차량을 싫어했다. 그녀는 차 뒷좌석에는 기꺼이 풀쩍 올라탔지만, 스콧이 운전석에 앉자마자 낑낑거리면서 그들을 갈라놓는 철망을 발로 긁어댔다. 그녀는 누우라거나 앉으라는 명령을 내리면 그런 짓을 중단했지만, 몇 초 있다가 다시 그에게 발을 뻗으려고 한층 더 기를 썼다. 철망을 어찌나 힘껏 물고 밀어대는지, 스콧은 그러다가는 그녀의 이빨이 부러질지도 모르겠다고 생각했다. 그는 가급적 빨리 다른 훈련으로 넘어갔다.

릴랜드는 오후 내내 그들의 훈련을 지켜보다 말았다 했다. 하지만 그는 대부분의 시간 동안 자리를 비웠다. 스콧은 이게 좋은 징조인지 아닌지 확신이 서지를 않았다. 하지만 매기가 점프해서 차를 들락거리는 동안에는 릴랜드가 주위를 비우면 비울수록 그로서는 좋은 일이었다. 매기가 절뚝거리는 일 없이 일과를 끝내자 그는 안도감을 느꼈다.

스콧이 훈련 장비를 정리하고 청소한 뒤 매기를 사육장 밖으로 이끌 때였다. 그들 뒤에서 사무실 문이 열리면서 릴랜드가 모습을 나타냈다.

"제임스 순경."

스콧은 매기가 으르렁거리는 걸 그치도록 목줄을 세게 잡아당겼다.

"안녕하십니까, 경사님. 집에 가려던 참입니다."

"오래 붙들어 두지는 않겠다."

릴랜드가 사무실 밖으로 나왔다. 그래서 스콧은 그를 만나려고 방향을 돌려 뒤로 갔다.

"우리 잘생긴 청년 콰를로를 또 다른 핸들러에게 배정하려고 한다. 내가 귀관에게 처음 제안한 개가 콰를로였기 때문에, 나는 귀관이 이 소식을 나한테서 듣는 게 옳은 일이라고 생각한다."

스콧은 릴랜드가 왜 이런 얘기를 하는 건지를, 또는 콰를로를 다른 핸들러에게 배정하는 게 무슨 의미인지를 확신하지 못했다.

"알겠습니다. 알려주셔서 감사합니다."

"한 가지 더 있다. 우리가 여기 있는 미스 매기와 훈련을 시작했을 때, 귀관은 내가 귀관을 재평가하기 전까지 2주의 시간을 달라고 요청했었다. 귀관은 3주의 시간을 가져도 좋다. 저녁 즐겁게 보내라, 제임스 순경."

스콧은 매기에게 상을 주는 게 적절하다는 결론을 내렸다. 그들은 버뱅크에 있는 공사장에서 프라이드치킨과 소고기 가슴살, 칠면조 다리 두 개로 자축했다. 푸드 트럭에서 일하는 여자들은 매기에게 푹 빠져서는 스콧과 매기 옆에서 포즈를 취하면서 사진을 찍어도 되겠냐고 물었다. 스콧은 물론이라고 말했고, 공사장 일꾼들도 사진을 찍으려고 줄을 섰다. 매기는 딱 한 번만 으르렁거렸다.

집에 도착한 스콧은 매기와 산책한 후 샤워를 마치고 디스크가 담긴 봉투를 식탁으로 가져갔다. 고인이 된 두 남자가 즐거운 시간을 보내는 생전 모습을 지켜본다는 생각은 소름이 돋았지만, 스콧은 동영상을 수사용으로 시청하는 행위가 자신이 무고한 구경꾼 입장에서 휘말려 들어간 이 정신 나간 총격전과 스테파니를 폭력에 빼앗긴 이 사건을 그가 잘 다뤄내는 데 도움을 주기를 바랐다. 그는 이런 행위를 하는 게 그 자신을 기만하기 위함이 아니기를 바랐다. 어쩌면 그는 순전히 분노를 쏟아부을 더 나은 표적을 원하는 건지도 몰랐다.

봉투를 연 스콧은 '타일러스'라는 레이블이 붙은 디스크와 '클럽 레드'라는 레이블이 붙은 디스크를 한 장씩 발견했다. 디스크에 붙은 번호와 관련된 무엇인가가 그를 괴롭혔다. 그러다가 그는 멜론이 클럽 레드에서 받은 디스크 두 장을 기록에 등재했다는 걸 떠올렸다. 카울리가 어째서 그에게 클럽 레드의 디스크를 한 장만 준 것인지 궁금했다. 하지만 그는 대수로운 일은 아닐 거라는 결론을 내렸다.

스콧은 클럽 레드 디스크를 컴퓨터에 삽입했다. 디스크가 로딩되는 사이 주방에 간 매기는 소리만 들으면 몇 리터쯤 되는 물을 후루룩거린 다음, 스콧의 발치로 와서 검정과 황갈색이 섞인 몸을 커다란 공처럼 말았다. 매기는 이제 우리에서 자지 않았다. 스콧은 그녀를 만지려고 아래로 팔을 뻗었다.

"우리 착한 아가씨."

쿵, 쿵.

클럽 레드 동영상은 천장에 고정된 흑백 카메라로 녹화한 것이었다. 소리는 없었다. 높은 앵글은 상류층 남성들과 커플들로 북적이는 실내의 부스나 테이블을 비췄다. 웨이터들이 테이블 사이를 오가는 동안 손님들은 무대의상 차림으로 포즈를 취하는 여성들을 지켜보고 있었다. 동영상이 시작되고 30초 후, 벨루아와 펄레시안이 2인용 테이블에 모습을 나타냈다. 스콧은 그들을 지켜보는 동안 아무것도 느끼지 못했다. 2분 후, 웨이트리스 한 명이 주문을 받으러 접근했다. 지루해진 스콧은 빨리 감기 버튼을 눌렀다. 음료들이 고속으로 배달됐고, 웨이트리스의 몸놀림은 우스꽝스러워졌으며, 벨루아는 코미디언처럼 익살을 부렸고 펄레시안은 댄서들을 응시했다. 어느 시점에 벨루아가 지나가는 웨이트리스를 멈춰 세웠고, 그러자 그녀는 방 뒤쪽을 가리켰다. 벨루아가 그녀가 손가락으로 가리킨 방향으로 3배속으로 갔다가 2분 후에 똑같은 속도로 돌아왔다. 용무를 보는 시간. 더 많은 시간이 빨리 감기로 잽싸게 흘러갔다. 벨루아가 술값을 계산했고, 그들은 떠났다. 그러더니 마법사가 세상을 얼려버린 듯 이미지가 얼어붙었다.

녹화 종료.

두 남자는 직원 말고는 어느 누구하고도 교류하지 않았다. 그들에게 접근한 사람은 없었다. 둘 중 어느 쪽도 다른 손님에게 접근하거나 말을 걸지 않았다. 둘 중 어느 쪽도 휴대폰을 쓰지 않았다.

스콧은 컴퓨터에서 디스크를 뺐다.

동영상을 봤는데도 벨루아와 펄레시안이 동영상을 보기 전보다 더 생생한 존재가 된 건 아니었다. 두 사람은 알 수 없는 이유로 살해당하기 직전인 중년 남성들일 뿐이었다. 스콧은 그들이 미웠다. 그는 자신이 입수한 게 그들이 총에 맞아 목숨을 잃는 동영상이었으면 했다. 그들이 클럽을 떠날 때 총에 맞았으면 싶었다. 그 개자식들이 스테파니를 살해하고 그를 만신창이로 만들려고 총을 쏘기 전에 그들을 클럽에 멈춰 세웠으면 싶었다. 스콧 제임스는 지금 이 자리에서 울고 있는 자신을 처량한 신세로 만들어 버린 과거의 그 시점에 그놈들이 그들을 그 자리에서 해치웠으면 싶었다.

쿵, 쿵, 쿵.

매기가 그의 옆에서 그를 지켜보고 있었다. 귀를 접고 애정이 담긴 눈빛을 뿜어내는 그녀는 바다표범처럼 부드럽고 매끈해 보였다. 그는 매기의 머리를 쓰다듬었다.

"나는 괜찮아."

스콧은 물을 조금 마시고 소변을 본 후 타일러스의 디스크를 넣었다. 높은 앵글로 잡은 안내 데스크, 바의 일부만 잡은 화면, 흐릿한 테이블 세 개가 보였다. 펄레시안과 벨루아가 프레임의 왼쪽 하단 모퉁이에서 들어섰을 때, 앵글이 좋지 않은 탓에 그들의 얼굴은 카메라에 잡히지 않았다.

짙은 색 정장을 입은 술집의 남녀 안내원이 그들을 맞았다. 짧은 대화가 오간 후, 여성 안내원이 그들을 테이블로 안내했다. 이것이 스콧이 본, 펄레시안과 벨루아가 세상을 떠나기 전의 마지막 모습이었다.

스콧은 디스크를 빼냈다.

클럽 레드 디스크의 화질은 타일러스의 그것보다 훨씬 뛰어났다. 그래서 실종된 디스크에 무슨 장면이 들어 있을지 궁금해졌다. 스콧은 자기 생각이 옳다는 걸 확인하기 위해 멜론과 클럽 레드 지배인인 리처드 레빈의 인터뷰를 꺼내 멜론이 손으로 쓴 메모를 다시 읽었다.

R. Levin-deliv sec vid-2 dics-EV #H6218B

스콧은 카울리에게 전화를 걸기로 했다.

"조이스? 안녕하세요, 스콧 제임스입니다. 귀찮아하시지 않았으면 좋겠네요. 디스크 관련해서 궁금한 게 있어서요?"

"괜찮아요. 무슨 일이죠?"

"클럽 레드 디스크를 두 장 다 주지 않고 한 장만 주신 이유가 궁금해서요."

카울리는 잠시 침묵했다.

"디스크를 두 장 줬잖아요."

"맞아요, 그러셨죠. 타일러스 거 하나, 클럽 레드 거 하나요. 그런데 클럽 레드 디스크는 두 장이어야 합니다. 멜론 형사가 디스크 두 장을 명단에 등재했다는 내용의 메모가 여기 있거든요."

카울리는 조금 더 오래 침묵했다.

"뭐라고 말해야 할지 모르겠네요. 클럽 레드 디스크는 한 장뿐이에요. 우리가 가진 건 로스앤젤레스 공항 자료하고 타일러스 디스크, 그리고 클럽 레드 디스크예요."

"멜론의 메모에는 두 장이라고 적혀 있습니다."

"당신 말은 들었어요. 하지만 그 자료들은 다 확인을 거친 거예요, 알죠? 우리가 알아낸 건 도착시각하고 출발시각을 확인한 게 전부예요. 유별난 모습을 본 사람은 아무도 없어요."

"그러면 그게 왜 없는 걸까요?"

그녀는 짜증 난 듯한 목소리였다.

"살다 보면 그런 일이 생기는 거죠. 자료들이 사라지거나 제자리에 놓이지를 않거나 사람들이 물건을 가져갔다가는 자기들한테 그 물건이 있다는 걸 깜빡하거나 하는 식으로요. 확인해볼게요, 알았죠? 이런 일들이 생기고는 해요, 스콧. 다른 할 말 있어요?"

"아뇨. 감사합니다."

스콧은 비참한 기분이 들었다. 그는 전화를 끊고 디스크를 봉투에 집어넣은 후 소파에 몸을 뻗었다.

매기가 다가와서는 그의 냄새를 맡더니 소파 옆에 몸을 눕혔다. 스콧은 매기의 등에 손을 얹었다.

"네가 이 사건에서 유일하게 기분 좋은 부분이야."

쿵, 쿵.

27

매기

매기는 보는 이를 나른하게 만드는 녹색 들판을 행복하고 평온한 마음으로 돌아다녔다. 배는 빵빵했다. 갈증은 채워졌다. 스콧의 손은 따스한 위안이었다. 그 남자는 스콧이었다. 그녀는 매기였다. 이곳은 그들의 우리였고, 그들의 우리는 안전했다.

개들은 만사를 인지한다. 매기는 스콧이 스콧이라는 걸 알았다. 스콧이 다른 인간들을 만날 때, 그들이 그를 그 단어로 불렀기 때문이다. 이런 방식으로 그녀는 피트가 피트라는 걸, 그녀 자신은 매기라는 걸 알았다. 사람들은 그렇게 말하고는 그녀를 쳐다봤다. 이리 와, 그대로 있어, 아웃, 우리, 산책, 공, 쉬, 이층침대, 찾아, 쥐, 휴대식량, 음식, 착한 아가씨, 마셔, 앉아, 다운, 녀석, 굴러, 상, 앉아, 감시, 먹어, 그를 찾아, 그를 잡아, 기타 등등의 다른 많은 단어를 매기는 이해했다. 그 단어들이 음식과 기쁨, 놀이, 또는 그녀의 알파를 기쁘게 하는 것과 관련된 거라면 그녀는 그 단어들을 쉽게 배웠다. 중요한 건 이것이었다. 그녀의 알파를 기쁘게 해주면 그녀의 무리가 강해진다는 것.

스콧이 손을 움직이자 매기는 눈을 떴다. 그들의 우리는 조용하고 안전했다. 그래서 매기는 몸을 일으키지 않았다. 그녀는 스콧이 우리를 가로질러 이동하는 소리에 귀를 기울였다. 그녀는 그가 소변을 보는 소리를 소변 냄새를 맡기 몇 초 전에 들었다. 그가 소변을 본 뒤에는 물이 흐르는 소리가 이어졌다. 잠시 후, 그녀는 스콧이 입 안에 만들어낸 달콤한 녹색 거품의 냄새를 맡았다. 물소리가 그치면 스콧은 녹색 거품과 물과 비누의 냄새를 선명하게 풍기며 돌아왔다.

그는 그녀 옆에 쪼그려 앉아 그녀를 쓰다듬으며 이해하지 못할 단어들을 내뱉었다. 그런 건 중요하지 않았다. 그녀는 그의 말투에 깃든 애정과 다정함을 이해했다.

매기는 배를 드러내려고 뒷다리를 들었다.

알파가 행복하면 무리가 행복하다.

나는 당신 것이다.

스콧이 어둠 속에서 소파에 몸을 눕혔다. 매기는 그의 체온이 떨어지는 걸 냄새로 맡았다. 그가 잠들었을 때도 냄새로 그 사실을 파악했다. 스콧이 잠들자 매기는 한숨을 내쉬고는 자신도 꿈나라로 빠져들었다.

그들의 우리에서 나는 새로운 소리에 매기는 잠에서 깼다.

그들의 우리는 우리에서 풍기는 냄새와 거기서 나는 소리에 의해 규정됐다. 카펫, 페인트, 스콧, 벽에 있는 생쥐들이 풍기는 냄새와 그들이 짝짓기하면서 내는 찍찍 소리, 스콧과 매기 무리를 향해서만 목소리를 내는 건너편 우리의 나이 많은 인간 여성, 과일을 먹으려고 오렌지 나무를 기어오르는 쥐, 그 쥐를 사냥하는 고양이 두 마리가 풍기는 냄새. 스콧이 그녀를 집에 데려왔을 때, 매기는 그들의 우리를 배우기 시작했고, 결코 끝나지 않는 파일을 다운로드하는 컴퓨터처럼 매번 숨을 쉴 때마다 우리와 관련한 것들을 더 많이 배웠다. 그녀의 기억에 정보가 쌓여감에 따라 냄새와 소리의 패턴은 점차 친숙해졌다.

친숙한 건 좋은 것이다. 낯선 것은 나쁜 것이다.

나이 많은 여성의 우리 너머에서 부드럽게 발을 끄는 소리가 다가왔다.

매기는 즉시 머리를 들고는 소리 나는 쪽으로 귀를 곧추세웠다. 인간의 발소리를 인식한 그녀는 두 사람이 진입로를 올라오고 있다는 걸 알아차렸다.

서둘러서 프렌치 도어로 간 매기는 커튼 아래에 코를 밀어 넣었다. 잔가지가 꺾이는 소리가, 바삭바삭한 나뭇잎들이 부서지는 소리가, 점점 커지는 발을 끄는 소리가 들렸다. 나무에 있던 쥐들이 고요 속에 몸을 감추려고 움직임을 멈췄다.

매기는 커튼 옆으로 이동해서 고개를 아래에 고정하고는 더 많은 공기를 맛봤다. 발소리가 멈췄다.

그녀는 귀를 기울이며 고개를 곧추세웠다. 그러고는 킁킁거렸다. 출입문 자물쇠에서 금속과 금속이 부딪히면서 나는 부드러운 딸깍 소리가 들렸다. 냄새를 포착한 그녀는 그들이 불법침입자라는 걸 알아차렸다. 그들의 우리에 들어왔던 낯선 자들이 돌아온 것이다.

매기는 우레 같은 소리로 연달아 맹렬히 짖어댔다. 그녀는 유리로 돌진했다. 등에 난 털은 꼬리부터 어깨까지 곤두서 있었다.

그들의 우리가 위험에 처했다.

무리가 위협받고 있었다.

그녀의 분노는 그녀가 보내는 경고였다. 무리를 위협하는 것은 무엇이건 쫓아버리거나 죽일 작정이었다.

그녀는 그들이 달아나는 소리를 들었다.

"매기! 매기!"

스콧이 매기의 뒤에 있는 소파에서 내려왔지만, 그녀는 그에게는 전혀 신경을 쓰지 않았다. 그녀는 그들에게 경고를 보내면서 그들을 더 힘껏 몰아냈다.

"뭘 보고 짖는 거니?"

발을 끄는 소리가 희미해졌다. 자동차 문이 쾅 하고 닫혔다. 엔진 소리가 점점 약해지다가 사라졌다.

스콧은 커튼을 걷고 나서 그녀에게 다가왔다.

위협은 사라졌다.

우리는 안전하다.

무리는 안전하다.

알파는 안전하다.

그녀가 할 일은 끝났다.

"밖에 누가 있니?"

매기는 애정과 기쁨을 담은 시선으로 스콧을 올려다봤다. 그녀는 귀를 접고 꼬리를 쳤다. 그녀는 스콧이 어둠 속에서 위험한 존재를 찾는 중이라는 걸, 하지만 아무것도 찾아내지 못할 거라는 걸 알고 있었다.

매기는 잰걸음으로 물그릇으로 가서 물을 마셨다. 그녀가 돌아왔을 때 스콧은 소파에 돌아와 있었다. 그녀는 그를 보게 돼서 무척이나 행복했다. 그녀는 그의 무릎에 머리를 얹었다. 그는 그녀의 귀를 긁으며 쓰다듬어주었다. 매기는 행복에 젖어 몸을 꿈틀거렸다.

그녀는 바닥을 킁킁거린 후 제일 좋은 자세를 찾아낼 때까지 이리저리 몸을 돌리다가 그의 옆에 누웠다.

알파는 안전하다.

우리는 안전하다.

무리는 안전하다.

매기는 눈을 감았다. 하지만 남자의 심장이 느려지고 호흡이 안정되며 피부가 서늘해지는 것과 동시에 그를 스콧으로 만든 100가지 냄새들이 함께 바뀔 때에도 그녀는 깨어 있었다. 그녀는 쥐들이 찍찍거리는 소리와 프리웨이를 달리는 차 소리 같이 살아 있는 밤이 내는 친숙한 소리를 들었다. 쥐와 오렌지와 땅과 딱정벌레가 풍기는, 그녀가 예상했던 냄새로 풍성한 공기를 맛봤다. 그녀는 마법의 눈을 가진 체중 39킬로그램짜리 영혼이나 된 양 바닥에 있는 그녀의 자리에서 일어나 그들의 세계를 순찰했다. 매기는 한숨을 쉬었다. 스콧이 평온해졌을 때, 그녀도 잠에 빠져들었다.

28

이튿날 아침, 스콧은 매기와 산책을 마치고 샤워를 한 후에 사라진 디스크의 내용을 직접 확인해보기로 했다. 리처드 레빈의 연락처는 그의 인터뷰 서류 첫 페이지에 있었다.

이 시간에 클럽 레드에는 사람이 없을 터였다. 그래서 그는 레빈의 개인 번호로 전화를 걸었다. 음성사서함에 메시지를 남겨달라고 안내하는 목소리는 남자 목소리였지만 목소리의 주인을 식별할 수 있는 정보는 하나도 제공하지 않았다. 펄레시안 살인사건을 수사하는 형사라고 자신을 소개한 스콧은 디스크와 관련해서 궁금한 점이 있다고 말하고는 되도록 빨리 전화를 달라고 부탁했다.

7시 20분, 스콧이 부츠의 끈을 묶고 있자 매기가 문과 목줄 사이에서 펄쩍펄쩍 뛰었다. 매기가 이런저런 조짐들을 알아차리는 방식을 보면서 그는 짜릿한 쾌감을 느꼈다. 그가 부츠의 끈을 묶을 때면 언제든 그녀는 그들이 함께 밖에 나갈 거라는 걸 알아차렸다.

스콧은 말했다. “너는 정말 영리한 개야.”

7시 21분에 전화기가 울렸다. 스콧은 운이 좋다고, 아마도 레빈이 회신한 거라고 생각했다. 그러다가 발신자 정보에 LAPD라고 뜬 걸 봤다.

“좋은 아침입니다. 스콧 제임스입니다.”

그는 턱 아래에 전화기를 끼고 귀를 기울이면서 끈을 묶는 걸 마무리했다.

"램파트 수사과의 앤슨 형사야. 내 파트너 생크먼 형사하고 자네 집 앞에 있어. 얘기 좀 했으면 싶은데."

스콧은 램파트 형사 둘이 그의 집에 왜 온 걸까 의아해하면서 프렌치 도어로 갔다.

"저는 게스트하우스에 있습니다. 형사님들 앞에 있는 나무문이 보이시죠? 잠겨 있지 않습니다. 그 문으로 들어오십시오."

"우리가 알기로는 자네 집에 K-9 경찰견이 있다고 하던데. 우리는 개 때문에 문제를 일으키고 싶지는 않아. 그 개를 단단히 묶어둘 수 있나?"

"매기는 문제를 일으키지 않을 겁니다."

"개를 확실히 묶어둘 수 있는 거야?"

스콧은 매기를 우리에 가두고 싶지 않았다. 매기를 침실에 넣고 문을 닫는다면 그녀는 침실을 빠져나오려고 기를 쓰면서 문을 갈가리 뜯을 터였다.

"기다리시죠. 제가 나가겠습니다."

스콧은 팔꿈치로 매기를 옆으로 밀고는 문을 열었다.

"밖에 나오지 마. 부탁인데 개를 확실히 묶어둬."

"형사님, 저한테는 그녀를 묶어둘 곳이 없습니다. 그러니까 여기 와서 매기랑 인사를 하시든지, 아니면 제가 그쪽으로 가겠습니다. 선택하십시오."

"개를 묶어두라니까."

스콧은 전화기를 소파에 툭 던지고는 매기 앞을 통과해서 그들을 만나러 나갔다.

진입로 입구 건너편 도로에 회색 크라운 빅이 주차되어 있었다. 스포츠 코트와 타이 차림의 두 남자가 몇 발짝 걸어와 진입로에 섰다. 키가 큰 쪽은 오십 대 초반쯤으로, 칙칙한 금발 머리에다 얼굴에 주름이 무척 많았다. 키가 작은 쪽은 삼십 대 후반쯤으로, 어깨가 떡 벌어진 남자였다. 그의 얼굴에서는 광채가 났고 벗어진 정수리 주위를 갈색 머리가 반지처럼 에워싸고 있었다. 두 사람 다 우호적인 인상은 결코 아니었고, 둘 다 그런 사람인 척하지도 않았다.

나이 많은 남자가 배지 케이스를 획 내보여 수사관을 상징하는 황금 방패와 신분증을 보여줬다.

"밥 앤슨이야. 이쪽은 커트 섕크먼이고."

앤슨은 배지를 집어넣었다.

"개를 묶어두라고 부탁했는데?"

"저한테는 그녀를 묶어둘 곳이 없습니다. 그래서 여기 밖에서 볼일을 보거나 그녀와 함께 안에서 용무를 보거나 둘 중 하나입니다. 매기는 사람들한테 해를 끼치지 않습니다. 그녀한테 형사님들 손등 냄새를 맡게 해주면, 두 분은 그녀를 사랑하게 될 겁니다."

섕크먼은 걱정된다는 듯 출입문을 바라봤다.

"출입문은 잠갔나? 개가 저기로 나올 수는 없는 거지, 그렇지?"

"그녀는 뜰에 있는 게 아닙니다. 집 안에 있습니다. 괜찮습니다, 섕크먼 형사님. 정말입니다."

섕크먼은 양손 엄지를 벨트에 꽂고는 권총집이 슬쩍 드러나기에 충분할 정도로 스포츠코트를 걷었다.

"나는 경고했어. 개가 여기로 돌진해 나오면 내가 쓰러뜨릴 거야."

스콧의 목덜미에 있는 털이 곤두섰다.

"두 분은 도대체 뭐가 문제입니까? 제 개를 쏠 거면 저부터 쏘는 게 나을 겁니다."

앤슨이 차분하게 끼어들었다.

"대릴 아이시 알지?"

올 게 왔다. 대릴은 민원을 제기했을 것이고, 두 사람은 그걸 조사하러 여기에 온 것이다.

"예, 누구인지 압니다."

"미스터 아이시도 자네 개는 해를 끼치지 않는다고 생각할까?"

"그에게 직접 물어보시죠."

섕크먼이 인간미가 느껴지지 않는 미소를 지었다.

"지금 자네한테 묻고 있잖아. 그를 마지막으로 본 게 언제였어?"

스콧은 머뭇거렸다. 대릴이 민원을 넣었다면, 그는 목격자가 있었느냐는 질문을 받았을 것이다. 앤슨과 섕크먼은 에스텔 롤리와 공원에 있었던 대릴의 친구들과 얘기를 나눴을지도 모른다. 스콧은 조심스레 대답했다. 그들이 이 문제를 어디로 끌고 갈지 확신이 서지 않았다. 하지만 그는 거짓말을 하다가 들통나는 것은 원치 않았다.

"어제 봤습니다. 이게 뭡니까, 앤슨 형사님? 두 분은 내사과 소속이십니까? 제가 경찰노조 대변인에게 전화를 걸어야 하는 겁니까?"

"우리는 램파트 형사들이라고 했잖아. 우리는 내사과와는 관련이 없어."

섕크먼은 스콧의 대답을 기다리지 않았다.

"어제 그를 봤다는 거 말이야, 어쩌다 그렇게 된 거야?"

"대릴의 형이 최근에 복수의 절도 혐의로 체포됐습니다……"

섕크먼이 스콧의 말을 끊었다.

"개한테 형이 있어?"

"마셜 아이시입니다. 마셜은 절도 사건 네 건을 저질렀다고 인정했습니다. 그런데 대릴이 그와 함께 범행을 저질렀다는 증거가 있습니다. 저는 그 얘기를 하려고 대릴의 집에 갔다가 그가 맥아더 공원에서 친구들을 만나고 있다는 얘기를 들었습니다."

생크먼이 다시 말을 끊었다.

"누구한테?"

"마셜의 여자 친구로, 에스텔 롤리라는 여자입니다. 마셜처럼 약에 쩐 메스 중독자입니다. 그녀는 그들의 집에 삽니다."

앤슨은 보일 듯 말 듯 고개를 끄덕였는데, 그건 그가 상세한 내용을 보고받았다는 걸 확인해주는 듯 보였다. 이제 앤슨은 그가 들은 얘기와 스콧이 하는 얘기 사이의 차이점을 파악하고 있었다.

"좋아. 자네는 그래서 맥아더 공원에 간 거로군."

"대릴은 제가 접근하는 걸 보자마자 도망쳤습니다. 그래서 제 개가 그를 쫓아가 멈춰 세웠습니다. 제 개나 저나 그의 몸에는 단 한 순간도 손을 대지 않았습니다. 그리고 그는 체포된 적이 없습니다. 저는 그에게 협조를 요청했습니다만, 그는 거절했습니다. 저는 그에게 자유로이 떠나도 좋다고 말했습니다."

앤슨을 보는 생크먼의 눈썹이 아치 모양을 그렸다.

"이 친구 말하는 거 들었어, 바비? 사람들을 심문했다는 얘기 말이야. 언제부터 K-9 순경들이 형사용 방패를 소지하고 다니기 시작한 거야?"

앤슨은 파트너를 쳐다보지도, 표정을 바꾸지도 않았다.

"스콧, 하나 좀 물어볼게. 그 대화를 하던 중에 대릴이 자네를 협박했었나?"

스콧은 앤슨의 질문이 이상하게 느껴졌다. 그가 향하는 방향이 어느 쪽인지 궁금했다.

"아닙니다, 형사님. 그는 저를 협박하지 않았습니다. 우리는 그냥 얘기만 했습니다."

"대릴을 어제 다시 만났었나? 공원에서 만난 이후에?"

이 질문은 한층 더 이상하게 느껴졌다.

"아닙니다. 제가 그랬다고 그가 말하던가요?"

섕크먼이 다시 끼어들었다.

"자네, 대릴한테서 약을 샀나?"

난데없이 약에 대한 질문이 튀어나왔다. 스콧은 싸늘한 기운이 척추를 타고 솟구쳐 올라오는 걸 느꼈다.

"옥시(Oxy)를? 바이코딘을?"

섕크먼은 관능적인 춤을 추는 사람처럼 손을 돌렸다. 스콧이 내놓을 대답을 이미 알고 있다면서 조롱하는 투였다.

"노? 예스? 둘 다?"

두 진통제 모두 스콧을 수술한 외과의가 처방한 것으로, 집에서 두 블록 떨어진 약국에서 합법적으로 구입한 거였다. 섕크먼이 들먹인 것은 상표명이 없는 약품을 부르는 포괄적인 명칭이 아니라 구체적인 브랜드의 이름이었다. 섕크먼은 스콧이 처방받은 진통제 두 종류를 구체적으로 거론한 거였다.

섕크먼이 두 손을 내리고는 저승사자 같은 심각한 표정을 지었다.

"대답 안 해? 지금도 약을 먹은 거야, 스콧? 신경안정제 때문에 생각하는 게 어려운 거야?"

냉기가 스콧의 양쪽 어깨로 퍼지면서 손가락 밖으로 발산됐다. 며칠 전에 귀가했을 때, 매기가 발령했던 불청객 경보가 불현듯 떠올랐다.

스콧은 한 걸음 물러섰다.

"제가 제 상관에게 다른 명령을 받을 때까지는, 그리고 그런 명령이 없는 한에는, 이 질의응답은 끝났습니다. 밥맛없는 두 형사님은 꺼지셔도 좋습니다."

앤슨은 차분하고 태평한 분위기를 유지하면서 떠나려는 움직임을 전혀 보이지 않았다.

"마셜 아이시가 스테파니를 살해했다고 보는 건가?"

이 질문에 스콧은 눈앞에서 셔터가 내려진 것처럼 얼어붙었다.

앤슨이 말을 이었다. 그의 목소리는 상황을 조리에 맞게 잘 이해한 사람의 분위기를 풍겼다.

"자네는 총에 맞았고 파트너는 살해됐어. 이 멍청한 형제는 그 현장을 봤을지도 모르는데, 사람들 앞에 절대 나서지를 않았지. 그래서 자네는 엄청난 분노를 품었을 거야. 살인자들이 여전히 활보하고 다니는 판국에 어느 누가 자네를 탓할 수 있겠나? 마셜하고 대릴은 그놈들이 활개 치고 다니게 해주고 있었어. 나는 남자가 화가 나면 얼마나 분노할 수 있는지를 잘 알아."

생크먼은 동의한다는 뜻으로 고개를 끄덕였다. 깜박이지 않는 그의 눈은 변색된 동전과 비슷했다.

"나도 그래, 바비. 나도 놈들을 처벌하고 싶어. 그렇고말고. 나도 내 분노를 터뜨리고 싶다니까."

두 형사는 그의 반응을 기다리면서 응시했다.

스콧은 머리가 지끈거렸다. 그는 이제야 경찰이 민간인을 괴롭혔다는 민원보다 더 심각한 사건을 그들이 수사하고 있다는 걸 이해했다.

"두 분은 여기에 왜 오신 겁니까?"

앤슨이 처음으로 진심에서 우러나온 우호적인 태도를 보였다.

"대릴에 대해 물어보려고. 실제로도 우리는 그걸 물어봤잖아."

앤슨이 몸을 돌려 그들의 차로 걸어갔다.

섕크먼이 말했다. "협조해줘서 고마워."

섕크먼이 파트너를 따라갔다.

스콧은 그들의 등에 대고 물었다.

"무슨 일입니까? 앤슨 형사님, 대릴이 죽은 겁니까?"

앤슨은 조수석에 올랐다.

"또 궁금한 게 있으면 전화할게."

섕크먼은 잰걸음으로 차 앞을 돌아 운전석에 몸을 던졌다.

크라운 빅에 시동이 걸리자 스콧이 소리쳤다.

"제가 용의자입니까? 무슨 일이 있었는지 말씀해주십시오."

차가 굴러갈 때, 앤슨이 힐끔 뒤를 돌아봤다.

"좋은 하루 보내."

스콧은 그들이 떠나는 걸 지켜봤다. 두 손이 떨렸다. 셔츠가 땀에 젖었다. 숨을 쉬라고 혼잣말을 했지만 그럴 수가 없었다.

짖는 소리.

그는 매기가 짖는 소리를 들었다. 그는 여기에 있고, 매기는 게스트하우스에 갇혀 있다. 그녀는 그게 마음에 들지 않았고, 그가 돌아오기를 원했다.

스코티, 나를 두고 가지 마.

"내가 가고 있어."

그가 문을 열자 매기는 펄쩍펄쩍 뛰었다. 그러면서 행복한 모습으로 몇 바퀴고 그의 주변을 맴돌았다.

"나 여기 있으니까 그만 멈춰, 베이비. 나도 행복해."

그렇지만 스콧은 행복하지 않았다. 혼란스럽고 두려웠다. 매기가 그의 주위를 정신없이 돌고 있을 때, 그는 문 옆에 멍하니 서 있다가 전화기의 메시지 불빛이 깜박거리는 걸 봤다. 밖에서 앤슨과 섕크먼과 있었던 그 몇 분 사이에 두 통의 전화가 걸려 왔었다.

스콧은 재생 버튼을 눌렀다.

"안녕하세요, 스콧. 닥터 찰스 굿맨이에요. 굉장히 중요한 일이 생겼어요. 되도록 빨리 전화 줘요. 굉장히 중요한 일이에요."

닥터 찰스 굿맨이에요.

스콧이 7개월간이나 만나온 자기 목소리를 인식하지 못할 거라는 투였다.

스콧은 그 메시지를 삭제하고는 다음 메시지로 넘어갔다. 다음 메시지는 폴 버드레스가 남긴 거였다.

"이봐, 폴이야. 출근하기 전에 나한테 전화하도록 해. 지금 당장 전화하라고. 나랑 통화하기 전에는 출근하지 마."

스콧은 버드레스의 목소리에 담긴 압박감이 마음에 들지 않았다. 폴 버드레스는 그가 만났던 사람들 중에 가장 차분한 사람에 속했다.

스콧은 숨을 깊이 들이쉬었다가 내뱉고 나서 그에게 전화를 걸었다.

버드레스가 말했다. "뭐야, 젠장? 무슨 일이 벌어지고 있는 거야?"

스콧은 토하지 않았으면 좋겠다고 기도했다. 그는 버드레스의 말투에서 그가 뭔가를 알고 있다는 걸 알 수 있었다.

"무슨 말씀입니까?"

"내사과 쥐새끼들이 여기서 자네를 기다리고 있어. 염병할 릴랜드는 폭발 직전이고."

스콧은 숨을 연달아 깊이 들이쉬었다. 처음에는 앤슨과 생크먼이, 지금은 내사과가……

"그들이 저한테 원하는 게 뭔데요?"

"젠장, 야, 그걸 몰라?"

먹혀들 *때까지 거짓된 모습을 보여라.*

"폴, 제발요. 그 사람들이 뭐라고 그러는데요?"

"메이스가 그들이 릴랜드와 나누는 얘기를 들었어. 그들은 다운타운으로 자네를 끌고 갈 작정이야. 그러고 나면 자네는 여기에 돌아오지 못할 거야."

스콧은 버드레스가 누군가 다른 사람 얘기를 하고 있는 것 같은 기분이었다.

"제가 정직 처분을 당한 건가요?"

"당해도 제대로 당했어. 배지 반납, 급여 지불 정지. 망할 조사가 진행되는 동안 자네는 집에 있어야 해."

"정신이 나갔군요."

"노조에 전화해. 출근하기 전에 노조 대표하고 변호사랑 상의하도록 해. 그리고 젠장, 그들한테 내가 자네한테 전화했다는 말은 하지 마."

"매기는 어떻게 되는 겁니까?"

"야, 너는 그녀의 주인이 아냐. 내가 할 수 있는 일이 뭐가 있는지 알아볼게. 다시 전화할게."

버드레스는 전화를 끊었다.

머리가 멍하고 마음이 심란했다. 스콧은 눈을 질끈 감고, 굿맨이 가르쳐 준 대로 바닷가에 홀로 있는 자신을 상상했다. 세부 사항들에 집중하자 정신이 산만해졌다. 모래는 태양 때문에 뜨겁고 꺼끌꺼끌했다. 죽은 해초와 물고기와 소금 냄새가 났다. 햇볕은 그의 피부가 끔찍한 열기 때문에 쪼글쪼글해질 때까지 쨍쨍 내리쬈다. 마음이 차분해지면서 심장이 느리게 뛰었고 머릿속은 깨끗해졌다. 생각을 또렷하게 하려면 차분해져야 했다. 정신을 또렷하게 차리는 게 제일 중요했다.

내사과가 조사에 나섰지만, 앤슨과 섕크먼은 그를 체포하지 않았다. 체포영장이 발부되지 않았다는 뜻이었다. 스콧에게는 운신의 여지가 있었다. 하지만 그에게는 더 많은 정보가 필요했다.

그는 조이스 카울리의 휴대폰으로 전화를 걸면서 음성사서함으로 넘어가지 않기를 기도했다.

그녀는 세 번째 신호가 간 후에 전화를 받았다.

"스콧입니다. 조이스, 무슨 일이 벌어지고 있는 겁니까? 무슨 일이에요?"

그녀는 대답하지 않았다.

"조이스?"

"어디예요?"

"집이요. 램파트 형사 두 명이 방금 떠났습니다. 그들은 대릴 아이시가 살해당했는데 내가 용의자라는 투로 얘기했습니다."

그녀는 다시 머뭇거렸다. 대답해야 할지 말아야 할지 결정하고 있는 듯했다. 그는 그녀가 전화를 끊을까 봐 두려웠다. 다행히도 그녀는 그러지 않았다.

"어젯밤에 두 파커가 DNA 샘플을 채취하러 그를 찾아갔다가 총에 맞아 죽어 있는 걸 발견했어요. 대릴, 에스텔 롤리, 그리고 룸메이트 중 한 명이요."

스콧은 소파에 털썩 앉았다.

"그들이 내가 세 사람을 살해했다고 생각하는 건가요?"

"스콧……"

"마약 관련 살인처럼 보이는데요. 이 사람들은 마약을 거래한 중독자들이잖아요."

"그 가능성은 배제됐어요. 그들은 새로 마련한 마약을 비축해두고 있었고, 강도를 당하지도 않았어요."

그녀가 다시 멈칫거렸다.

"당신이 정신적으로 불안정하다는 얘기가……"

"헛소리예요."

"……당신이 멜론하고 스텐글러 앞에서 감정을 터뜨렸던 일 때문이에요. 당신이 받는 스트레스, 당신이 먹는 약."

"램파트 그 개자식들이 내가 처방받은 약을 알고 있었어요. 내가 먹는 약을 구체적으로 알고 있었다고요. 그들이 어떻게 그걸 알 수 있는 거죠, 조이스?"

"몰라요. 여기에 있는 누구도 그걸 알아서는 안 돼요."

"이런 얘기는 누가 떠들고 있는 건가요?"

"모두 당신 얘기를 하고 있어요. 위층에서도 그렇고 부서 간부들도 그렇고. 누구에게서든 나올 수 있는 얘기들이에요."

"그런데 상부에서 어떻게 내 일을 알고 있는 건가요?"

"당신 일은 큰 사건이니까요. 그들은 당신이 사건 수사에 직접 개입하는 방식을 좋아하지 않아요."

"나는 이 사람들을 죽이지 않았어요."

"나는 당신한테 사람들 얘기를 전해주는 것뿐이에요. 당신은 용의자예요. 변호사를 선임하도록 해요. 당신한테 솜씨 좋은 변호사를 몇 명 추천해줄 수도 있어요."

스콧은 다시 바닷가로 돌아갔다. 깊은숨을 천천히 들이쉬었다가 천천히 내쉬었다.

매기가 그의 무릎에 턱을 올려놨다. 그는 매기의 바다표범처럼 매끈한 머리를 쓰다듬으면서 그녀도 바닷가로 뛰어가는 걸 좋아할지 궁금해했다.

"내가 그를 왜 죽이겠어요? 나는 그가 뭔가 본 게 있는지 알고 싶었어요. 그는 뭔가를 보지 못했을지도 몰라요. 이제 우리는 영원히 그걸 알아내지 못할 테지만요."

"당신이 그가 말을 하게끔 기를 썼을 수도 있잖아요. 그러다가 지나치게 흥분했을지도 모르고."

"이것도 사람들이 얘기하는 내용인가요?"

"이런 얘기가 언급됐었다고 전하는 것뿐이에요. 가봐야겠어요."

"당신도 내가 이런 짓을 했다고 생각해요?"

카울리는 말이 없었다.

"내가 그들을 죽였다고 생각해요?"

"아뇨."

조이스 카울리는 전화를 끊었다.

스콧은 수화기를 내렸다.

매기의 부드러운 갈색 눈동자가 그를 주시하고 있었다.

스콧은 대릴이 그에게 가치 있는 존재였다는 것을 알면서 숨을 거둔 것인지 궁금해하며 그녀의 머리를 쓰다듬었다.

"이제 우리는 그걸 절대로 알지 못하겠구나."

아홉 달은 비밀을 지키기에는 긴 시간이었다. 대릴이 뭔가를 봤다면, 그토록 오랜 시간 동안 입을 다물고 있지는 않았을 것이다. 대릴이 그 얘기를 할 만한 사람이 누구일지 궁금했다. 아마도 마셜은 알고 있을지도 모른다. 하지만 마셜은 현재 멘스 센트럴 교도소에 있다.

스콧은 잠시 생각에 잠겼다가 컴퓨터로 향했다. 그는 마셜의 수감 번호와 멘스 센트럴 교도소 연락관 데스크의 전화번호를 알아보려고 보안관 사무소의 웹사이트를 열었다.

"LAPD 강력반 버드 오르소 형사입니다. 마셜, M, A, R, S, H, A, L 두 개, 아이시, I, S, H, I의 수감 번호를 확인했으면 합니다."

스콧은 마셜의 수감 번호를 확인하고는 계속 요청했다.

"그의 동생과 관련한 정보를 얻으려고 거기로 가는 중입니다. 따라서 이건 재판에 제출될 공식 서류로 남지 않는 비공식 방문입니다. 그에게 변호사는 필요하지 않을 겁니다."

면회 시간이 잡히자마자 스콧은 매기에게 목줄을 채우고 서둘러 게스트하우스를 떠났다. 움직여야 했다. 계속 움직여야 했다. 그러지 않으면 이 상황을 헤쳐나가지 못할 것이다.

스튜디오 시티에서 프리웨이로 올라간 스콧은 로스앤젤레스 다운타운과 멘스 센트럴 교도소로 향했다. 그는 창문을 내렸다. 매기는 평소 좋아하는 곳인 콘솔박스에 두 발을 올리고는 풍경을 감상하며 바람을 즐기고 있었다. 발을 디딜 곳이 변변치 않아 불편한 기색이었지만, 그래도 행복하고 흡족해했다. 스콧은 그녀를 옆으로 밀어내려 애쓰면서 평소 하던 방식대로 그녀에게 몸을 기울였다. 매기가 그에게 기대자 기분이 나아졌다.

스콧은 자신이 교도소 안으로 일단 들어갔을 때, 교도소 사람들이 자신을 다시 세상에 내보내주기를 희망했다.

4부
무리

29

전화기가 울린 건 스콧이 할리우드 인터체인지에서 유니버설 스튜디오를 지나고 있을 때였다. 그는 더 많은 정보를 알려주려는 카울리나 버드레스의 전화이기를 바랐지만, 전화를 건 사람은 굿맨이었다. 그가 이 상황에서 절대로 통화하고 싶지 않은 사람이었지만, 그는 전화를 받았다.

"찰스 굿맨이에요, 스콧. 당신한테 연락하려고 갖은 애를 다 썼어요."

"그렇지 않아도 전화 드리려던 참입니다. 내일 예약된 상담을 취소해야 해서요."

이튿날에 스콧과 정기 상담 예약이 잡혀 있었다.

"나도 상담 취소 전화를 한 거예요. 여기 사무실에 일이 생겼어요. 개인적으로는 창피한 일인데, 이 사건 때문에 당신이 심란해할까 봐 겁이 나네요."

스콧은 이렇게 긴장한 굿맨의 목소리를 들은 적이 없었다.

"괜찮으신 겁니까, 선생님?"

"나한테 내 환자들의 프라이버시와 나에 대한 환자들의 신뢰는 엄청나게 중요해요……"

"저는 선생님을 믿습니다. 무슨 일이 생긴 겁니까?"

"이틀 전 밤에 누군가가 내 사무실에 침입했어요, 스콧. 도둑맞은 게 몇 가지 있는데, 그중에는 당신 파일도 있어요. 정말 미안해요……"

갑자기 섕크먼과 앤슨의 모습이 떠올랐다. 도무지 알 길이 없었을 그에 대한 정보를 파악하고 있는 고위 간부들의 모습도 떠올랐다.

“선생님, 잠깐만요. 제 파일이 도둑맞았다고요? 제 파일이요?”

“당신 것만 그런 게 아니라 도둑맞은 것들 중에 당신 것도 있다는 거예요. 놈들은 무턱대고 서류를 한 움큼 쥐고 튄 게 분명해요. 이름 이니셜이 G부터 K까지로 시작하는 현재와 과거 환자들의 파일을 훔쳐갔어요. 나는 전화를……”

“경찰에 신고하셨어요?”

“형사 두 명이 왔었는데, 지문을 찾으려고 사람을 한 명 보냈어요. 그 사람은 문과 창문, 캐비닛에 검정 분말을 남겨놨고요. 그걸 그대로 남겨둬야 하는 건지 청소를 해도 괜찮은 건지 모르겠네요.”

“청소하셔도 됩니다, 선생님. 지문 작업은 끝났으니까요. 형사들이 뭐라고 했습니까?”

“그걸 그대로 남겨둬야 하는지 청소해도 되는지는 얘기하지 않았어요.”

“지문 분말 얘기가 아닙니다. 절도에 대해 뭐라고 하던가요?”

“스콧, 내가 형사들한테 당신 이름을 말하지 않았다는 걸 알아뒀으면 해요. 형사들은 파일을 도난당한 환자들 명단을 달라고 요청했지만, 그렇게 하는 건 환자와 우리가 맺은 신뢰 관계를 훼손하는 거예요. 캘리포니아 주는 이런 문제에서 당신을 보호해요. 나는 당신의 신원을 밝히지 않았고, 앞으로도 밝히지 않을 거예요.”

스콧은 그의 신뢰가 이미 훼손됐다는 불쾌한 기분을 느꼈다.

“절도에 대해서는 뭐라고 하던가요?”

“문이나 창문은 부서진 데가 없어요. 그러니까 여기 침입한 자는 열쇠를 갖고 있었던 게 분명해요. 형사들 말로는 이런 유형의 절도는 청소부를 알고 지내는 사람이 저지르는 게 보통이래요. 그런 도둑들은 사전에 만들어서 갖고 온 열쇠로 문을 따고는 제일 먼저 눈에 띄는 것을 들고 튄다고 하더군요."

"청소부가 그 파일을 갖고 원하는 게 뭘까요?"

"파일에는 당신의 개인 정보와 요금청구 정보가 들어 있어요. 형사들은 내가 당신, 당신만 딱 꼬집은 게 아니라 환자들 전원에게 경고해야 옳다고 했어요. 환자들이 거래하는 신용카드 회사와 은행에 미리 경고를 할 수 있도록 말이죠. 내 미안한 심정을 말로는 다 전하지 못하겠네요. 지금 도둑놈들이 당신과 상담하면서 적은 내 기록들을 가지고 저 밖에 있어요. 그리고 지금 당신은 신용카드라는 이 터무니없는 문제를 해결해야만 하고요."

스콧의 정신은 앤슨과 섕크먼에게서 카울리, 그리고 굿맨이 당한 침입 사건을 향해 질주했다. 그 모든 일이 한꺼번에 들이닥쳤다.

"이 사건은 언제 벌어진 겁니까?"

"이틀 전 밤에요. 어제 아침에 사무실에 왔더니, 흐음, 벌어진 광경을 보는 순간 심장이 철렁 내려앉았어요."

사흘 전 밤에 매기는 집에 침입자가 있다고 경고했었다. 스콧은 자물쇠에 뿌려져 있던, 하지만 대수롭지 않게 여겼던 가루들을 떠올렸다.

스콧은 다음번 출구를 향해 차를 몰아 코헹가 패스에서 프리웨이를 벗어났다. 그는 첫 번째로 본 주차장에 차를 세웠다.

"선생님? 찾아왔던 형사들 이름이 뭐였습니까?"

"아아, 으음, 그 사람들 이름을 적어뒀는데…… 그래, 여기 있네요. 워렌 브로더 형사하고 데보라 컬랜드 형사."

이름을 휘갈겨 적은 스콧은 굿맨에게 이틀 내로 전화하겠노라고 말하고는 그 즉시 노스 할리우드 커뮤니티 경찰서에 전화를 걸었다. 그는 형사과에 전화가 연결되자 자기소개를 하고는 브로더나 컬랜드 형사를 바꿔 달라고 요청했다.

"컬랜드가 여기 있군요. 기다려요."

몇 초 후, 컬랜드가 수화기를 들었다. 그는 그녀의 활기차고 전문가다운 목소리를 들으면서 카울리를 떠올렸다.

"컬랜드 형사입니다."

스콧은 자기 이름을 다시 밝히고, 배지 번호와 소속을 덧붙였다.

컬랜드가 말했다. "알았어요, 순경. 어떻게 도와줄까요?"

"형사님과 브로더 형사님이 닥터 찰스 굿맨이 당한 절도 사건을 맡고 계시죠? 스튜디오 시티에 사무실이 있는 의사 말입니다."

"그래요. 그런데 순경이 왜 그 사건을 궁금해하는지 물어도 될까요?"

"닥터 굿맨이 제 친구입니다. 따라서 이 전화는 비공식적인 겁니다."

"알았어요. 뭐든 물어봐요. 대답해도 좋은 건 하고, 못하는 건 안 할 테니까."

"범인이 어떻게 침입한 겁니까?"

"문으로요."

"재밌네요. 두 분은 굿맨에게 그놈이 개인용 열쇠를 썼다고 말씀하셨다면서요?"

"아니, 그건 내가 한 말이었어요. 그리고 내가 한 말은, 출입구가 이렇게 깨끗한 경우, 대개는 범인이 그 건물에서 일하는 사람에게서 열쇠를 사들였을 거라는 거였어요. 내 파트너는 도둑이 만능열쇠로 자물쇠를 땄을 거라고 생각해요. 나는 개인적으로는 그놈이 락픽 건을 썼을 거라고 생각해요. 2층 통로에서 자물쇠를 따려고 엉덩이를 공중에 빼야 할 경우라면 조금이라도 빨리 따고 싶어질 테니까요. 락픽 건이 더 수월하잖아요."

스콧은 옆구리에 느껴지던 통증이 천천히 등으로 이동하는 걸 느꼈다.

"개인용 열쇠 대신 그런 걸 쓴 이유가 뭘까요?"

"자물쇠를 확인해보고 싶어서 그 의사의 열쇠들을 빌렸어요. 자물쇠를 열어보고 나서 보니까 열쇠들이 미끈거리는 것 같더군요. 열쇠들을 닦은 다음에 다시 자물쇠를 열어봤는데, 여전히 열쇠들이 미끈거렸어요. 두 자물쇠 모두 흑연이 잔뜩 묻어 있었어요."

외부의 압력 때문에 차가 으그러지고 있는 것처럼 트랜스 암의 문짝들과 지붕이 그를 향해 오그라졌다.

컬랜드가 물었다. "또 다른 건요?"

스콧은 없다고 말하려다가 다른 걸 떠올렸다.

"지문은 어떻습니까?"

"없었어요. 장갑을 꼈던 게 분명해요."

스콧은 그녀에게 감사 인사를 하고는 전화기를 내렸다. 그는 지나가는 차량들을 응시했다. 그러면서 차가 한 대씩 지날 때마다 더욱더 겁에 질렸다. 누군가가 그의 인생에 침입했다. 그러고는 그의 인생을 이용해서 그에게 대릴 아이시를 살해했다는 혐의를 씌웠다. 누군가가 스테파니를 살해한 자들에 대해 그가 알고, 생각하고, 의심했던 내용을 알고 싶어 했다. 누군가가 스테파니의 살인자들이 밝혀지는 걸 원치 않았다.

스콧은 차를 돌려 게스트하우스로 돌아갔다. 침실로 간 그는 벽장에서 낡은 잠수용 가방을 찾아냈다. 큼지막한 나일론 더플백으로, 오리발과 부력 조절기, 다른 잠수 장비들이 담겨 있었다. 매기가 문에서 킁킁거리는 동안 스콧은 내용물을 바닥에 쏟았다. 그 가방은 거의 3년 만에 여는 거였다. 매기가 바다와 물고기의 냄새를 맡을 수 있는 건지, 또는 시간이 그 냄새들을 없애버린 건지 궁금했다.

스콧은 예비용 권총과 총알, 아버지의 낡은 시계, 시계 겸용 라디오 아래에 둔 현금, 신용카드 영수증과 청구서들이 잔뜩 든 구두 박스, 갈아입을 옷 두 벌, 개인용품들로 가방을 가득 채웠다. 욕실에 있는 그의 약은 깡그리 치웠다. 약병 레이블에는 굿맨의 이름이 있었다. 이제 스콧은 최근에 발생한 사건들 사이에 연관성이 있다는 걸 조금도 의심하지 않았다. 사흘 전 밤에 누군가가 그의 집에 들어와 그의 물건들을 조사하다 굿맨의 이름을 봤다. 이틀 전 밤, 누군가가 굿맨의 사무실에 침입해서 스콧의 치료 이력을 들고 튀었다.

스콧은 가방을 거실로 가져갔다. 총격 사건과 관련해서 축적한 자료를 커다란 한 뭉텅이로 모은 다음에 가방에 꾸렸다. 빈 마룻바닥은 더욱 넓어 보였다.

매기가 가방에 머리를 처박았다가 따분하다는 듯 스콧을 바라보더니 물을 마시러 주방으로 갔다.

스콧은 또 가져가야 옳은 게 뭐가 있을지 생각하며 방을 꼼꼼히 둘러봤다. 랩톱 컴퓨터를 추가하고, 도면과 사진들을 치웠다. 스테파니의 사진을 벽에 그대로 남겨둘까를 고민해봤지만, 그는 사건이 처음 일어났을 때 그와 함께 있었던 그녀가 사건이 끝날 때에도 그와 함께 있기를 바랐다. 그녀의 사진은 그가 가방에 넣은 마지막 물건이었다.

스콧은 매기의 목줄을 채웠다. 잠수용 가방을 어깨에 둘러매는 동안 몸의 중심을 잡으려고 애썼다. 옆구리가 비명을 지를 거라 예상했지만 어쩐지 정상에 가까운 느낌이었다.

"가자, 덩치 큰 아가씨. 이 사건을 해결하자."

얼 부인에게 며칠간 집을 비울 거라고 말한 스콧은 잠수용 가방을 트렁크에 집어넣고는 다시 프리웨이로 향했다.

그는 교도소로 가는 중이었다.

차를 고속으로 몰면서.

30

조이스 카울리

그녀가 옥상에 발을 디뎠을 때 엘튼 조슈아 말리는 주위를 둘러보고는 얼굴을 찡그렸다.

"얼마나 더러운지 보세요. 난장판도 이런 난장판이 없네요. 당신이 입은 그 근사한 옷이 더러워질 거예요."

"괜찮을 거예요, 말리. 그래도 걱정해주셔서 고마워요."

스콧 제임스가 찍은 사진에서 본 것처럼, 옥상에는 와인병과 깨진 유리 파이프, 콘돔이 어질러져 있었다. 그녀는 자세를 잡기 위해 계단에서 멀리 이동했다. 그녀는 살상 지역을 내려다보는 옥상을 보고 싶었다.

말리는 문간에 머물렀다.

"내가 할게요. 당신의 근사한 옷을 망치지 마요. 계단에서 내려와요. 비치 팬츠하고 멋들어진 말리월드 셔츠를 줄게요. 정말로 부드러운 레이온 옷감이 당신 피부에 입을 맞출 거예요."

"말씀은 고맙지만 저는 이런 일을 잘해요."

교차로가 있는 방향을 가늠한 카울리는 옥상을 가로지르는 경로를 골랐다.

"바늘도 조심하세요. 여기에는 끔찍한 물건들이 있어요."

걱정해주는 말리의 모습은 귀엽기도 했지만 정말로 짜증스럽기도 했다. 카울리는 말리가 문에서 움직이지 않는 게 기뻤다.

그녀는 모퉁이 빌딩에 있는 낮은 벽을 올라가서 옥상 끄트머리로 이동했다. 스콧이 묘사한 대로, 낮은 연철 안전 창살이 난간을 따라 놓여 있었다. 더러운 데다 녹투성이였고 심하게 부식돼 있었다. 카울리는 창살 사이를 보기 위해 몸을 기울일 때 난간을 건드리지 않으려고 조심했다. 그녀는 네 층 아래에 있는 완벽하게 정상적인 도로를, 정상적인 활동으로 북적이는 도로를 봤다. 하지만 아홉 달 전에 저기에서는 세 명이 살해당했고 스콧 제임스는 출혈로 죽을 뻔했었으며 도로는 탄피들로 반짝거렸었다.

카울리는 울타리를 따라 걸었다. 얼마 남지 않은 검은색 페인트는 바랜 탓에 부드러운 회색이 돼 있었다. 금속 대부분은 불그스름한 갈색 녹으로 얼룩져 있었다. 카울리는 그걸 만져서 손가락에 묻은 녹을 살폈다. 녹은 빨간색보다는 갈색에 가까웠으나 마른 핏자국으로 보기에 충분할 정도로 빨갰다.

인도를 보려고 애쓰면서 까치발을 서봤지만, 그녀의 키로는 어려운 일이었다. 그녀는 SID가 빨간 얼룩들을 혈흔이라고 생각하면서 시곗줄을 회수한 지점 바로 위에 있었다.

카울리는 지갑에서 증거물 봉지를 꺼냈다. 봉지를 연 그녀는 손가락으로 끈을 건드리는 일이 없도록 조심하면서 가죽끈이 드러날 때까지 조심스레 끈을 이동시켰다. 그녀는 비닐을 장갑처럼 활용해서 시곗줄을 들었다.

카울리는 자유로운 엄지를 난간에 눌렀다. 그러고는 엄지에 묻은 녹과 가죽에 남은 줄무늬를 비교했다. 비슷해 보였다. 엄지를 다시 난간에 누른 다음, 엄지를 돌려서 더 많은 녹을 묻혔다. 시곗줄에 묻은 줄무늬와 엄지에 묻은 줄무늬들은 이제는 똑같아 보였다. 카울리는 힘이 솟았다. 하지만 겉모습의 이런 유사성만으로 증명할 수 있는 건 거의 없거나 전혀 없다는 걸 그녀는 잘 알고 있었다.

증거물 봉지를 다시 봉하고는 지갑에 쑤셔 넣은 후 흰색 봉투와 펜을 꺼냈다. 그녀는 펜을 이용해서 넉넉한 양의 녹을 봉투에 긁어 넣었고, 녹을 충분히 확보했다는 생각이 들자 봉투를 봉했다. 그러고는 많은 도움을 주셔서 고맙다고 말리에게 인사말을 건넨 후, 샘플을 SID에 가져갔다.

31

멘스 센트럴 교도소는 차이나타운과 로스앤젤레스강 사이에 쐐기처럼 박힌 낮고 매끈한 콘크리트 빌딩이었다. 근엄하고 불길한 분위기를 풍기게끔 지어진 이 교도소는 주위에 둘러쳐진 철조망 울타리와 사방의 벽 안에 갇힌 재소자 5,000명을 제외하면 돈 많은 대학의 과학연구센터라고 봐도 무방할 정도였다.

스콧은 도로 건너편의 공용 주차장에 차를 세운 후에 차에 그대로 머물렀다. 그의 손은 서로의 기분을 차분하게 유지하기 위해 매기의 등에 얹어져 있었다. 25분 후, 매기가 킁킁거리면서 귀를 쫑긋 세우는 것으로 경보를 발령했다. 스콧은 그녀의 목줄을 채우고 기다렸다. 폴 버드레스가 나타나자 그들은 차에서 내렸다.

"제가 선배를 보기 40초 전에 매기가 선배가 온다는 걸 알아차렸어요."

버드레스는 불편한 기색이 역력했다. 그의 입매는 불만스러운 심기를 내보였고, 눈은 가늘어져서 실눈이 돼 있었다.

"쥐들은 떠났어. 그들은 자네가 출근하지 않을 거라는 결론을 내렸어."

"제가 한 짓이 아닙니다."

"젠장, 나도 알아. 그렇지 않았다면 여기 오지도 않았을 거야."

스콧은 그가 교도소에 있는 동안 매기를 어떻게 해야 할지 판단이 서지 않았다. 그래서 그는 프리웨이에서 버드레스에게 전화를 걸었다. 버드레스는 스콧이 미쳤다고 생각했지만, 어쨌든 여기에 오기는 했다.

스콧은 목줄을 내밀었다. 버드레스는 잠시 얼굴을 찡그렸지만 결국에는 그걸 받아 들었다. 그는 매기가 그의 손 냄새를 맡게 놔두고는 그녀의 머리를 마구 쓰다듬었다.

"우리는 산책을 할게. 밖에 나오면 문자 보내."

"위에서 매기를 데려갈 경우, 좋은 가정을 찾아주십시오. 그래 주시겠습니까?"

"매기한테는 이미 가정이 있어. 이만 가봐."

스콧은 빠르게 걸어가며 뒤를 돌아보지 않았다. 매기가 그를 따라가려고 기를 쓸 거라는 걸 그들은 잘 알고 있었다. 매기는 실제로 그렇게 했다. 그녀의 세계에서, 그들은 무리였다. 그리고 무리는 함께 머물렀다.

매기는 낑낑대고 짖어댔다. 그는 매기가 발톱으로 아스팔트를 긁는 소리를 들었다. 버드레스는 뒤돌아보거나 손을 흔들어 작별인사를 하거나 사람들이 해대는 이런저런 멍청한 짓들을 하지 말라고 그에게 경고했다. 개는 사람이 아니다. 눈을 마주치면 그녀는 그와 같이 있으려고 더 힘껏 몸부림치게 될 것이다. 개는 사람의 눈을 통해 사람의 마음을 볼 수 있다고 버드레스는 말했다. 개들은 사람들의 심장에 마음이 끌린다.

스콧은 지나가는 차를 피해 도로를 건너 정문을 통해 교도소에 들어갔다. 그가 순찰 경관으로 7년을 보내는 동안 멘스 센트럴 교도소를 방문한 횟수는 스무 번도 채 안 됐다. 방문 목적은 대부분 관할 경찰서에서 용의자나 죄수들을 이송하는 것이었고, 이송은 교도소 뒤에 있는 경사로를 통해 이뤄졌다.

잠시 시간을 갖고 자신의 계획을 숙지한 스콧은 보안관보에게 수감자를 만날 예정이라고 말하고는 마셜 아이시의 이름을 밝혔다. 가슴에 배지를 꽂고 짙은 감청색 경찰복 차림으로 거기 서 있는 스콧은 아무리 봐도 강력반 형사처럼 보이지는 않았다. 그는 숨을 깊이 쉬고는 자기 이름이 버드 오르소라고 밝혔다.

보안관보는 아무 말 없이 전화를 걸었고, 그러자 몇 분 후에 여성 보안관보가 나타났다.

"오르소 형사님이세요?"

"예, 그렇습니다."

"그를 데려오는 중이에요. 나가실 때는 제가 안내해드릴게요."

스콧은 안도감이 전혀 느껴지지 않았다. 그는 보안장치를 통과해서 어느 방으로 갔다. 그 방에 들어서자 보안관보는 수갑과 무기를 달라고 요구했다. 그에게 보관증을 건넨 그녀는 두 가지 모두를 총기 금고에 넣고 잠갔다. 그러고는 그를 면담실로 안내했다. 면담실을 본 스콧은 기분이 좋았다. 민간인 면회객과 변호사들은 육중한 유리 스크린으로 분리된 방에서 전화기를 통해 수감자와 대화해야 하는 부스로 안내됐다. 그런데 법 집행기관 인력들은 상당한 정도의 융통성이 있는 면담 환경이 필요했다. 그 방에는 포마이카를 칠한 아주 오래된 테이블과 플라스틱 의자 세 개가 있었다. 벽에서 툭 튀어나온 테이블에는 수감자들을 결박할 철봉이 설치돼 있었다. 스콧은 문을 바라보는 방향의 의자에 앉았다.

보안관보가 말했다. "그가 오는 중이에요. 필요한 거 있으세요?"

"아뇨, 감사합니다. 괜찮습니다."

"저는 복도 끝에 있으니까 용무 마치시면 저를 찾으세요. 이 문을 나가서 오른쪽으로 트시면 돼요. 형사님 물건을 돌려드릴게요."

대학을 갓 졸업한, 몸이 탄탄한 젊은 보안관보가 마셜을 데려왔다. 밝은 청색 점프슈트와 운동화 차림인 마셜은 연필처럼 가느다란 팔목에 수갑을 차고 있었다. 스콧이 기억하는 것보다 훨씬 더 허약해 보였는데, 아마도 금단증상 때문일 것이다. 마셜은 스콧을 힐끔 보고는 바닥을 응시했다. 집에서 끌려 나올 때와 똑같은 모습이었다.

젊은 보안관보는 마셜을 스콧 맞은편 의자에 앉히고는 한쪽 수갑을 철봉에 채웠다.

스콧이 말했다. “이럴 필요까지는 없습니다. 우리는 괜찮습니다.”

“필수적인 조치입니다. 마셜, 너 괜찮지?”

“에에, 예.”

보안관보는 밖으로 나가면서 문을 닫았다.

스콧은 마셜을 자세히 살피다가 자신에게 작전 계획이 하나도 없다는 걸 깨달았다. 그는 마셜 아이시가 전날 살해당한 동생과 여자 친구를 둔 뼈만 앙상한 약쟁이라는 것 말고는 그에 대해 아는 게 하나도 없었다. 마셜은 오늘 아침에 그 소식을 들었을 것이다. 그의 눈이 빨간 건 울어서 그럴 것이다.

“동생을 사랑하나?”

마셜은 힐끔 눈을 들었다가 다른 곳으로 시선을 돌렸다. 스콧은 빨간 눈에 언뜻 분노가 감도는 걸 포착했다.

“무슨 놈의 질문이 그따위입니까?”

“미안해. 자네 형제들 사이가 어땠는지를 몰라서 그랬어. 어떤 형제들은, 알잖아, 서로 미워하고 그런 관계들. 그에 반해 어떤 형제들은……”

스콧은 말끝을 흐렸다. 마셜의 눈에 솟구치는 감정이 대답을 대신하고 있었다.

“내가 아홉 살 때부터 기른 애라고요.”

“유감이야. 대릴하고 에스텔 일은…… 자네 마음이 얼마나 아픈지는 나도 잘 알아.”

마셜의 눈에 다시 분노가 감돌았다.

“오호라, 그러시겠지, 분명히 그러시겠지. 그러니 이제는 입 좀 닥치쇼, 파트너. 어떻게 그딴 얘기를 할 수 있는 겁니까? 이제 사업 얘기나 해봅시다. 내 동생 죽인 게 어떤 새끼요?”

스콧은 의자를 뒤로 밀고 일어서서 셔츠의 단추를 끌렀다.

마셜이 뒤로 몸을 젖혔다. 놀란 기색이 역력했다. 무슨 일이 벌어지고 있는지를 이해하지 못한 그는 고개를 저었다.

“아니, 그러지 마요. 그만하라고요, 짭새 나리, 계속 그러면 보안관을 부를 거예요.”

스콧은 의자에 셔츠를 떨어뜨리고는 속옷 상의도 벗었다. 그는 자기의 왼쪽 어깨를 가로지르는 회색 줄들과 오른쪽 옆구리를 휘감은 커다랗고 우툴두툴한 Y자를 보면서 변하는 마셜의 표정을 주시했다.

스콧은 마셜이 자신의 모습을 제대로 볼 수 있게 해줬다.

“이래서 나도 안다고 한 거야.”

마셜은 스콧을 힐끔 보고는 흉터로 다시 시선을 돌렸다. 그는 흉터에서 눈을 떼지 못했다.

“무슨 일이 있었던 겁니까?”

스콧은 속옷을 입고는 셔츠의 단추를 채웠다.

“자백했을 때, 형사들한테 아홉 달 전에 털었던 중국산 수입품 가게 얘기를 했었지? 형사들은 너한테 총격을 목격했느냐고 물었고. 그 총격으로 세 명이 살해됐어. 한 명은 그 자리에 죽도록 방치됐고."

마셜이 대답하면서 고개를 끄덕였다.

"맞아요. 형사들이 그렇게 물었어요. 그렇지만 나는 도둑질은 했어도 총격은 목격하지 않았어요. 내가 알기로는 그건 모두 내가 거기를 떠난 후에 벌어진 일이에요."

그는 스콧의 어깨를 힐끔 쳐다봤지만, 스콧의 흉터는 지금은 옷 안에 감춰져 있었다.

"그게 당신이었어요? 죽도록 방치된 게?"

마셜의 말투는 자연스러웠고 진심이 묻어났다. 스콧은 그가 진실을 말하고 있음을 알았다. 거짓말탐지기는 필요치 않았다.

"그날 밤에 나는 가까운 사람을 잃었어. 간밤에 너는 동생을 잃었고. 대릴을 죽인 건 나한테 이 짓을 한 바로 그놈들이었어."

마셜은 앉은 채로 그를 응시하고 있었다. 시선을 다른 데로 돌리려고 기를 쓰는 그의 얼굴에는 안간힘을 쓰는 기색이 역력했다. 그의 눈에 희미한 빛이 어른거렸다. 스콧은 생각했다. 버드레스의 말대로 개가 어떤 사람의 눈을 통해 그 사람의 마음을 본다면, 매기는 마셜의 눈에서 가슴이 찢어지는 아픔을 볼 거라고.

"내가 여기서 나가게 도와주세요. 왜냐하면……"

"그날 밤에 대릴이 너랑 같이 있었지?"

마셜은 다시 몸을 젖혔다. 짜증 난 듯했다.

"젠장, 뭐 하는 거예요? 가게를 털 때 대릴을 데리고 다니지는 않았어요. 무슨 얘기하는 겁니까?"

"옥상에 말이야. 경찰이 오는지 망보는 일을 시킨 거지."

"말도 안 돼요."

그는 진심이었다. 마셜은 진실을 말하고 있었다.

"대릴은 거기 있었어."

"거짓말. 정말이에요, 걔는 거기에 없었어요."

"내가 그걸 증명할 수 있다고 말하면 어쩔 건데?"

"당신을 구라쟁이라고 부르겠죠."

스콧은 이 상황에서는 매기를 제외하기로, 그리고 DNA가 일치한다는 결과가 나왔다고 말하기로 했다. 그는 마셜이 동생의 시계를 기억할지도 모르겠다고 생각하면서 시곗줄 사진을 보여주려고 전화기를 꺼냈다.

그는 마셜이 볼 수 있도록 전화기를 내밀었다.

"대릴한테 이런 줄이 달린 시계가 있었지?"

마셜이 앉은 자세를 조금씩 세웠다. 그는 전화기를 잡으려고 손을 뻗었지만 수갑이 그의 움직임을 막았다.

"내가 걔한테 준 시계예요. 그건 내가 걔한테 준 거예요."

스콧은 조심해야 한다고 생각했다. 이제 마셜은 그의 편에 서서 그를 도울 참이었다. 행운을 기대한 것이 DNA 얘기를 꺼낸 것보다 나은 결과를 낳은 것이다.

"이건 내가 총에 맞은 날 아침에 사건 현장의 인도에서 발견된 거야. 이 작은 얼룩들은 옥상 난간에서 묻은 거야. 대릴이 그날 밤에 거기 올라간 게 언제였는지, 이유가 뭐였는지, 뭘 봤는지는 나도 몰라. 하지만 대릴은 거기에 있었어."

마셜은 기억을 떠올리려 애쓰면서, 그리고 그 자신에게 질문을 던지면서 천천히 고개를 저었다.

"걔가 그 살인사건을 목격했다고 말하는 겁니까?"

"나도 몰라. 걔가 너한테 아무 말도 하지 않은 거야?"

"안 했죠, 당연히 안 했죠. 그런 말은 한 적이 없어요. 젠장, 그런 말을 들었으면 내가 기억하고 있을 거라고 생각하지 않으쇼?"

"대릴이 그걸 봤는지 아닌지는 나도 모르지만, 나는 총을 쏜 놈들은 대릴이 그 광경을 목격했을까 봐 겁을 먹었다고 생각해."

마셜의 시선이 대답을 찾아 그 작은 방의 이곳저곳을 옮겨 다녔다.

"모두 내가 총격을 목격했을 거라고 생각하지만, 나는 그걸 보지 못했어요. 대릴도 나처럼 오래전에 거기를 떴을 거고, 걔도 그건 못 봤을 거예요."

"그렇다면 그놈들은 걔를 헛되이 죽인 거야. 어쨌든, 그런데도 걔는 목숨을 잃었어."

마셜은 양쪽 어깨로 눈을 훔쳤다. 파란 옷에 시커먼 자국들이 남았다.

"젠장! 이건 헛소리예요. 말도 안 되는 개소리라고요."

"나는 놈들을 체포하기를 원해, 마셜. 나하고 내 친구를 위해, 그리고 대릴을 위해. 이 사건을 해결하는 데 네 도움이 필요해."

"걔가 뭘 봤다고 하더라도 나한테는 그런 얘기를 한마디도 하지 않았어요. 빌어먹을! 걔가 본 게 *아무것도 없더라*도 녀석은 나한테는 한마디도 하지 않았어요. 나한테 혼날까 봐 겁이 났을 테니까!"

"이렇게 끝내주고 짜릿한 일을? 우리, 걔가 그걸 봤다고 치자. 그런 척 해보자고."

그렇게 가정해야 했다. 대릴이 아무것도 못 본 채 옥상을 떠났을 경우, 이제 스콧은 막다른 골목에 맞닥뜨린 셈이 되는 것이므로.

"만약 그렇다면 그건 속에 담아두고만 있기에는 큰 사건이야. 그런 얘기를 누구한테 했을까? 제일 친한 친구한테 했겠지. 남들한테 얘기하기에는 너무도 두려운 상황에서조차 그런 얘기를 들려주고 싶을지도 모르는 사람한테."

마셜이 고개를 까딱거렸다.

"아멜리아. 걔 아이의 엄마."

"대릴한테 아이가 있어?"

마셜이 기억을 훑으며 정리하는 동안 그의 시선은 방 주위를 훑고 다녔다.

"두 살쯤 된 딸이에요. 대릴의 친자식인지는 확실치 않은데, 아멜리아 말로는 그렇다니까 그런가 보다 하는 거죠. 대릴은 그녀를 사랑해요."

그러더니 마셜은 자기가 한 말이 잘못됐음을 깨달았다.

"사랑했었어요."

그녀의 이름은 아멜리아 고이타였고, 갓난아기의 이름은 지나였다. 마셜은 주소는 몰랐지만, 아멜리아가 사는 건물을 어디서 찾을 수 있는지를 알려줬다. 마셜은 1년 가까이 조카딸을 보지 못했다. 그는 조카딸이 대릴을 닮았는지를 알고 싶어 했다.

스콧은 나중에 그걸 알려주겠다고 약속했다. 보안관보를 찾으려고 방을 나서자 마셜이 의자에서 이리저리 몸을 비틀더니 스콧이 자신에게 물어봤던 질문을 던졌다.

"놈들이 시간이 이렇게 한참이나 지난 지금에 와서야 대릴이 자기들을 봤을까 봐 난데없이 겁을 내는 이유가 뭡니까? 대릴이 옥상에 있었다는 걸 놈들은 어떻게 알게 된 겁니까?"

스콧은 자신이 그 대답을 알고 있다고 생각했지만, 마셜에게 그 대답을 해주지는 않았다.

"마셜, 아마도 형사들이 너를 보러 올 거야. 그 사람들한테 이 얘기는 하지 마. 내가 죽었다는 얘기가 들릴 때까지는 아무한테도 하지 마."

마셜의 빨간 눈이 더욱 겁에 질렸다.

"안 할게요."

"상대가 형사일지라도 하지 마. 형사들이라면 특히 말해서는 안 돼."

스콧은 문을 나와 오른쪽으로 방향을 틀어 수갑과 총을 돌려받고 가급적 빨리 교도소를 떠났다.

스콧은 버드레스와 매기가 모퉁이를 돌아 나오기 전까지 거의 10분간을 주차장 옆 인도에서 그들을 기다렸다. 매기는 펄쩍펄쩍 뛰고 으르렁거리며 목줄을 팽팽하게 만들었고, 그래서 버드레스는 그녀를 보내줘야 했다. 그녀는 귀를 뒤로 젖히고 혀를 내민 채로 스콧에게 질주해왔다. 그녀는 세상에서 제일 행복한 개처럼 보였다. 스콧은 두 팔을 벌리고 그를 들이받는 매기를 껴안았다. 검정과 황갈색이 섞인 39킬로그램짜리 사랑 덩어리를.

버드레스는 매기처럼 행복해하는 기색이 아니었다.

"안에 일은 어떻게 됐어?"

"저는 여전히 게임 중입니다."

버드레스는 앓는 소리를 냈다.

"그래, 알았어. 오케이. 나중에 봐."

버드레스가 떠나려고 몸을 돌렸다.

"선배, 마셜이 시곗줄을 알아봤어요. 그건 대릴 거였어요. 매기가 대릴을 정확히 맞힌 거예요."

버드레스는 개를, 그다음에는 사람을 힐끔 봤다.

"나는 매기의 능력을 추호도 의심하지 않았어."

"저도 마찬가지입니다."

스콧과 매기는 그들의 차에 올랐다.

32

스콧은 전쟁 전에 지어진 아멜리아 고이타의 아파트를 에코 공원을 지나는 프리웨이의 북쪽에 있는 초라하고 황폐한 거리에서 찾아냈다. 낡은 건물은 3층짜리로 층마다 세 가구씩 살았고, 내부에는 중앙계단이 있었으며 에어컨은 없었다. 그 블록에 있는 건물들은 외관이 모두 엇비슷했는데, 다른 점이 있다면 이 건물에는 '우는 성모마리아'가 있다는 거였다. 피눈물을 흘리면서 우는 매우 큰 성모마리아가 그녀가 사는 건물의 정면에 그려져 있었다. 마셜은 그 그림이 거식증에 걸린 스머프와 더 비슷해 보인다고, 그래서 그 건물을 못 알아보고 지나칠 수는 없을 거라고 말했었다. 마셜이 한 말은 진실이었다. 키가 세 개 층에 달하는 성처녀 스머프가 거기에 있었다.

마셜은 아멜리아의 아파트 호수는 기억하지 못했다. 그래서 스콧은 관리인에게 그걸 확인했다. 경찰복을 입고 있는 게 도움이 됐다. 뒤쪽 건물의 맨 위층, 304호.

스콧은 아멜리아에게 대릴이 살해됐다는 소식이 당도했을지 궁금했다. 매기와 함께 3층에 다다른 그는 울음소리를 듣고는 그 소식이 당도했음을 알았다. 그는 그녀의 문밖에서 잠시 걸음을 멈추고 귀를 기울였다. 매기는 문설주를 킁킁거렸다. 집 안에서는 갓난아이 하나가 격하게 숨을 몰아쉬는 사이마다 통곡하고 있었다. 흐느끼는 여자는 제발 좀 그만 울라는 애원과 자기들은 괜찮을 거라고 안심시키는 말 사이를 오락가락했다.

스콧은 문을 쾅쾅 두드렸다.

아이는 계속 울었지만, 흐느끼는 소리는 뚝 그쳤다. 잠시 후에는 아이의 울음도 그쳤지만 문으로 다가오는 사람은 아무도 없었다.

스콧은 다시 쾅쾅거렸다. 그러고는 그녀에게 순찰 나온 경찰의 목소리로 말했다.

"경찰입니다. 문을 열어주십시오."

대답 없이 20초가 지났다. 그래서 스콧은 다시 노크했다.

"경찰입니다. 문을 열지 않으면, 관리인을 불러서 문을 열고 들어가도록 하겠습니다."

아이 우는 소리가 다시 시작됐다. 이제는 여자가 흐느끼는 소리가 문 저쪽에서 들려왔다.

"가요. 가라고요! 당신은 경찰이 아니잖아요."

그녀는 겁먹은 목소리였다. 그래서 스콧은 목소리를 누그러뜨렸다.

"아멜리아? 저는 경찰입니다. 대릴 아이시 문제로 왔습니다."

"이름이 뭐예요? 이름이 뭐냐고요?"

"스콧 제임스입니다."

그녀의 목소리가 정신이 나간 듯한 비명으로 치솟았다.

"당신 이름을 말하라니까요."

"스콧. 제임스. 제 이름은 스콧입니다. 경찰입니다. 문을 열어요, 아멜리아. 지나는 안전한가요? 지나가 안전한 걸 보기 전까지는 떠나지 않을 겁니다."

데드볼트가 미끄러지는 소리를 들은 스콧은 덜 위협적으로 보이려고 옆으로 몸을 옮겼다. 매기는 훈련받은 대로 그의 왼 다리 옆에 자동으로 자리를 잡고는 문을 바라봤다.

문이 열리자 스무 살이 안 돼 보이는 아가씨가 밖을 살짝 내다봤다. 기다란 머리는 지푸라기 색깔이었고, 피부는 창백하고 주근깨가 많았다. 눈과 코는 빨갰고, 가쁘게 쉬는 숨 사이마다 입술을 떨었다. 하지만 그녀가 표출하는 감정의 그 어디에도 대릴이 죽어서 가슴이 아프다거나 대릴을 애도하는 기색은 전혀 없었다.

스콧은 남편의 펀치백 노릇을 하는 여자의 얼굴에서, 포주에게서 벗어나려고 도망친 매춘부의 얼굴에서, 큰 충격을 받은 성폭력 피해자의 얼굴에서 그런 표정을 본 적이 있었다. 실종된 아이를 둔 어머니의 얼굴에서도 그런 표정을 봤었다. 뭔가 더 심각한 일이 닥칠 거라고 예상하는 표정. 스콧은 두려움이 표출된 얼굴을 잘 알았다. 그는 아멜리아 고이타의 얼굴에서 그걸 봤다. 그래서 대릴이 총격을 목격했고, 총잡이들에게 그 사실이 발각된다면 자신이 살해당할 거라는 얘기를 그녀에게 했다는 걸 그 즉시 파악했다.

그녀는 콧물을 훔쳤다. 그러고는 다시 물었다.

"이름이 뭐예요?"

"스콧입니다. 이 아이는 매기고요. 당신하고 지나는 괜찮은가요?"

그녀는 매기를 힐끔 봤다.

"짐을 싸야 해요. 우리는 여기를 떠날 거예요."

"부탁인데, 아기를 볼 수 있을까요? 아기가 괜찮은지 보고 싶습니다."

아멜리아는 누군가가 숨어 있을지도 모른다는 듯이 계단을 힐끔거렸다. 그러더니 문을 열고 아이에게로 서둘러 갔다. 지나는 유아용 놀이울

(playpen)에 있었다. 초췌한 얼굴은 콧물로 얼룩져 있었다. 머리카락이 짙은 색이기는 했지만 대릴과 닮은 구석은 전혀 없었다. 아멜리아는 아기를 들어 올려 어르고 달랜 후에 놀이울 안에 다시 내려놨다.

"봤죠? 지나는 괜찮아요. 이제 나는 짐을 싸야 해요. 친구가 오고 있어요. 레이첼이요."

바퀴가 달린 빛바랜 청색 휴대용 가방이 문 옆에서 놓여 있었다. 스콧의 나이보다 더 오래된 쌤소나이트 여행 가방이 거대한 조개처럼 바닥에서 입을 벌리고 있었는데, 장난감과 유아용품들이 절반쯤 차 있었다. 침실로 달려간 그녀는 옷이 빵빵하게 들어 있는 갈색 쓰레기봉투를 끌고 돌아왔다.

스콧이 물었다. "놈들이 당신을 죽일 거라고 대릴이 말했나요?"

아멜리아는 문 옆에 봉투를 떨어뜨리고는 침실로 뛰듯이 돌아갔다.

"그래요! 그 바보 멍청이가 그랬어요. 놈들이 우리를 죽일 거라고요. 나는 놈들이 들이닥칠 때까지 멍하니 기다리고 있지는 않을 거예요."

"그를 죽인 게 누구입니까?"

"염병할 킬러들이요. 당신은 경찰이잖아요. 그런데도 그걸 모르는 거예요?"

그녀는 빗과 헤어스프레이, 화장품이 가득 담긴 쓰레기통을 들고 돌아왔다. 그녀는 그걸 뒤집어 쌤소나이트에 쏟아 넣고는 쓰레기통을 옆으로 던진 다음, 스콧의 손에 작은 벨벳 주머니를 밀어 넣었다.

"여기 있어요. 가져가요. 그 망할 멍청이한테 너는 바보천치라고 얘기했었어요."

스콧은 침실 쪽으로 몸을 돌리는 그녀의 팔을 붙잡았다.

"천천히 좀 해요. 내 말 잘 들어요, 아멜리아. 아홉 달 전에 대릴이 당신한테 뭐라고 했나요?"

그녀는 흐느끼고는 눈을 비볐다.

"마스크를 쓴 놈들이 어떤 차에다가 총을 갈기는 걸 봤다고 했어요."

"그가 한 말을 하나도 빼지 않고 말해줘요."

"놈들이 자기가 그걸 봤다는 걸 알게 되면 우리하고 우리 아기도 죽일 거라고 했어요. 짐을 싸고 싶어요."

아멜리아는 몸을 비틀어서 벗어나려 애썼지만, 스콧은 여전히 그녀를 붙들고 있었다. 매기가 천천히 다가와 으르렁거렸다.

"나는 놈들을 막으려고 여기 온 겁니다. 알겠습니까? 그래서 여기 온 거란 말입니다. 그러니까 나를 도와줘요. 대릴이 한 말을 알려줘요."

그녀는 그와 싸우는 걸 중단하고는 매기를 내려다봤다.

"이 개, 경비견이에요?"

"맞습니다, 경비견. 대릴이 뭐라고 말했나요?"

스콧은 아멜리아가 경비견 얘기를 꺼내는 것을 보고는 그녀가 안도하고 있다는 걸 느꼈다. 그러면서 그녀의 두 팔을 잡은 손에서 힘을 뺐다.

"빌딩 어딘가에 있다가 차가 충돌하는 소리를 들었대요. 대릴, 그 멍청한 화상이 무슨 일이 생긴 건가 보러 갔더니 트럭하고 경찰하고 남자들이 롤스로이스 주위에서 총을 쏘면서 난리를 치고 있었대요."

스콧은 그녀가 말한 내용 중에서 틀린 내용을 굳이 바로잡지는 않았다.

"제정신으로는 할 수 없는 짓이었다고 했어요. '젠장, 이건 타란티노 영화잖아. 마스크 쓴 놈들이 경찰과 롤스로이스에 총질을 해대고 있다니.' 대릴은 기겁하고는 옥상에서 내려오는 문을 죽어라 세게 닫고 내려갔는

데, 거리에 내려왔더니 사방이 쥐죽은 듯 조용했대요. 그러다가 그 사람들이 서로한테 고함을 쳐대는 소리가 들렸고, 그래서 그 멍청한 개자식 대릴이 무슨 일인지 보러 갔다는 거예요."

"그들이 무슨 말을 주고받았는지 얘기하던가요?"

"그냥 헛소리였대요. '서둘러, 그 염병할 것 좀 빨리 찾아' 따위요. 그러더니 사이렌 소리를 듣고는 겁을 먹었대요. 사이렌들이 몰려오고 있었대요."

스콧은 자신이 숨 쉬는 걸 그치고 있다는 걸 깨달았다. 그의 귀에 들리는 자신의 맥박 소리는 더욱더 커져만 갔다.

"놈들이 뭘 찾아냈다고 하던가요?"

"한 놈이 롤스로이스에 들어가더니 서류 가방을 들고 나왔대요. 멍청한 대릴은 그들이 차에 들어가서 그 안을 샅샅이 뒤지는 걸 보고는 롤스로이스에 탄 돈 많은 사람의 반지나 시계를 슬쩍할 수도 있을 것 같다고 생각하고는 그 차로 뛰어갔대요."

스콧은 대릴이 자기에게 유리하도록 이야기를 꾸몄다고 생각했다.

"사이렌이 점점 가까워지는 데도요?"

"그 인간, 완전히 맛이 간 것 같지 않아요? 두 사람은 총에 맞아서 엉망이 됐고 사방이 피 천치인데, 내 남자 친구라는 얼빠진 인간은 800달러하고 이거에 목숨을 걸었잖아요."

그녀는 벨벳 주머니를 그의 손에 거칠게 내려놨다.

"내가 막 뭐라고 했어요. 이 멍청한 화상아, 정신 나갔냐? 돈이 피범벅이잖아. 대릴 그 멍청한 놈도 온통 피를 뒤집어썼더라고요. 그러고서는 겁에 질려 있었어요. 나한테 약속하라고 하더라고요. 앞으로 누구한테도 이 얘기를 하지 않겠다고. 사소한 힌트조차 발설하지 않겠다고. 그랬다가는 이 미친놈들이 우리를 죽일 테니까요."

"그놈들 얼굴을 봤다던가요?"

"방금 한 말 못 들었어요? 마스크를 쓰고 있었다고 했잖아요."

"놈들 중 하나가 마스크를 벗었을 수도 있잖아요."

"그런 말은 없었어요."

"문신은요? 머리카락 색이나 반지나 시계는요? 대릴이 놈들 생김새를 어떤 식으로건 묘사하지 않았어요?"

"내가 기억하는 건 마스크가 전부예요. 스키 마스크랑 비슷했대요."

스콧은 더 힘껏 머리를 쥐어짰다.

"내 이름을 계속 물어보던데, 왜 그런 거예요?"

"당신을 그놈들이라고 생각했으니까요."

"그게 무슨 뜻이죠? 그가 놈들의 이름을 들은 건가요?"

"스넬이요. 한 놈이 '스넬, 어서!'라고 하는 소리를 들었대요. 당신 이름이 스넬이면 집에 들이지 않을 작정이었어요. 잘 들어요, 아저씨. 나는 짐을 싸야 해요. 제발요. 레이첼이 오고 있어요."

스콧은 파우치를 쳐다봤다. 라벤더 벨벳으로 만든 변색된 짙은 색 파우치는 끈으로 졸라매 있었다. 스콧은 그걸 열어서 손바닥에 회색 돌멩이 일곱 개를 쏟았다. 매기가 코를 들었다. 스콧이 호기심을 보이는 걸 보고는 파우치에 호기심을 느낀 거였다. 이건 그가 매기에 대해 배운 것 중 하나였다. 그가 무엇인가에 집중하면 그녀는 흥미를 보였다. 스콧은 돌멩이들을 파우치에 다시 넣고는 그걸 주머니에 넣었다.

"레이첼은 언제 도착하죠?"

"지금요. 몇 초 있으면요."

"짐 꾸려요. 짐 나르는 거 도와줄게요."

그녀가 떠날 준비를 마치자마자 레이첼이 도착했다. 스콧은 쌤소나이트와 옷이 담긴 쓰레기봉투를 날랐다. 아멜리아는 아이와 베개를, 레이첼은 그 외의 모든 걸 날랐다. 스콧은 매기의 목줄을 풀어주고는 그녀가 목줄이 풀린 상태로 따라오게 놔뒀다. 아멜리아는 스콧이 요청한 대로 아파트 문을 잠그지 않고 떠났다.

모든 짐을 차에 싣고 나서 스콧은 아멜리아와 레이첼의 휴대폰 번호를 받았다. 그러고는 아멜리아를 옆으로 데려갔다.

"당신이 레이첼하고 있다는 거 아무한테도 말하지 마요. 대릴한테 일어난 일이라고, 또는 대릴이 그날 밤에 봤다고 생각하는 것도 아무한테도 말하지 말고요."

"경찰이 나랑 같이 있으면 안 되나요? 증인 보호 프로그램처럼 말이에요."

스콧은 그 질문을 무시했다.

"마셜 소식 들었죠? 그는 멘스 센트럴 교도소에 있어요."

"어어, 그래요? 몰랐어요."

스콧은 그 정보를 반복해서 들려줬다.

"멘스 센트럴 교도소. 내가 당신한테 이틀 안에 전화를 걸 거예요, 알았죠? 그런데 나한테 연락이 오지 않으면, 글피에 당신이 마셜을 면회하러 갔으면 해요. 나한테 해준 얘기를 그에게 해줘요."

"마셜은 나를 좋아하지 않아요."

"지나를 데려가요. 그에게 대릴이 본 내용을 말해줘요. 나한테 얘기해준 내용을 그대로 모두 얘기해줘요."

그녀는 두렵고 혼란스러운 듯 보였다. 스콧은 그녀가 차에 타면 레이첼에게 차를 절대로 세우지 말라고 말할 생각이었다. 그런데 아멜리아는 매기를 바라봤다.

"충분히 큰 집이 있으면 개를 키우고 싶어요."

그러더니 그녀는 레이첼의 차에 올랐고, 그들은 떠났다.

스콧은 매기가 소변을 보게 하고는 잠수용 가방을 아멜리아의 아파트로 힘들게 날랐다. 주방에서 커다란 냄비를 찾아낸 그는 거기에 물을 채워서 바닥에 내려놨다.

"이건 네 거야. 우리는 여기에 이틀쯤 있을 거야."

매기는 물에 코를 대고 킁킁거리더니 아파트를 돌아보러 갔다.

스콧은 아멜리아의 아파트 거실에 놓인 소파에 잠수용 가방을 두고 그 옆에 앉았다. 그러고는 벽을 응시했다. 피곤했다. 분노나 공포 따위는 모른 채 가명(假名)으로 저 멀리 떨어진 세상에 살고 있었으면 싶었다.

스콧은 벨벳 파우치를 열고 돌멩이들을 쏟았다. 그는 작은 돌멩이 일곱 개는 다이아몬드 원석일 거라고 확신했다. 작은 알갱이는 그의 손톱만 한 크기였고, 반투명한 회색이었다. 크리스털 메스와 비슷해 보였다. 그 아이러니에 그는 자기도 모르게 웃음이 났다.

그는 그것들을 파우치에 다시 넣었다. 웃음기가 그것들과 함께 모습을 감췄다.

인터폴은 벨루아와 프랑스의 다이아몬드 장물아비 사이에 관련이 있다는 걸 감지했을 것이다. 그래서 멜론과 스텐글러는 벨루아가 다이아몬드를 밀수해서 미국으로 운반했다고, 아니면 장물아비가 매입한 다이아몬드를 가지러 미국에 왔을 거라고 추측했었다. 어느 쪽이건, 그 계획을 알아낸 노상강도들은 벨루아의 움직임을 추적해서 강도 행각을 벌이던 중에 벨루아와 펄레시안을 살해했다. 멜론과 스텐글러는 그들에게 벨루아의 다이아몬드 관련설을 알려준 인물이 나중에 벨루아는 그런 일과는 전혀 관련이 없었다고 말해주기 전까지는 사건을 이렇게 추정했었다.

아이맨. 이언 밀스.

스콧은 그 생각에 몰두했다. 멜론과 스텐글러는 밀스가 그들의 관심을 그 문제로 끌어가기 전까지는 벨루아의 다이아몬드 관련설에 대해 아는 게 하나도 없었다. 그렇다면 밀스는 왜 그 정보를 전했다가 나중에 그 정보의 신빙성을 없애버린 걸까? 밀스가 틀린 정보를 갖고 벨루아의 혐의를 벗겨주는 정직한 실수를 저질렀거나, 수사의 방향을 돌리려고 거짓말을 했거나 둘 중 하나였다. 밀스가 그 관련설을 어떻게 알게 됐는지, 왜 나중에 마음을 고쳐먹은 건지 궁금했다.

스콧은 수사 초기 몇 주 동안 스크랩한 기사들을 찾아 잠수용 가방을 뒤졌다. 당시에도 멜론은 여전히 사건을 수사하고 있었다. 그는 언제든 전화를 걸어도 좋다면서 뒷면에 자기 집 번호와 휴대폰 번호를 적은 명함을 스콧에게 줬었다. 그들은 멜론이 그의 전화에 회신하는 걸 중단한 시점까지는 그렇게 연락을 주고받았었다.

스콧은 무슨 말을 해야 할지 가늠하려 애쓰면서 멜론의 번호를 응시했다. 어떤 전화는 다른 전화보다 걸기가 훨씬 더 어려웠다.

매기가 침실에서 나왔다. 그녀는 스콧을 잠시 살피더니 열려 있는 창문으로 갔다. 그는 그녀가 신세계의 냄새를 기록하고 있다고 판단했다.

스콧은 번호를 눌렀다. 전화가 음성사서함으로 연결되면 전화를 끊을 생각이었다. 그런데 멜론이 네 번째 신호음이 울린 후에 전화를 받았다.

"멜론 형사님, 스콧 제임스입니다. 제가 전화로 귀찮게 해드린 게 아니었으면 좋겠습니다."

긴 침묵이 흐른 후에 멜론이 대답했다.

"그건 용무가 뭐냐에 달렸지. 어떻게 지내나?"

"형사님을 찾아뵈었으면 좋겠습니다. 괜찮으시다면 말입니다."

"어어, 왜 그러는 건데?"

"사과드리고 싶어서요. 직접 뵙고 말입니다."

멜론이 껄껄 웃었다. 스콧은 안도감이 밀려오는 걸 느꼈다.

"나는 은퇴했어, 파트너. 여기까지 차를 몰고 먼 길을 오고 싶다면, 그러도록 하게."

스콧은 멜론의 주소를 받아 적은 후 매기의 목줄을 채우고는 시미밸리로 차를 몰았다.

33

멜론은 그가 앉은 접이식 의자를 뒤로 젖히고는 머리 위의 나뭇잎들을 응시했다.

"이 나무 보이지? 마누라하고 내가 여기를 샀을 때는 키가 2.4미터도 되지 않았어."

스콧과 멜론은 멜론의 집 뒤뜰에 있는 아보카도 나무의 넓적한 가지 아래 앉아 레몬이 꽂힌 잔에 담긴 다이어트 콜라를 마시고 있었다. 땅바닥에 점점이 박힌 썩은 아보카도는 똥처럼 보였는데, 각다귀들로 이뤄진 소용돌이 구름을 끌어모으고 있었다. 각다귀 몇 마리가 매기의 주위를 맴돌았지만, 매기는 신경 쓰지 않는 눈치였다.

스콧은 감탄하는 눈으로 나무를 바라봤다.

"영원토록 아보카도 요리를 드실 수 있겠군요. 제가 무척이나 좋아하는 요리인데요."

"그게 말이야, 몇 년간은 더 이상 바랄 수 없을 정도로 최상급의 아보카도가 열린다네. 그런데 그 외의 기간에는 아보카도 안에 가느다란 실 같은 게 생기더란 말이야. 그럴 거라고 짐작했어야 하는데 그러지를 못했어."

멜론은 가느다란 회색 머리카락에 주름이 많이 지고 햇볕에 그을린 피부를 가진 거구의 남자였다. 멜론 부부는 산타 수산나의 작은 언덕에 있는 대지 1,200평에 소형 랜치 하우스(폭이 좁고 옆으로 길쭉한 단층집)를 소유하고 있었다. 로스앤젤레스에서 멀리 떨어진 산타 수산나는 샌 페르난도 밸리의 서쪽에 있었다. 다운타운으로 통근하기에는 먼 거리였지만, 집값이 적절한 수준이라는 장점과 소도시의 라이프스타일을 향유할 수 있다는 장점은 운전에 따르는 수고를 보상하고도 남았다. 많은 경찰관이 그곳에 살았다.

멜론은 반바지에 샌들, 빛바랜 할리 데이비슨 티셔츠 차림으로 문간에서 스콧을 맞았다. 그는 우호적인 태도로 스콧에게 매기를 데리고 집 주위를 돌아보라고 권했다. 그러고는 집 뒤에서 그들을 맞았다. 몇 분쯤 후, 멜론은 다이어트 콜라와 테니스공을 갖고 그들과 합류했다. 스콧을 의자로 안내한 그는 매기의 얼굴 앞에 공을 흔든 다음 사이드암으로 공을 뒤뜰 저쪽으로 던졌다.

매기는 그걸 무시했다.

스콧이 말했다. "이 아이는 공을 쫓지 않습니다."

멜론은 실망한 기색이었다.

"창피한 일이로군. 래브라도 리트리버를 키운 적이 있는데, 세상에, 그 아이는 온종일 공을 쫓아다녔었지. K-9는 마음에 드나?"

"무척 마음에 듭니다."

"잘됐군. 자네가 SWAT에 애정이 있었다는 걸 알아. 그래도 다른 부서를 찾아냈다니 잘됐군."

그들이 나무 아래에 자리를 잡았을 때 스콧은 릴랜드가 즐겨 구사하는 농담을 떠올렸다.

"SWAT하고 K-9 사이에는 차이점이 딱 하나 있습니다. 개들은 협상하지 않는다는 겁니다."

멜론은 배꼽을 잡았다. 그의 폭소가 잦아들자 스콧은 그를 향해 정색했다.

"있잖습니까, 멜론 형사님……"

멜론은 그를 제지했다.

"나는 은퇴한 사람이야. 그러니 크리스나 브와나라고 부르게."

"그때는 제가 재수 없게 굴었습니다. 무례하고 모욕적이며 그릇된 행동을 했습니다. 제가 한 행동이 부끄럽습니다. 사과드립니다."

멜론은 그를 잠시 응시하고는 잔을 기울였다.

"사과할 필요는 없네만, 아무튼 고맙네."

스콧은 그의 잔을 멜론의 잔과 부딪혔고, 멜론은 몸을 의자 뒤로 옮겨 자세를 잡았다.

"그냥 하는 말이지만, 자네가 한 짓은 그 짓 말고도 많았어. 그래도, 젠장, 나는 자네를 이해해. 염병할, 하지만 나도 그 사건을 종결하고 싶은 생각이 굴뚝같았어. 자네가 무슨 생각을 했을지는 몰라도, 나는 열심히 수사했다는 말일세. 나하고 스텐글러는 말이야. 젠장. 수사에 참여한 전원이 다 그랬었다고."

"그러셨다는 거 압니다. 사건 파일을 읽고 있습니다."

"버드가 자네를 수사에 참여시켜줬나?"

스콧은 고개를 끄덕였다. 멜론이 잔을 다시 기울였다.

"버드는 좋은 친구지."

"형사님 일행이 작업하신 서류들을 다 읽어봤는데 넋이 나갈 정도였습니다."

"야근을 엄청나게 많이 했어. 마누라가 이혼하자는 소리를 안 했다는 게 놀라울 따름이야."

"뭘 좀 여쭤 봐도 되겠습니까?"

"뭐든 물어보게."

"이언 밀스 형사를 만났습니다……"

멜론의 웃음소리가 스콧의 말을 끊었다.

"아이맨. 사람들이 왜 그를 아이맨이라고 부르는지 버드가 말해주던가?"

스콧은 자신이 부지불식간에 멜론의 말동무가 된 걸 즐기고 있다는 걸 깨달았다. 그는 현직에 있을 때는 유머라고는 모르는 쌀쌀맞은 사람이었다.

"이름이 이언(Ian)이라서 그런 것 아닙니까?"

"그의 면전에서는 모두들 그래서 그러는 거라고 말하지만, 실제 이유하고는 거리가 멀어도 한참 먼 얘기지. 내 말 오해하지 말게. 그 친구는 좋은 형사야. 진짜로 그래. 스크랩북을 하나 가득 채울 정도의 경력을 쌓은 친구지. 그런데 이언은 인터뷰를 할 때마다 항상 이런 식이야. *내가(I)* 발견했다. *내가* 위치를 파악했다. *내가* 체포했다. *내가* 모든 공을 다 세웠다. 세상에, 달리 아이맨이겠나? 그놈의 자존심하고는."

멜론은 다시 껄껄 웃었다. 스콧은 힘이 나는 듯했다. 멜론은 아이맨 얘기를 하는 걸 즐거워했다. 그런 걸 보면 사건에 대한 논의도 기꺼이 할 것 같았다. 하지만 스콧은 조심스레 발을 내디뎌야 한다고 자기 자신에게 경고했다.

"아이맨 때문에 열받으셨습니까?"

멜론은 놀란 기색이었다.

"왜 열받았느냐는 거지?"

"벨루아 관련 정보 때문에 말입니다. 다이아몬드 관련설을 추적한 일

말입니다."

"그가 장물아비 아르노 클루조를 사건에 연결했기 때문에? 아냐, 그렇지 않아. 오히려 이언은 그 상황을 바로잡은 사람이야. 인터폴이 클루조 일당의 명단을 갖고 있었는데, 벨루아가 그 명단에 들어 있었어. 그런데 말이야, 그 명단은 가짜였어. 클루조의 사업 매니저가 다른 사람 150명과 함께 벨루아의 프로젝트 두어 건에 투자를 한 상태였던 거지. 그러니 그건 커넥션이 아니었어."

"제 말이 그겁니다. 밀스 형사는 그 점부터 먼저 확인했어야 옳았던 것 아닌가요? 그렇게 했다면 모두가 애를 먹지는 않았을 텐데요."

"아냐, 그가 그 가설을 제기한 건 옳은 일이었어. 그는 데인저(Danzer) 사건을 맡고 있었거든."

스콧은 잠시 생각에 잠겼다. 그런데 아무리 생각해봐도 그건 처음 듣는 이름이었다.

"그건 몰랐습니다. 그런데 데인저 사건이 뭡니까?"

"자네도 아는 사건일 거야. 데인저 장갑차 사건. 펄레시안이 당하기 3주인가 4주 전에, 로스앤젤레스 공항에서 베벌리힐스로 가던 데인저 차량이 습격을 당했어. 운전사와 경비원 두 명이 살해됐지. 범인들은 다이아몬드 원석 2,800만 달러어치를 털어갔고. 정보를 통제했기 때문에 자네가 뉴스에서 그 소식을 듣지는 못했겠지만…… 이제는 기억이 날까?"

스콧은 한동안 말이 없었다. 주머니에 있는 벨벳 파우치를 놓고 고민하는 동안 그의 관자놀이에는 압박감이 쌓였다.

"예, 어렴풋이요."

"이런 대형 강도 사건은 늘 특수팀에 맡겨지지. 이언은 원석들이 프랑스로 운반될 예정이라는 정보를 입수했어. 그래서 그는 인터폴에 그걸 사들일 가능성이 있는 구매자 명단을 요청했지. 이건 모두 벨루아가 살해되기 몇 주 전 일이야. 그래서 그의 이름은 그 사건하고는 아무 관련도 없었어. 그런데 벨루아가 일단 총질을 당하고 나니까, 벨루아와 클루조가 관계를 맺고 있는 세상에 데인저를 투입하면 뭔가 그럴싸한 그림이 그려지는 거야. 그런데 그들이 실제로는 아무런 관계도 없는 사람들이라 걸 알게 되자 벨루아는 그저 그날 밤에 비행기에서 내린 프랑스인 중 한 명에 불과한 존재가 된 거지."

스콧은 각다귀가 아보카도 주위를 맴도는 걸 주시했다. 아이맨은 벨루아 주위를 맴도는 각다귀와 비슷했다. 스콧은 바지를 더듬어서 파우치를 느꼈다. 그는 원석들 위로 손가락을 놀려봤다.

멜론은 각다귀를 잡으려고 허공에 손을 날리고는 각다귀가 잡혔는지 보려고 손을 확인했다.

"나는 이 망할 놈들이 싫어."

스콧은 멜론에게 사라진 디스크에 대해 묻고 싶었지만, 조심스레 처신해야만 한다는 걸 잘 알고 있었다. 멜론은 말 같지 않은 소리를 듣는 걸 대수롭지 않게 받아들이는 것 같았다. 그런데 스콧이 그가 한 수사를 재조사하고 있다는 걸 감지한다면 그는 안색을 바꾸고 수화기를 들지도 몰랐다.

"알겠습니다. 그런데 궁금한 게 또 있습니다."

"궁금한 게 있으면 뭐든 물어보게. 그게 뭐 잘못된 일이겠나."

스콧은 미소를 지었다.

"형사님들은 로스앤젤레스 공항에서 살상 지역에 이르기까지 펄레시안과 벨루아가 지나친 거의 모든 길을 추적했습니다. 벨루아가 다이아몬드를 받은 곳은 어디일까요?"

"그는 다이아몬드와는 아무 관련이 없다고 했잖아."

"형사님께서 그한테는 혐의가 없다는 결정을 내리기 전을 말씀드리는 겁니다. 형사님은 그가 어디서 그걸 받았다고 생각하셨나요?"

"무슨 말인지 아는데, 어쨌든 그는 다이아몬드를 받지 않았어. 자네, 사람들이 다이아몬드를 훔쳤을 때 무슨 일이 일어나는지 아나?"

멜론은 스콧의 대답을 기다리지 않았다.

"그들은 구매자를 찾아. 그들이 찾는 구매자는 때로는 보험회사고, 때로는 클루조 같은 장물아비야. 장물아비가 그것들을 구입했을 경우, 장물아비가 무슨 짓을 해야 하는지 아나? 그도 역시 구매자를 찾아야 해. 우리는 클루조가 앞서 다이아몬드를 샀다고, 그것들을 프랑스에 갖고 있다가 여기 로스앤젤레스에 있는 구매자에게 재판매했다고 믿었어."

"벨루아가 운반책이었다는 뜻입니까?"

"우리는 로스앤젤레스 공항 비디오와 수화물 찾는 곳, 주차장 건물, 레스토랑, 클럽 레드 바의 비디오를 입수했어. 누군가가 빨간불에 걸려 차를 세우고 있을 때 그에게 원석들을 던져준 게 아니라면 그가 애초부터 그것들을 소지하고 있었을 가능성이 더 컸지. 물론 나는 앞선 상황도 고려해봤다네. 그런데 그건 중요한 게 아니었어. 그는 클루조하고 사업을 하는 사이가 아니었으니까. 그러니 다이아몬드 관련설은 전부 신기루였어. 수사를 잘 지켜보라고. 버드는 피살자 중 한쪽 또는 양쪽 모두가 돈을 빌리고는 개인파산법 뒤에 숨어서 돈을 갚지 않으려고 들다가 돈을 빌리는 상대를 잘못 고른 탓에 그런 일을 당했다는 걸 알아내게 될 거니까."

스콧은 논의를 충분히 멀리까지 밀고 왔다고 느꼈다. 그는 데인저 사건에 대해 알고 싶었다. 그는 멜론을 방문한 용건을 마무리 짓기로 했다.

"있잖습니까, 크리스, 찾아뵙는 걸 허락해주셔서 감사합니다. 파일을 읽으면서 새로운 시각으로 사건을 보게 됐습니다. 형사님께서는 엄청난 일을 하셨더군요."

멜론은 고개를 끄덕이며 엷은 미소를 지었다.

"그렇게 말해주니 고맙군. 하지만 내가 할 수 있는 말은 그 파일을 읽다 보면 잠을 무척 많이 자게 될 게 분명하다는 게 전부라네."

멜론은 껄껄 웃었다. 스콧도 그와 함께 웃었다. 그런데 멜론이 갑자기 정색하더니 몸을 그에게로 기울였다.

"자네, 여기에는 왜 온 건가?"

그러자 매기가 눈을 들었다.

멜론의 눈 주위에는 주름이 자글자글했다. 하지만 그의 눈은 맑은 데다 생각이 깊은 눈이었다. 멜론은 34년을 경찰로 복무하다 은퇴했는데, 그중 20년 가까이 강력반에서 일했었다. 그는 용의자를 2,000명쯤 심문했을 것이고, 그중 대다수를 감옥에 처넣었을 것이다.

스콧은 자신이 선을 넘었다는 걸 알았다. 멜론이 무슨 생각을 하고 있는지 궁금했다.

"벨루아가 다이아몬드를 갖고 있었다면 어쩌시겠습니까?"

"흥미로운 일이라고 봤겠지."

"데인저 사건은 해결이 안 됐습니까?"

멜론의 맑은 눈은 미동도 하지 않았다.

"해결됐어. 사건은 종결됐어."

스콧은 깜짝 놀랐지만, 멜론의 눈에서는 사려 깊은 무심함 말고 다른 건 하나도 읽을 수가 없었다.

"범인들과 얘기를 해보셨습니까?"

"그러기에는 너무 늦었었지."

스콧은 미동도 하지 않는 눈에서 뭔가를 읽어냈다.

"왜죠?"

"놈들은 자네가 총에 맞고 32일 후에 폰스킨에서 총에 맞은 시신으로 발견됐어. 사망한 지 최소한 열흘은 지난 뒤였지."

폰스킨은 로스앤젤레스에서 동쪽으로 두 시간 거리에 있는, 샌 버나디노 산맥에 면한 작은 리조트 도시였다.

"데인저를 턴 일당이 맞습니까? 신원이 확인된 겁니까?"

"확인됐어. 전문적인 탈취 강도범들이었어. 별이 주렁주렁 달린 놈들."

"그것만으로는 놈들이 범인이라는 게 확인됐다고 볼 수는 없잖습니까?"

"데인저의 운전사를 살해하는 데 사용한 무기와 일치하는 총이 발견됐어. 원석 두 개도 발견됐고. 보험회사가 그 원석들이 데인저로 운반하던 원석의 일부라는 걸 확인해줬지. 이거면 확인하는 데 충분하지 않나?"

스콧은 천천히 고개를 끄덕였다.

"그러면 충분하다고 생각합니다."

"그런 것과는 별개로, 내기를 해야 한다면, 나는 놈들이 한 짓이라는 데 돈을 걸었을 거야."

"다이아몬드는 회수됐습니까?"

"내가 아는 한으로는, 아니야."

스콧은 이 대답이 묘하다고 생각했다.

"누가 놈들을 죽인 겁니까?"

"놈들은 근방에 다른 집이 하나도 없는 산기슭의 쓰레기 같은 오두막에 있었어. 놈들이 강도 행각을 벌인 후에 거기서 숨어 지내면서 구매자를 찾다가 강도를 당했다는 게 지배적인 이론이었어."

"강도 짓을 하고 두 달 후에요?"

"강도 짓을 하고 두 달 후에."

"그걸 믿으십니까?"

"확신까지는 아니고. 그렇게 결론을 내리려고 애쓰고 있는 거지."

스콧은 멜론의 눈을 자세히 살폈다. 이 남자가 그에게 질문을 더 해도 좋다고 허락하고 있는 것인지 궁금했다.

"그들은 총격 사건이 일어나고 32일이 지난 후에 죽었습니다. 그런데 형사님은 그들이 발견되기도 전에 벨루아를 수사 선상에서 제외했습니다."

"그건 사실이야. 하지만 데인저 사건의 종결은 그럴싸한 결말이었어. 그게 여전히 남아 있는 의혹들을 잘라냈으니까."

"사건을 종결한 사람이 누구입니까?"

"샌 버나디노 보안관들."

"데인저는 우리 사건이었습니다. 우리 쪽에서는 누가 종결했습니까?"

"이언."

멜론은 노인네처럼 신음하며 천천히 몸을 일으켰다.

"오래 앉아 있었더니 몸이 뻣뻣해지는군. 자, 자네도 갈 길 가야지. 운전을 생각보다 오래 해야 할 거야."

스콧은 차로 걸어가는 동안 멜론에게 다이아몬드를 보여줄지 말지를 놓고 다시 한번 갈등했다. 멜론은 이런 상황을 생각해왔던 게 분명했다. 하지만 그는 스콧에게 행간을 읽어야 할 필요가 있는 알쏭달쏭한 대답들만 내놨다. 멜론이 여전히 두려움에 떨면서 중립적인 위치에서 형세를 관망하고 있다는 뜻이거나, 아니면 스콧이 알고 있는 내용이 무엇인지를 알아내려고 수작을 부리고 있다는 뜻이었다. 스콧은 다이아몬드를 주머니에 그대로 두기로 했다. 그는 신뢰하지 않는 사람에게는, 그게 누구건, 다이아몬드나 아멜리아의 존재를 드러낼 수가 없었다.

스콧은 매기가 차에 뛰어오르게 해줬다. 그러고는 멜론에게 몸을 돌릴 때, 마지막 질문이 떠올랐다.

"동영상을 직접 보셨습니까?"

"하아, 이언은 세세한 것 하나하나까지 직접 처리하는지 모르지만, 나는 아이맨이 아냐. 이 정도 규모의 사건이라면 일부 업무는 부하들한테 위임하게 마련이야."

"누군가 다른 사람이 그것들을 확인했다는 뜻이군요."

"부하들이 하는 얘기를 믿어야지."

"그걸 확인한 사람이 누굽니까?"

"다른 사람들. 파일이나 증거물 목록을 보면 알아낼 수 있을 거야."

스콧은 이 대답을 예상하고 있었다. 하지만 멜론은 그에게 그가 나아갈 방향을 제시하고 있는 듯 보였다. 멜론은 얘기를 더 덧붙였다.

"아이맨은 수사를 그의 원맨쇼로 보이게 만들지. 하지만 그걸 믿지는 말게. 그에게는 수하들이 있어. 그들을 아이맨이 신뢰하는 사람들이라고 봐도 좋아."

스콧은 맑고 생각이 깊은 멜론의 눈을 자세히 살폈다. 그러고는 그가 아무리 애를 써봐야 멜론이 보여주기로 허용한 것만 보게 될 거라는 걸 깨달았다.

"찾아뵐 수 있게 허락해주셔서 감사합니다. 더 일찍 사과드렸어야 하는데 이제야 그렇게 됐습니다."

스콧은 운전석으로 몸을 밀어 넣고는 시동을 걸었다. 그리고 창문을 내렸다. 멜론은 그의 너머로 매기를 쳐다봤다. 매기는 이미 콘솔박스에 자리를 잡은 상태였다.

"저 아이가 자네 앞을 막는 것 아닌가? 이런 식으로 운전하는 거야?"

"이제는 익숙해졌습니다."

멜론은 시선을 스콧에게로 옮겼다.

"나는 은퇴한 사람이지만, 여전히 이 사건을 종결된 사건으로 보고 싶네. 서두르지 말고 천천히 운전해서 가도록 하게. 안전운전하라는 말이네."

스콧은 기다란 진입로에서 차를 빼서 프리웨이 쪽으로 방향을 돌렸다. 멜론이 한 말을 경고로 받아들여야 할지 협박으로 받아들여야 할지 판단이 서지 않았다.

스콧은 여전히 집 진입로에 서서 그들을 주시하고 있는 멜론의 모습이 잡힐 때까지 백미러를 조정했다.

34

스콧은 로널드 레이건 프리웨이에 올랐다. 배 속이 비비 꼬이며 틀어졌다. 그는 멜론이 자신과 맺은 관계를 끝장낼 생각이었다고 믿지는 않았다. 하지만 멜론은 그를 제자리에서 여러 바퀴를 맴돌게 만들면서 그가 확보해도 좋다고 생각되는 정도까지만 정보를 내놨다. 멜론은 뛰어난 형사였다. 스콧이 상상해온 것보다 더 뛰어난 형사였다. 그런 멜론이 그에게 데인저 사건을 거론하며 힌트를 줬다.

데인저 장갑차 강도 사건이 벌어졌을 때, 그 사건은 스콧에게는 그저 또 다른 뉴스 기사에 불과했었다. 다른 기사들보다 중요한 사건도 아니었고, 그래서 빠르게 잊혀갔다. 병원에 있던 몇 주간, 스콧은 데인저 사건에 대해서는 아는 게 전혀 없었고, 장갑차 강도 사건의 수사가 그의 수사와 결부되면서 훗날 그 자신에게 큰 영향을 줄 거라는 걸 전혀 몰랐었다. 지금 그는 15센티미터 두께의 보고서 더미와 에릭 펄레시안을 다룬 주변 인물들의 인터뷰를 읽은 상태였다. 그런데 펄레시안은 다이아몬드하고는 아무런 관계도 없는 사람이었고, 그래서 보고서에 데인저에 대한 언급은 전혀 없었다. 데인저 장갑차 사건은 파일에 감춰져 있던 비밀처럼 느껴졌다. 전체 사건 파일의 두께가 1.2미터에서 1.5미터에 이른다는 걸 깨달은 스콧은 그 안에 도대체 얼마나 더 많은 비밀이 숨어 있을지 궁금했다.

산타 수산나 고개가 바로 앞에 있었다. 거기를 넘어가면 샌 페르난도 밸리였다. 잠시 후, 매기는 콘솔박스를 떠나 뒷좌석에 길게 몸을 뻗고는 눈을 감았다. 그녀를 뒷자리에 앉히려고 갖은 노력을 다했건만, 이제 스콧은 매기가 옆에 있었으면 좋겠다고 생각했다.

스콧은 창문을 올리고 휴대전화를 확인했다. K-9 소대의 경위와 메트로 지휘관, 그리고 자신을 내사과 형사 니젤라 리버스라고 밝힌 여성이 남긴 메시지가 있었다. 스콧은 그것들을 듣지도 않고 삭제했다. 버드레스는 전화를 걸지 않았고 리처드 레빈도 마찬가지였다. 조이스 카울리 역시 전화를 걸지 않았다.

스콧은 카울리에게 전화를 걸고 싶었다. 그녀의 목소리를 듣고 싶었고, 곁에 두고 싶었다. 하지만 스콧은 카울리를 신뢰해도 될 만한 사람인지를 알 길이 없었다. 그녀에게 모든 걸 털어놓고 다이아몬드를 보여주고 싶었다. 하지만 아멜리아 모녀를 위험에 빠뜨릴 수는 없었다. 그는 이 사건을 대릴과 연결했다. 그는 대릴의 등에 표적을 칠했다. 그러자 누군가가 그 표적을 겨냥해 방아쇠를 당겼다.

스콧은 전화기를 무릎에 올려놓은 채로 입을 굳게 다물고는 차를 몰았다. 그는 백미러를 힐끔거렸다. 매기는 여전히 자고 있었다. 그는 바지를 더듬어서 파우치를 만져봤다. 파우치가 실제로 존재한다는 걸 확인하기 위해서였다. 그는 다음에 무슨 일을 해야 할지를, 어디로 가야 할지를 몰랐다. 그래서 생각에 잠긴 채로 밸리의 꼭대기를 가로지르는 고독한 길을 달렸다. 인터넷으로 작업을 시작할 수도 있었다. 데인저, 그리고 산에서 사망한 채 발견된 남자들에 대한 옛 기사를 검색하라. 아이맨이 언급됐는지 확인하라. 스넬이라는 이름을 가진 사람에 관한 기사를 검색하라.

조만간 그는 카울리에게로 돌아갈 것이다. 그는 아멜리아의 이야기를 뒷받침 할 만한 무엇인가가 필요했다. 아멜리아의 목숨을 위험에 빠뜨리는 일 없이 자신을 도와달라며 그녀를 설득할 수 있는 무엇인가가 필요했다.

5번 주간 고속도로의 인터체인지에 접근할 즈음 전화기가 울렸다. 모르는 번호였다. 그래서 그는 음성사서함으로 넘어가게 놔뒀다. 메시지가 도착했음을 전화기가 알리자 메시지를 재생한 그는 모르는 남자의 명랑한 목소리를 들었다.

"오, 안녕하세요, 제임스 형사님. 리치 레빈이라고 합니다. 전화를 주셔서 연락드리는 겁니다. 저한테 전화하시는 거, 불편하게 생각하지 않으셔도 됩니다. 형사님 질문에 대답하거나 힘닿는 데까지 도와드릴 수 있어서 기쁘니까요. 제 번호를 알고 계시겠지만, 다시 번호 남깁니다."

스콧은 번호를 기다리지 않았다. 그는 다시 걸기 버튼을 눌렀다. 리치 레빈은 첫 신호음이 울리자마자 전화를 받았다.

"안녕하세요. 리치입니다."

"스콧 제임스입니다. 전화를 못 받아서 죄송합니다. 다른 전화를 받느라고요."

"오, 괜찮습니다. 제가 뵌 적이 없는 분이시죠, 그렇죠? 형사님 성함이 기억나지를 않아서요."

"우리는 만난 적이 없습니다, 선생님. 저는 이 사건을 맡은 지 2주밖에 안 됐습니다."

"아아, 그렇군요. 알겠습니다."

"멜론 형사와 스텐글러 형사와 인터뷰했던 거 기억하십니까?"

"오, 그럼요. 물론이죠."

"펄레시안, 벨루아라는 이름의 고객과 관련한 인터뷰였습니다."

"살해당한 분들이죠. 그럼요. 너무 안타까웠어요. 제 말은, 그분들은 여기에서, 으음, 여기가 아니라 클럽에서 즐거운 시간을 보냈었는데, 그러고 나서 5분 후에 그런 끔찍한 일을 당한 거니까요."

레빈은 수다 떠는 걸 좋아했다. 이 상황에서는 좋은 일이었다. 더 중요한 건, 그가 경찰을 상대로 수다 떠는 걸 좋아하는 사람에 속했다는 거였다. 그건 더 좋은 일이었다. 스콧은 그런 사람들을 많이 만났었다. 레빈은 경찰과 교류하는 걸 좋아했고, 수사에 도움을 주려고 무척 애를 썼다.

"여기 있는 수사 서류를 보면 선생께서 펄레시안과 벨루아가 클럽에 들른 밤에 녹화된 동영상 두 개를 제공했다고 돼 있는데요."

"어어, 예. 맞아요."

"그걸 멜론 형사에게 직접 전하셨나요?"

"아뇨, 그분이 거기 계셨던 것 같지는 않아요. 그것들을 거기 로비에 있는 경찰관에게 맡겼어요. 데스크에요. 그분이 그래도 괜찮다고 했어요."

"아하, 알겠습니다. 그러니까 그게 디스크 두 장인 거죠? 한 장이 아니라."

"맞아요. 두 장이요."

"별개의 디스크 두 장인가요, 아니면 동일한 디스크의 사본 두 개인가요?"

"아니, 아뇨. 각각 내용이 다른 디스크들이었어요. 멜론 형사님께 그렇다고 설명해드렸는데요."

"멜론 형사님은 은퇴하셔서 여기에 안 계십니다. 저는 증거물 등재 기록을 정리하려고 애쓰는 중입니다. 저, 이건 선생님하고 저만 알아야 할 내용인데요. 실은 저희가 그걸 분실했습니다."

리처드 레빈은 껄껄 웃었다.

"오호라, 알겠어요. 잘 알아들었어요. 설명해드릴게요. 저는 내부 카메라에 찍힌 영상을 디스크 한 장에, 외부 카메라에 찍힌 영상을 다른 한 장에 구웠어요. 그 영상들은 각기 별도의 하드드라이브에 입력되거든요. 그래서 디스크를 굽는 작업을 하기가 쉬웠어요."

스캇은 불현듯 클럽 레드의 주차장을 떠올렸다. 그러면서 그는 아드레날린이 분출하는 걸 느꼈다.

"주차장을 촬영하는 카메라가 있다는 건가요?"

"으음, 맞아요. 저는 그 손님들이 도착할 때부터 떠날 때까지 동영상을 잘라서 저장했어요. 멜론 형사님이 원하신 게 그거였거든요."

비밀로 감춰졌던 조각들이 모습을 드러냈다. 하나씩 하나씩 조각들이 맞춰지고 있었다. 스캇의 내부에 쌓인 압박감이 관절에서 나는 우두둑거리는 소리처럼 발산됐다.

뒷자리에서 매기가 무엇인가를 감지하고는 부스럭거렸다. 그는 백미러를 힐끔 봤다. 그녀가 서 있는 게 보였다.

스캇이 말했다. "이런 말씀 드리기 정말로 민망하지만, 외부 디스크를 분실한 것처럼 보입니다."

"걱정하실 것 없어요. 별문제 아니니까요."

남자가 어찌나 자신감을 보이는지 스캇은 레빈이 피살자들을 그들의 차까지 안내했었고 그래서 그날 저녁에 일어난 일 전체를 그에게 자세히 묘사해줄 수 있을지도 모른다는 생각이 들었다.

"펄레시안이나 벨루아가 주차장에서 무슨 일을 했는지 기억하시나요?"

"제가 기억해서 설명하는 것보다 더 쉽고 편한 일을 해드릴 수 있어요. 사본이 있거든요. 형사님을 위해 대체 사본을 구울 수 있어요. 그렇게 하면 곤란해지는 사람은 아무도 없지 않을까요?"

레빈은 그렇게 말하면서 껄껄 웃었다. 아드레날린이 한층 더 격렬하게 타올랐다.

"그거 굉장하군요, 미스터 레빈. 우리는 곤란해지는 사람이 아무도 없기를 원하니까요."

"우편으로 보낼까요, 아니면 직접 갖다 드릴까요? 주소는 그대로인가요?"

"제가 받으러 가겠습니다. 지금도 좋고 오늘 밤이나 내일 아침도 좋습니다. 중요한 거라서요."

스콧은 차를 운전하며 레빈과 그 문제를 상의했다. 콘솔박스에 올라선 매기는 그들이 프리웨이를 떠날 때까지 그의 옆을 지켰다.

35

조이스 카울리

이튿날 아침 10시 4분에 카울리는 그녀의 큐비클에 있었다. 자리에서 일어선 그녀는 구겨진 바지의 줄을 잡으면서 그 기회를 사무실을 둘러보는 데 사용했다. 오르소는 경위의 사무실에서 캐럴 토핑과 이언 밀스, 램파트 강력반 형사 두 명, 그리고 내사과에서 온 쥐새끼 한 마리와 대릴 아이시 살인사건을 논의하고 있었다. 쥐새끼는 스콧이 사건 파일에 접근한 일로 오르소를 다그치고 있었다. 그들은 행정지침을 위반한 사항들이 있는지를 찾느라 애쓰고 있었고, 오르소는 열받아 있었다. 카울리는 이미 심문을 받았었다. 그리고 다시 심문을 받을 거라고 예상하고 있었다.

사무실에 있는 큐비클의 3분의 2는 비어 있었다. 형사들이 사건을 수사하러 나가면 흔히 있는 일이었다. 옆 사무실을 비롯한 남아 있는 큐비클에는 사람들이 있었다. 그녀의 이웃 큐비클은 3등 형사 할란 믹스의 거였다. 믹스는 그가 사귀는 여자 친구 네 명 중 한 명과 통화하는 중이었다. 그는 틀니를 드러내며 열심히 헛소리를 해대고 있었다.

자리에 앉은 카울리는 수화기를 들고 대화를 재개했다.

"오케이, 계속해봐요. 일치하는 거예요, 아닌 거예요?"

SID 요원 존 첸의 목소리는 의기양양했다.

"나보고 천재라고 말해봐요. 그 단어들이 당신의 감미롭고 아름다운 입술을 통해 나오는 걸 듣고 싶어요."

"계속 그딴 식으로 했다가는 성희롱으로 기소됐다는 소리를 듣게 될 거예요. 헛소리 때려치워요."

첸의 목소리가 뚱한 소리로 변했다.

"우리가 시시덕거리는 데 너무 열중하느라 과학 수업에는 관심을 두지 못했던 것 같네요. 세상에 녹이 스는 금속은 철하고 철 합금뿐이에요. 그런데 녹은, 정의하자면, 산화철이에요. 그러므로 세상의 모든 녹은 동일해요."

"그래서 알아낼 수 없다는 거예요?"

"물론 알아낼 수 있죠. 그래서 내가 천재인 거예요. 나는 녹은 거들떠보지도 않았어요. *녹에 들어 있는 걸 봤죠*. 이 경우에는 페인트를요. 두 샘플 모두에 이산화타이타늄과 탄소, 납이 같은 비율로 함유된 페인트 잔여물이 들어 있어요."

"그 말은, 시곗줄에 묻은 녹이 난간에서 묻은 거라는 뜻이에요?"

"바로 그거예요."

카울리는 수화기를 내려놓고 조카들의 사진을 응시했다. 그녀의 오빠는 알래스카로 떠나는 가족 여행에 대해 떠들어대고 있었다. 밴쿠버에서 출발해서 캐나다 해변을 따라 항해하며 항구마다 들르다가 알래스카에서 마무리되는 열흘인가 열하루짜리 항해였다. "저기 빙하들 좀 봐." 그가 말했었다. 킬러웨일(killer whale, 범고래)들 좀 봐. 카울리의 직업에는 킬러들이 그득했다.

오르소와 다른 사람들은 여전히 대화에 갇혀 있었다. 카울리는 자리에서 일어나 토핑의 사무실을 지나 커피포트가 있는 쪽으로 길을 잡았다. 그녀는 사무실에서 오가는 얘기를 들으려고 애쓰며 느긋하게 걸음을 옮겼다. 그런 미팅에 참석하는 사람들의 얼굴들은 매번 달랐지만 거기서 오가는 얘기는 늘 똑같았고, 카울리는 그런 게 곤혹스러웠다. 관련 정보를 전혀 모르고 있어야 마땅한 사람들이 스콧 제임스의 정신과 및 의료 관련 이력들을 권위적인 목소리로 세세히 논의하면서 그의 체포영장을 청구하는 문제를 놓고 논쟁을 벌이고 있었다. 그런데 그의 체포영장이 발부되는 건 기정사실처럼 보였다.

그녀가 커피머신 앞에 너무 오래 머물고 있다는 걸 알아차린 아이맨이 사무실 문을 닫았다. 카울리는 커피를 버리고는 큐비클로 돌아왔다.

그녀가 의자에 앉아 자세를 잡을 때 전화기가 울렸다.

"카울리 형사입니다."

스콧 제임스는 그녀에게 지독히도 밥맛없는 질문을 던졌다.

"당신을 믿어도 될까요?"

그녀는 옆 사무실을 힐끔 쳐다볼 수 있을 정도로만 자세를 바로 세웠다. 여전히 여자 친구와 통화 중인 믹스는 상대가 한 무슨 말인가를 들으며 지나치게 시끄럽게 웃어대고 있었다. 카울리는 목소리를 낮췄다.

"뭐라고요?"

"당신은 나쁜 경찰인가요, 조이스? 당신도 범인들과 한패인가요?"

그의 목소리가 어찌나 긴장돼 있는지 그녀는 토핑의 사무실에 있는 사람들 생각이 옳을지도 모른다는 두려움을 느꼈다. 그녀는 한층 더 목소리를 낮췄다.

"어디예요?"

"며칠 전에 누군가가 우리 집에 침입했어요. 그 이튿날 밤에는 누군가가 내 정신과 의사의 사무실에 침입해서 내 파일을 훔쳐갔고요. 닥터 찰스 굿맨이요. 노스 할리우드의 브로더 형사하고 컬랜드 형사가 그 사건을 맡았어요. 그러니까 그들에게 전화해봐요. 이게 실제로 일어난 사건이라는 걸 확인할 수 있도록."

"도대체 무슨 얘기를 하는 거예요?"

"전화해봐요. 굿맨의 파일을 훔친 놈이 어떤 놈이건, 그놈은 그 정보를 부서 내부에 있는 누군가에게 알렸어요. 그리고 그놈은 나한테 누명을 씌우려고 애쓰고 있어요."

카울리는 사무실을 둘러봤다. 그녀에게 귀를 기울이거나 주의를 기울이는 사람은 아무도 없었다.

"당신이 이 상황을 끌고 가는 방향이 마음에 들지 않아요."

"나는 이런 상황을 직접 겪어내야 하는 게 마음에 들지 않아요."

"왜 도망친 거예요? 그게 얼마나 꼴사납게 보이는지 알잖아요?"

"나는 도망치지 않았어요. 나는 멀리 있지 않아요."

"무엇에서요?"

"전화로는 말 못 해요."

"드라마 찍지 마요. 나는 당신 편이에요. SID에 의뢰해서 대릴의 시곗줄에 묻은 녹을 확인했어요. 옥상에 있는 녹과 일치해요. 알았어요? 대릴은 거기에 있었어요."

"그건 놀랄 일도 아니에요. 내가 사라진 디스크를 입수했어요."

그녀는 토핑의 사무실을 확인했다. 문은 여전히 닫혀 있었다. 믹스는 여전히 여자 친구와 통화 중이었다.

"클럽 레드 디스크요? 사라진 디스크를 어디서 입수했는데요?"

“지배인이 사본을 갖고 있었어요. 이게 보고 싶을 거예요, 조이스. 당신이 왜 이걸 보고 싶어 하는지 알아요?”

그녀는 그가 무슨 생각을 하는지 알았다. 그래서 그가 생각하는 대답을 했다.

“누군가는 내가 그러기를 원치 않으니까.”

“그래요. 거기에 당신과 같이 있는 누군가가.”

“누가 이런 짓을 하겠어요?”

“이언 밀스요.”

“제정신이에요?”

“그게 바로 그 사람들이 나에 대해 하는 말이죠. 노스 할리우드에 전화해보라니까요.”

“거기에 전화해볼 필요는 없어요. 당신, 어디예요?”

“청사에서 나와서 좌회전해서는 스프링 스트리트를 건너도록 해요. 안전할 경우에는 내가 당신을 차에 태울 거예요.”

“세상에, 스콧. 무슨 일이 벌어질 거라고 생각하는 거예요?”

“몰라요. 누구를 믿어야 할지도 모르겠어요.”

“5분만 줘요.”

“혼자 와요.”

“알았어요.”

수화기를 내려놓은 카울리는 자신이 손을 떨고 있다는 걸 깨달았다. 토핑의 사무실 문이 열리자 그녀는 두 손을 비볐다. 그런데도 갑자기 닥친 놀라움 때문에 손은 한층 더 심하게 떨렸다. 이언 밀스가 나오고 내사과의 쥐새끼와 램파트의 바보들 중 하나가 그 뒤를 따라 나왔다. 밀스는 그녀를 힐끔 쳐다봤다. 그래서 그녀는 수화기를 낚아채서 통화하는 척했다. 밀스는 그녀의 옆을 지나가면서 다시 그녀를 힐끔 봤지만, 별말 없이 계속 길을 가서는 사무실을 떠났다.

카울리는 가짜 통화를 계속하면서 오르소가 나타날 때까지 기다렸다. 그렇게 30초를 기다린 그녀는 수화기를 내려놓았고, 핸드백을 메고 재빨리 청사를 떠났다.

36

스콧은 트랜스 암이 계속 공회전하게 놔뒀다. 그는 보트 건너편에 있는 시티홀 파크에서 보트의 출입구를 주시했다. 매기는 콘솔박스에 발을 올리고는 얼굴로 불어오는 에어컨 바람을 맞고 있었다. 차가운 바람이 털에 파문을 일으켰다. 매기는 그게 좋은 듯 보였다.

스콧은 카울리가 모습을 나타내기를 바랐다. 하지만 그녀가 그럴 거라는 확신은 들지 않았다. 10분이 지났다. 그녀가 오르소나 다른 멍청이들한테 그가 전화를 걸었다는 걸 알렸을까 봐 점점 더 겁이 났다. 흐르는 시간은 그들이 무슨 대책을 세울지 가늠해내고 있음을 의미했다.

카울리가 보트의 유리로 된 뱃머리 아래에서 모습을 나타내더니 스프링 스트리트를 향해 잰걸음을 걸었다. 그녀는 모퉁이에서 신호가 바뀌기를 기다리며 걸음을 멈췄다가 다시 길을 건너기 시작했다. 스콧은 뱃머리를 주시했다. 그녀를 따라 나오는 사람은 아무도 없었다. 그는 다음 모퉁이에서 그녀 옆에 차를 대고는 창문을 내렸다.

"아무한테도 말 안 했죠?"

"안 했어요, 아무한테도. 개 좀 옆으로 치워줄 수 있어요?"

카울리가 문을 열자 매기는 뒷좌석으로 이동했다. 앞좌석이 넓지 않다는 걸 이해하는 듯했다.

차에 오른 카울리는 자리에 털썩 앉고는 문을 닫았다. 스콧은 그녀가 화났다는 걸 알 수 있었지만 어쩔 도리가 없었다. 그는 그녀의 도움이 필요했다.

"세상에, 이 털 좀 봐. 사방에 다 묻겠네."

스콧은 따라붙은 차가 있는지 백미러로 확인하면서 속도를 높여 자리를 떴다.

"당신이 올 거라는 확신이 안 들었어요. 어쨌든 와줘서 고마워요."

"아무한테도 말 안 했어요. 우리 뒤에는 아무도 없다는 말이에요."

스콧은 모퉁이에서 첫 회전을 한 다음에도 눈을 계속 백미러에서 떼지 않았다.

"내키는 대로 해요. 우리, 어디로 가는 거예요?"

"가까운 데로요."

"이게 그놈의 드라마보다는 더 가치 있는 일이네요. 드라마는 질색이에요."

스콧은 대꾸하지 않았다. 그는 블록을 돌았다. 그러고는 몇 초 후, 스탠리 모스크 법원청사 주차장으로 들어갔다. 배심원 전용 주차장. 그들은 보트에서 세 블록 떨어진 곳에 있었다.

그늘에 주차 공간을 찾아낸 그는 엔진을 껐다.

"당신 발 옆에 랩톱이 있어요. 그걸 보고 나면, 당신은 내가 드라마를 찍는 걸 좋아하는지 아닌지 알 수 있을 거예요."

그녀는 랩톱을 들어 그에게 건넸다. 그는 랩톱을 열어 전원을 켜고는 그녀에게 돌려줬다. 디스크는 랩톱에 이미 삽입돼 있었다. 녹화된 동영상의 첫 이미지가 화면에 얼어붙어 있었다. 그 이미지는 높은 각도에서 찍은, 적외선 조명을 받은 클럽 레드의 주차장을 밝고 선명하게 보여줬다.

색깔이 대부분 회색으로 탈색돼 있기는 했지만, 어렴풋이나마 색깔을 구분할 수는 있었다. 촬영 앵글에는 클럽의 빨간 출입구와 입구에서 멀리 떨어진 곳에 있는 주차 관리 요원의 대기실, 그리고 주차장 대부분이 포함됐다. 스콧은 그 디스크를 일곱 번이나 봤다.

카울리가 물었다. “클럽 레드 주차장이에요?”

“외부 카메라예요. 이걸 보기 전에 알아둬야 할 게 두어 가지 있어요. 나한테는 이 디스크 말고도 다른 게 더 있어요. 대릴은 총격을 목격했어요. 그는 친구에게 그 얘기를 했고, 나는 그 친구를 확보했어요.”

카울리는 의심스러워하는 기색이었다.

“믿을 만한 사람이에요?”

“그건 두고 보도록 하죠. 대릴은 친구에게 총잡이 중 하나가 벤틀리에서 서류 가방을 꺼냈다고 말했어요. 나는 이 동영상이 끝날 무렵에야, 피살자들이 주차장을 떠날 때쯤에야 그게 무엇인지 감을 잡았어요.”

스콧은 랩톱 쪽으로 몸을 기울여 재생 버튼을 눌렀다. 얼어 있던 이미지에 즉시 활기가 돌았다. 펄레시안과 벨루아가 클럽에서 나타나 문밖으로 몇 걸음을 걷더니 그 자리에 멈췄다. 주차 요원이 종종걸음으로 그들에게 왔다. 펄레시안이 보관증을 건넸다. 주차요원이 대기실로 몸을 밀어 넣어 열쇠를 찾더니 카메라에 모습이 더 이상 잡히지 않을 때까지 빠른 걸음으로 주차장을 가로질렀다. 펄레시안과 벨루아는 문 앞에 그대로 남아 얘기를 나눴다.

스콧이 말했다. “빨리 감기로 돌려도 돼요.”

“괜찮아요.”

1분 후, 벤틀리가 프레임의 오른쪽 하단 구석에서 들썩거리며 모습을 나타내더니 카메라에서 먼 쪽으로 이동했다. 벤틀리의 브레이크 등이 빨갛게 타올랐다. 펄레시안이 차를 맞으려고 앞으로 발을 내디뎠다. 주차요원이 내려서 열쇠와 팁을 교환했다. 펄레시안이 차에 탔지만, 벨루아는 그의 앞을 지나쳐서 배경에 보이는 도로로 걸어갔다. 인도에 서 있는 벨루아의 흐린 이미지를 볼 수 있었다. 하지만 불빛에서 너무 멀리 벗어나 있었기 때문에 그의 모습이 선명하게 보이지는 않았다. 펄레시안은 차 문을 닫고 기다렸다.

스콧이 말했다. "그들은 이후로 25분간을 이런 식으로 계속 그 자리에 있었어요."

"뭐라고요?"

"벨루아는 누군가를 기다리고 있었어요. 비어 있던 시간이 그거예요."

"괜찮아요. 그냥 지켜보죠, 뭐."

갈대처럼 말라빠진 젊은 여성 두 명이 페라리를 타고 도착했다. 남자 한 명이 포르쉐를 타고 떠났고, 그 뒤를 이어 중년 커플이 재규어를 타고 떠났다. 차가 들어오고 나갈 때마다 헤드라이트가 벨루아를 비추었는데, 그는 인도에서 앞뒤로 서성거리고 있었다. 펄레시안은 차에 그대로 남아 있었다.

스콧이 말했다. "거의 다 됐어요. 잘 봐요."

도로에서 차 한 대가 천천히 벨루아를 지나치더니 멈춰 섰다. 그 차의 브레이크등이 벨루아를 비췄다. 차 쪽으로 이동하는 벨루아의 모습이 보였다. 브레이크등을 지나간 그의 모습은 더는 볼 수 없었다.

카울리가 물었다. "차종이 뭔지 알 수 있겠어요?"

"아뇨. 너무 어두워요."

1분 후, 벨루아가 왼손에 서류 가방을 들고 어둠 속에서 주차장으로 걸어 들어왔다. 그는 벤틀리에 탔고, 펄레시안은 차를 몰았다.

스콧은 재생을 멈추고, 그녀를 쳐다봤다.

"수사진에 있는 누군가가 이걸 봤어요, 그렇겠죠? 그런데도 그들은 멜론하고 스텐글러에게 볼만한 가치가 있는 건 하나도 없다고 말했고, 그런 다음에는 디스크를 폐기했어요."

카울리는 천천히 고개를 끄덕였다. 그녀의 시선은 갈 곳을 잃은 눈치였다.

"벤틀리에서 서류 가방은 발견되지 않았어요."

"그랬었죠."

"젠장."

"이 정도는 약과예요. 아직 더한 게 남아 있어요. 데인저 장갑차 강도 사건 기억해요?"

그녀의 눈썹 사이에 깊은 주름이 패었다.

"물론이죠. 멜론은 벨루아가 다이아몬드 때문에 여기에 온 거라고 생각했었어요."

"2,800만 달러 상당의 가공되지 않은 상용(商用)등급 다이아몬드, 맞죠?"

카울리는 고개를 다시 천천히 끄덕였다. 무엇이 닥칠지 감지한 듯했다.

스콧은 주머니에서 지저분한 얼룩이 묻은 벨벳 파우치를 꺼내 그들 사이의 얼굴 높이에서 들고 달랑거렸다. 그녀의 눈이 파우치로 향했다가 스콧에게로 돌아왔다.

"대릴은 그가 목격한 광경을 말로만 옮긴 게 아니었어요. 그는 총잡이들이 떠난 후에 시신 중 한 구에서 훔쳐온 물건도 친구에게 넘겼어요. 이게 뭘 거라고 생각해요?"

그는 손에 원석을 쏟았다.

"젠장."

"내 짐작에 이건 가공하지 않은 상용등급 다이아몬드예요."

그녀는 그를 응시했지만 재미있어하는 기색은 아니었다.

"서류 가방에 든 게 다이아몬드라고 믿는 거예요?"

"그게 내 추측이에요. 당신 추측은 뭔데요?"

"여기 파우치에 진 얼룩이 벨루아의 DNA와 일치할 거라는 거요."

"우리는 같은 결론에 도달했군요."

스콧은 원석들을 다시 파우치에 넣었다. 그는 카울리가 여전히 그를 쳐다보고 있는 걸 느꼈다.

"누구한테 받은 거예요?"

"그건 말 못 해요, 조이스. 미안해요."

"대릴이 고백한 상대가 누구예요?"

"말 못 해요. 아직은요."

"이것들은 증거물이에요, 스콧. 이 사람은 직접 들은 정보를 갖고 있어요. 이렇게 해서 당신은 사건을 제대로 구성해냈어요."

"이건 누군가의 목숨을 잃게 만드는 방법이기도 해요. 저 위에 있는 누군가가 대릴을 살해했어요. 누군가가 나한테 세 사람을 죽였다는 누명을 씌우려고 애쓰고 있고요."

"이게 사실이라면, 우리는 그걸 입증해야 해요. 그렇게 해야 사건을 해결할 수 있어요."

"어떻게요? 내용을 다 공개해서요? 오르소한테 가서 '안녕하세요, 우리가 이 사건에 대해 어떻게 해야 옳을까요?'라고 물어볼까요? 저 위에 있는 한 명이 알 경우, 그건 온 세상이 다 아는 것이나 다를 게 없어요. 그렇게 되면 나는 내가 대릴의 등에다 그랬던 것처럼 이 사람의 등에 표적을 붙이는 꼴이 될 거예요."

"그건 정신 나간 짓이에요. 당신은 대릴을 죽이지 않았어요."

"그렇게 생각해주는 사람이 있어서 기쁘네요."

"당신은 누군가는 믿어야 해요."

스콧은 매기를 힐끔 봤다.

"믿죠. 저 개를요."

카울리의 얼굴이 유리처럼 딱딱해졌다.

"진짜로 밥맛 떨어지네요."

"나는 당신을 믿어요, 조이스. 당신을요. 그래서 *당신한테* 전화한 거예요. 하지만 그 외에 누가 관련된 건지를 모르겠어요."

"뭐에 관련됐다는 거예요?"

"데인저요. 모든 일은 데인저에서 시작됐어요."

"데인저 사건은 종결됐어요. 그놈들은 샌 버나디노 어딘가에서 살해당했어요."

"폰스킨에서요. 당신이 이 동영상에서 본 서류 가방이 조르주 벨루아에게서 강탈당하고 한 달 후에요. 다이아몬드는 회수되지 않았어요. 이 다이아몬드들은요."

스콧은 파우치를 달랑거리고는 주머니에 넣었다.

"데인저 범인 일당, 죽었어요. 벨루아와 펄레시안, 죽었어요. 대릴 아이시, 죽었어요. 그런데 그럴 때마다 아이맨이 계속 모습을 나타내요. 웨스트 LA 경찰서는 데인저 사건의 수사를 개시했지만, 아이맨은 그 사건을 다운타운으로 가져오면서 웨스트 LA 인력들을 자기가 지휘하는 태스크포스의 요원으로 써먹었어요."

카울리는 고개를 저으며 입을 꽉 다물었다. 그녀의 입술은 단호한 선을 그었다.

"그건 지극히 정상적인 일이었어요."

"정상은 무슨 정상이요? 이 사건하고 관련된 일 중에 정상적인 건 하나도 없어요. 아이맨은 벨루아에 대한 정보를 멜론한테 줬어요. 벨루아는 다이아몬드, 다시 말해 대릴 아이시가 벨루아의 시신에서 가져온 것과 동일한 다이아몬드와 아무 관련도 없는 사람이라는 걸 멜론에게 이해시키려고요."

"그가 왜 그런 짓을 하겠어요?"

"이 디스크에서 본 내용에 대해 거짓말을 한 누군가하고 같은 이유에서죠. 멜론이나 스텐글러나 당신이 결국에는 벨루아와 클루조에 대해 알아낼 것 같으니까요. 아이맨은 멜론이 아는 내용을 좌지우지할 수 있는 위치를 차지하고 있었어요. 멜론은 그에게 의문을 품지 않았어요. 멜론은 그를 믿어야 했어요. 그는 실제로도 그렇게 했어요. 멜론은 그 일이 어떤 식으로 일어났는지를 나한테 얘기해줬어요."

"멜론한테 갔었어요?"

"그런 느낌을 받았어요. 그가 데인저 사건, 그리고 데인저 수사가 종결된 방식에 의혹을 품고 있는 것 같다는 느낌을요."

스콧은 그녀가 머릿속에서 조각들을 한데 맞추고 있다는 걸 알 수 있었다.

"우리는 사건 수사를 개시한 사람들을 살펴보고 그들이 어떤 식으로 아이맨하고 연관돼 있는지를 봐야 해요. 멜론은 나한테 힌트를 줬어요. 그는 아이맨은 무슨 일이건 혼자서 하는 일이 절대로 없다고, 신뢰하는 사람들하고만 같이 일한다고 말했어요. 그러면서도 멜론은 그 사람들이 정직한 사람들이라는 분위기는 풍기지 않았어요."

"원하는 게 뭐예요?"

"명명백백한 사건이요. 철저하게 밝혀진 탓에 범인들이 그렇게 됐다는 사실을 미처 깨닫기도 전에 전모가 드러나면서 다른 누군가를 죽일 수가 없는 사건이요."

"조만간에 우리는 대릴의 친구가 필요할 거예요. 선서를 시키고 진술을 받아야 할 거예요. 그 사람이 하는 말은 무엇이 됐건 일일이 확인해봐야 해요. 거짓말탐지기 조사도 필요할지 몰라요."

"당신이 수갑을 채울 준비가 됐을 때, 당신을 대릴의 친구한테 데려갈게요."

"파우치에서 DNA를 추출해야 할 거예요. SID에 그걸 검사하라고 명령하는 영장도 필요할 거고요. 이 다이아몬드들이 데인저에서 강탈당한 것이라는 걸 확인해줄 보험회사나 다른 기관들도 필요할 거예요."

"당신은 그 모든 걸 다 확보하게 될 거예요."

"끝내주네요. 그것들을 모두 다 확보하다니. 최소한 디스크는 가져가도 되죠?"

"왜 그걸 가져가서 말썽을 일으키려는 건데요?"

카울리는 한숨을 쉬었다. 그러더니 문을 열었다.

"걸어서 돌아갈게요. 내가 찾아낼 수 있는 게 뭔지 알아본 다음에 알려줄게요."

스콧은 그녀에게 마지막 정보를 건넸다.

"대릴은 이름을 들었어요."

그녀는 한쪽 발을 차 밖에 디딘 채로 움직임을 멈췄다. 그녀가 그를 응시했다.

"총잡이 한 명이 다른 놈의 이름을 불렀어요. 스넬이라고."

"감춰둔 게 그것 말고 또 있어요?"

"아뇨. 그게 전부예요. 스넬."

"스넬."

그녀는 차에서 내려 문을 닫고는 조금씩 멀어졌다.

"아이맨 근처에는 가지 마요, 조이스. 제발 부탁이에요. 아무도 믿지 말아요."

걸음을 멈춘 카울리가 고개를 뒤로 돌려서 창문을 통해 그를 봤다.

"너무 늦었어요. 나는 당신을 믿고 있어요."

스콧은 그녀가 주차장을 가로질러 걸어가는 걸 지켜봤다. 마음이 아팠다.

"그러면 안 되는 건데."

그는 방금 카울리의 등에 표적을 꽂았다. 그랬으면서도 그는 자신이 그녀를 보호할 수 없다는 걸 잘 알았다.

37

조이스 카울리

카울리는 바지에 묻은 마지막 개털을 털어내고는 엘리베이터에서 내렸다. 그녀는 3년 넘게 걸어 다녔던 복도의 끝을 응시했다. 지금 보는 복도가 예전과 다른 점이라면 더 길고 넓어 보이며 한없이 이어지는 것 같다는 점, 그리고 거기 있는 모든 사람이 그녀를 주시하고 있다는 거였다. 날카로운 통증이 오른쪽 눈 뒤를 찔렀다. 귀에 어머니의 목소리가 들렸다. *TV를 너무 많이 보면 안 된다고 경고했잖니. 그건 뇌종양이 분명해.* 그렇다면 좋을 텐데. 어머니 말이 맞는 건지도 몰랐다. 종양은 그녀를 스콧만큼이나 미친 사람으로 만들었을 것이다. 다른 게 있다면 스콧은 미치지 않았다는 거였다. 스콧은 디스크와 다이아몬드를 갖고 있다.

그녀는 한 발을 앞으로 내밀었다. 그러고는 다음 발을 내밀었다. 잠시 후, 그녀는 그렇게 사무실에 들어섰다. 오르소는 그의 큐비클에 있었다. 토핑의 사무실 문은 열려 있었지만, 지금 그녀의 사무실에는 아무도 없었다. 믹스는 떠나고 싶어서 안달하는 사람처럼 시간을 확인하고 있었다. 그녀가 3년간 알고 지낸 남녀들이 일하고 얘기하고 커피를 마시고 있었다.

당신도 범인들과 한패인가요?

당신을 믿을 수 있을까요?

카울리는 회의실로 가서 살인사건 기록부를 놓고 자리에 앉았다. 그녀는 누군가가 회의실로 올 경우에 그걸 사전에 알아챌 수 있도록 문을 마주 보고 앉았다.

카울리는 스탠리 모스크 법원청사에서 걸어서 돌아오는 시간의 대부분을 웨스트 LA 강도과에서 데인저 사건의 수사 파일을 열어본 사람이 누구인지 알아낼 방법을 궁리하며 보냈다. 그걸 이언이나 이언과 같이 일했던 사람에게 물어볼 수는 없었다. 웨스트 LA 강도과에 전화를 걸 수도 없었다. 스콧의 생각이 옳다면 이 사람들은 악당들이었다. 데인저에 관한 질문은 무엇이 됐건 그들에게 경고를 보내는 게 될 터였다.

카울리는 살인사건 기록부를 두 번 읽고 모든 게 취합된 사건 파일을 한 번 읽었다. 그녀는 벨루아와 아르노 클루조, 데인저를 언급한 부분만 자세히 훑었다. 강도과 특수팀이 몇 달 전에 클루조 커넥션을 무시해버렸다는 걸 아는 그녀는 가망 없는 일에 사건을 허비하는 건 쓸모없는 일로 봤다. 그녀는 책장을 휙휙 넘기면서 데인저의 사건 번호를 찾았다.

빠르게 번호를 찾아낸 카울리는 그걸 들고 큐비클로 돌아왔다.

LAPD 수사 파일 저장 사이트의 페이지를 띄워 사건 번호를 입력하던 그녀는 오르소 때문에 깜짝 놀랐다.

"스콧 소식 들었어?"

그녀는 그의 시선을 컴퓨터에서 다른 곳으로 돌리려 애쓰면서 그와 마주 보려고 몸을 홱 돌렸다. 그는 그녀를 쳐다보기 전에 그녀의 모니터를 힐끔 봤다.

"아뇨. 그 사람, 아직도 길거리에 있나요?"

오르소의 얼굴이 파리해졌다.

"그 친구한테 전화 좀 해줄 수 있어?"

"제가 왜 그 사람한테 전화해야 하는 건데요?"

"내가 부탁하는 거니까. 메시지를 남겼는데, 아무 연락이 없어. 그 친구, 어쩌면 자네한테는 회신할 거야."

"그 사람 번호도 몰라요."

"내가 줄게. 그와 연락이 닿으면, 조리 있게 잘 설명해봐. 이 사건은 우리 손을 벗어나고 있어."

"알았어요. 그럴게요."

그가 그녀의 컴퓨터를 다시 힐끔 보더니 몸을 돌렸다.

"버드, 당신도 그가 이 사람들을 죽였다고 생각해요?"

오르소는 얼굴을 찌푸렸다.

"물론 아니지. 잠깐 기다려봐. 그 친구 번호를 줄게."

카울리는 모니터를 깨끗이 비우고는 오르소가 돌아올 때까지 꼼지락거리기만 했다. 그녀는 그가 떠나기 무섭게 파일 요청 내용을 입력했다. 경관들은 그들이 수사 중인 사건과 관련이 있는 자료만 요청할 수 있었다. 그래서 카울리는 그녀의 책상에 2년째 들어 있는 미해결 살인사건의 번호를 입력했다.

#WL-166491 사건이 전자 문서 파일로 떴다. 첫 문서는 이언 밀스가 작성하고 서명한 사건 종결 양식이었다. 거기에는 사망자 전원인 딘 트렌트와 맥스웰 기븐스, 킴 레온 존스가 어떻게 발견됐고 어떤 과정을 거쳐 데인저 장갑차 강도 사건의 범인들로 확인됐는지를 묘사하는 세 쪽짜리 진술서가 붙어 있었다. 밀스는 발견된 무기가 데인저 강도 사건에서 사용된 무기였다고 밝힌 SID와 샌 버나디노 보안관 사무실의 보고서들을 인용하

고는 참고 표시를 달았다. 또한, 발견된 다이아몬드 두 점이 강도 사건에서 강탈당한 물건 중 일부라는 걸 확인해준 트랜스내셔널 보험회사의 서류도 인용하고 참고 표시를 달았다. 그는 강도 사건의 범인 세 명이 지금은 사망했으며, 그러므로 사건은 정당하게 종결됐다는 결론을 내렸다.

판에 박힌 헛소리.

카울리는 이언이 첨부한 문서들을 훑어보다가 웨스트 LA 경찰서에서 작성한 오리지널 파일의 첫 부분을 발견했다. 문서는 사건을 담당한 형사들이 기입하고 서명한 문서 두 건으로 시작됐다. 현장에 대해 보고하라는 명령을 형사들이 어떻게 받았고, 그들이 현장에 도착했을 때 무엇을 발견했는지를 기술한 현장 보고서가 그 뒤를 이었다. 카울리는 그걸 일일이 읽는 수고 따위는 할 수가 없었다. 그녀는 대충대충 끝까지 넘겼다. 보고서에는 조지 에버스 형사와 데이비드 스넬 형사의 서명이 돼 있었다.

카울리는 모니터에 뜬 내용을 지웠다.

오르소는 큐비클에서 통화 중이었다. 토핑의 문은 닫혀 있었다. 자리에서 일어나 실내를 둘러본 그녀는 자리에 앉아 스크린을 응시했다.

그녀는 중얼거렸다. "개자식."

카울리는 벌떡 일어나서 강도과 사무실을 향해 걸어갔다. 똑같은 큐비클, 똑같은 카펫, 똑같은 모든 것. 강도과 형사 에이미 린이 첫 번째 큐비클에 있었다.

"이언, 여기 있어요?"

"그럴 걸요. 방금 봤거든요."

카울리는 이언의 사무실로 갔다. 카울리가 들어갔을 때 아이맨은 보고서에 뭔가를 휘갈기고 있었다. 그녀를 본 그는 깜짝 놀란 표정을 지었다.

그녀가 약간 신경 쓰이는 기색이었다.

"이언, 그 흰색 구레나룻과 관련해서 살펴봐야 할 대상자들이 더 확보됐나요? 밑바닥에 사는 이 인간 말종들은 덮쳐서 엿 좀 먹일 필요가 있잖아요."

그녀는 그의 얼굴을 직접 보고 싶었다. 그런 말을 그에게 하고 싶었다.

"그런가? 알았어. 명단을 입수하는 즉시 자네한테 넘겨줄게."

카울리는 성큼성큼 그녀의 책상으로 돌아왔다.

조지 에버스.

데이비드 스넬.

그녀는 그들에 대한 정보를 몽땅 찾아내고 싶었다. 그리고 그렇게 할 수 있는 방법을 알고 있었다.

38

이언 밀스

강도과 특수팀은 생계를 위해 남의 물건에 손을 댄 자들의 파일을 광범위하게 보관하고 있다. 그들이 대상자들의 영장을 청구하려고 활발하게 수사하고 있건 말건 말이다. 그들의 수사 대상은 십 대 자동차 도둑이나 어쩌다 보니 주유소를 털게 된 어릿광대 같은 피라미들이 아니라, 철저하게 전문적으로 활동하는 도둑들이었다. 카울리가 그의 사무실을 떠난 지 15분 후, 이언이 백발 운전자일 가능성이 높은 사람들을 찾아 데이터베이스를 검색하고 있을 때 이메일이 수신됐음을 알리는 신호음이 울렸다. 그는 무슨 내용인지 확인했다.

그게 정보 보관부에서 자동으로 보낸 통지 메일이라는 걸 확인한 순간, 그의 어깨는 팽팽하게 긴장됐다. 통지 서비스는 지휘부 사무실이나 수사단 또는 사건 종결 권한이 있는 경관만이 설정할 수 있는 옵션이었다. 이언은 그가 종결한 사건에 대한 자료 요청이 있을 때마다 그 사실을 통지해 달라는 옵션을 선택했었다. 그는 사건을 종결할 때마다 매번 이 옵션을 설정했지만, 그중에서 그가 관심을 갖는 사건은 네 건뿐이었다. 다른 사건들에 건 옵션은 순전히 위장용이었다.

이언은 자리에서 일어나 문을 닫고는 책상으로 돌아왔다. LAPD가 새

시스템을 도입한 이후로 그가 통지를 받은 건 세 번뿐이었다. 그때마다 그는 그걸 열어보기가 두려웠었지만, 그 세 건은 모두 아무런 의미가 없는 사건들과 관련된 것으로 밝혀졌었다. 지금 그가 그 메일을 열기 전까지 머리를 굴리는 데에는 30초가 걸렸다. 배에서는 위산이 마구 솟아났다.

데인저.

통지 메일이 제공한 정보는 얼마 되지 않았다. 파일을 요청한 경관이나 기관의 이름은 들어 있지 않았다. 단지 요청 일자와 시간, 그리고 요청한 경관이 맡고 있는 사건 번호뿐이었다.

하지만 사건 번호는 그에게 많은 걸 알려줬다. 그리고 그는 그 정보가 알려주는 내용이 마음에 들지 않았다.

번호에는 HSS라는 약어가 들어 있었다. 살인과 특수팀(Homicide Special Section)의 사건이라는 뜻이었다. 살인과 소속의 멍청이는 누구라도 12미터만 걸어오면 데인저에 대해 알고 싶은 내용을 무엇이건 물어볼 수 있었다. 그런데 그 누군가는 그를 그런 업무 경로에서 배제시키는 쪽을 선택했다. 이건 좋은 일이 아니었다. 수사 중인 사건 번호의 내용을 알아보려면 검색 절차를 거쳐야 했다. 이건 그들의 사건 파일이 관련자가 아닌 사람들에게는 비밀로 보호되고 있다는 뜻이었다. 하지만 이언에게는 그 문제를 극복할 방법이 있었다.

그는 복도 아래에 있는 낸 라일리에게 전화를 걸었다. 낸은 민간인 직원으로, 캐럴 토핑의 사무실 어시스턴트였다.

"안녕, 내니, 이언이야. 당신, 지금도 10분 전처럼 아름다운가?"

낸은 항상 그랬듯이 깔깔 웃었다. 그들은 지난 몇 년간 그런 식으로 시시덕거리는 사이였다.

"당신 눈에만 그런 거죠, 베이비. 보스 연결해줘요?"

"그냥 짧게 대답만 해줘. 거기 있는 친구들 중에서 말이야……"

그는 사건 번호를 읽어줬다.

"이게 누구 사건이야?"

"잠깐만요. 한번 볼게요……"

그는 낸이 번호를 입력하는 동안 기다렸다.

"카울리 형사 거네요. 조이스 카울리."

"고마워, 베이비. 자기가 최고야."

이언은 수화기를 내려놨다. 기분이 한층 더 나빠졌다. 카울리가 갑자기 데인저에 흥미가 생겼다 치더라도, 그녀가 왜 그의 사무실에 왔을 때 그 얘기를 꺼내지 않은 건지 궁금했다. 그녀는 그걸 묻는 대신에 펠레시안 사건의 총잡이 색출과 관련한 헛소리들을 지껄였었다. 그는 이게 뜻하는 바가 무엇일지 숙고했다. 그러고는 물건들을 챙겨 살인과 특수팀이 있는 복도 아래로 걸어갔다.

카울리는 그녀의 큐비클에 있었다. 그녀는 컴퓨터 쪽으로 몸을 웅크리고 있었다. 수화기를 붙잡고 있는 것처럼 보였다.

그는 그녀의 뒤로 걸어갔다. 그녀가 뭘 읽고 있는지 보려고 애썼지만 머리가 스크린을 가리고 있었다. 그녀가 너무나 소곤소곤 얘기하고 있어서 무슨 말을 하고 있는지는 들을 수가 없었다.

"형사."

그가 부르는 소리에 그녀가 몸을 확 돌렸다. 몸을 돌리는 카울리의 안색은 눈에 띄게 창백했다. 그녀는 가슴에 수화기를 누르고는 스크린을 가리려고 옆으로 몸을 기울였다. 이건 좋은 징조가 아니었다.

이언은 이름들이 적힌 명단을 내밀었다.

"자네가 원한 이름들이야."

그녀가 명단을 받았다.

"고마워요. 이렇게 빨리 주실 거라고는 예상 못 했어요."

그는 그녀의 눈에서 어둠이 움직이는 걸 주시했다. 그녀는 겁에 질려 있었다. 그녀의 모습을 보면서 그는 아이시 꼬맹이가 스콧 제임스에게 얼마나 많은 걸 털어놨는지, 제임스는 카울리에게 얼마나 많은 얘기를 들려줬는지가 궁금해졌다.

"도움이 됐다니 기쁘군. 여기 한동안 있을 건가?"

"아아, 예. 왜요?"

"다른 이름들도 줄 수 있을지 알아볼 생각이거든."

사무실로 돌아간 이언은 문을 닫고는 휴대폰으로 조지 에버스에게 전화를 걸었다.

"문제가 생겼어요."

이언은 에버스가 해줬으면 하는 일을 말했다.

39

그들이 앞선 미팅을 가진 지 세 시간 후, 카울리는 데인저에 대한 정보를 입수했다고 스콧에게 문자를 보냈다. 그들은 스탠리 모스크 법원청사 주차장에서 다시 만나기로 뜻을 모았다. 카울리가 차에 올랐을 때, 스콧은 그녀가 잔뜩 긴장하고 있는 걸 느꼈다.

"인사과에 있는 내 첫 감독관이던 친구한테 에버스하고 스넬에 대해 물어봤어요. 철저히 비밀리에요. 그들을 특별팀에 불러들일까 생각하는 중이라고, 솜씨가 최고인 사람들을 원한다고 말했더니 그녀도 이해하더라고요."

"뭘 알아냈나요?"

"형편없는 놈들이라는 거요."

스콧은 그런 정보로 무슨 일을 해야 할지 확신이 서지 않았다.

"스넬은 머리가 잘 돌아가고 수사를 효율적으로 잘한다고 정평이 난 사람이에요. 하지만 그는 불법행위를 하다가 걸린 적이 있어요. 규정에 어긋나는 모험을 하면서 요령 부리는 걸 좋아해요. 스넬은 이언하고 엮인 전력이 없지만, 에버스하고 이언은 속속들이 엮여 있어요. 세상에, 벌써 온몸이 털투성이네. 이것 좀 봐요."

매기는 뒷좌석에 가로로 누워 있었다.

"차에서 털을 솔질할 짬이 없었어요. 에버스는 어때요?"

카울리는 손으로 바지에 아무 쓸모도 없는 솔질을 했다. 그러고는 보고를 계속했다.

"에버스하고 이언은 홀렌벡에서 4년간 파트너였어요. 에버스가 선임이지만, 사실상 이언이 그를 지휘하고 다녔다는 게 정설이에요. 에버스는 예상치 못한 일에 말려들면서 인생이 엉망이 됐어요. 그는 술을 마셔댔고, 부인은 그를 떠났어요. 이런 인생에 흔히 등장하는 그런 일들이 모두 벌어졌죠. 그래도 이언은 그를 옹호하면서 그가 일을 계속할 수 있게 해줬어요. 하지만 에버스와 관련한 민원이 너무 많이 들어왔어요. 이언이 특수팀에 발탁되자 에버스는 웨스트 LA에 보내졌어요."

"우리가 얘기하고 있는 자들과 관련해서 들어온 고발은 어떤 종류의 것들인가요?"

"골이 지끈거리는 고발들이요. '본 사람이 임자(finders keepers)' 알아요?"

그건 경찰들이 농담으로 주고받는 은어였다. 그런데 불량 경찰들에게는 농담이 아니었다. 불시 단속을 나갔다가 현금 보따리를 찾아낼 경우, 그들은 중범죄 요건을 맞출 정도의 돈만 남기고 나머지는 자기 주머니에 챙겼다. 말 그대로, 본 사람이 임자였다.

"알아요. 아이맨한테 진흙이 묻은 적이 있나요?"

"이언은 장미처럼 고상한 사람으로 알려져 있어요. 그는 에버스가 정신을 차릴 때까지 그를 챙겨줬어요."

스콧은 매기를 쳐다보고는 그녀를 만졌다. 매기가 눈을 떴다.

"그건 쌍방향으로 흐르는 거예요."

"뭐가 흐른다는 거예요?"

"이언이 에버스의 뒤치다꺼리를 깨끗하게 해줬다면, 에버스가 이언의 뒤치다꺼리를 해줬을 때가 있었을 거예요."

"어쨌거나요. 그래서 지금 에버스는 웨스트 LA에 있고, 그의 파트너는 스넬이에요. 그들은 나흘 동안 데인저 사건을 맡았고, 그러다가 이언이 그 사건을 자기 팀으로 가져갔어요. 그러고는 그들을 그의 앞잡이로 만들었고요. 바로 그다음 날에, 강도 사건이 일어나고 엿새째였는데, 에버스는 딘 트렌트와 윌리엄 F. 우(Wu)의 도청 영장을 받아냈어요."

스콧은 그 사람들이 누구인지 전혀 몰랐지만, 카울리는 특급열차처럼 설명을 이어나갔다.

"두 달 후에 딘 트렌트와 맥스웰 기븐스, 킴 레온 존스가 샌 버나디노 산맥에서 살해당한 시체로 발견됐어요."

스콧은 멜론에게서 이 얘기를 들은 걸 기억해냈다.

"데인저를 덮친 패거리."

"그렇다고 믿어지는데, 아마 사실일 거예요."

역시 멜론이 말한 내용.

"우는 누군가요?"

"샌 마리노에 사는 장물아비예요. 중국의 부자들을 상대로 보석과 미술품을 거래해요. 하지만 유럽에도 거래선이 있었어요. 이걸 설득력 있게 만들어주는 건 딘 트렌트와 우가 오랫동안 관계를 맺어온 걸로 알려졌다는 거예요. 딘 트렌트가 보석이나 미술품을 훔치면, 그가 우를 찾아갈 거라는 건 뻔한 일이었어요."

스콧은 그녀가 향하는 방향이 어디인지를 깨달았다.

"에버스하고 스넬은 트렌트가 다이아몬드를 갖고 있다는 걸 알았군요."

"그랬을 게 분명해요. 이언의 정보원 중 하나가 그에게 정보를 흘렸을 거예요. 강도 사건이 나고 엿새밖에 안 된 시점이었어요. 그들은 딘 트렌트의 일꾼들이 한탕 크게 벌였다는 걸 알았거나 그랬을 거라고 의심했어요. 그래서 그들은 트렌트와 우를 도청해서 이후 3주간 그들이 하는 얘기를 엿들은 거예요. 그런데 사건 파일에 그와 관련된 녹취록은 하나도 들어있지 않아요. 전혀요. 0건이에요."

스콧은 정신이 멍했다.

"그들은 우가 클루조하고 협상하는 걸 들었어요. 그러면서 벨루아가 도착할 거라는 걸 알게 됐고, 그가 언제 어디서 다이아몬드를 받게 될지도 알게 됐어요. 그들은 다이아몬드를 훔치고 싶었을 거예요."

스콧은 매기를 쳐다봤다. 그는 그녀의 코끝을 건드렸고, 그녀는 그의 손가락을 장난삼아 물었다.

"우리 사건을 성립시키는 데 이거면 충분한가요?"

카울리는 고개를 저었다.

"아뇨. 그랬으면 싶지만 그렇지 않아요."

"나한테는 충분한 걸로 들리는데요. 당신은 점들을 처음부터 끝까지 이을 수 있어요."

"이언이라면 이렇게 얘기할 거예요. '우리는 세 명의 독립적이며 믿을 만한 정보원들에게서 트렌트가 미스터 우를 통해 다이아몬드 운송을 시도하고 있다는 정보를 얻었습니다. 우리가 알기에 미스터 우는 미스터 트렌트와 탄탄한 거래 관계를 맺어왔습니다. 이 믿을 만한 정보를 바탕으로 활동에 나선 우리는 도청을 위한 적법한 영장을 요청해서 영장을 받았지만, 유죄를 입증할 정보를 입수하려는 우리 노력은 실패하고 말았습니다. 우리는 미스터 트렌트나 미스터 우가 인편으로만, 또는 일회용 전화기를 이용해서만 연락을 주고받는다고 믿게 됐습니다.' 알겠어요? 여기 있는 어느 내용도 그에게 상처를 주지 못해요."

스콧은 점차 울화가 솟구치는 걸 느꼈다.

"에버스, 스넬, 그리고 밀스는 합쳐서 세 명이에요. 벨루아를 덮친 건 다섯 명이었어요."

"내가 본 사람들 중에 눈에 쏙 들어오는 사람은 없었어요. 우리, 우리가 확보한 사람들에게만 초점을 맞추도록 해요. 우리가 이 작자들을 기습할 수 있다면 그들은 나머지 두 명도 털어놓을 거예요."

스콧은 그녀의 말이 옳다는 걸 알았다.

"오케이. 에버스하고 스넬은 아직도 현직에 있나요?"

"스넬은 현직이지만, 에버스는 살인사건이 나고 엿새 후에 퇴직했어요."

"영리한 처신은 아니군요."

"그건 나도 모르겠어요. 그는 연차가 상당했어요. 그는 이언보다 나이가 많아요. 그러니까 별난 처신은 아니었어요."

"머리가 백발이 될 정도로 충분히 나이가 많나요?"

"젠장, 그건 나도 몰라요. 나는 이 사람들 중 어느 쪽도 본 적이 없어요."

스콧은 에버스가 퇴직하기에 충분할 정도로 나이가 많다면, 그가 백발에 파란 눈을 가진 운전자일 거라고, 그의 DNA는 도주용 차량에서 회수한 머리카락 모낭들과 일치할 거라고 생각했다.

"이 사건에서 에버스는 선두에 선 척후병 같은 존재예요. 그 사람 주소를 가지고 있어요?"

카울리는 뒤로 몸을 젖혔다.

"당신이 뭘 찾아낼 거라고 생각하는 거예요? 다이아몬드? 다이아몬드는 사라졌어요. 총은 사라졌어요. 그날 밤과 관련된 것들은 모두 다 사라졌어요."

"우리는 이 사람들과 강도 사건 사이의 직접적인 연결고리가 필요해요. 에버스나 스넬이나 아이맨이 그 현장에 있었음을 입증하는 무엇인가를요, 맞죠?"

"맞아요. 당신이 소위 말하는 슬램덩크 같은 사건을 원한다면, 우리한테 필요한 건 그거예요."

"오케이. 나는 정보를 캐고 다닐게요. 어쩌면 운이 따라줄지도 몰라요."

"우리가 당신한테 시곗줄에 대해 강의했을 때 정신을 어디다 두고 있던 거예요? 당신이 찾아낸 건 법정에서 하나도 인정되지 않을 거예요. 당신이 찾아낸 것에 대한 당신의 증언 역시 하나도 인정되지 않을 거고요. 우리한테는 아무 소용도 없을 거라고요."

"당신 얘기 들었어요. 나는 아무것도 내 손에 넣지 않을 거예요. 내가 뭔가 쓸 만한 걸 찾아내면, 당신은 문제 극복 대책을 제시할 수 있을 거예요."

카울리는 역겨워하는 듯한 기색을 보이면서도 서류를 뒤져서 조지 에버스의 주소를 찾아냈다.

"병원에 가서 머리 검진을 받아봐야 할 것 같아요."

"믿음을 갖도록 해요."

카울리가 눈동자를 굴리고는 문을 열었다. 그러나 그녀는 머뭇거렸다. 걱정하는 기색이었다.

"안전하게 머물 곳은 있어요?"

"예. 걱정해줘서 고마워요."

"오케이."

스콧은 그녀가 차에서 내리는 걸 지켜봤다. 말을 더 하고 싶었다.

"차로 데려다줄까요?"

"걸어갈게요. 그러면 털을 털어낼 시간이 생기니까."

스콧은 그녀가 걸어가는 동안 미소를 지었다. 그러고는 주차장에서 차를 뺐다. 그는 조지 에버스를 찾으러 갔다.

40

조이스 카울리

카울리는 스탠리 모스크 주차장을 가로질러 보트로 가는 길에 나섰다. 그녀는 걷는 동안 개털을 집어서 버리고는 바지를 솔질했다. 그 저먼 셰퍼드는 생긴 건 근사하지만 개털 제조기이기도 했다.

주차장 끝에 다다른 카울리는 낮게 쳐진 사슬 장애물을 넘어 인도에 발을 디뎠다. 그녀는 자신들이 지금 이 사건을 올바른 방식으로 수사하고 있다고는 생각하지 않았다. 그녀는 스콧이 수사를 오염시킬까 봐 걱정됐다. 카울리는 데인저 강도 사건과 벨루아 및 펄레시안 살인사건, 그리고 그 연장선에서 스테파니 앤더스의 살인사건을 잇는 음모가 있다는 건 철석같이 믿었다. 하지만 그녀와 스콧이 이걸 올바른 방식으로 풀어나가고 있는 것 같지는 않았다. 그녀는 그걸 그보다 더 잘 알았다. 그가 설령 그렇다는 사실을 모르고 있더라도 말이다. 그녀는 이런 식으로 그와 함께 계속 수사를 해나가는 자신에게 짜증이 났다.

세상에서 제일 우수한 경찰서 내부에조차 부패한 경찰이 꾸미는 음모는 늘 존재해왔고, 앞으로도 늘 존재할 것이다. 그런 사건을 수사하는 데 적용되는 정식 절차가 있었는데, 그런 사건은 기소가 이뤄지기 전까지는 철저하게 비밀리에 수사를 진행해야 하는 경우가 잦았다. 카울리에게는 한때 특수작전부에서 일했던 친구가 있었다. 카울리는 그녀에게 조언해달라고 부탁할 계획이었다.

"카울리 형사! 조이스 카울리!"

자신을 부르는 목소리 쪽으로 몸을 돌린 그녀는 근사하게 차려입은 남자가 손을 흔들면서 빠른 걸음으로 자신을 향해 다가오는 걸 봤다. 미디엄 블루 셔츠와 더 진한 청색 타이 위에 황갈색 스포츠코트와 청바지를 차려입은 그는 랄프로렌 카탈로그의 한 페이지를 찢고 나온 사람이라고 해도 무방했다. 그가 달릴 때, 스포츠코트가 펄럭거리면서 벨트에 채워진 황금 방패가 드러났다.

미소를 지으며 속도를 늦추던 그가 멈춰 섰다.

"귀찮아하지 않았으면 좋겠네요. 모스크에서 당신을 봤어요."

"우리가 구면인가요?"

그는 법원청사를 향해 서둘러 이동하는 두 여자를 위해 옆으로 걸음을 옮기면서 그녀의 팔을 건드렸다.

"당신하고 강력반 얘기를 했으면 해요. 돌아가는 길이죠? 같이 가요."

그는 그녀에게 걸으라고 부추기며 다시 그녀의 팔을 만졌다. 그러고는 그녀의 옆에 섰다. 그는 태평한 분위기의 보이시하고 대단히 매력적인 남자였지만, 몸을 그녀에게 지나치게 바짝 붙이고 있었다. 카울리는 그가 어째서 그녀가 보트에서 왔다고, 그리고 지금은 거기로 돌아가고 있다고 짐작한 건지 의아했다.

진한 청색 세단이 그들 옆으로 미끄러져 오더니 속도를 늦췄다.

카울리가 물었다. "당신, 살인과나 강도과예요?"

"강도요. 그리고 그건 내가 잘하는 짓이기도 하죠."

그가 그녀의 팔을 다시 만졌다. 그녀가 자기를 알고 있어야 마땅하다는 듯. 카울리는 짜증이 났다.

"지금은 얘기하기가 좀 그러네요. 명함을 줘요. 그러면 나중에 시간을 잡아서 얘기할 수 있으니까."

그는 소년 같은 미소를 언뜻 보이더니 그녀에게 바짝 다가섰다. 그러는 바람에 그녀는 도로 경계석 쪽으로 밀려날 수밖에 없었다.

"내가 기억이 안 나요?"

"전혀요. 이름이 어떻게 되죠?"

그들 앞에서 세단의 뒷문이 열렸다.

"데이비드 스넬이요."

그는 그녀의 팔을 힘껏 붙잡고는 그녀를 차 안으로 밀어 넣었다.

41

선랜드는 글렌데일의 북쪽 기슭에 있는 노동계급 거주지였다. 그 아래 평지는 무척 건조한 터라 그런 지명이 붙을 만한 곳이었다. 프리웨이와 산맥 사이에 있는 그 지역의 거리에는 치장벽토를 바른 소형 랜치 하우스들이 늘어서 있었지만, 대지의 고도(高度)가 터헝가 캐니언으로 솟아오르는 동안 점차 무성해진 유칼립투스와 검정호두나무들은 이 지역에 농촌의 시골 분위기를 부여했다. 조지 에버스는 헛간을 개조한 것 같은 참나무 판자로 지은 집에 살았다. 그의 집에는 널따란 자갈투성이 뜰과 위성접시가 있었고, 집 옆에는 금속성 느낌을 풍기는 파란 모터보트가 세워져 있었다. 덮개가 덮인 모터보트는 물을 구경한 지 몇 년은 된 것처럼 보였다. 에버스의 집에는 차고 대신에 지붕이 없는 간이차고가 있었는데, 지금 그 간이차고는 비어 있었다.

스콧은 차를 몰고 그 집을 지나쳤다가 방향을 돌려서 두 집 떨어진 곳에 차를 세웠다. 경찰관이 전화번호 안내에 자기 집 전화번호를 등재하는 일은 드물다. 하지만 스콧은 선랜드에 거주하는 조지 에버스의 전화번호를 알려달라고 요청하면서 안내원을 상대로 나름의 노력을 기울였다. 에버스와 관련된 정보는 하나도 없었다. 그는 집에 누군가 있는 것은 아닌지 궁금해하며 에버스의 집을 한동안 자세히 살폈다. 빈 간이차고를 보고 얻을 수 있는 구체적인 정보는 거의 없었다. 하지만 간이차고가 비어 있는

데도 별다른 행동을 취하지 않을 경우, 그가 선택할 수 있는 대안은 영원토록 이 자리에 죽치고 앉아서 그 집을 응시하는 거였다.

스콧은 자신이 사복 차림이라는 게 기뻤다. 권총을 셔츠 아래에 쑤셔 넣은 스콧은 매기를 차에서 내리게 했다. 목줄을 채우는 수고는 하지 않았다.

현관으로 간 그는 매기를 문에서 보이지 않는 옆쪽에 앉히고 초인종을 두 번 눌렀다. 아무도 응답하지 않자 집 옆으로 돌아가 뒤뜰로 갔다. 경보장치는 하나도 보이지 않았다. 그래서 그는 주방 창문의 판유리를 깨고 안으로 들어갔다. 매기가 창문에 발을 대려고 몸을 한껏 뻗으면서 따라가겠다고 칭얼거렸다.

"앉아. 그대로 있어."

그는 주방 문을 연 다음에 매기를 불렀고, 그러자 매기가 빠른 걸음으로 집 안에 들어왔다. 스콧은 그녀가 표정으로 경보를 발령하고 있다는 걸 알았다. 그녀는 머리를 높이 들고 귀를 앞으로 세웠으며 집중한 탓에 얼굴에 주름이 잡혀 있었다. 그녀는 빠른 속도로 수색에 나섰다. 그녀는 여기 있는 어떤 냄새 때문에 걱정스러운 탓에 냄새의 출처를 찾고 있다는 듯이 집 안 곳곳을 물결 모양 패턴으로 돌아다녔다.

스콧은 그게 의미하는 바는 딱 하나밖에 없음을 깨달았다.

"그놈 냄새를 맡은 거지, 그렇지? 이 얼간이가 우리 집에 왔었던 거구나."

주방, 식당, 거실에는 별나 보이는 게 하나도 없었다. 낡은 데다 서로 어울리지 않는 가구와 과자부스러기들이 흩어져 있는 종이 접시들. 1930년대와 1940년대에 LAPD 경관들을 찍은, 액자에 담긴 사진 두 장. 배우 잭 웹과 해리 모건이 리볼버를 들고 있는 옛날 TV 시리즈 「수사망(Dragnet)」의 포스터. 500만 달러 상당의 다이아몬드를 자기 몫으로 챙긴 남자가 사는 집처럼 보이지는 않았는데, 중요한 건 바로 그 점이었다.

거실에서 그와 다시 합류한 매기는 한결 차분해져 있었다.

거실에서 출발하는 짧은 복도는 침실들로 이어졌는데, 그들이 당도한 첫 침실은 부분적으로는 창고였고 부분적으로는 에버스의 자기애를 과시하는 전시실이었다. 에버스와 그의 LAPD 친구들을 찍은 사진 액자가 벽에 점점이 걸려 있었다. 자신의 대학 졸업식장에서 경찰복을 입은 젊은 에버스. 순찰차 옆에서 포즈를 취한 에버스와 다른 경관. 에버스, 그리고 에버스가 막 수령한 황금 방패를 자랑삼아 내보이는 슬픈 눈을 가진 금발 여성. 홀렌벡의 범행 현장에 있는 에버스와 젊은 이언 밀스. 모든 사진에 에버스가 등장하고 있기 때문에 스콧은 그 사람이 에버스라는 걸 알아차렸다. 그런데 세월의 흐름에 따라 변하는 에버스의 모습을 보면서 스콧은 마룻바닥이 꺼지는 것만 같았다.

조지 에버스는 사진에 등장한 사람 중에서 제일 덩치가 컸다. 그는 물렁하고 축 늘어진 뱃살이 아닌 탄탄한 뱃살이 벨트 너머로 흘러넘치는 덩치 크고 몸이 두꺼운 남자였다.

의심의 여지가 없었다. 그는 직감적으로 에버스가 그놈이라는 걸 알아차렸다.

조지 에버스가 AK-47 소총을 든 거한이었다. 그 사실을 깨달은 순간, 그는 소총에서 불꽃이 튀고, 튀고, 또 튀는 걸 봤다.

"그만."

스콧은 숨을 쉬려고 안간힘을 썼다. 매기가 옆에서 낑낑거렸다. 그는 그녀의 머리를 만졌다. 그러자 환영이 사라졌다.

벽에 걸린 사진 중에 에버스를 범행 현장이나 다이아몬드와 결부시켜

주는 사진은 한 장도 없었다. 그렇지만 스콧은 거기에서 눈을 뗄 수가 없었다. 그가 이 사진에서 저 사진으로 시선을 빠르게 돌릴 때, 그의 시선을 붙잡는 사진이 있었다. 심해 낚시용 보트에 탄 에버스와 또 다른 남자를 찍은 컬러사진. 그들은 미소를 지으며 서로의 어깨에 팔을 올리고 있었다. 다른 남자는 나이가 두세 살쯤 많아 보였고 덩치는 에버스보다 작았다. 그 남자는 머리에 백발을 이고 있었다. 그리고 파란 눈동자가 선명했다.

그의 모습을 보면서 기억이 되살아났다. 기억은 영화처럼 펼쳐졌다. 도주 차량 운전자가 총잡이들에게 고함을 칠 때, 그는 마스크를 올리면서 흰색 구레나룻을 노출했다. 총잡이들이 그의 차에 올라탈 때 그는 다시 얼굴을 앞으로 돌리고는 마스크를 벗었다. 그러면서 그랜토리노가 굉음을 내며 떠났고, 스콧은 이 남자의 얼굴을 봤다.

스콧이 한창 기억을 떠올리고 있을 때, 주머니 안에서 일어난 진동이 마법의 주문을 박살 냈다. 그는 전화기를 확인했다. 카울리가 보낸 문자였다.

찾았어요.

두 번째 메시지가 빠르게 뒤를 이었다.

만나요.

스콧은 답신했다.

뭘 찾았는데요?

그녀의 답신이 도착하기까지는 5~6초쯤 걸렸다.

다이아몬드. 와요.

스콧은 답신을 입력했다.

어디?

그는 차로 달려갔다. 매기도 그와 함께 달려갔다.

42

매기

매기는 스콧을 주시하며 콘솔박스에 발을 올렸다. 매기는 스콧의 행동과 태도와 표정의 뉘앙스를 그의 냄새를 파악하는 것과 마찬가지로 철저하게 파악했다. 그녀는 그의 눈을 주시하면서 그가 바라보는 곳과 시선의 지속 길이와 시선을 옮기는 속도를 파악했다. 그녀는 그가 그녀에게 말하고 있지 않을 때도 그가 내는 소리에 귀를 기울였다. 스콧이 보여주는 제스처와 힐끔거림과 말투는 모두 다 메시지였고, 그녀는 그것들을 통해 스콧의 마음을 읽었다.

그녀는 그가 풍기는 평소와는 다른 냄새를 들이켰다. 그러면서 익숙한 냄새의 조합을 맛봤다. 공포의 시큼함, 기쁨의 발랄한 달콤함, 분노의 씁쓸한 장미 향, 긴장의 나뭇잎 탄내……

매기는 그녀 자신의 예측력이 상승하고 있다는 걸 느꼈다. 매기는 그녀와 피트가 긴 도로를 걸어가기 직전의 순간에 경험했던 것과 비슷한 조짐들을 떠올렸다. 피트는 개인화기로 무장하고는 정신을 바짝 차렸었다. 다른 해병들도 똑같은 일을 했었다. 그녀는 그들이 쓴 단어들을 기억했다. 무장하라. 무장하라. 무장하라.

흥분한 매기는 낑낑거렸다.

스콧은 그녀를 만지는 것으로 그녀의 심장을 기쁨으로 채워줬다.

그들은 긴 길을 갈 것이다.

스콧은 무장했다.

매기는 이 발 저 발을 들며 춤을 췄다. 그녀는 초조해하면서도 마음의 준비를 마친 상태였다. 피의 맛이 그녀의 입을 가득 채우는 동안 그녀의 척추에 난 털이 꼬리부터 어깨까지 일렁거렸다.

무리는 찾아낼 것이다.

무리는 사냥할 것이다.

매기와 스콧.

전쟁에 나선 개들.

43

보트에서 불과 두어 블록 떨어진 곳에서 할리우드 프리웨이를 벗어난 스콧은 퍼스트 스트리트 다리를 건너 로스앤젤레스강의 동쪽 강변으로 향했다. 동쪽 강변에는 창고와 소규모 공장, 가공 처리 공장이 늘어서 있었다. 그는 줄지어 선 대형트럭 사이로 남쪽으로 차를 몰며 카울리의 위치를 찾았다.

"편하게 생각해, 베이비. 편히 앉아(settle). 편히 앉아."

매기는 네 발로 서서는 콘솔박스와 뒷좌석 사이를 초조하게 왕복했다. 콘솔박스에 있을 때, 그녀는 무엇인가를 찾는 것처럼 앞 유리 너머를 응시했다. 스콧은 그녀가 찾는 게 무엇인지 궁금했다.

사람들로 북적이는 창고 두 채 사이로 차를 돌린 스콧은 그 뒤에 있는 빈 건물을 발견했다. 부도난 택배회사가 남긴 유물들이 도로에서 한참 뒤쪽에 있었다. 바퀴가 열여덟 개 달린 트럭들을 맞으려고 건설한 하역장이 줄지어 있었고, 출입구에는 '매각 또는 임대'라고 적힌 대형 표지판이 걸려 있었다.

"그녀가 있는 데가 저기로군."

밝은 황갈색 승용차가 하역장 옆에 주차돼 있었다. 짐을 하역할 때 쓰는 커다란 문은 닫혀 있었지만, 그 옆에 있는 사람 크기만 한 문은 열려 있었다.

매기가 앞을 보려고 머리를 약간 숙였다. 그녀는 콧구멍을 벌름거렸다.

스콧은 승용차 옆에 차를 댄 후 재빨리 문자를 보냈다.

왔어요.

그가 차에서 내릴 때 카울리의 답신이 왔다.

안으로.

스콧은 매기를 뛰어내리게 한 후 문으로 향했다. 카울리가 여기를 어떻게 알게 된 건지, 다이아몬드는 왜 여기에 있는 건지 궁금했다. 하지만 그는 어느 쪽에도 그다지 신경을 쓰지 않았다. 그는 이 일이 에버스의 핏줄 속으로 미끄러져 들어가는 주삿바늘이 되기를 원했다. 에버스와 아이맨, 그리고 나머지 패거리들로 이어지는 핏줄로 들어가는 일.

조명은 잘 설치되어 있었지만 창고는 어두침침했다. 엄청나게 큰 텅 빈 공간은 트럭 네 대를 수용할 수 있을 만큼 넓은 데다 높이가 9미터나 됐다. 그 공간에 방해가 되는 건 아름드리나무만큼이나 큼지막한 기둥들뿐이었다. 창고의 먼 쪽에 있는 문들은 사무실로 이어졌다. 문 하나가 열려 있었고, 그 안에 불빛이 보였다.

매기가 머리를 낮추고 킁킁거렸다.

"이봐요, 카울리! 거기 있어요?"

스콧은 창고 안으로 발을 디뎠고 매기가 그와 함께 이동했다. 그는 카울리가 왜 그녀의 차에서 기다리지 않은 건지, 그가 도착했을 때 그녀가 왜 밖으로 나오지 않은 건지 궁금했다.

스콧은 창고 저 안쪽에 있는 열린 문을 향해 카울리를 불렀다.

"카울리! 어디 있어요?"

카울리는 대답하지 않았다. 문자조차 보내지 않았다.

스콧이 창고 안으로 깊이 들어서려 하자 매기가 경보를 발령했다. 그 자리에 얼어붙은 매기는 머리를 낮추고 귀를 앞으로 세운 다음 앞을 응시했다.

스콧은 매기의 시선을 따라갔지만 그의 눈에 보이는 건 텅 빈 창고와 멀리 있는 벽의 열린 문뿐이었다.

"매기?"

매기가 갑자기 그들 뒤를 쳐다봤다. 그러더니 주차장으로 이어지는 문을 향해 몸을 돌렸다. 그녀는 머리를 세우고 으르렁거렸다. 그녀가 으르렁거리는 건 누군가에게 경고를 보내는 거였다.

뜀박질을 해서 문으로 돌아간 스콧은 건물 저 끝에서 권총을 든 남자 두 명이 다가오는 걸 봤다. 한 명은 황갈색 스포츠코트를 입은 삼십 대 남자였고, 다른 한 명은 조지 에버스의 백발 낚시 친구였다. 스콧은 속이 메슥거렸다. 심장이 쿵쾅거렸다. 백발 운전자를 알아본 순간, 그는 밀스와 에버스가 정체가 들통났다는 걸 알아차렸다는 걸 깨달았다. 그들은 카울리를 납치했거나 그녀를 살해했다. 그러고는 그를 함정으로 유인했다.

백발 남자가 스콧을 향해 총을 쐈다.

스콧은 응사하고는 잽싸게 도망갔다. 그는 나이 많은 남자를 맞췄다고 생각했지만, 재빨리 피하는 바람에 그걸 확인하지는 못했다.

"매기!"

스콧은 멀리 있는 문을 향해 창고를 가로질러 달렸다. 젊은 남자가 그의 뒤에 나타나서는 두 발을 쐈다. 스콧은 옆으로 방향을 틀고서 다시 응사한 후, 제일 가까이 있는 기둥 뒤에 몸을 숨겼다. 그는 매기를 가까이로 당겼다.

황갈색 재킷을 입은 남자가 두 발을 더 쐈다. 총알 한 방이 기둥을 때렸다.

스콧은 몸을 최대한 웅크리고는 매기를 더 가까이 당겼다. 사무실을 힐끔 본 그는 카울리가 살아 있기를 기도했다. 그는 젖 먹던 힘까지 끌어낸 소리로 외쳤다.

"카울리! 여기 있어요?"

스테파니 앤더스, 대릴 아이시, 그리고 지금은 조이스 카울리.

그가 직접 겪은 사람들이 사망하는 횟수가 치솟고 있었다. 그리고 다음 차례는 그가 될지도 몰랐다.

스콧은 정문을 확인한 다음, 그의 뒤에 있는 사무실로 이어지는 문을 확인했다. 너무 두렵고 화가 나서 몸이 부들부들 떨렸다. 저기에 에버스와 아이맨과 다른 총잡이가 있다면, 그들은 그를 덫에 몰아넣은 셈이었다. 조만간 총을 든 누군가가 사무실 문에 나타나 자신들이 9개월 전에 시작한 일을 마무리할 터였다. 그들은 그를 죽일 것이다. 그리고 매기도 죽일 것이다.

스콧은 매기를 더 가까이 당겼다.

"아무도 뒤에 남지 않는 거야, 오케이? 우리는 파트너야. 카울리도 그래. 그녀가 여기 있다면 말이야."

매기가 그의 얼굴을 핥았다.

"그래, 베이비. 나도 너를 사랑해."

스콧은 사무실 문을 향해 달렸다. 매기도 그와 함께 달리다 발을 힘껏 뻗으면서 그를 앞질러 갔다.

"매기, 안 돼! 돌아와."

매기는 문을 향해 달렸다.

"위치로!"

매기가 문을 통과해 들어갔다.

"아웃! 아웃!"

매기는 사라졌다.

매기

매기는 건물에 들어설 때 스콧이 두려움에 떨며 흥분했다는 걸 느꼈다. 그리고 그녀 자신도 그런 상태라는 걸 알았다. 이곳은 위협적이고 위험한 냄새가 잔뜩 풍겼다. 그녀가 긴 길에서 들었던 것과 비슷한 요란한 소음, 침입자의 신선한 냄새, 그리고 다른 이들의 냄새. 스콧의 커지는 공포.

그녀가 있을 곳은 그의 옆자리였다.

그를 기쁘게 해주고, 그를 보호하라.

스콧이 이 위험한 곳에서 놀고 싶어 한다면, 그와 함께 노는 것은 그녀의 기쁨이었다. 요란한 소음이 날 때마다 움츠러들기는 했지만.

스콧이 큰 방의 깊은 곳으로 달려갔고, 매기는 그의 옆에서 달렸다. 더 요란한 소리가 다가왔고, 스콧은 그녀를 가까이로 당겼다. 인정! 칭찬!

알파가 행복하다.

무리가 행복하다.

그녀의 심장은 기쁨과 헌신으로 가득 찼다.

매기는 침입자가 앞에 있다는 걸 알았다. 그녀는 벽 너머를 눈으로 직접 보는 것처럼 침입자의 존재를 뚜렷하게 알아차렸다. 냄새 원뿔이 좁혀지면서 그 남자의 선명하고 생생한 냄새가 계속해서 또렷해졌다.

스콧이 뛰었다. 그를 보호해야 한다는 걸 잘 아는 매기도 뛰었다. 그녀는 침입자를 쫓아내거나 격퇴해야 한다.

매기는 위협적인 존재의 위치를 찾으면서 보폭을 넓혔다.

스콧은 멈추라고 명령했지만, 매기는 멈추지 않았다. 그녀는 투지로 단단히 무장했다.

알파가 안전하다.

무리가 안전하다.

매기는 그것 외에는 아무것도 알지 못했다. 공기는 침입자와 다른 남자들의 냄새로 펄떡거렸다. 일부 냄새는 친숙했고 일부 냄새는 그렇지 않았다. 그녀는 그들이 풍기는 공포와 불안의 냄새를 맡았다. 총기에 바른 오일과 가죽과 땀 냄새를 맡았다.

그들도 역시 무장하고 있었다.

매기는 스콧보다 한참 먼저 문에 당도했다. 그러고는 앞에 놓인 또 다른 문을 봤다. 그 너머에서 침입자와 다른 남자가 기다리고 있었다.

1만 세대 동안 이어져온 개의 기질이 그녀를 수호자 특유의 격렬한 분노로 가득 채웠다.

스콧은 보살펴야 할 그녀의 남자였다. 보호해야 할 그녀의 남자였다.

그녀는 그가 상처를 입게 놔두지 않을 터였다.

그러느니 차라리 죽는 쪽을 택할 것이다.

매기는 그를 구하기 위해 원뿔의 꼭짓점을 향해 힘껏 달렸다.

조이스 카울리

스넬과 에버스는 카울리를 옛날 TV 드라마에 나오는 멍청한 여성 피해자처럼 결박하고 재갈을 물린 채로 아이맨의 트렁크에 가뒀다. 카울리는 허풍을 제대로 쳤다. 그녀는 그들에게 오르소도 이 사실을 안다고 말했다. 그녀는 에버스와 스넬과 관련한 정보를 알려준 인사과에 있는 간부의 신원을 밝혔다. 그녀가 한 이야기는 이언을 머뭇거리게 만들기에 충분할 정도로 진실하게 들렸다. 그의 입장에서는 그녀를 지나치게 서둘러서 해치우는 것보다는 그녀가 한 이야기의 진위를 먼저 확인해보는 편이 더 나았다. 지금 그녀를 해치우는 행동을 자제하는 것이 나중에 처벌을 모면하고 달아나는 것과 사형대에서 주사를 맞는 것 사이의 차이를 의미할지도 몰랐다.

하지만 이언이 영원히 손 놓고 있지는 않을 터였다. 카울리는 펄레시안과 벨루아, 스테파니 앤더스를 살해한 다섯 명 중 네 명의 정체를 알고 있을 수도 있었다. 백발 운전자는 조지 에버스의 형 스탠이었다. 다섯 번째 남자는 이 자리에 없었다. 하지만 그녀는 그 남자의 이름이 바슨이라는 걸 파악했다.

카울리는 살려두기에는 아는 게 너무 많았다. 이언은 그녀가 한 이야기의 진위를 확인한 후에 그녀의 죽음을 설명해줄 별도의 대책을 짜내자마자 그녀를 죽일 작정이었다.

지금 카울리는 몹시 화가 난 채로 트렁크에 갇혀 있었다. 그녀는 통증에 맞서 싸우며 참아내고 있었다. 그녀는 오늘이건 다른 날이건 범죄의 피해자가 될 정도로 멍청하지 않았고, 그러려는 의향도 없었다.

플라스틱으로 만든 수갑이 뼈까지 파고들었다. 그녀는 살점이 깊이 패어나갈 때까지 팔을 비틀어서는 수갑에서 손을 빼내는 데 성공했다. 그녀는 트렁크 개방 장치를 찾아내 트렁크에서 빠져나왔다. 손에서는 피가 수도꼭지에서 쏟아지는 물처럼 철철 흘러내렸다.

이언과 스탠은 창고 뒤에 차를 주차했다. 그녀의 총과 전화기는 찾을 길이 없었다. 그래서 카울리는 그들의 차에 들어가려고 애썼지만, 두 차의 문은 모두 잠겨 있었다. 그녀는 이언의 트렁크에서 스패너를 찾아냈다.

캘리포니아의 강렬한 햇빛 때문에 여전히 눈을 깜박거리던 카울리는 창고 안에서 나는 총소리를 들었다. 그녀는 도와줄 사람을 찾으러 거리 아래로 뛰어갈 수도 있었지만, 이언이 그녀의 전화기로 스콧에게 문자를 보냈다는 걸 알고 있었다. 이언은 그날 그들을 죽일 작정이었다. 지금 그는 스콧을 죽이려들고 있는 것일지도 몰랐다.

카울리는 땅바닥에 기다란 핏자국을 남기며 창고로 뛰어갔다.

매기

어두침침한 방에 전력 질주로 뛰어들어간 매기는 냄새 원뿔의 꼭짓점에 당도했다. 침입자는 키와 덩치가 다 커 보였다. 그는 불길에 휩싸인 사람처럼 강렬한 냄새를 풍기고 있었다. 매기는 두 번째 남자의 냄새를 잘 알았지만 그가 입을 열기 전부터 그를 무시했다.

"조심해! 개야!"

침입자가 몸을 돌렸지만, 그의 움직임은 너무 굼뜨고 무거웠다.

매기는 돌진하며 이빨을 드러냈다. 그러자 남자가 두 팔을 휘둘렀다.

매기는 남자의 팔꿈치 아래를 물었다. 그녀는 으르렁거리며 머리를 사납게 흔들고는 남자의 팔에 이빨을 깊이 파묻었다. 남자의 피 맛은 그녀에게는 상(賞)이었다.

남자는 비명을 지르며 비틀비틀 뒷걸음질쳤다.

"이놈을 떼어줘! 떼어달라고!"

다른 남자가 움직였지만, 그 남자의 존재는 그림자나 다름없었다.

매기는 침입자를 쓰러뜨리려 애쓰면서 몸부림쳤다. 그는 팔다리를 마구 흔들고 비명을 지르며 비틀비틀 벽으로 물러섰지만, 그래도 발은 여전히 땅을 딛고 있었다.

다른 남자가 소리쳤다.

"총을 못 쏘겠어! 개를 직접 쏴, 젠장! 죽여!"

매기가 침입자를 쓰러뜨리려고 격하게 싸우는 동안 그들이 내뱉는 말은 그녀에게는 의미 없는 소음에 불과했다.

"죽여!"

스콧 제임스

스콧은 매기를 걱정하며 더 힘껏 달렸다. 그녀는 그 없이 집에 들어가 혼자서 위험에 맞서도록 훈련을 받았다. 하지만 매기는 지금 자신이 대면하고 있는 게 무엇인지를 이해하지 못했다. 스콧은 상대를 잘 알았다. 그래서 그는 양쪽 다 때문에 두려웠다.

"매기, 아웃! 기다려, 젠장!"

문에 당도한 스콧은 매기가 으르렁거리는 소리를 들었다. 그는 자신이 있는 곳이 짧은 복도라는 걸 깨달았다. 어떤 남자가 비명을 질렀다.

그의 뒤에서 총성이 났고, 총알 하나가 벽을 강하게 때렸다. 스콧은 뒤를 힐끔 봤다. 스포츠코트를 입은 남자가 그를 쫓고 있었다.

스콧은 권총을 문에 대서 고정한 다음, 으르렁거리는 소리와 비명이 한층 더 커지는 동안 총을 한 방 쐈다.

스포츠코트를 입은 남자가 쓰러졌다. 스콧은 으르렁거리는 소리 쪽으로 몸을 돌렸다.

이언 밀스가 소리쳤다.

"총을 못 쏘겠어! 개를 직접 쏴, 젠장! 죽여!"

스콧은 생각했다. 내가 가고 있어. 그는 목소리 쪽으로 달려갔다.

복도는 더러운 창문들이 있는 커다랗고 휑한 다용도실로 이어졌다. 이언 밀스가 방의 저쪽 끝에서 총을 흔들고 있었다. 조지 에버스는 매기를 팔에 매단 채로 벽을 따라 비틀비틀 옆걸음을 걷고 있었다. 에버스는 똥배가 불룩한 거구의 강인한 남자였다. 그의 덩치는 스콧이 기억하는 것보다 더 큰 듯했다. 하지만 그런 그도 매기에게서 벗어나지는 못했다. 그러다가 스콧은 그의 권총을 봤다. 권총이 매기 쪽으로 움직이고 있었다.

총구가 그녀의 어깨에 키스를 했다.

스콧의 머릿속에 있는 목소리가 비명을 질렀다. 그 목소리는 그 자신의 거였을 수도 있고 스테파니의 거였을 수도 있었다.

나는 자기를 떠나지 않을 거야.

내가 자기를 지켜줄게.

사나이는 그의 파트너를 죽게 놔두지 않는 법이다.

스콧은 총을 향해 몸을 날렸다. 총이 발사되는 게 느껴졌다. 총알이 관통했을 때, 그는 자기 몸에 총알이 박히는 것이나 그의 갈비뼈들이 부서지는 걸 느끼지 못했다. 그가 느낀 건 뜨거운 가스의 압력이 피부를 뚫고 들어오는 게 다였다.

스콧은 쓰러지는 동안 조지 에버스를 쐈다. 에버스가 움찔하고는 옆구리를 움켜잡는 게 보였다. 스콧의 몸이 콘크리트 바닥에 부딪힐 때 에버스는 비틀거리며 옆걸음을 쳤다. 아이맨은 어둠 속에 있었다. 그러다가 바깥에 있는 문이 열리자 빛이 그를 쓸고 갔다. 조이스 카울리가 들어온 것 같았지만, 스콧은 확신이 서지 않았다. 매기가 그의 몸 위에 서서 그에게 죽지 말라고 애원했다.

그가 말했다. "너는 착한 아가씨야, 베이비. 세상에서 제일 좋은 개야."

세상이 어둠 속으로 서서히 사라질 때, 그녀는 그가 본 마지막 존재였다.

조이스 카울리

총소리는 요란했다. 어찌나 요란한지 카울리는 그것들이 문 저쪽 편에서 나는 소리라는 걸 알 수 있었다. 창고로 밀고 들어간 그녀는 이언 밀스가 앞에 있는 걸 발견했다. 스콧은 바닥에 쓰러져 있었고, 에버스는 무릎을 꿇고 있었다. 그리고 개는 미쳐가고 있었다.

문소리에 몸을 돌린 밀스는 그녀를 보고는 깜짝 놀란 기색이었다. 그는 권총을 쥐고 있었지만, 총은 엉뚱한 곳을 겨냥하고 있었다.

카울리는 스패너를 힘껏 휘둘러 밀스의 이마를 쪼갰다. 그는 비틀비틀 옆걸음을 치며 총을 떨어뜨렸다. 카울리는 그를, 그의 오른쪽 귀 위를 다시 갈겼다. 그는 이번에는 쓰러졌다. 그의 총을 집은 그녀는 그에게 다른 무기가 있는지 확인한 후에 그의 휴대폰을 확보했다.

스콧의 몸 위에 선 개는 에버스가 멀리 있는 문으로 가려고 애쓰며 엉금엉금 지나갈 때 미친 듯이 짖어대며 이빨을 딱딱거렸다.

카울리는 총으로 그를 겨냥했지만, 망할 놈의 개가 총과 에버스 사이에 서 있었다.

"에버스! 포기해. 그 자리에 있어. 당신은 끝났어."

"제기랄."

개는 에버스의 내장을 뽑아낼 것처럼 굴고 있었다. 하지만 매기는 그러려고 스콧의 곁을 떠나지는 않을 터였다.

"넌 총에 맞았어. 내가 구급차를 부를게."

"빌어먹을, 꺼져!"

에버스는 엉뚱한 곳으로 총을 한 발 쏜 후 창고로 튀었다.

카울리는 센트럴 스테이션의 응급번호로 전화를 걸어 자신의 이름과 배지 번호를 읊은 후 경관 한 명이 자기 앞에 쓰러져 있다며 지원을 요청했다.

그녀는 밀스를 다시 확인한 후 스콧을 도우러 달려갔지만, 개가 달려드는 바람에 그 자리에 차갑게 얼어붙을 수밖에 없었다.

매기의 눈은 정신이 나간 것처럼 흉포했다. 그녀는 송곳니를 보이며 짖어대고 으르렁거렸다. 하지만 스콧은 피 웅덩이에 누워 있었다. 빨간 웅덩이가 점점 더 커지고 있었다.

"매기? 나 알잖아. 매기는 착한 아가씨지? 그는 피를 흘리고 있어. 그렇게 놔두면 죽을 거야. 내가 그를 돕게 해줘."

카울리가 천천히 접근했지만 매기는 다시 달려들었다. 그녀는 카울리의 소매를 찢어발겼다. 그러고는 다시금 스콧의 몸 위에 섰다. 그녀의 네 발이 그의 피에 젖었다.

총을 움켜잡은 카울리는 자신의 눈에 눈물이 고이는 걸 느꼈다.

"거기서 비켜줘야 해, 매기. 네가 움직이지 않으면 그는 죽을 거야."

개는 계속 짖고 으르렁거리며 이빨을 딱딱거렸다. 매기는 미칠 듯한 분노에 휩싸여 거칠어졌다.

카울리는 권총을 확인했다. 안전장치가 풀려 있는 걸 확인하는 동안 그녀의 눈에서는 눈물이 흘러내렸다.

"내가 이런 짓을 하게 만들지 마, 매기, 알았니? 제발 그러지 마."

개는 움직이지 않았다. 매기는 그의 곁을 떠나지 않을 작정이었다. 그녀는 그 자리를 떠나지 않을 터였다.

"매기, 제발. 그가 죽어가고 있어."

매기가 그녀에게 다시 달려들었다.

카울리는 더 심하게 울먹이며 총을 겨냥했다. 그런데 그때 스콧이 손을 들었다.

스콧 제임스

스콧은 어둠 속을 떠다니던 중에 그녀가 부르는 소리를 들었다.

스코티, 돌아와.

나를 두고 가지 마, 스코티.

스콧은 그녀의 목소리 쪽으로 움직였다.

나는 당신을 떠나지 않을 거야.

나는 절대로 당신을 떠나지 않았었어.

지금도 나는 당신을 떠나지 않을 거야.

그는 더 가까이 다가갔다. 어둠이 점점 빛으로 변했다.

그녀의 목소리는 짖는 소리가 됐다.

스콧은 눈을 뜨고는 팔을 들었다.

매기

매기는 조상들로부터 물려받은 흉포함으로 침입자를 공격해서는 그를 쓰러뜨리려고 싸웠다. 그녀의 송곳니는 이런 일을 하라고 만들어진 거였다. 송곳니는 길고 날카로우며 안으로 휘어 있었다. 그것들은 상대의 살을 깊이 파고들었다. 상대가 그녀를 떼어내려고 애쓸 때, 그가 치는 몸부림은 그녀의 송곳니가 더 깊이 박히게 했고, 그가 그녀에게서 벗어날 가능성은 점점 더 줄어들었다. 그녀의 송곳니는, 뼈를 으스러뜨리는 그녀의 턱처럼, 그녀의 종(種)이 인간에게 길들여지기 전의 야생 선조들에게서 물려받은 선물이었다. 그녀의 DNA에는 살인을 위한 도구들이 들어 있었다.

스콧이 안전하다.

무리가 안전하다.

그녀가 그의 앞을 서성거린 건 그를 보호하기 위해서였다. 그런데 스콧이 방에 들어섰을 때 그녀의 심장박동은 치솟았다.

그들은 무리였다.

둘로 구성된 하나의 무리. 그들은 하나였다.

스콧이 공격했다. 그녀의 옆에서 그녀를 위해 싸웠다. 하나의 무리로서 싸웠다. 매기의 쿵쾅거리는 심장이 지극한 행복으로 채워졌다.

그 행복을 크고 날카로운 딸깍 소리가 끝장냈다.

스콧이 쓰러졌다. 그에게서 풍기는 냄새가 변하는 걸 느끼면서 그녀는 혼란스러웠다. 그의 고통과 두려움이 그녀 자신의 것인 듯 그녀를 덮쳤다. 그의 피에서 나는 냄새 때문에 그녀는 불길에 휩싸인 기분이었다.

알파가 다쳤다.

알파가 죽어가고 있다.

매기의 세계가 스콧을 중심으로, 스콧만 남을 때까지 오그라졌다.

보호하라. 보호하고 방어하라.

매기는 침입자를 놔주고는 스콧에게로 몸을 돌렸다. 그녀는 미친 듯이 그의 얼굴을 핥고 낑낑거리고 울부짖었다. 침입자가 그들의 앞을 엉금엉금 기어갈 때는 분노해서 으르렁거렸다. 그녀는 스콧 위에 서서 경고의 표시로 턱을 딱딱거렸다.

보호하라.

지켜라.

침입자는 달아났지만, 그 여자가 다가왔다. 매기는 그녀를 알았다. 하지만 그 여자는 무리가 아니었다.

매기는 으르렁거리는 것으로 여자에게 경고를 보냈다. 짖어대고 이빨을 딱딱거렸다. 여자의 팔을 물고 여자의 접근을 막았다. 그런 후 그녀는 스콧의 차분한 손길을 느꼈다.

매기의 심장이 행복감으로 쿵쾅거렸다. 그녀는 그의 얼굴을 핥았다. 전심전력을 다해 그를 치료했다. 이제는 그의 심장이 그녀를 치유하고 있었다.

스콧이 눈을 떴다.

"매기."

그녀는 그 즉시 정신을 차렸다.

매기는 그의 눈을 들여다봤다. 그녀는 주시하고 기다렸다. 그녀는 그의 명령을 원했다.

스콧이 문 너머에 있는 너른 공간을 힐끔 봤다.

"놈을 잡아."

매기는 주저 없이 스콧의 몸을 뛰어넘어 침입자를 쫓아 질주했다. 그가 갓 흘린 피 냄새는 따라가기 쉬웠다.

그녀는 몸을 뻗고 발을 당기면서 냄새 원뿔의 꼭짓점을 향해 힘껏 달려서는 몇 초 만에 그와의 거리를 좁혔다. 그녀는 창고를 순식간에 가로질러 실외의 햇볕으로 나갔다. 스콧에게 상처를 입힌 남자가 비틀거리며 차로 가고 있는 게 보였다.

매기는 힘껏 달렸다. 그녀의 심장에는 기쁨이 그득했다. 이게 스콧이 원한 일이었으니까.

그녀는 놈을 잡을 것이다.

그녀가 다가오는 걸 본 남자가 총을 들었다. 매기는 이것이 공격 행위라는 걸 알았다. 그녀가 이해한 건 그게 다였다. 그의 공격은 그녀의 분노에 기름을 부었고, 그녀가 이런 일을 하는 목적은 어둠에 잠겼다.

그녀는 그의 목을 응시했다.

그녀는 그를 잡을 것이다.

스콧은 안전하다.

무리는 안전하다.

매기는 공중으로 몸을 날렸다. 송곳니를 드러내고 입을 쩍 벌렸다. 끔찍할 정도로 완벽한 행복감이 그녀의 심장을 채웠다.

그녀는 섬광이 번뜩이는 걸 봤다.

44

열한 시간 후

켁(Keck)/USC 병원

엠마 윌슨, 집중치료실/회복실 간호사

섹시한 젊은 경찰들이 대기실에 가득하다고 여자 간호사 세 명과 여자 외과의 두 명이 호들갑을 떨었다. 엠마는 그 광경을 보고 싶어 죽을 지경이었다. 의료진을 노려보며 소리를 질러대는 못 돼먹은 늙은 경사에 대해 그녀들이 경고했음에도 말이다. "그 사람, 수간호사님한테 무서운 개처럼 달려들 거예요"라고 그녀들은 말했다.

엠마는 무엇보다도 그 경사가 궁금했다. 그리고 그녀는 무섭지 않았다. 그녀는 20년 가까이 그 층을 담당한 수간호사였다. 그래서 망할 놈의 의사들 중에서도 그녀에게 맞설 배짱이 있는 사람은 거의 없었다.

그녀는 제임스 순경의 차트를 치우고는 부하 간호사들에게 1분 후에 돌아오겠노라고 말했다. 그러고는 대기실로 이어지는 이중문을 힘껏 밀고 나갔다.

엠마 윌슨은 예전에 경찰이 실려 왔을 때도 이런 상황을 본 적이 있었다. 그런데도 이런 광경은 볼 때마다 가슴이 뭉클했다.

진청색 경찰복이 대기실에 흘러넘치고 있었다. 그들은 복도에도 가득했다. 남성 경찰관들, 여성 경찰관들, 벨트에 배지를 찬 사복 차림의 경찰관들.

"도대체 저기서 무슨 일이 벌어지고 있는 거요?"

그의 목소리가 복도를 갈랐다. 그러자 모든 경찰관이 고개를 돌렸다.

엠마는 그 소리 쪽으로 재빨리 몸을 돌렸다. 그러면서 생각했다. 그래, 당신이 그 사람이로군.

키가 크고 마른 체구의 정복을 입은 경사가 군중을 헤치며 다가왔다. 정수리가 벗어지고 양옆이 센 단발. 그녀가 평생 봐온 중에 제일 날카로운 눈빛.

엠마는 멈추라는 뜻으로 손을 들었다. 하지만 그는 그의 가슴이 그녀의 손에 닿기 직전까지 곧장 뚜벅뚜벅 다가왔다. 그는 자신의 코끝을 노려봤다.

"나는 도미닉 릴랜드 경사고, 제임스 순경은 내 부하입니다. 내 부하의 상태는 어떻습니까?"

엠마는 고개를 들어 그를 응시하면서 목소리를 낮췄다.

"한 걸음 물러서세요."

"젠장, 나보고 저기로 돌아가라고 한다면……"

"한, 발, 뒤로, 가요."

그의 눈이 순간적으로 불룩 튀어나오는 걸 보면서 그녀는 저러다가는 눈알이 머리에서 튀어나오겠다고 생각했다.

"부탁드려요."

릴랜드가 물러섰다.

"집도의께서 오셔서 더 자세한 설명해드릴 거예요. 하지만 제임스 순경의 수술이 잘 진행됐다는 말씀은 드릴 수 있어요. 몇 분 전에 깨어났다가 지금은 다시 잠들었어요. 이건 정상적인 상황이에요."

웅성거림이 경관들 사이를 훑고 지나며 대기실을 가득 채웠다.

릴랜드가 물었다. "그 친구, 괜찮은 겁니까?"

"여러분 질문에는 집도의께서 대답하실 거예요. 하지만, 그래요, 제임스 순경의 상태는 괜찮은 듯 보여요."

사납던 눈빛이 부드러워졌고, 안도감을 느낀 경사의 몸이 축 늘어졌다. 엠마는 그가 순식간에 나이를 먹고 피곤해진 것 같다고, 무서운 것하고는 거리가 먼 사람이 된 것 같다고 생각했다.

"그렇다면 다행입니다. 감사합니다."

그는 그녀의 이름표를 힐끔 봤다.

"윌슨 간호사님, 그 친구를 보살펴주셔서 감사합니다."

"매기라는 분도 여기 계신가요?"

릴랜드가 몸을 한껏 세웠다. 그러면서 그의 눈에 날카로운 기운이 돌아왔다.

"제임스 순경은 우리 K-9 소대원입니다. 그리고 매기는 그가 데리고 있는 경찰견입니다."

엠마는 매기가 개일 거라고는 꿈에도 예상하지 못했었다. 하지만 그 얘기에 큰 감동을 받은 그녀는 고개를 끄덕였다.

"제임스 순경이 의식을 찾았을 때, 매기는 안전하냐고 물었어요."

경사는 그녀를 응시했다. 말을 하고 싶은데 입이 떨어지지 않는 듯한 눈치였다. 그의 눈에 물기가 글썽거렸다. 그는 눈물을 보이지 않으려고 기를 쓰느라 눈을 힘껏 깜박거렸다.

"그 친구가 자기 개의 안부를 물었다는 겁니까?"

"그래요, 경사님. 제가 그분과 같이 있었어요. 그분이 '매기는 안전한가요?'라고 물었어요. 그것 말고 다른 말은 하지 않았어요. 제임스 순경이 깨어나면 뭐라고 전할까요?"

릴랜드는 대답하기 전에 눈을 훔쳤다. 엠마는 그의 손에 손가락 두 개가 없는 걸 봤다.

"매기는 안전하다고 말해주십시오. 릴랜드 경사가 그녀를 보살필 거라고, 그 친구가 돌아올 때까지 그녀를 안전하게 데리고 있을 거라고 전해주십시오."

"그렇게 전할게요, 경사님. 자, 앞서 말씀드린 것처럼, 조금 있으면 집도의께서 나오실 거예요. 모두 편히 쉬세요."

엠마가 이중문을 향해 몸을 돌렸지만, 릴랜드는 그녀를 멈춰 세웠다.

"윌슨 간호사님, 한 가지 더 있습니다."

그녀가 몸을 돌렸을 때 릴랜드의 눈에는 다시 물기가 그득했다.

"말씀하세요, 경사님."

"내가 앞으로도 계속 그 개가 절룩거리는 걸 못 본 척할 거라고 전해주십시오. 꼭 전해주십시오. 그 친구는 무슨 말인지 이해할 겁니다."

엠마는 이게 K-9 소대원들만 알아듣는 농담일 거라고 생각했다. 그래서 그녀는 추가적인 설명을 요청하지는 않았다.

"그렇게 전할게요, 경사님. 제임스 순경도 그 얘기를 들으면 분명 기뻐할 거예요."

엠마 윌슨은 날카로운 눈빛을 쏴대는 경사에 대해 다른 사람들이 하는 말은 틀린 말이었다고 생각하며 이중문 안으로 걸음을 내디뎠다. 그는 다정한 사람이었다. 그 사나운 눈빛을 일단 통과하기만 하면 겪어낼 만한 사람이었다.

죽어라 짖어대기는 하지만 무는 일은 절대로 없는.

45

16주 후

스콧 제임스는 K-9 훈련장의 들판을 느린 조깅으로 가로질렀다. 이제 두 번째로 총에 맞은 그의 옆구리는 처음 총에 맞은 이후보다 더 아팠다. 게스트하우스에 한 병 가득 담긴 진통제가 있었다. 그는 고집은 그만 부리고 그걸 먹는 게 옳다고 혼잣말을 하면서도 그러지는 않았다. 고집스러운 태도를 유지하는 건 좋은 일이었다. 그는 고집스러운 태도를 보이는 걸 고집했다.

도미닉 릴랜드가 노려보는 걸 본 스콧은 휘청거리며 조깅을 멈췄다.

"여기 있는 내 개가 주사에 반응을 보이는 걸 봤다. 그녀가 절뚝거리는 걸 두 달 가까이 보지 못했다."

"그녀는 제 개입니다, 경사님 개가 아니라."

릴랜드의 볼이 부어올랐다. 그의 눈빛이 더욱 날카로워졌다.

"설마 그럴 리가! 이 걸출한 동물들은 한 마리 한 마리가 다 내 개다. 그 사실을 잊지 않는 게 좋을 거다."

매기가 그를 향해 위협적인 저음으로 으르렁거렸다.

스콧이 매기의 귀를 만지고는 그녀가 꼬리를 흔들자 미소를 지었다.

"경사님 말씀에 틀린 말씀이 있겠습니까, 경사님."

"귀관은 내가 평생 만난 중에 제일 강인하고 고집 센 개자식일 거다."

"칭찬 감사합니다, 경사님."

릴랜드는 매기를 힐끔 봤다.

"수의사 말이 그녀의 청력이 나아졌다고 한다."

창고 사건이 있은 후, 릴랜드와 버드레스는 매기가 왼쪽 귀로는 잘 듣지 못한다는 걸 인지했다. 수의사들은 그녀를 테스트하고 그녀의 귀를 진찰했다. 그러고는 그녀가 부분적인 청력 상실에 시달린다는 결론을 내렸다. 신경 손상 비슷한 게 생겼지만, 청력 상실은 일시적인 거였다. 그들은 물약을 처방했다. 아침마다 한 방울, 밤마다 한 방울.

릴랜드와 버드레스는 그녀가 주차장에서 조지 에버스를 덮칠 때 그런 일이 생겼다는 결론을 내렸다. 에버스는 근접거리에서 그녀에게 총을 쏘려 시도했다. 총은 빗나갔지만, 그가 방아쇠를 당겼을 때 그녀는 총에서 불과 몇 센티미터 떨어져 있었다. 목숨을 부지한 에버스는 현재 3회 연속 종신형을 선고받고 복역 중이다. 이언 밀스와 데이비드 스넬, 그들 패거리의 다섯 번째 멤버인 마이클 바슨도 마찬가지였다. 이 형량은 그들이 사형을 모면하려고 받아들인 형량 합의에 따른 결과였다. 스콧은 실망했다. 그는 그들의 재판에서 증언하고 싶었다. 스탠 에버스는 창고에서 죽었다.

스콧은 매기의 머리를 만졌다. 그때 상황은 정말로 아슬아슬했었다.

"그녀의 청력은 괜찮습니다, 경사님. 제가 부르면 곧바로 알아듣고 저한테 옵니다."

"약은 잘 먹고 있나?"

"아침에 한 방울, 밤에 한 방울. 절대로 거르지 않습니다."

릴랜드는 만족스러운 기색으로 앓는 소리를 냈다.

"당연히 그래야지. 자, 귀관이 의학적인 이유로 퇴직하는 걸 여전히 거부하고 있다는 말을 들었다."

"그렇습니다, 경사님. 맞는 말입니다."

"좋다. 고집부리면서 강인한 태도를 유지해라, 제임스 순경. 나는 그 길에서 귀관이 내딛는 모든 걸음에 함께할 것이다. 귀관을 100퍼센트 지원하겠다."

"저한테 화를 내시는 겁니까?"

"귀관이 상황을 그런 식으로 보기로 선택했을 경우에는 그렇다. 뒤를 봐줘야 하는 상황이 완료되면, 귀관은 나 같은 노인네보다 더 빨리 움직일 수 있을 것이고, 귀관과 이 아리따운 개는 여전히 여기에 있게 될 것이다. 귀관은 도그 맨이다. 이곳이 귀관이 소속된 곳이다."

"감사합니다, 경사님. 매기도 경사님께 감사드립니다."

"감사 인사는 필요 없다, 젊은이."

스콧은 손을 내밀었고 릴랜드는 그 손을 잡고 악수를 했다.

매기가 다시 으르렁거렸다. 릴랜드는 입이 귀에 걸릴 정도로 환한 미소를 지었다.

"네 모습 좀 볼래? 그런 식으로 으르렁거리는 모습을? 너는 염병할 두 달 가까이 우리 집에서 살았잖니. 내 품에 안기는 애완견이었잖니! 그런 네가 여기 있는 이 친구랑 같이 있다고 나한테 으르렁거리기만 하는 거냐?"

매기가 다시 으르렁거렸다.

릴랜드는 큰 소리로 폭소를 터뜨리고는 사무실로 돌아갔다.

"맙소사, 나는 이 개들이 너무 좋아. 이 훌륭한 동물들이 무척이나 좋다니까."

"경사님……"

릴랜드는 계속 걸었다.

"못 본 척해주셔서 감사합니다. 그리고 다른 모든 일도 감사드립니다."

릴랜드는 한 손을 들고는 어깨 너머로 소리쳤다.

"감사 인사는 필요 없다."

스콧은 그가 걸어가는 걸 지켜봤다. 그런 후 매기의 머리를 쓰다듬으려고 허리를 굽혔다. 허리를 굽히면 아팠다. 하지만 스콧은 개의치 않았다. 아픔은 치유의 일부니까.

"조금 더 달릴까?"

매기가 꼬리를 흔들었다.

스콧은 휘청거리면서 느릿느릿 걸음을 떼기 시작했다. 그는 무척 천천히 달렸다. 매기는 걷는 것으로도 그와 수월하게 보조를 맞췄다.

"조이스가 마음에 드니?"

매기가 꼬리를 흔들었다.

"나도 그래. 하지만 네가 기억했으면 해. 내 인생 최고의 아가씨는 너야. 앞으로도 늘 그럴 거야."

매기가 그의 손에 코를 비비자 스콧은 미소를 지었다.

그들은 무리였다. 그리고 둘 다 그걸 잘 알고 있었다.

감사의 말

LAPD K-9 소대나 PTSD에 대해 잘 아는 독자들은 이 주제들과 관련한 실제 사실과 이 소설에 등장한 묘사 사이에 존재하는 몇 가지 차이점을 알아차릴 것이다. 이 차이점은 자료 조사 과정에서 저지른 실수가 아니다. 극적인 효과를 고조시키거나 소설의 전개를 용이하게 하려 작가가 선택한 것이다.

인간과 개가 모두 외상 후 스트레스 장애를 겪는 것은 사실이다. 과장된 놀람 반응 같은 증상은 치료하기 어렵고, 증상 개선에 걸리는 시간은 이 소설에서 제시한 것보다 더 길다.

LAPD K-9 소대는 최고의 훈련을 받은 경관들과 경찰견들로 구성된 엘리트 조직이다. 책임자인 헤라르도 로페스 경위의 도움과 협조에 감사드린다. 스콧이 공인 K-9 핸들러가 되는 데 걸리는 훈련 기간은 소설을 위해 단축됐다. 'K-9 필드'나 '메사(the mesa)'로도 알려진 실제 LAPD 훈련 시설은 경찰대학에서 가까운 엘리시언 공원에 있다. 이 소설에 묘사된 시설은 존재하지 않는다. 경찰견의 돌봄과 먹이 주기, 주거에 적용되는 규정들은 LAPD의 『K-9 소대 운영 절차 및 가이드라인 핸드북』에 기술돼 있다. 공인된 K-9 식단에 볼로냐소시지는 포함되지 않는다. 마이클 다우닝 부청장과 메트로 디비전의 지휘관인 존 인콘트로 경감에게도 감사드린다.

메레디스 드로스와 그녀가 이끄는 편집팀에게 다시 한번 감사하고 고맙다는 말을 하고 싶다. 린다 로젠버그(원고 교열 책임자)와 롭 스테르니츠키(교정쇄 검토자)는 각자의 일에 엄청난 노고를 쏟아부었다. 교열 담당자 패트리샤 크레이스가 담당한 작가의 교열을 보는 일은 출판업계에서 가장 어려운 업무로, 그녀는 잠을 많이 설치는 것으로 그 사실을 증명했다. 닐 나이렌과 아이반 헬드는 그보다 더 큰 도움을 줄 수 없었을 것이다. 그들은 내 머릿속이 엉망진창이라고 믿는 게 분명하다. 그들이 그런 생각을 하는 근거가 전혀 없는 것은 아니다. 애런 프리스트는 내 영웅으로 남았다. 저먼 셰퍼드에 대한 지식을 공유해준 다이앤 프리드먼에게 감사드린다. 조애니 프라이먼과 케이트 스타크, 마이클 바슨, 킴 도워에게도 믿어주셔서 감사하다는 인사를 드린다.

이 책에 실수가 있다면 그것들은 모두 내 책임이다.

옮긴이의 말

『서스펙트(Suspect)』 원서를 출판사로부터 넘겨받을 때만 하더라도 이 책에 대해서는 아는 게 하나도 없었다. 표지에 실린, 한없이 평탄하게 이어지는 도시의 야경을 보면서 이 도시는 LA일 게 분명하다고, 그러니 이 작품도 엘비스 콜과 조 파이크 시리즈의 후속편일 거라고 짐작했다. 표지 한구석에 개의 실루엣이 있다는 건 미처 알아채지 못했다.

집에 돌아와 이 책에 관한 정보를 검색해본 후에야 이 소설이 트라우마에 시달리는 경찰과 군견 출신 경찰견이 팀을 이뤄 사건을 해결하는 작품이라는 걸 알게 됐다. '개가 주요 캐릭터로 등장하는 소설을 쓰는 건 쉬운 일이 아닐 텐데……' 하는 걱정이 들었다. 물론 쉽지 않게 쓰인 소설은 번역도 쉽지 않은 게 일반적인 일이라서 한 걱정이었다.

매기가 고초를 겪는 프롤로그와 총격전에 휘말린 스콧이 몸과 마음에 큰 상처를 입는 도입부를 보고는 '도대체 소설을 어떻게 풀어나가려고 이렇게 작품을 시작하는 걸까?' 하는 생각에 번역에 대한 우려는 더욱 커졌다. 범행 현장에 물증 하나 남겨놓지 않고 감쪽같이 사라진 마스크 쓴 괴한들의 정체를 어떻게 알아낸단 말인가? 사건을 해결한답시고 억지에 가까운 설정을 내놓으며 무리수를 연발하는 바람에 읽기에, 그리고 번역하기에 한없이 어려운 작품이 되는 게 아닐까 염려됐다.

그렇지만 책을 읽다 보니 '역시 로버트 크레이스'라는 생각이 들었다. CNN과 한 인터뷰에서 오래전 무지개다리를 건넌 반려견을 추억하며 이 작품을 구상했다고 밝힌 크레이스는 큰 상처를 입은 사람과 개가 서로의 회복을 도와가며 여러 난관을 극복해가는 사이에 종(種)을 뛰어넘는 유대감을 느끼게 만들고, 둘이 힘을 합쳐 미제 사건으로 남을 것 같던 사건을 풀어내는 과정을 대단히 매끄럽고 설득력 있게 그려낸다. 동시에, 그는 인간이 발전시켜온 이성과 동물이 가진 선천적인 능력, 즉 과학수사와 매기의 후각을 골고루 이용해 사건을 해결하는 모습을 보여주는 것으로 작품에서 사람과 개가 고른 비중을 가지게끔 하려 애쓴다. 크레이스의 필력이 대단하다는 걸 다시금 실감한 대목이었다.

그래도 개가 주인공인 작품을 번역하는 데에는 다른 작품을 번역할 때와는 다른 난점들이 있었다. 물론, 스콧이 종의 장벽을 넘어 매기와 유대관계를 형성하는 과정의 지난함에는 미치지 못하는 수준의 난점이지만 말이다. 난생처음 '견칭(犬稱) 시점'의 문장을 번역하는 것도 기분이 약간 묘했지만, 제일 난감했던 건 본문에서 매기를 가리킬 때 쓰는 'she'나 'her' 같은 단어들을 '그녀', '그녀의' 같은 단어들로 옮기는 거였다. 동물을 부를 때, 사람을 부를 때처럼 '그'나 '그녀'로 부르는 일이 없는 우리말의 특성상 그렇게 번역하는 게 처음에는 그렇게 어색할 수가 없었다. 그러다 어느 순간, 번역 과정에서도 그런 장벽을 넘어서는 게 이 작품에 그린 것처럼 사람과 개가 종의 차이를 뛰어넘어 '한 무리'를 이루게 되는 과정의 일부가 아닐까 했다. 그러면서 매기를 '그녀'라고 옮기는 데 따른 어색함을, 완전하게는 아닐지라도, 상당히 떨쳐버릴 수 있었다. 경찰견 매기가 활약하는 『서스펙트』를 읽으면서 장르소설 특유의 재미를 느끼는 한편 개에 대해, 사람과 개의 우애로운 공존에 대해 잠깐이나마 고민해보는 시간이 되었으면 좋겠다는 바람이다.

콜과 파이크 콤비 시리즈의 '신 스틸러' 존 첸은 2013년에 출판된 이 작품에도 등장한다. 1999년 작 『L.A. 레퀴엠』에 처음 등장했던 존 첸이 그 오랜 세월을 견디며 여전히 이 책에 등장해 반가웠다. 소설에 잠깐 등장해서 사건 해결에 결정적인 한몫을 하고 퇴장하는 조연 캐릭터를 이렇게 잘 써먹는 것도 크레이스가 타고난 이야기꾼임을 보여주는 증거일 것이다.

윤철희

서스펙트

초판 1쇄 인쇄 2018년 2월 20일
초판 1쇄 발행 2018년 2월 25일

지은이 | 로버트 크레이스
옮긴이 | 윤철희
펴낸이 | 정상우
주간 | 정상준
편집 | 이경준
디자인 | 박수연 김인경
관리 | 김정숙

펴낸곳 | 오픈하우스
출판등록 | 2007년 11월 29일 (제13-237호)
주소 | 서울시 마포구 동교로13길 34(04003)
전화 | 02-333-3705 팩스 | 02-333-3745
openhousebooks.com
facebook.com/vertigo.kr

ISBN 979-11-88285-32-7 04800
979-11-86009-19-2 (세트)

VERTIGO는 (주)오픈하우스의 장르문학 시리즈입니다.

*잘못된 책은 구입처에서 교환해 드립니다.
*값은 뒤표지에 있습니다.

이 도서의 국립중앙도서관 출판예정도서목록(CIP)은 서지정보유통지원시스템 홈페이지(http://seoji.nl.go.kr)와
국가자료공동목록시스템(http://www.nl.go.kr/kolisnet)에서 이용하실 수 있습니다.
(CIP제어번호: CIP2018004549)